木央桥畔

张同武 著

陕西新华出版
陕西旅游出版社

图书在版编目（CIP）数据

未央桥畔 / 张同武著. —西安：陕西旅游出版社，2014.9（2024.1重印）

ISBN 978-7-5418-3093-8

Ⅰ. ①未… Ⅱ. ①张… Ⅲ. ①随笔－作品集－中国－当代 Ⅳ. ①I267.1

中国版本图书馆 CIP 数据核字（2014）第 222904 号

未央桥畔	张同武 著

责任编辑：邓云贤
出版发行：陕西旅游出版社（西安市唐兴路 6 号　邮编：710075）
电　　话：029-85252285
经　　销：全国新华书店
印　　刷：盛大（天津）印刷有限公司
开　　本：787mm×1092mm　　1/16
印　　张：24.75
字　　数：33 千字
版　　次：2014 年 11 月　第 1 版
印　　次：2024 年 1 月　第 2 次印刷
书　　号：ISBN 978-7-5418-3093-8
定　　价：99.00 元

前面的话

　　把自己几年间业余写的文章整理了一下，竟有百余篇，这本不是什么大不了的事情，但对于我这样一个懒人，也算是干了点正事。为了给自己一个奖赏和激励，萌生了把这些文章结集出版的想法，不管怎样，总是自己的心血，出本书也能拿出去告诉人自己没有虚度光阴，甚至有一丝的虚荣心理。好在有自知之明，完全不敢以此自傲或是炫耀，自己的斤两自己清楚，顶多是习作的汇集，认真起来讲，就是把自己几年来的观察、行走、思考等拿出来跟朋友们做个交流。

　　说起来惭愧，自己也是大学中文系出身，但这么多年来写的属于自己的文字却不多。20世纪80年代末，走出校门就进了机关门，成为了一名公务员。转眼间当年二十出头的小伙子已经是准中年人了。二十几年没挪窝地在一个机关干着，从见习生到如今的中层，虽然说不上多努力，但还算兢兢业业、勤勤恳恳。工作很平静、平淡、平凡，没有惊天动地，没有波澜壮阔，没有大悲大喜，一切几乎都是按部就班和顺其自然。回头看来，没有多大收获，但实实在在地讲，也没有虚度光阴，还是恪尽职守，完成了任务，尽到了责任。

二十多年的机关生涯，换过好几个岗位，也在慢慢升迁。但工作几乎是万变不离其宗，一直在"搞材料"。机关把文字工作都叫作"搞材料"，"搞材料"是机关的一项极其重要的工作，上情下达、下情上报、沟通协调、安排部署、总结评比，无一例外都需要文字材料。如果把这些材料也归为文章的话，就叫作官样文章，学名唤作公文。当年学中文的毕业生进了机关，自然地被安排"搞材料"，曾经连续十年几乎包办了机关的"大材料"——领导讲话、工作报告之类，曾经起草过地方性的法规条例草稿，曾经就业务工作进行过粗浅的理论探讨，曾经把机关的工作业绩宣传报道出去，等等，还获过包括国家级奖项在内的不少奖励。当年没有电脑的时候，每年的手稿能积攒一大摞，后来每年的公文能存满几个U盘。这样的写文章的经历，也算是一直在干着自己的专业，学没白上。

　　但很快就觉得有些失落，那么多从自己笔下诞生的文章，自己却没有署名权；那么多的文章都要经过几道手续的修改、删节、增补，自己的意图有时会被弄得面目全非。文章千古事，我手写我心，但在公文范畴里是不存在自由发挥和直抒胸臆的，顶多只是职务行为。写得再多，与创作无关，与作品无涉，没有更多的成就感，也没有历史积淀。要想解脱这样的失落与苦闷，那就自己写点自己的东西，哪怕是随手涂鸦，哪怕是低吟浅唱，哪怕是汪洋恣肆，文责自负，任谁也不会干涉。于是，准文人的天性显露，在案牍劳形的公文写作之余，写点自己的东西。

　　起初创作的时候悲哀地发现，已经无可救药地沿用公文笔法写"私文"了。多年的公文写作，讲求严谨、规范、条理、简洁，程式格式统一，遣词造句精确，叙述论述严密，望文必无歧义。长期的严格要求在这时就成了桎梏，职务行为的写作技巧当下变成束缚。勉勉强强写出来的散文，怎么看都像是公文的变种，读起来少了美感和愉悦，干巴生硬。唉！一身的童子功就这么废了？心有不甘，于是下决心恢复功力，坚持在业余笔耕不辍，不信东风唤不回。就这么，几年下来，攒下点东西，勉强能看了，自己也不再太惭愧。

　　写的东西基本上分了四个专题。"美食体味"是对陕西小吃的描摹。之所以要写这些东西，起因于在与外埠朋友打交道中，自己对某些小吃的历史、文化等掌握较少，往往被问住，感觉很惭愧，于是查阅有关资料，询问业内方家，把这些历史悠久的传统小吃全方位地展示出来。不想越写越有兴趣，索性四处搜罗，把陕西小吃（关中为主）基本写了个遍，也得到了周围朋友、同事的认可，也算是介绍陕西文化的一个举动吧。至于"旅途感悟"，则是游记小品，自己愿意从自我的角度观察一个地域，有一些感悟就随手记录了下来。"不尽乡愁"基本是家乡的事情以及儿时的事情，那是永远也忘不了的，离开了，长大了，回眸自己的蛋壳的感觉吧。而"深思浅论"则是个议论文的小杂烩，包括了书评、剧评以及对一些现象的议论，算是思考的汇总吧。

　　拉拉杂杂这么些文章，反反复复也修改了一阵，忐忑不安地拿出来，不知道能否算是这几年的一点成绩，惶恐。但丑媳妇总要见公婆，愿这些文章能与朋友笔谈心论。

　　近年生活和工作的地方在古城西安偌大的一个立交桥边，此桥名曰：未央立交桥。未央，"及年岁之未晏兮，时亦犹其未央"。

　　长乐未央。谢谢。

张同武

2014年7月1日于未央桥畔

目录

美食体味

陕西小吃大文化　003
一碗泡馍天下香　006
香飘四海肉夹馍　012
爽口开胃数凉皮　018
陕西面条数第一　023
陕西锅盔盖天下　030
陕西包子好肚量　033
饺子宴客情意长　036
腊牛羊肉香止辇　039
陕西凉粉亦美味　042
朴拙浑厚糊辣汤　046
甑糕糯软又香甜　050
先民遗风石子饼　053
陕西豆腐百变多　056
热腾油糕迎亲人　060
滚滚米酒醉人心　063
街巷美食羊杂碎　066
草根搅团话今昔　070
美味苜蓿牧苍生　073
清明时节刺荆面　077
腊八节里腊八面　080

083　岁乐家家麦饭香
087　忆昔红薯救命物
090　拣拾地软成美味
093　马齿苋合子情思
096　关中酒菜很个性
099　简单扛硬老鸹臊
102　八宝辣子一道菜
105　"蒲城名片"橡头馍
109　土中炙炒弥久远
113　亦菜亦饭面辣子
115　东府食俗几多怪
118　忙罢待客有三宝
121　蒲城水盆羊肉赞
124　酸香诱人说油粉
127　洗面沫糊好温馨
129　蒸好年馍过大年
132　老陕吃辣也豪迈
135　颠倒的城乡饮食
138　袁枚饮食论今鉴
142　坚强的陕西味蕾

旅途感悟

邻里兰州　147	194　满洲里纪行
乌市小记　150	197　周村是个"村"
厦门感怀　153	200　走马观花说东北
昆明记忆　157	206　天边，那一片薰衣草
武汉食趣　160	209　大槐树下的沉思
重庆掠影　163	212　库布齐的神光响沙
贵州散记　167	218　徜徉在美国的"古城"
长沙印象　170	223　有一座城叫铜川
深圳浅思　174	227　春日陕南
济南撷萃　177	230　走进木王
银川水色　181	234　橘园秋色小记
静美双廊　184	236　汉中油菜花印象
小平故里行　188	240　秋登白鹿原
驻足在国门前　190	

不尽乡愁

势大褒贬说蒲城　245	258　蒲城学府数尧中
蒲城时间管天下　249	261　器大声宏心高远
蒲城焰火红遍天　252	264　变味的少年礼——完灯
蒲城言语很硬棒　255	267　不中不西的乡村婚礼

不古不今的乡村葬礼 271　　300 夏日正午的田野
矛盾的乡村教育观 275　　303 梦忆儿时偷西瓜
疏淡的乡村亲戚 279　　306 快趁枝嫩做"树笛"
纠结的乡间典礼助兴节目 282　　309 骑马打仗
纷乱的乡间屋舍村道 285　　311 挤暖暖
农村还在收彩礼 288　　314 顶牛
段子里的家乡 291　　317 打猴
又到麦黄时 295

深思浅论

最后的大宅门 321　　361 放炮絮语
记住一群人和一段历史 328　　364 救急更需救穷
祈愿众生安乐灵魂安息 334　　367 人是要有点精神的
尊重与尊严的不对等博弈 340　　370 关于制服的随想
楞娃的群像 346　　373 何不衣土布
由不折腾想到《白鹿原》 348　　376 西安成都"婚"不同
《大宅门》里的品牌意识 351　　379 祝福新生命
谁在异化我们 355　　381 年的循环
如果不过年 358　　384 栖居凤城

1 美食体味

陕西小吃大文化

民以食为天。

食不厌精,脍不厌细。

中国饮食是全球的美味。

陕西饮食是中国饮食重要的一分子,尤以"小吃"享誉。

"小吃"者,与"大菜"之相较而得名也!其实"小吃"不小,不可忽视。理由如下:一是数量多。"大菜"无非就那几个菜系,变来变去就那些经典菜品,即便打着"创新"的旗号,也折腾不出如来佛的手掌心。而"小吃"则不然,地有东南西北,原料米面杂豆,搭配荤素兼具,质感冷热皆有,口味酸甜辣香。二是占主流。虽则是"小吃",但功用不小。大部分时间里,人们是以"小吃"为常态的饭食,几乎是主食的。而纯粹的"大菜",无论从经济、营养以及时间等方面讲,都不可能天天顿顿吃。真正用来平日里果腹的,其实是"小吃"。三是有文化。每一样"小吃"从创制、定型到流传,都有一个漫长的过程,凝结着人们的智慧,彰显着对生活品位的追求和热爱。之所以会有洋洋大观的"小吃",盖因特殊的地缘、物产、气候、人文等等的缘由。"小吃"中有历史、有传统、有民俗、有科学、有性情。如此,其中的文化也是非常丰富多彩的。

陕西小吃数量多、制作精、口味美。渊源如下：一是农耕文明历史悠久，植物多样，物产丰富；二是周秦汉唐历史灿烂，帝王将相粉墨留香；三是灾害战乱相对较少，安宁静谧，生活稳定。

如此几千载，怎能不积淀下许许多多的食物精华。

这都是不争的事实。

但陕西小吃到底有哪些？有哪些背后的故事？它是怎么创制的？它是怎么制作的？感觉怎样？滋味怎样？应该怎么吃？至为重要的是，这些小吃里蕴含了多少文化？这些，都值得整理、总结、归纳。

陕西小吃经历了数千年的发展。由于政治、经济、文化的有利条件，陕西小吃博采各地之精华，兼收民族饮食之风味，挖掘、继承历代宫廷小吃之技艺，因而以其品种繁多、风味各异而著称，是中国烹饪文化宝库中一颗光彩夺目的明珠。传统的风味小吃，是陕西烹饪文化的重要组成部分，在漫长的历史时期得到了发展和充实，使之更加完善。它以浓郁的乡土韵味，丰富的内容，赢得了国内外人士普遍赞赏和高度评价。

陕西风味小吃名目繁多，各具特色。从用料上说，有米、面、豆、荞麦、肉、禽、蛋、奶、油、蔬、果、海鲜等种；从烹调方法上说，有烙、烤、蒸、烩、煮、炸、煎、炖、熬、炙、浸等种；其成型工艺又有叠、卷、盘、揉、押、切、接、摊、擀、包、捏、模印等种。大体上说来，关中小吃以面食为上乘。陕北小吃以羊肉及杂粮为美。陕南则以鱼、肉及米制品为佳。大体估计，仅西安市的饮食店铺及摊点就达数万家，经营的品种不下六七百种，每个品种都拥有许多嗜好者，各个地方又都有别具特色的风味小吃，若把各个市、县及乡镇饮食摊点经营的食品种类加起来，那就更是不胜枚举了。

除过地球人都知道的牛羊肉泡馍，光面条就有很多种。按地域特色分，如岐山臊子面、户县软面、户县摆汤面、乾县酸汤面、渭南连锅面、大荔炉齿面、华县大刀面、合阳踅面、耀州窝窝面、陕北剁荞面等；按烹制方法，又分油泼面、臊子面、炸酱面、烩面、炒面、卤面、黏面、漓水面、米儿面、糁子面、菠菜面、旗花面、麻什面、清汤面、糊汤面、浆水面、蒜蘸面、凉拌面等。再如各种馍和饼子，有罐罐馍、橡头馍、石子馍、枣糕馍、锅盔、发面饼、烫面饼、葱花饼、油旋饼、肉馅饼、菜馅饼、千层饼、蒸饼、芝麻饼、核桃饼、柿子饼、煎饼……林林总总，即令生于斯长于斯从业于斯的"土著"，也难以尽数，难以尽食。

　　品味陕西小吃，就是品味陕西古老的文化。陕西文化源远流长、博大精深。饮食文化是这沧海中绚丽的浪花，余不揣浅陋，撷浪花几朵，与您共享。奢望您能在享口福的同时，感受一丝陕西文化的气息。

一碗泡馍天下香

地球人都知道陕西的牛羊肉泡馍，以至于一般情况下，说起泡馍，指的就是牛羊肉泡馍。其实，陕西的泡馍还有很多种类：大肉泡馍（又称水盆大肉）、葫芦头泡馍、羊血泡馍、豆花泡馍、豆腐泡馍等，都很好吃，且都有悠久的历史。

牛羊肉泡馍是泡馍的老大，如果从唐朝算起，已经有千多年历史了，那一锅老汤现在还在滋润着我们的肠胃，真是一个美好的奇迹。关于牛羊肉泡馍，因为它太有名气了，所以这里就省却介绍，想必列位都吃过。至于其他的几种，恐怕陕西人都未必熟悉，所以费点口舌跟列位介绍一下。

大肉泡馍，又称水盆大肉，与水盆羊肉做法和吃法大体相当，都是先熬了汤，再配煮好的肉，泡食烧饼。不同的是水盆大肉的汤是猪骨连同母鸡一起熬制的，佐料也相应有所不同。这道小吃的特点是稍显油腻，所以推广较难。除过陕西当地人，外地人较难接受。而且随着生活水平的提高，人们都不喜油腻，即便陕西人也吃得少了。所以现在制作水盆大肉的店铺很少，只有一些老字号还在顽强地挺立，仍然有陕西土著的饕餮者时时光顾，使这一传统小吃还不至于关张。

葫芦头泡馍也是大肉系列的泡馍，之所以还能很鼎盛，一个原因是主料用猪肠而非较为油腻的大肉。葫芦头究竟起源于什么时候，尚无具体考证。但是，早在唐朝，京城长安就有一种名叫"煎白肠"的食品在出售，据说，这就是用猪肠肚做的。相传有一天，药王孙思邈来到长安，在一家专卖猪肠、猪肚的小店里吃杂肝时，发现肠子腥味大、油腻重，问及店主，方知是制作不得法。孙思邈对店主说道："肠属金，金生水，故有降火、治消渴之功。肚属土居中，为补中益气、养身之本。物虽好，但调制不当。"于是，从随身携带的葫芦里倒出西大香、上元桂、汉阴椒等芳香健胃之药物，调入锅中。果然，香气四溢、其味大增。这家小店从此生意兴隆、门庭若市。店家不忘药王指点之恩，将药葫芦悬挂在店门首，并改名为葫芦头泡馍。从此，葫芦头泡馍作为一种风味食品，流传千余年。说起来也有趣，1935年前后，张学良将军的东北军，在西安因水土不服，饮食习惯差异，将士们多有病者。但是，对南院门"春发生"出售的葫芦头泡馍，大家却始终食欲不减。以致有一段时间，东北军曾将"春发生"的葫芦头泡馍列为病号饭。葫芦头泡馍之所以脍炙人口，与它精细的烹制工艺和多种调料的合理使用是分不开的。其烹制工艺主要有处理肠肚、熬汤、泡馍三道程序。肠肚要经过挼、捋、刮、翻、摘、回翻、漂、再捋、煮、晾等十几道工序，才能达到去污、去腥、去腻的要求。熬汤是将猪骨洗净、砸断，配肥母鸡下汤锅烧开，撇去浮沫，放入调料包，直熬成乳白色。泡馍是由进食者将馍掰成筷头大小块放入碗内，然后由厨师将切成坡刀形的肠肚泡三四次，使热汤渗透馍块，然后再加少量熟油、调料水、味精、香菜、蒜苗、油泼辣子，最后浇适量沸汤即成。进食时，佐以糖蒜、泡菜，更是清爽利口，使人食欲大增。如今，葫芦头泡馍已由单一的品种发展到海参葫芦头、鱿鱼葫芦头、鸡片葫芦头、大肉葫芦头等多种。最近又新研制出了砂锅葫芦头、火锅葫芦头，形成了一套葫芦头系列品种。难怪，西安人夸奖葫芦头的美味是"提起葫芦头，嘴角涎水流"。

羊血泡馍，其名恐怖，实则温柔可爱。主料羊血，结块蒸熟后切为细条，配以老豆腐、粉丝等，与馍块同放在碗中，浇以骨汤，再佐以葱花、辣油、麻油等，被视为滋阴壮阳、补肾益胃之佳品。

豆花泡馍，是陕西西府宝鸡一带的名吃。配料是豆花（也叫豆腐脑）、豆浆、馍（锅盔片）、咸菜、食盐、辣椒油。吃法是将切成小块的锅盔盛入碗中，用滚烫的豆浆反复浇几次，然后将热豆花舀放其上，再浇以豆浆，佐以调料。其质量要求是豆花要嫩，豆浆要"煎"，辣子油要"汪"。食后味道咸辣清香。豆类食品营养丰富且易于消化，在宝鸡一带是广受欢迎的经济早餐。豆花泡馍创制于何时已无从考证，但一辈一辈的人把这种手艺传下来，直到今天依然保持了十分精细的做工。做泡馍的豆花，不能像一般豆腐脑那样嫩，也不能像豆腐那样老，而是介乎于二者之间的一种豆腐食品；泡食的饼子也是特制的，较羊肉泡馍的饼子薄，可以分成若干层，不能太硬太软，硬则泡不透，软则泡成沫。辣椒油一定要用许多原料熬制，它可是画龙点睛之作。这种食品，既能增加蛋白质，又十分有利于消化，如有胃病，坚持吃几个月的豆花泡馍，肯定能痊愈大半。

豆腐泡馍是陕西东府渭南一带的小吃，其做法、吃法与豆花泡馍大同小异，不同的是，豆花换成了嫩豆腐。另外，比较特别的是泡的"馍"也不同，是烙熟炕干又放软了的厚厚的石子饼。这是因为陕西东府、西府文化渊源不同，相形之下，东府人更豪迈一些，反映在饮食上也更喜欢筋韧耐嚼的食物。之所以要放软，也是为了耐泡，因为如果是干干的石子饼，则可能泡成沫子。看看这精巧劲，真是"食不厌精，脍不厌细"。

以上是几种主要的泡馍形式。如果从广义上来讲，还有几种食物也可以归之为泡馍系列。比如，西安回坊小吃肉丸糊辣汤，一种用各种新鲜蔬菜和牛肉丸子熬制而成的勾了芡的食物，一般都是配一个热烧饼同食的，大多数人的吃法是把烧饼掰成小块泡入的，所以也可以归之为泡馍系列。还有陕西韩城一带的羊肉糊卜，也是肉、汤、饼同食，亦可以称之为泡馍。至于在困难时期，陕西人把蒸馍用开水或面汤泡了吃，比如，柳青先生的《创业史》中，梁生宝在餐馆里讨碗面汤，泡了自带的馍，那也是泡馍，当然是最清淡寡味的饮食了。

有了这么多泡馍的形式，我们应该分析一下究竟，为什么陕西人如此钟情泡馍，以至困难时以此糊口，享受时以此饕餮？这还是得先从"馍"说起，以八百里秦川为核心的陕西，特别是关中地区盛产小麦，以小麦为原料的食物除过面条就是"馍"。各种各样的"馍"，包括馒头、烧饼两大类，如果细分的话简直就是小百科：所用的面有发面、烫面、死面，做法有蒸、烤、烙，叫法有蒸馍、烧饼、锅盔、饼子、月牙饼、坨坨馍等。曾经有一位陕籍历史学者专门考证过武大郎所卖炊饼为何物，最后得出的结论是：馒头。既然有这么丰富的"馍"，怎么更好地吃？老陕们做足了功课，除过一般意义上斯文地细嚼慢咽，发明创造了两种快餐意义上的吃法：夹馍、泡馍。尤其是泡馍，是把菜、肉、馍互相结合的一种综合性的吃法，一碗盛乾坤，简单且省事，美味相得彰，果腹兼滋润！另外，喜吃泡馍，亦是陕西人性格使然。豪爽的陕西人，做事喜欢干脆利索，在饮食上删繁就简，省却七碟八碗，只一碗中汇聚万千乾坤，端起海碗就是一餐饭的全部，连饭桌都省略了。以上两种是此种饮食诞生的主要成因，但都比较理想。其实还有原因：秦中自古多战事，纷扰急迫中，不容细嚼慢咽，一碗即一餐简单省事；此外，不能不说长期清苦的生活，饮食无法细细铺排，各种能搜罗的食物聚于一碗，最是泡馍急就章，原是为了果腹，后历经雕凿，便成就了千古美食。

历经了千余年，泡馍已经成为深入陕西人骨髓的一种饮食文化，单那牛羊肉泡馍的掰馍，简直就是一道风景：随意踱进一家泡馍馆，但见食客云集，每人守着一只偌大的碗，碗里放着几个不大的半熟的烧饼（"铁圈虎背菊花心鼓鼓腔"，是说这烧饼一周的轮廓焦黄，一面颜色似虎纹，一面黄白交织形色似菊，鼓鼓腔是说烧饼中间是空的）。他们会很熟练地把烧饼横向一分为二，再纵向一剖为二，分成四片，然后左手持饼，右手施展功夫，只用大拇指和食指——"掐"，从饼上一下下掐下小块来，这小块必须控制在玉米粒大小以下，且非常均匀，一会儿工夫，碗中便有了一堆大小均匀的馍块。此时，食客会很认真地在馍堆中翻检一番，找出漏网的稍大的馍块再"掐"，直到整个碗中的馍块整齐均匀的时候，食客会响亮地拍响巴掌，一是掸掉手上残留的馍屑，二是活动一下劳作过后的手腕，三也是告诉堂倌初加工完毕，可以交师傅烹煮了。在掰馍的过程中，食客们会三三两两地聊天，真正是手口俱用，各不相扰。等一份泡馍掰好，恰恰会兴足地聊完一段故事，既是消磨时光，也是联络情感，十足地享受生活。有一种景象引来一种说法：凡是在掰馍的过程中恬淡平静者，掰出的馍块一定均匀整齐；而急躁虚浮之人，掰出的馍块肯定大小夹杂，乱乱糟糟。所以说从吃一碗泡馍看性情，很有道理。而负责烹煮的大师傅早已是老江湖了，他们会很负责认真地为每一位食客烹煮泡馍，但根据掰馍的整齐均匀程度，会稍微有所区别：掰馍认真者烹煮亦认真，而粗枝大叶者，师傅免不了会有对付的嫌疑。这恰恰说明了泡馍这一吃食的特别之处，它是由食客和厨师共同完成的一道美食，而食客掰馍是关键的第一道工序，或者说是基础工作，基础打不好，后面的事情肯定也办不好。在工业化、快节奏的今天，泡馍也受到了一定的冲击，不知从什么时候开始，有的泡馍馆里有了一种电动的掰馍机器，"轰隆隆"怪响之后，一碗馍块就加工完毕，但质量实在不敢恭维。除过大小难以控制之外，馍块也成了见棱见角的方块，这就和手工加工的有了云泥之别：机器加工是整齐划一的四方体，不利于味道的渗透；而手掰的是不规则的多边形，正可以充分吸纳汤中滋味。另外，没有了手工掰制的过程，冰冷的机器一下子拉远了食客与厨师的距离，面对这样的初加工，大师傅怎会用心，即便用心也不会出好作品。从并不矫情的层面讲，饮食的文化色彩也荡然无存。所以，大多数食客还是选择手工，享受结果也享受过程。关于掰馍，笔者就有故事，大学期间，上课的时候，把饭碗放在桌下的腿上，两手熟练操作，待下课时分，立刻就可以交给小吃店的师傅烹制。真正是两耳聆听圣贤书，两手不误做食粮。呵呵。

一方水土养一方人，一种饮食塑一种性情。陕西人喜面食，三餐不离馍，泡而食之，简单而不简陋，低廉而不粗鄙。复杂问题简单化，繁文缛节省略去，造就出刚劲、爽利、朴质、单纯的性格，虽有时失之于"生蹭愣倔"，虽有人调侃"三千万老陕高唱秦腔，一碗泡馍喜气洋洋"，但去劣存优，于调侃中多是褒义。陕西人善泡馍、喜泡馍，三五日不吃六神无主。著名作家贾平凹先生赴京领茅盾文学奖归来，喜滋滋言道："现在最想吃一碗泡馍！"

而今，世界虽未大同，但交流交汇有加，各路饮食汇聚一城已很普遍，有的城市中外来饮食几近喧宾夺主，但西安例外，本土饮食与各大菜系、洋餐并行不悖，共同发展。其中泡馍更是傲然挺立，除过土著饕餮，外来者亦大快朵颐。而且，泡馍也走出潼关，已有在外地开店经营者，并已经开发出牛羊肉泡馍的方便包装食品。笔者撰此文，意在敝帚自珍，把家中的宝贝展示出来，愿泡馍为天下美食者共享。更愿陕西人一碗泡馍垫底，焕发无尽朝气，享受和谐生活，建设富强陕西！

来！咥一碗泡馍！

香飘四海肉夹馍

肉夹馍是陕西名吃，历史悠久，闻名遐迩。

说起肉夹馍，就必须先从名字说起，所谓名正而言顺。不知道是不是从有它开始就叫这个名字，反正这个名字很久了，多少年都没改过。望文生义，很多人尤其是外地朋友，纳闷于肉夹馍的语法错误，明明是馍夹肉嘛，为什么要叫作肉夹馍？本地的朋友往往会给出各种各样的解释，众说纷纭，弄得外地朋友一头雾水。我的理解是这样的：其一，这是汉语修辞手法中的意动用法——"以什么作什么"的意思，具体说来就是"以肉夹于馍中"。其二，是约定俗成的叫法。以陕西人的说话习惯，干脆直接，删繁就简，把可能繁冗的一句话，比如"肉夹在其中的馍"概括成了这个词。其三，这个称谓的中心是"馍"，而夹馍是陕西人长期食用馒头烧饼类食品的常态，也可以看作是一个约定俗成的名词。那么，"肉"在这里就是夹馍的种类，是界定和区别，区别于菜夹馍、花干夹馍以及其他种种夹馍。有人说馍夹肉，那是这种食品的表面特征或操作过程，不是一个名词。只有把落脚点放在"馍"上，才构成完整的食物名称。这样说一通，大概能让大家明白这一名称的由来，不至于引起歧义。其实，许多的食品命名都是偶然的或随性的,一旦叫开了,大家也就都能接受了。比如,三明治,英文sandwich,本来是英国东南部一个不出名的小镇,镇上有一位名叫John Montagu的人酷爱玩纸牌,整天沉溺于纸牌游戏中,已经到了废寝忘食的地步。仆人很难侍候他的饮食,便将一些菜肴、鸡蛋和腊肠夹在两片面包之间,让他边玩牌边吃饭。没想到Montagu见了这种食品大喜,并随口就把它称作"sandwich",以后饿了就喊:"Sandwich, please!"其他人也争相仿效,玩牌时都吃起sandwich来。不久,sandwich就传遍了英伦三岛,并传到了欧洲大陆,后来又传到了美国,现在几乎成了在面包里夹菜肴的食物的统称。另外,如汉堡是一个地名,热狗则是热的像一种狗的香肠的意思,后来被错拼,成了面包夹香肠的统称,等等,都很有意思。大家现在也都明白是什么意思。无法考证陕西人什么时候开始创造了肉夹馍这种食物,所以也无法和三明治等西方快餐比较。但从农耕文明的历史以及中国饮食的悠久历史分析,肉夹馍应该早于这些西方快餐。这个也无关紧要,都算作是古人对人类饮食的一种贡献吧!

　　说清楚了名字,再看看肉夹馍的分类。一般说来,陕西的肉夹馍指的是烧饼夹腊汁大肉。近年来,陕西又出现了另外一种肉夹馍,基本以回民经营为主,即用烧饼夹腊牛肉。为了区别,称之为腊牛肉夹馍,也可以算作是肉夹馍的一个分支吧。

　　刚刚说了通常意义上的肉夹馍,要仔细介绍它,还得先从肉说起:腊汁肉,区别于腊肉。腊汁肉即用腊汁煮出来的肉。但它不同于干腊肉,区别在于干腊肉是用烟熏的;它也不同于一般的卤肉,卤肉是用卤法制作的肉,即用盐水、五香料或酱油制成卤水,将肉放进卤水里煮熟即成。而腊汁肉不加姜葱、料酒,也不用加糖来调色,只需用几味中草药及香料与肉同煮即可,这在中国饮食文化中堪称一绝。中国加工腊汁肉的历史悠久,在《周礼》一书提到的"周代八珍"中的"渍"就是腊汁肉。战国时代有"寒肉",当时位于秦、晋、豫三角地带的韩国已能制作;秦灭韩后,制作技艺传到今西安,并世代流传下来。北魏贾思勰《齐民要术》记载的"腊肉制法",与今天腊汁肉的制法基本相同，只是现在的用料、制作更为讲究。腊汁肉所用中草药及香料为甘松、山奈、荜拨、良姜、砂仁、白蔻、细辛、白芷、肉桂、丁香，另加大茴香、小茴香、草果。这几种药料混杂在一起，制成药料包，即可用来熬制腊汁，它除了能提供特殊香味外，还有健胃消食、润肺理气、散寒祛风、镇痛化滞、通窍开胃等功效。煮熟后的腊汁肉，黑里透红，香味扑鼻，观其色，闻其味，不食也会满口生津。

再说说肉夹馍的"馍"。"馍"是以面粉为原料蒸制或烙烤食物的统称，包括了馒头、烧饼两大类，其中馒头再细分，还包括蒸馍、花卷、荷叶饼、发糕等，而烧饼则包括锅盔、火烧甚至新疆的馕，等等。陕西肉夹馍的"馍"指的是烧饼，像蒸馒头一样和面发面，然后在特制的炉子里先烙后烤，待外焦里嫩时出炉。肉夹馍的肉制作比较复杂，所以必须提前烹煮，待用时捞出。而烧饼则必须现做现吃，若放凉之后则脆生劲全无，滋味减了大半。

守一锅煮好的腊汁肉，旁边的炉子里随时准备烙烤烧饼，摆一方菜墩，手持一把锃亮的菜刀，就俨然肉夹馍老板了！但有食客来，伙计会手脚麻利地从炉子里取出烫手的烧饼，在菜墩上平放了，左手按住，右手用菜刀从烧饼侧面划开（不能划到底，留一点为肉兜底），然后根据食客的要求，或肥瘦、或纯瘦、或皮瘦，从大块的肉上划下一块，再简单地用刀剁开，就势用菜刀兜起，左手握住烧饼的两侧，撑开稍宽的口子，菜刀上的肉正好送入，再左手轻按烧饼，菜刀抽出，肉就被夹在馍中，肉夹馍即成。

接过老板递过来的肉夹馍，早已被勾起食欲的食客，会没了斯文，大大地咬上一口，即刻，脆生的烧饼皮在"喀嚓"声中带给唇齿快感与享受，浸润了肉油的烧饼"瓤"把麦香、油香以及杂陈的五味一并卷入，口腔中立刻有盛宴的序曲，到第三层的肉入口，盛宴高潮即到，腊汁肉的香味便透彻口腔，贯穿肺腑，复无所求！

看似简单的肉夹馍，如同其他小吃一样，要做好可不是那么容易。先说那腊汁肉，要在选料、用料、火候等诸多环节拿捏得恰到好处，方能肥而不腻、瘦而不柴，肉色自然适中。而烧饼的烙烤也大有讲究，必得上好面粉，恰当火候，方能表面焦黄脆生，内里软和筋道，既耐嚼可口，又包容渗油。

陕西肉夹馍传说起源于初唐，太宗李世民征战途中闻香下马品尝，大加赞赏。有文字记载的当在晚清、民国前后，最有名的是西安一家老字号，后来历经所有制的变迁，如今已莫衷一是。倒是有几家后起之秀，潜心钻研，生意大好。其中有一家最知名的，已经红红火火了20多年。生意好到什么程度呢？笔者已经坚持在他家吃了足足22年，这22年间，他家早上六点半左右开门，食客即刻排起长队，一直到中午十二点左右，排队的人几乎不断。有在店里吃的，有打包带走的，食客云集，络绎不绝。到中午饭时分，当天准备的肉卖完即打烊，这样的景象天天照旧，几十年如一日。光是店里打烧饼的炉子就有四五个，伙计们几乎一刻也不停歇。为了保证品质，他家坚持只营业半天，保持肉的质量与新鲜，另外，坚决不开分店，更别说加盟连锁之类。其实，小吃的精彩之处就在独家秘方，一旦换人必不能保证质量。看看有些小吃店一旦有了声名便急急扩大规模，质量急剧下降，生意也难以为继。所以，中国饮食的特色就在于烹饪因人而异，百花齐放，各领风骚，应该保持传统的经营模式，不宜搞工业化的标准。洋快餐当然有功利，可不适合中国餐饮。我们还是坚持自己的特色，方能发展中华饮食文化。题外几句。

陕西肉夹馍还有一个分支，即潼关肉夹馍。潼关地理位置特殊，三省交汇，水陆码头，饮食业自然悠久发达。这里的肉夹馍特色的是"馍"，用的是死面烙制的类似于千层饼的烧饼，面团加卤油、盐，揉匀、出条、卷筒、划条，然后烙烤。死面饼的口感较之发面饼更好，但不大利于消化，也不太渗油，所以用的腊汁肉会放得稍凉一些，所谓热馍凉肉。

当然，还有一种新兴的肉夹馍的分支，那就是源于岐山臊子面的臊子肉夹馍。这里的肉就不是腊汁肉了，它是用炒、煎、煮相结合的

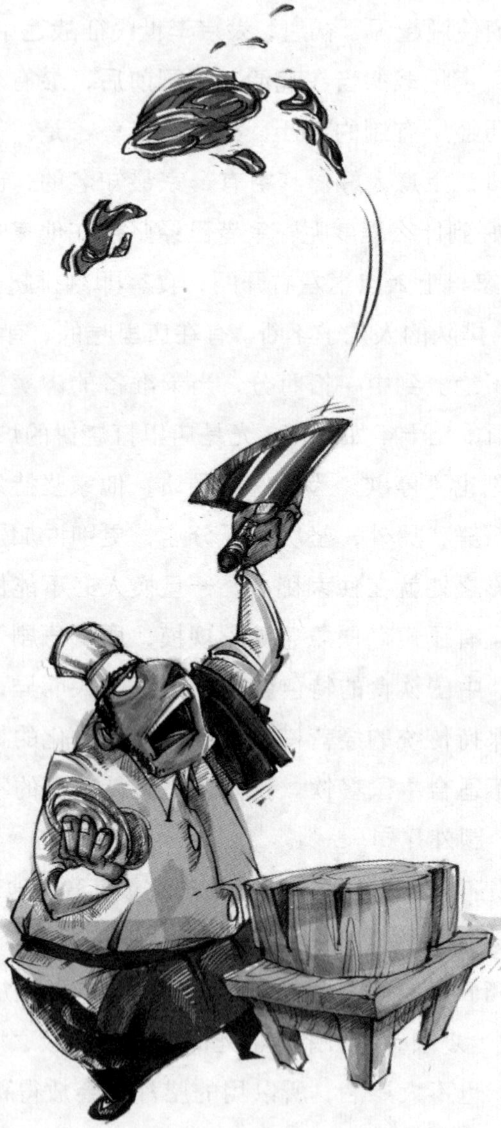

烹饪方法做出的肉，原本用于浇面条，后来有聪明的店主用烧饼夹了卖，迎合陕西人吃完面条喜欢再"压"口馍的饮食习惯。一碗臊子面配一个臊子肉夹馍，相得益彰，生意也会更好。

还有一些变种的肉夹馍，如孜然炒牛肉夹馍，也广受欢迎。近年在一些上档次的餐桌上，竟然出现了辣子炒鲍鱼夹馍。价格不菲的鲍鱼被陕西人改良成陕西味食品，戏言是贵族原料平民化做法，让外省的朋友大跌眼镜，但倔强的老陕坚持实用至上，管它原本应该怎样做呢，我觉得好吃才是正理，呵呵。

一个小小的肉夹馍，滋润着老陕的肠胃，三天不吃便舌淡唇寡。一些在外地的游子时时念着这一口，曾有一个著名的陕籍歌星打"飞的"由京回陕，就为吃一口肉夹馍外带油泼面！当然，肉夹馍也成为外省朋友的至爱，有一位眼睛很大的著名女影视明星，每来西安必吃肉夹馍，而且很内行地去店里吃现做的。难为这位漂亮的明星，为饱口福又怕引人围观，只能躲在车里，助理帮助买回，明星大快朵颐！

女儿去年到北京上大学，每一回家，必去吃肉夹馍。今年初，女儿很兴奋地打来电话，在她学校门口很近的地方，开了一家陕西肉夹馍店，她已去饕餮，感觉味道尚可，直呼幸福！呵呵，一方水土养一方人，一方人永难忘塑造自己味蕾的那一口啊！

来陕西必看兵马俑，必吃肉夹馍，方不虚此行！也已经有很多陕西人去外地卖肉夹馍了，愿走出陕西的肉夹馍依然好吃，让肉夹馍香飘四海！

美食体味

爽口开胃数凉皮

凉皮是陕西的又一道名吃，老少皆宜，南北通吃。

凉皮又称面皮、酿皮、皮子、蒸面等等。按原料分，有小麦面粉、大米米粉做的两种；按制作工艺分，有蒸面皮、擀面皮两类；按食用方法或方式来分，有凉面皮、热面皮两项。

论起来，凉皮的制作工艺不是十分复杂，大抵可以概括为调制面汁，摊匀在蒸箩或蒸笼中，隔水蒸熟即可。

但世间万事，越是看起来或说起来简单，做起来或者说要做好，那是非常难的。小小的凉皮，几乎人人稍微学学都可以做，但质量、口味就大相径庭了。这足以说明内里有乾坤，手法有诀窍。不要说外省人依葫芦画瓢做不出那感觉，就是制作凉皮有悠久传统的陕西，水平也是分出三六九等的。一般人家都可以做出普通口味的，一般的经营者都比家庭做出来的好吃，而个别的店家做出来的凉皮则几乎成为经典。大凡陕西的土著或常住民，一定知道哪一家的凉皮最好吃，而哪一家或几家的凉皮，一定会招引得食客蜂拥而至。女儿在北京上学，我每去公差，她都要指定我带那一家老字号的凉皮给她和同学们解馋。

萌生写这篇文章念头的时候，曾想查阅资料，看看有没有关于凉皮历史渊源的记载。但后来我放弃了，原因是追寻起来没个准，也没多大意义。我们不是考古，也不是学术研究，就是想和大家分享一下对一种食物的热爱。既然现在大家都知道这种小吃，我们还是就事论事吧。不过，忽然想起我读过十几遍的我认为中国迄今为止最好的现当代题材小说《白鹿原》，里面有一个描写夏天里长工们吃饭的情景："是用一个粗瓷大碗盛得冒了尖的'凉皮'，这是夏天里最好的吃食。"引用这段，出于对这本小说的顶礼膜拜，也可以算作对凉皮历史的一点记叙。

姑且就从陈忠实老师的文字说开去吧。这种食物是夏天里最好的吃食——这就是说它的"凉"字，炎炎夏日，"凉"的食物自然受欢迎，冷饮、冰淇淋都应了一个"凉"字，而具体到面食上，则有凉面、凉皮。较之凉面，凉皮更加筋道，自然更受欢迎。所以，在过去的农村，夏天里的当家吃食就是这凉皮，当田间里顶着烈日耕作的男人们一身疲惫、满头大汗、饥肠辘辘地跨进家门时，女主人一定会捧出一碗凉的、筋道的、爽口的凉皮，让汉子们大快朵颐，饱腹解馋添力气，再一锅烟抽过，浑身就又有了使不完的力气。

陕西是一个南北狭长的省份，秦岭南北分别以米、麦为主食，但可能是长期的行政区划在一起的缘故，食物也互相学习交融，分别用米、麦做出了可口的凉皮。

用小麦面粉做的凉皮是关中人的专利。以西安为中心的八百里秦川——渭河平原盛产小麦，人们用小麦面粉做出各种食物，其中凉皮是一个重要成员。也许是关中文化繁盛，历史悠久，人们也将其称之为酿皮，似乎更形象和有内涵些。用面粉做凉皮工艺简单：把面粉和水以一定的比例和成稀稠得当的面水，搅拌均匀，尽量没有疙瘩。然后烧一锅开水，拿出专用的铁皮制作的圆形平底带沿的蒸箩，用蘸了油的净布将箩底擦匀，把适量的面水倒入，摇晃均匀，放入烧开的水中蒸，待面皮表面凝结发亮时端出，再置于凉水中稍晾，即可小心地将面皮揭下，放在案板上再晾。食用时将圆的整张凉皮改刀，即可盛

碗装盘。

　　用大米做凉皮是水稻产地的专利。陕西秦岭南麓和北麓部分地区盛产水稻，也都用大米做凉皮。历经多少年，还形成了两个山头或流派：汉中凉皮和户县秦镇凉皮。和小麦面粉凉皮做法大同小异，米面皮的制作也不复杂，把大米放入水中浸泡，然后推（或打）成米浆，上笼蒸成薄薄的饼子，置于通风处降温，食用时抹上菜籽油切成细条。上面说的汉中和户县秦镇凉皮，虽是同料同做，但一南一北，所以软硬有别，汉中稍软而户县较硬。

　　面凉皮也好，米凉皮也罢，制作本身都不是很复杂，质量也较有保证。要论一碗凉皮的优劣，主要体现在调料上，基本包括精盐、米醋、酱油、胡椒粉、姜汁、蒜泥及红油辣椒等，其中滋味主要是香在辣椒中的调料上，尤其是在辣椒油的制作上下功夫。辣椒油是凉皮调料中最关键的，好吃不好吃最主要取决于辣椒中的调料。综合了各种原料，汇合了各种手法，家家不同，味道大异。那些生意好的凉皮店，功夫主要体现在这里。以至于现在凉皮的制作基本上已经作坊化，小的凉皮店都不自己制作凉皮，而是到作坊去批发或由作坊配送，但同样的半成品凉皮到了不同的店里，却有了区别很大的味道。西安的回民更是创制了用芝麻酱调制凉皮的做法，酸辣之外多了一份油香，别有一番滋味。

前面说过，凉皮原本是夏季的应景食物，但现在早已四季皆食客如云了。一碗雪白的凉皮，配上鲜红喷香的辣椒，碧绿的菠菜，脆生生的豆芽菜，清冽酸香的米醋，真是"秀色可餐"，看一眼即勾起满腹食欲，尝一口满嘴生津，怎不让人食指大动！以至在冬日，天寒地冻时，仍有许多人钟情那凉凉的凉皮。西安街头的凉皮店，每到春节过后，生意还会大好一阵。这些都是因为凉皮的筋韧爽滑，酸辣生津，解腻开胃。有一个很有趣的现象，喜食凉皮的女性居多，从白领到坊间村姑，几乎都是凉皮的忠实拥趸。可能是女性更喜欢酸辣，更喜欢清利爽口的滋味且容易嘴馋吧！

凉皮也有热吃的时候，这几乎是汉中凉皮的专利。汉中是历史文化名城，毗邻四川，这里的人们对凉皮的喜爱程度几乎无以复加。他们把凉皮都称作面皮，有很多人在全国各地卖面皮！他们说起来一点也不局促，早已约定俗成，完全不怕被人误解为"脸皮"。呵呵。这里的人们除过吃常态的凉皮之外，又几乎把吃热面皮当作早餐的主流，丝毫不亚于武汉三镇"过早"人人一碗热干面的场景。由此联系两地地理因素，真有相同之处，同饮汉江水，都在江边住，气候、水土自然影响饮食习惯。武汉人吃热干面配一杯豆浆，汉中人吃热面皮则佐以十分独特的菜豆腐稀饭，异曲同工，营养丰富，由来已久，仍将延续。

在凉皮世家里，还有一个非常重要的成员，那就是陕西宝鸡的擀面皮，制作工艺就比较复杂了：选用上好的面粉加水和成较硬的面团，不加任何添加剂，待面醒好后，揉至光滑，取一较大的容器加水，将面团放入，慢慢揉动，不可揉散。这样面团中的淀粉逐渐析出，水渐成乳白色。当水已浑浊时，换水再洗，直到洗出面筋。之后将稀面水放置，沉淀，撇去清水，加入酵母（老面水也好）发酵，夏季约一昼夜，冬季就要适当加温，约三天，待其表面有泡，味微酸时就差不多了。然后将锅烧热，用布蘸油擦锅底，主要是为了不沾锅。将发酵好的面水适量倒入锅内，用木槌搅动，待面水变黏稠时须用力快速搅动，特别费力！直到面团全沾在木槌上，用手捏之不沾，色呈半透明状即可。之后将糍好的面团趁热拿到砧板上迅速擀制成薄厚均匀的面片，再将面片放到大开锅的蒸笼上急火蒸熟、晾凉。食用时把先前洗出的面筋加入，一软一硬，相互烘托，直把一种原料的两种口感诠释得泾渭分明又淋漓尽致，不能不叹服周文化发源地饮食的细腻考究。

　　在以前，凉皮只是陕西人的一种家庭食品。现今，凉皮早已走南闯北，在四处安家落户，滋润着四方肠胃，声名远播。到陕西来，吃一碗正宗的凉皮也日渐成为客人们的必选科目。

　　当然，正宗的永远在原产地，包括它的配套吃法：一般是中午时分，上班族、上学族，会左手一个肉夹馍，右手持筷，守着那一碗凉皮。这两样东西，价廉物美，搭配得当，营养适度。再配一瓶西安本地产的橘味碳酸饮料，即成为著名的"老陕套餐"！这三样东西在现在的物价水平下，十几元人民币足矣，且有干有湿有汤水，直让陕西人觉得幸福来得如此容易，怪道人会说："幸福的陕西胃。"呵呵，人们的幸福指数也因这凉皮增加了许多呢。

　　凉皮店在陕西比比皆是，也已经有许多的陕西人把凉皮送到了东西南北，更有许多陕西的企业把凉皮店做成了连锁经营，势头很是不错。如此，凉皮真是走南闯北、惠泽天下了！愿一碗凉皮为世人的味蕾添一丝清爽，愿大家吃完凉皮"胃口更好，吃嘛嘛香，身体倍棒"！

　　来一碗凉皮，多放辣子醋啊！呵呵。

陕西面条数第一

面条是一种非常古老的食物，它起源于中国，有着源远流长的历史，在东汉年间已有记载，至今约1900年。2005年，科学家们在青海省民和县喇家村进行地质考察时，发现了一个倒扣的碗，碗中装有黄色的面条。研究人员通过分析该物质的成分，发现这碗面条已经有约4000年历史，这又使面条的历史大大提前。

其实，在不同朝代均有对面条之记载。由初期的东汉至魏晋南北朝，到后期唐宋元明清都有史料记录。但起初面条之名称却不统一，除普遍称水溲面、煮饼、汤饼外，亦有称水引饼、不饦、餺饦等。"面条"一词直到宋朝才正式通用。中国全盛时期——唐朝，便有提到当时宫廷要求冬天要做"汤饼"，夏天则做"冷淘"（即现今之冷面、过水凉面）。元代出现了可以长期保存的挂面，明代又出现了技艺高超的抻面。这些制面技艺的出现都为面条的发展做出了重大的贡献。清代最有意义的是五香面和八珍面的出现，而且在乾隆年间又出现了方便面的前身——耐保存的油炸伊府面。其实中华面食在清朝已发展得相当成熟且稳定，甚至各个地区均有其独特风味，加上中外文化交流与发展，更令中华面条，面食之文化于全世界大放异彩。中华面食驰名中外，对世界之面食文化亦有深远影响。现今的日本拉面，实际上是在1912年由中国引入传统拉面制作技艺到横滨而后形成的。

在古代中国，食品卫生条件较差，相对于其他食品而言，经过煮沸的面条最为洁净，可以大大减少肠胃疾病的发生，因此面条成为中国最常见的食品之一。由于制作、调味的不同，从而使中国各地出现了数以千计的面条品种。著名的面条有北京的炸酱面，山东的打卤面，陕西的臊子面、油泼面，山西的刀削面，兰州的清汤牛肉面（兰州拉面），武汉的热干面，四川的担担面，上海的阳春面，等等。

陕西的面条品类丰富，且都颇具特色，实力不凡。任何一种单列出来，都足以在"面界"占据一席之地。可能就因为这一点，加之陕西小吃种类的繁多，所以，外地人对陕西面条知道得不多，了解得不够详细，以至于说起陕西面条，还都不大清楚。这里，我将用充分的篇幅，给陕西面条勾勒一个相对完整的画卷。

陕西面条的原料，当然也是小麦面粉唱主角，配角还有红薯面、豆子面、玉米面、荞麦面等。

陕西面条的做法，主要还是手擀，另外还有扯、削、拉、搓、挂等。

陕西面条的烹饪方法，绝大多数是水煮，还有几种辅助方法，为蒸、烙等。

陕西面条的形态，则无外乎两类，汤面或捞面（亦称干面），以热食为主，间或有凉面。

以上罗列的是其基本概念，虽然枯燥，但已经可以说明陕西面条的繁荣与博大。接下来，挑选陕西面条的一些品牌式的门类，逐一介绍给大家。

油泼扯面：这是最能体现陕西人饮食特点乃至性格特色的面条品种。首先看面条的形态，是用娴熟的技艺手扯而成的，所用面团得加盐和成，待其"醒"到一定形态，便可两手紧捏，双臂展翼，扯成且长且厚且宽的形状，直接投入沸水锅中，一滚二开即可捞起，盛入海碗（大碗）之中，撒适量生葱花、辣椒面，再即刻浇入滚开的沸油，

"嗞啦"声中水汽蒸腾，油味氤氲，面香四散，食者豪迈端碗执筷，送入口中，半嚼半吞之下，便风卷残云，饱其肚腹，飨其味蕾，其气洋洋者矣！近年许多影视中有这样的镜头，非常能够彰显陕西人的豪迈质朴。尤其是陕西人张艺谋的影片《三枪拍案惊奇》中，麻子面馆一段制作油泼扯面的情景，更是将这一食品的形态与特点渲染得淋漓尽致。但凡陕西人嗜面者，必好这一口。曾有一旅京著名陕籍歌星，经常在馋涎难忍时，打"飞的"回陕，一碗油泼扯面饕餮之后，心满意足，志得意满地趸回歌坛，继续愉悦广大歌迷。不知歌迷之中，能有几人从歌中闻见油泼扯面的味道？

岐山臊子面：这是陕西面条中几乎最精细的一道面。传说是周文王的母亲为犒劳凯旋将士而创制的。岐山乃周文化发祥地，历史悠久，饮食随之精细。单这一道面，在手擀的过程中就很考究，成品的标准要求"薄、筋、光"，面条要薄而筋道又光亮，非一般手拙者所能为。此地人民把擀制面条作为一个主妇的必备技艺，新媳妇进门三天第一顿饭就是擀面，全村人都会关注，若这媳妇擀面技艺上乘，则很快为村人所接纳并推崇。如遇上拙媳妇，擀不好这顿"进门面"，则一下子遭人厌弃，受人白眼。而"臊子"的烹制，则更是这道面的重头戏，"臊子"的原料包括猪肉丁、胡萝卜丁、豆腐丁、水发木耳、黄花菜、蒜苗以及特别摊制的薄如纸的鸡蛋饼切成的片。从营养成分看，有肉有蛋有豆制品有干菜有鲜菜有菌类，营养搭配科学得当，相得益彰；从属性看，有植物的根（胡萝卜）、茎（蒜苗杆）、叶（蒜苗叶）、花（黄花菜）、菌（木耳），涵盖完整，精华尽吸；从颜色看，有红、绿、黑、黄、白，色彩缤纷，引人馋涎。这些原料的制作加工方法十分讲究，非炒非煮，该地人谓之"爁"，是个很难掌握的手艺活，看起来简单实则复杂，虽然几乎家家主妇可为，但水平大相径庭。有了这样考究的面条和"臊子"，基本上具备了臊子面的大概风味。面条下锅、出锅、浇臊子，浇汤，成品即成，再调入特制的醋和辣椒，一碗"煎、稀、汪"的臊子面就可以大快朵颐了。但这里要特别说明的是，"煎"是汤滚烫，

"稀"是汤宽面少，以免面条浸泡时间过长而不够筋道，"汪"是油汪汪，且五彩缤纷，五味纷呈。一般当作商品销售的臊子面，会多放面条，而原生态的臊子面则只盛很少的，几乎可以一筷子挑完一口吃完的面条。并且在过去，捞走面条的汤是不喝的，要再回锅。一是怕客人喝汤后胀腹，不能尽享面条美味；二是舍不得倒掉汤，干脆再倒回锅中。听起来很不卫生，但该地人认为高温烹煮，不会因而致病，实则是好客多礼又好面子的当地人，虽物质匮乏，但一定倾尽全力招待客人的无奈之举，近年来这一习俗已逐渐消失。

杨凌蘸水面：杨凌是以隋文帝杨坚陵墓而得名的陕西的一个镇子，后来因有许多农科院校选址这里，升格为一个城市的建制区，近年来又在这里建设了国家级的农业高新技术产业示范区。这里的历史悠久，面条也更具特色，形状宽而长，真正像裤带般宽窄长短。那句"面条像裤带"的谚语在这里体现得原汁原味。每条面条足足用面粉一两有余，可见其巨制，呵呵。这种面条出锅后，会盛在盛满汤的为它量身定做的小盆之中，再有一碗特别烹制的"汤臊子"即成体系。吃时从盆中将面条挑起捞出，然后在"汤臊子"里蘸食。这"汤臊子"一般会是西红柿鸡蛋或其他原料特制而成，因为面条要在其中蘸食，所以味道稍重。那尺把长、寸把宽的面条从盆中捞出后，在"汤臊子"里蘸满汁液之后入口果腹，味道自是独特。吃这种面时，老板直接问顾客，"几条"？熟客便答两条、三条等。有第一次去吃的人，会很纳闷老板的询问，"面条有论条卖的"？是的，这种面条的计量单位就是条，一条就是一两！

类似于这种吃法的还有户县摆汤面，只是面条是普通的条状而已。窃以为这种吃法的妙处在于面条和汤汁（臊子）的充分融合，滋味更加醇厚。

遍遍（biangbiang）面：关于这种面条，应该有几种意思，一是它并不特指一种面条，而是一个象声词，"biangbiang"是制作时在案板上摔打面条的声音，也有戏说是吃这种面条时发出的声响，虽有些不雅，但实在是因为面条香得让人难以自已。其实，还有一个客观原因，就是因为面条又宽又长，入口时想不发出声音都难。所以，在外人看来，这面条就应该依着这声音叫作 biángbiáng（biangbiang）面。二是从面条品种来看，它就是泛指又宽又长的面条。陕西人特别是西安周围的关中人，特别喜好这简单实在、嚼劲十足的面条。至于吃法，代表性的有油泼、臊子拌、腊汁肉拌、蘸辣子蒜汁等。

东府旗花面：东府本是同州的古称，包括了今渭南市及其所辖诸县。这地方有一道面食简单实惠，面条切成方块或菱形类似于小旗子，各种菜蔬或丰或俭，直接下锅与面条同煮，起锅之前调料下锅，出锅盛入碗中即可立马食用，而菜、汤合一，滋润、热乎、暖胃，一碗之中乾坤尽显，老少皆宜。

耀州窝窝面：这是陕西耀州独有的一道传统面食。清道光年间，耀州城内恒盛饭馆的大师傅田丰科是位烹调高手。一日店内客少无事，他突发奇想，用鸡蛋和好面，擀切成小方丁，然后用筷头顶住面丁从拳心穿过，面丁便成窝头状，再配上蘑菇、肉丝、木耳等佐料，烩煮成面让食客品尝，大家一致赞不绝口，这便是原始的窝窝面。后因年代久远，几近失传。20世纪80年代耀州城内"五一"食堂厨师宋伍存仔细琢磨，复将此道面食推出，备受欢迎。如今的窝窝面选料更为考究，主料还是精白细粉，做法依旧，只是佐料增加了不少品种，其中有蘑菇、核桃仁、木耳、蛋片、肉米，并配以多种调料，细数下来，已超过十种。烩煮成的窝窝面盛在极其精细的瓷碗里，在袅袅的蒸汽中，一粒粒如珍珠般的面粒，在一群配料中若隐若现，还未入口，就被它珠圆玉润的模样打动了。而窝窝面却是细腻、温润的，它是被厨师们精雕出来的，吃着它就像是观赏一件艺术品，它的香醇也是厚重、久远的。它是宴席的主角，它的出场必须是众星捧月般的，在您正需要点补小食时才能与您见面的，因此，它又是另一种陕西面条的骄傲。

以上是几种常见的，也是常规的陕西面条，其他有稍别于这些面条的，也基本上是万变不离其宗。除过这些常规的面条，还有一些"变种"的，可以归纳为面条家族的食物，如饸饹、麻食、拨鱼、抿尖、烙面等等。

饸饹：这一定是人们为了把不易揉捏擀压成型的杂粮做成面条的一种发明，也是粗粮细做的典范。原本为了果腹的尝试，不经意间成为一道经典的面食。饸饹的做法非常有趣，把面粉（玉米面、红薯面、荞麦面、小麦面）用冷水和了，做成圆柱状，上笼蒸至半熟。然后把半熟的面团填入压制饸饹的器具，用力下压，便有条状的面条出来，再下锅稍煮，就可以用各种办法调制后果腹了。比较常见的是荞麦面，红薯面和玉米面曾经在粮食短缺的时候唱过主角，现在很少了。也有用小麦面压制的，主要是夏天当作凉面吃，别有一番滋味。

麻食：把面团搓成条，剁成节，再用大拇指捻成铜钱大小的圆片即成。有的地方叫猫耳朵，那是奔着形状去的。麻食的叫法可能专属于陕西，至于为什么要把这一独特的面食谓之麻食，似乎没有一个权威的说法，那就姑且探讨一下吧，作一家之言与大家分享。一来可能是形状的缘故，它的形状像猫耳朵，但也像麻钱，所以可能因之得名；二来陕西人喜食花椒，在调制面条时一定会加入花椒面，花椒是麻味的，所以把这种面食称之麻食，似乎有些牵强，算是臆想吧；三来想起饺子在陕西一些地方被称之为扁食，那么麻食是不是也类似于这样的命名？扁食、麻食，应该都是文言文色彩很浓的称谓，这也符合陕西历史文化的特点。麻食的吃法最常见一种，那就是菜蔬下锅，面与汤同食。根据口味，可荤可素，下锅的菜蔬丰俭由人，粉条、豆腐、土豆、萝卜是其常态，再加入泡好的黄豆，口味更好。吃的时候，还会有专门的炸好的面角撒在上面，油香脆生，再有碧绿的香菜点缀，这一碗麻食就更加五彩缤纷、五味俱全了！

至于拨鱼、抿尖等等，都是陕西面条的小分支，都是为了把杂粮细做而采取的办法，在陕北过去做得较多，因为小麦少而杂粮多的缘故。现在已经很少有人做了，一来是陕北经济变好，杂粮从主角变成配角了；二来生活节奏加快，这些费事费力的细活路人们懒得做了。

陕西人对面条的感情太深了。有这样调侃陕西人的话："八百里秦川滚滚麦浪,三千万老陕高唱秦腔。一碗油泼面喜气洋洋,少了辣椒嘟嘟囔囔。"其实这四句话无意中阐释了陕西面条的成因、渊源、人文特点和食用特色。滚滚麦浪有原料,高唱秦腔人豪迈,性格刚烈喜酸辣,吃不舒服说出来!

长期以面条为正餐主食,变化出种种花样就很正常了。即便现在生活水平大大提高,食物的选择非常多样化了,陕西人仍然忘不了这碗面条。有趣的是,一桌高档酒席的山珍海味的风采,经常会被最后的一碗面条所超越。看来,这股饮食的执着真是顽强得非常了得。

曾经对外地朋友讲过,在陕西吃面条,一个月不会重样!此言非虚。有机会来陕西吃面吧,一定让你大快朵颐!

陕西锅盔盖天下

"陕西八大怪"中有一句"锅盔像锅盖",本地人会心一笑,外地人一头雾水,什么是锅盔?

锅盔,从字面意思上讲,"锅"是普通的饭锅,"盔"是士兵的头盔,二者合讲,"像饭锅一样的头盔"?"做饭锅用的头盔"?似乎都有违常理,本身的意思也很局限。到底是什么意思?

且听一段历史故事:修筑乾陵的时候,工程浩大,人员众多,不惟民工,还有大量的兵士。这么多人的饭食必然费工费时,怎么办?情急之下,有士兵便取来面团,把自己的头盔当锅,架上柴火,在里面烙起面饼来。士兵是豪放的,想必饭量亦大,面团摊成面饼便厚得异常,烙熟的面饼也是又厚又大,形状俨然头盔,翻过来就是一个活脱的锅盖。于是,人们把这种又大又厚的面饼命名为锅盔馍,简称锅盔。又因锅盔太厚,吃时必须嘴巴尽张、两目圆睁,又谐之为"睁眼锅盔"。后来,民间把这种发源于士兵急就章的食物进一步精工细作,就成了一道美味。

其实,烙制锅盔的起源是打烧饼,锅盔是烧饼的巨无霸尔!

论起打烧饼,陕西人当是鼻祖。过去人们认为烧饼是胡饼,乃胡人食物，是舶来品。而现在的一些言之凿凿的说法推翻了这一点，认为烧饼本是秦地汉人食品，后来传到胡地而已，胡饼后进入秦地，至多是出口转内销。前几年，在新疆发生骚乱的时候，新疆大学的一个学者有一次电视谈话，他认为，新疆的馕实际上是从陕西大荔一带传入的，并且认为，原来在大荔，烧饼是用特制的瓮状的烤炉先烙后烤的，传入新疆以后，因地制宜，删繁就简，直接在地上掘坑，为便于翻转，把烧饼的周边凸起，便成了馕。

现在陕西人打烧饼依然沿用古法，先烙后烤。烙制时用铁锅，烤制时用泥炉。这是一个看似简单实则充满智慧的做法：因铁锅导热快，所以面饼表皮很快会干结、熟脆，但内里却是生的，如果一味地烙制，则必然会使表面焦煳，而内里还不一定熟透，怎么办？聪明的秦人想到了导热较慢的泥土，以泥土为原料做成圆筒状的烤炉，把烙制过的外脆里生的半成品面饼，靠立在炉子的内壁，并不与炉火上下直接接触，只是让熊熊燃烧的炉火产生的热量从侧面慢慢地、温柔地炙烤，从而使面饼外焦里熟，香气扑鼻，乃成。

美食体味

回过头来说锅盔，因为因陋就简的缘故，所以只能一味地烙制，怎么防止外焦里生？不是"扬汤止沸"，而是"釜底抽薪"——改变烧火的原料，使用火劲最小的文火——麦草火，慢慢地烙制，则热量徐徐导入，工夫既到，食则熟也！

列位肯定要问，既然那么费工夫，为什么不把面饼摊薄点，简单省事？其实，正像先哲孔子所言"食不厌精，脍不厌细"，如果只是一味地填饱肚子，那任何食物的烹制都会变得简单异常，做熟就是了。锅盔的制作正应了此理，一种烹制办法出一种味道，要想享受食物的精美，必须要制作花样翻新，百工百味，厚有厚的滋味，薄有薄的特色，锅盔的味道迥异于一般的烧饼，值得下工夫。

现今，在陕西的一些农村，依然有执着于锅盔烙制的，他们烙制的锅盔有一拃厚（拃为量词，意为手掌张开后大拇指尖距中指尖的距离）。烙制这么厚的锅盔，所用的时间往往需要四五个小时以至更长。所谓慢工出细活，这样的以麦草火烙制的小麦面做成的锅盔，真正是原汁原味，麦香纯粹而完整，闻一鼻便馋涎欲滴食指大动，咬一嘴满口清香，嚼一阵满口生津，食一餐满心欢喜，几口热汤浇灌下满腹化消，怎不呼人间美味也！

秦地盛产小麦，秦人以饼、馍、面条为主食，其中的饼，更多的是为了美味，为了储存，为了携带。征人远出，游子离家，必有高堂老母或贤惠媳妇烙制许多，在殷殷的叮嘱和不舍的泪花里，锅盔是关切，也是牵挂——路上吃好啊，吃完了就回来……

现今，饼的表现形式更多的是烧饼，秦人以为主食，以为肉夹馍，以为羊肉泡。锅盔，作为烧饼的一种形态，也还顽强地存在着，那足足有十几公分厚的，直径在一尺左右的锅盔，更多的是诠释着秦人的豪迈与阳刚，更多的是作为一种符号，延续着秦文化的血脉。

愿锅盔永存，在快餐文化充斥的当下，能守着这一份从容，留存着这一份美味，是一种境界。

陕西包子好肚量

陕西有几种很有特点的包子，名气不如东北的粘豆包、新疆的烤包子、四川的龙眼包、上海的小笼包那么大，但那多半是因为陕西的小吃太多了，以致它被淹没了的缘故。其实，陕西的包子也蛮好吃的，也是陕西众多知名小吃的重要组成部分。

一是灌汤包子。从字面意思上容易歪解，似乎是把汤灌进包子里。其实不然，反而是吃包子时汤汁会从包子里淌出来。一个包子内含一口汤，先喝一口汤润润肠胃，再咬一口馅大快朵颐，先喝后吃，边喝边吃，嗓子不干，利于下咽，馅汤相融，易于消化，十足的有趣、保健呢。只是那汤是如何进到包子里头呢？灌进去？显然不对，液体也无法包住啊！聪明的陕西人在拌包子馅的时候，把骨髓汤冷冻后掺入包子馅中，包子上笼强火蒸熟，骨髓汤自然融化，于是就有了这汤、馅分离的有趣吃法。食客望文生义，就称这样的包子为灌汤包子。吃灌汤包子是个细法活，千万不能狼吞虎咽，不然肯定烫着，烫舌头、烫脸颊、烫手指的都有，据说还有人吃汤包烫着了自己后背的。这也是强制性的细嚼慢咽，很科学呢。轻轻夹，慢慢晃；戳破窗，勺接汤；先喝汤，再吃包；既文雅，又排场。斯文又美味。其实就是拿筷子把包子戳破，让汤汁流到勺子里，然后再吃包子喝汤。陕西的灌汤包子从清真的贾三灌汤包子，到汉民的小六汤包，是其中的佼佼者，包子都鲜香肉嫩，皮薄筋软，外形玲珑剔透，汤汁醇正浓郁，入口油而不腻。来西安别忘了这一口。

二是时辰包子。这是关中东府渭南一带有名的地方风味小吃。"白面细皮僧帽装，油渗包皮呈金黄。香飘招徕行人步，油而不腻味道长。"这是旧时对久负盛名的渭南时辰包子的一首赞美诗。据载，清光绪二十九年（1903年），渭南城出了一个卖包子的名家，姓张，他的包子味道特别香美，远近驰名，以至供不应求，时辰一过，便买不到，这才由顾客口里传出"时辰包子"的名字来。渭南时辰包子从取料到制作都有严格的规程，一丝不苟。做皮的面，要选上等小麦，用石磨细磨，再经细箩筛选。做馅的猪油，要用真正猪内腔里那两块板油，不用花油，而且要精心贮存一年后再用。油去膜，切成黄豆般小粒，和以粗面粉，锅内加陈菜籽油，文火炒熟。佐料用华县特产赤水大葱，去掉头、叶、杈，仅取其中，拌上陈菜油、炒面做馅，配以韩城特产大红袍花椒和小茴、大茴、丁香、桂皮、草果、砂仁、荜拨、豆蔻制作的九味调料。半夜起来蒸包，过路人能闻见香味。包子状如僧帽，小巧玲珑，周边洁白，包底金黄，肥而不腻，香味悠长，吃一顿包子走十里路，还口齿留香，所以又被叫作十里香包子。为解腻，吃时必定佐以大葱蘸黄面酱，还须喝一杯浓茶。在过去，人们肚子里油水少，这种大油馅很受欢迎。现在人们都喜清淡素食，这种包子受欢迎的程度有所降低，但仍然是一种独特的风味，偶尔吃一顿很不错的。

三是面油包子。不知道是不是陕西关中长期大面积种植优质小麦而少种菜的缘故，以至于会有面粉做皮又用面粉做馅的包子。这种包子是把面粉用清油拌了，加盐、花椒叶、小茴香、芝麻等，调制成软硬适度的油面团，便是上好的包子馅料。这样的包子，当地人称之为油包子，其他地方很是少见，有的更是闻所未闻。之所以会有这样的创意，想来还是这个地方多粮而少菜，不知是哪代先圣想出了这样的高招，面包面，也能跻身于包子行列嘛！这种包子味道油香不腻，四季可为，很早就成为当地食物中的上品。乡间有个讲究，出嫁的女儿回娘家，一定要给爹娘带这份礼物。以至人们在论儿论女时会说："生个儿子是要账的，生个女儿能吃油包子啊！"而从包子馅的多寡里，能看到家境、收成、用心。过去的油包子可能就一点点馅，所谓第一口咬不着，第二口咬过了，呵呵。如今，食油充足了，这油包子的内涵也大大丰富了呢。这种包子才刚刚进入商品行列，很少在市面上见到，如果想吃，不妨去关中东府走一走，家家户户几乎都有。

包子，是再普通不过的食物。陕西人很用心，做出了很多有特点的包子。大肚能包，包容四海，真是好肚量，既丰富了包子的种类，也是对饮食文化的贡献呢。

饺子宴客情意长

饺子是大众食品，但陕西的饺子品种更多一些，特点也更加鲜明，比如，把饺子独立做成宴席待客就是独有的。

大概是20世纪80年代初，西安一家久负盛名的饺子馆研制开发出了饺子宴，之后不断改进翻新，到现在已经是西安美食的一个代表作了。

顾名思义，饺子宴就是以饺子为唯一主角的宴席。能够把一种面食做成一桌宴席，实在是智慧与热情的结合，也凸显出陕西饮食文化尊古不泥古，既继承历史传统，又不断推陈出新，不断探索发展，更显现出博大精深来。

既然是宴，就必须有相应的规模，有一定数量的品种，才能自圆其说地组成宴席。西安的饺子宴做到了，前前后后有三十几道饺子，最后收尾的依然还是饺子火锅，够神奇的吧。其实，这三十几道都是饺子，呵呵。这不是废话，这是西安饮食实力的体现。我们经常吃饺子，也会变换不同的馅子，但变来变去只是内容变而形式不变，从外观上看都是一个模样。而西安饺子宴的饺子则一种一馅一型，这就不容易了。

先说饺子馅，有几乎你能想象得到的各种各样的菜蔬或其组合，什么猪、牛、羊、鸡、火腿、莲菜、芹菜、韭菜、茴香、萝卜、核桃、木耳、香菇等等，都能变换着花样和组合包在其中，让你在吃饺子的名义下尝尽天下菜肴，不觉单调。而饺子的外形，则有扁、有圆、有三角、有菱形、有花瓣状等等，极尽能工巧匠之能事。还有饺子皮，也用了小麦面、荞麦面、米粉、栗子面等原料。至于味道，则以咸为主，以甜辅之。看着那么多造型艺术、韵味十足的饺子，你先是欣赏，后是迷恋，再是不忍动箸，一直到忍不住的时候把它吞下去，也算是给自己一个艺术享受，也算是把这尤物保存在暖暖的胃肠之中。

每一道饺子上桌的时候，服务员一定会进行详尽的介绍，让你吃个明白，你是既增长了见识，学习了知识，懂得了营养的搭配，还明白了许多养生的道理呢。之后你再细嚼慢咽，直感叹"此曲只应天上有"，直呼过瘾，大快朵颐！

饺子宴会根据食客的多少以及主客观的因素，挑选其中一些品种搭配，很少有所有品种上全的，不然你真会眼大肚子小，看了吃不了。在你欣赏了饺子王国的众多佳丽之后，最后压阵的"太后"一定会出场——一道据说是慈禧太后享用过的饺子火锅。服务员一定会告诉你一个故事：当年慈禧太后西逃西安的途中，有一次不到饭点肚子饿了，命令厨师快做点心。慑于慈禧太后的威权谁敢怠慢？但又限于条件与时间，怎么办？一位聪明的厨师命帮手点燃火锅炖好鲜汤，自己根据慈禧太后素日喜食饺子的习性，快速包好了极小的类似珍珠状的鸡肉馅的饺子，下锅稍煮即熟，赶快连汤带饺子盛于碗中呈给慈禧太后，凤颜大悦，大家平安。之后，这道饺子火锅便被命名为太后火锅。

西安饺子宴把当年太后吃的火锅奉献给大众百姓，还特别设计了一个非常温馨的细节——服务员点燃火锅之前先灭掉灯盏，类似于生日蛋糕点蜡烛一般营造气氛，但见黄铜的复古火锅，下有火焰熊熊，上有蒸汽氤氲，实在是热闹温馨。揭开锅盖下进一小盘珍珠饺子，服务员会告诉你，接下来会随机盛给各位数量不等的饺子，如果您吃到一个，表明一帆风顺，两个是双喜临门，三个是三阳开泰，四个四季发财，五个五谷丰登，六个六六大顺，七个紫气东来，八个恭喜发财，九个天长地久，十个十全十美！假如一个也没有，那就是无忧无虑啊！于是，大家都复习一年级算术，看自己应了哪句吉言，直至欢声笑语皆大欢喜！

如果说前面的饺子更多是作秀成分，您还没有吃饱，不要紧，最后会为您送上几大盘普通的水饺，保您吃得舒服开心。

这是一种文化。饺子是团圆的象征，是包容与和谐。送客饺子迎客面，这两样都是陕西饮食的强项。

来陕西吧，我们有为您接风的油泼面，更有祝您一路平安的饺子宴！

腊牛羊肉香止辇

腊肉,是指经过盐腌晒干或浸泡腌制的肉。这样做的原因,最初是为了保存的需要,制冷技术发明之前,只有这样做才方便随时吃到肉。后来人们发现,这个"腊"不但能保存肉,还能使肉增加鲜肉没有的味道,于是便成了一种为保存而衍生的制作美味的方法。腊肉,也变成了一种常态的美味。

腊肉的原料很普遍,猪、牛、羊甚至鱼,以至许多的野味都可以做。北方少鱼,野味我们也主张少吃或不吃,所以一般的就是腊猪肉、腊牛肉、腊羊肉。陕西有秦岭横亘东西分隔南北,腊猪肉主要是秦岭以南生活的人们所做,而西安的美味里面,主要是腊牛羊肉。

制作腊牛羊肉,要选用上好的陕北绵羊和关中黄牛,要经过先腌后煮的工序,选料考究,工艺复杂。其中的许多诀窍、秘方因人而异,制作出的成品质量也就大相径庭。西安制作腊牛羊肉的历史悠久,应该是有千年以上了。过去的历史已无从考究,也不知道李白当年在长安城的下酒菜是不是有腊牛羊肉?呵呵。但就如本文标题所列,清末之后,西安的腊牛羊肉可就有的说道了。

西安有家腊牛羊肉店有块金字招牌"辇止坡",大有来头。当年慈

禧太后逃难西安的时候，一日出巡，忽被一阵异香所引，急令停辇问个究竟，原来是附近一家腊牛羊肉店煮肉飘散的香味。于是呈上品尝，慈禧太后凤颜大悦，问左右赐以何名，侍奉左右的军机大臣鹿传霖谏以"辇止坡"（因此地路段为坡，店居一端），慈禧太后恩准并赐名。后店家又求当时兵部尚书赵福桥的老师邢庭维手书招牌，沿用至今。故此，本文的文名即以此而命。

西安制作腊牛羊肉的店家很多，除过这家"辇止坡"比较有名外，还有许多的名店。西安人大都喜欢这一口，所以店家的生意都不错。过去一般都是现做现卖，当日卖不完的无法保存，所以规模都不大。后来有了制冷技术，便渐渐扩大规模。再后来，有志之士采用现代化的工艺，工厂化生产，真空包装，就更使这种本来只能西安人独自饕餮的美味走出潼关乃至漂洋过海。但还是新鲜制作的好吃，家住西安或是旅居西安，一定会有这样的口福，要现吃，就把肉稍微剁剁，夹在热腾腾的酥脆的烧饼里面，这是清真意味的肉夹馍。如果要下酒，便可细刀切了，码在盘子里，直接吃亦可，蘸点辣子醋水则更有感觉。当然真空包装的也不错，那是让你带走的，你可以带给远方的亲友，让他们在远方吃到西安的美味。

有一个场景可以说明西安腊牛羊肉的火爆程度：有一个知名的腊牛羊肉店，平日里总是要排队购买，到了年节，比如端午、重阳、中秋、春节，那一定是人潮涌动，非有两三个小时是买不到的。有缘的是，这家店老板大哥是我的朋友，每每会送了给我。但有朋友想在年节买时，我还会走后门，让大哥在库房买好，省却排队的疲累。

列位要问，既然如此火爆的生意，为什么不扩大规模？这就有的说了，西安有很多家极其受欢迎的小吃店，多年来坚决不开分店，就守着一个老店经营。究其原因，老板回答坚决："为了保证质量！"比如有一个卖汉民肉夹馍的店，快三十年了日日吃客爆棚，但老板非但不开分店，反而固守每日定量，基本上到中午饭后就打烊。你也许会说他们保守，或者是没有魄力，但他们依然固我。他们看多了一些盲目扩大规模的店家，降了质量、坏了名声、砸了招牌的事情。笔者不是一个保守的人，但要为他们辩解：小吃，中国的小吃，特色就在于因人而异，换了厨师就换了味道。也许那小吃是有灵性的，必须是那一个制作人的气息的影响，其他的学习模仿克隆者无法传其气息，也就无法传续质量。也许后人比前人还要做得好，但那一口的味道还是大有区别的。所以，几十年了，就是那一位在掌握着诀窍亲自操刀，我们生逢其时，有了这一口的口福，该当知足。

腊牛羊肉，让您来西安又多了一份口福。吃了再带点回吧，欢迎再来！

陕西凉粉亦美味

　　凉粉是陕西小吃中最有特色、吃法花样最多的品种之一。一般用红薯淀粉、土豆淀粉等做原料，也有用绿豆、荞麦做原料的，更有一些山区地方，就地取材，用橡子粉、"神仙粉"等制作的。凉粉的做法比较简单，只需经过一些简单特定的程序，把上述原料加工成半透明或不透明的胶体，趁热盛入盆、盘等容器中，待冷却后取出，食用时用专用器物或刀把凉粉拉成丝、切成条、削成片后，再加佐料食用。

　　凉粉的吃法很丰富，冷热皆宜。通常的吃法是凉拌，配料主要有油泼辣子、蒜汁、芥末、姜末、泡椒、醋、酱油、芝麻盐等，各人根据自己的喜好，分别调味，一样的凉粉能吃出不同的花样。

　　比较特色的有几种吃法：一是炒凉粉。"炒碎一点儿，多焖一会儿，多放蒜苗，辣子多来！"在西安的街头巷尾，尤其在回民饮食街，常听到这样的声音。只见在路旁摆口大平底铁锅，摊主用大铲子仔细地不停翻炒，凉粉的颜色很诱人，红的是辣椒，绿的是青翠的蒜苗段，上面一般还会扣一个蓝绿色的大碗。现吃现炒，等油热了，将凉粉翻炒均匀，接着将提前调制好的汁水"呲啦"一声浇在凉粉上，然后迅速用大碗扣住焖几分钟，让调料汁的味道充分渗入凉粉当中，不一会儿，浓郁的香味飘出来，嗬！馋得你等不及拌匀，心急火燎地吃一口，又香又辣又滋润，味道美极了！二是卤汁凉粉，也可以看作是泡馍的一种。卤汁凉粉的卤与字面上的卤大相径庭，它并无卤的含义。其做法是将水烧开，打进提前和稀的淀粉糊，使之形成挂芡状。水微开后将打搅后的鸡蛋均匀打入锅，再加少许盐出锅，即成卤汁凉粉的卤。熬出热热的卤汁，再将凉粉拉成条状，待食客上门，先将烧饼掰碎在大碗中，盛入凉粉，浇以卤汁，再调入芝麻酱、蒜水、醋、香油等，再将一个变蛋一分为二放在上面，一碗热闹非凡的凉粉就调制停当。您吃时切不可乱搅，要吃一部分调一部分，大师傅的调料布得极匀，断不会吃到最后没法调和，以酸辣为主，若食欲不振，大有奇效。另因卤汁热乎，又中和了凉粉的温度，使您不会因贪凉而引起肠胃不适。

再有几种凉粉就比较地域化，如在陕西商州、洛南等地，有一道橡子凉粉很受人们的青睐。当地盛产橡树，人们把成熟的橡子打回来，去外壳，晾晒干，然后打成淀粉，再用淀粉做凉粉。橡子凉粉制作工艺较复杂，尤其是对水的要求十分严格，当地多用山里流出的无污染的泉水，好水决定食物的大半味道，这样的凉粉吃起来爽滑、筋道，十分可口，也绿色、养生。当地经济较落后，有了这道小吃，也可以增加收入。有动手早的制作者，靠卖橡子凉粉供出了几个大学生呢。如今，西安的一些饭店也逐渐引进这种食品。

同样是商洛山中，在山阳县还有一种凉粉叫"神仙粉"。传说在很久很久以前，此地连遭三年大旱，饿殍遍野，十室九空，在死亡线上挣扎的灾民，成群结伙地向山外逃荒。途中遇一位神采奕奕的老奶奶，用拐杖挡住他们的去路，和善地说："你们不必逃荒，山阳鹃岭南北有一种树，叶子叫'神仙叶'，能做凉粉，糊口度日不成问题。"接着她教大伙如何辨认叶子，如何制作凉粉，说罢驾一朵祥云腾空而去。众多灾民方知是神仙点化，便跪地叩头："多谢神仙救命！"灾民们返回家园后，按照神仙指点的辨认方法，采回了叶子，又依照神仙教给的制作步骤，做出了凉粉。这神奇的"神仙叶"是分布在广袤山林里的

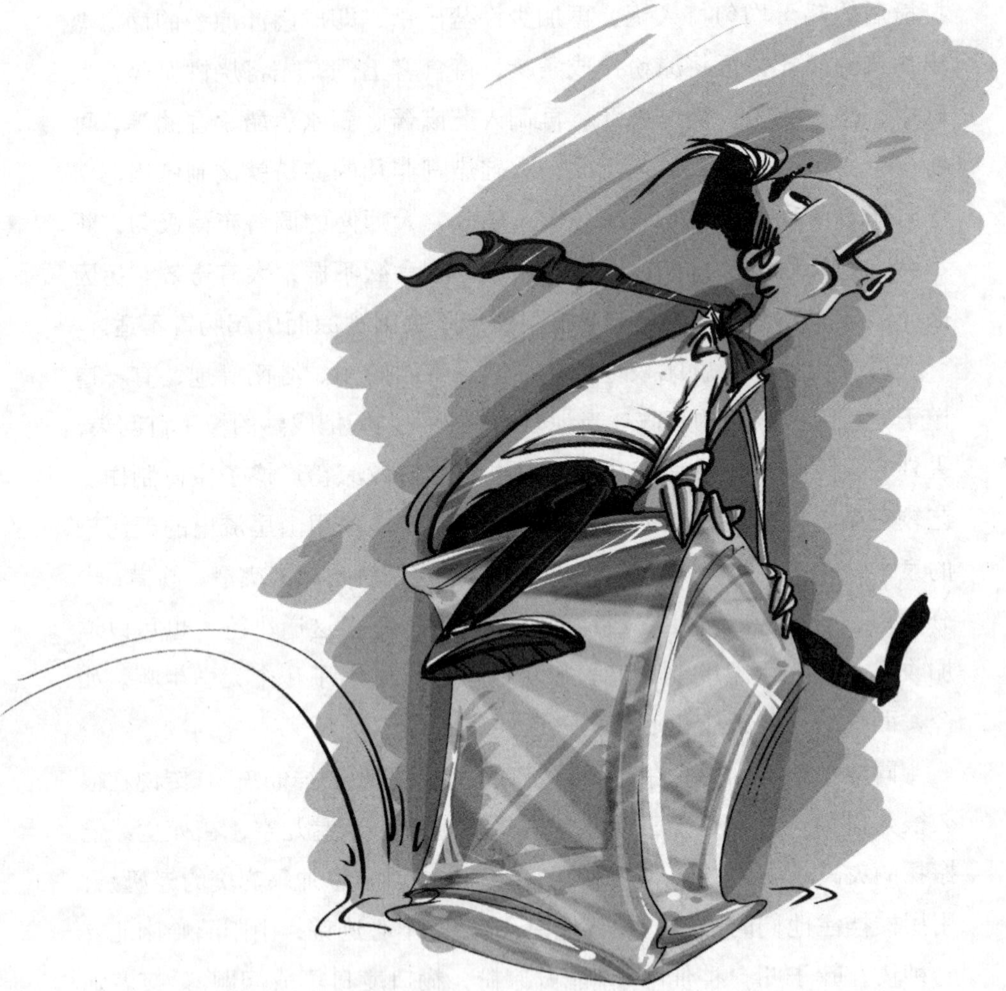

一种灌木，学名叫二翅六道木。"神仙粉"的做法是将采回的新鲜叶子淘净，在盆中用开水烫匀，再掺凉水搅拌，使其不烫手为宜。接着双手重复揉搓，直使叶子和热水成为糊状，然后用布袋过滤盆中，待冷却后即成凉粉。现今在此地，虽已无饥馁，但这道小吃仍盛行。新鲜的树叶采摘了，用不完的晾干贮藏，干叶亦可制作，且风味不变。

这里，还要浓墨重彩地推出子长凉粉。子长县原名安定县，因纪念民族英雄谢子长而改名。子长凉粉是传统风味小吃，历史悠久。子长凉粉有绿豆凉粉、荞面凉粉、洋芋凉粉之别，以绿豆凉粉最受人青睐。绿豆凉粉采用优质绿豆，制成绿豆粉面，再加水兑矾至糊状，锅内搅至稠，熟后盛于器皿冷却，再浸入凉水中，食用时切成条、块，拌以酸辣佐料。成品凉粉绿莹莹、颤悠悠，灿如美玉，细如凝脂，看似柔嫩，实则筋韧，富于弹性，可切成细丝挂钩叫卖，为充饥果腹的美食。子长绿豆凉粉，不但本地经营的人多，好多人还到延安、西安等地摆摊设点，专营子长绿豆凉粉，生意很是红火。

子长凉粉还为中国革命做出了很大贡献呢。当年中央红军到达陕北，曾住在子长瓦窑堡，那时绿豆凉粉是当地最好的食品，应该给红军战士打过牙祭。有老革命家回忆说，中央同志对绿豆凉粉"印象很深，兴趣很大""为革命前辈所称赞"。子长的绿豆凉粉不仅好吃，也好看，本地人就用绿豆凉粉形容妇女长得漂亮。绿豆凉粉绿格莹莹，确实能给人以美感，用来形容美丽的女子，倒也有趣。

小小的凉粉，亦菜亦饭，点心正餐皆可。品类繁多，味道鲜美，也能为您的味蕾添一丝享受呢。

朴拙浑厚糊辣汤

中国的早点很有地域特色，北京人爱吃豆汁油条，兰州人清早一碗清汤牛肉面，武汉人更是三镇统一热干面。西安作为饮食文化传统深厚的城市，早点的品种相对丰富，水盆羊肉、麻花油茶等都很有特色。近年来又兴起一个新的品类，在早点市场中占了很大的份额，那就是糊辣汤。

其实，糊辣汤最早是河南小吃，即便现在也是河南小吃的当家花旦。关于糊辣汤的传说也来自河南：当年于谦任河南、山西巡抚时，驻守开封。一次，于谦出巡山西回开封途经郑州时，路途劳顿，公务繁忙，不慎伤风，连续几日不见痊愈。下属买来一家"胡记"店的酸辣汤，巡抚食后一身透汗，病体大好。于是，召见胡姓掌柜，并将其所卖酸辣汤命名胡辣汤。其后，郑州卖胡辣汤的日渐增多，后为避清朝满人忌讳之"胡"字，又兼胡辣汤呈糊状，便索性以"糊"谐"胡"，改称糊辣汤。1938年为阻止日军南下，蒋介石国民党部队炸开黄河花园口大堤，形成了3省44个县的黄泛区，河南人大量西迁，糊辣汤也跟着到了西安，这种平民化的食品很受欢迎，也几乎成为西安人的最爱。后来，西安回民中的饮食大师们，从中受到启发，结合民族饮食特点，创制出了清真食品——肉丸糊辣汤，也就是本文要说的糊辣汤，为了和河南糊辣汤区分，我们称之为西安糊辣汤。

西安糊辣汤从外观、用料、做法、口味上都与河南糊辣汤大相径庭。做法基本上分两步走，先是熬汤，类似于牛羊肉泡馍那样的汤，煮牛羊大骨，先武火后文火历时七八小时，把精髓汇于一锅汤中。然后（也可以是同时）准备下锅料，主料是牛羊肉丸，辅料有莲花白（卷心菜）、土豆、蒜薹、豆角、西葫芦等应季的新鲜又脆生的蔬菜。其中牛羊肉丸的制作颇为考究：必须选用上好的牛羊肉，洗净控干，剁成肉茸（不能图省事用绞肉机绞），然后根据经验，按比例加入干淀粉，并调入精盐以及五香粉等佐料，再倒入适量清水，用力搅拌均匀，取适量肉团搓成长条，揪成块，再揉搓成团。肉丸是要下锅煮的，所以不能太大，基本上掌握在栗子大小即可。至于其他当作辅料的蔬菜，一定要新鲜、脆生又耐煮，且都要改刀成肉丸大小相当的块状。如果选用不当或大小掌握不好，则会夹生或煮成一锅糊涂。有了汤、肉丸、蔬菜，接下来便是熬煮，当然要先肉后菜地下锅，并严格掌握火候。这其中有一个重要的环节，就是勾芡，把干淀粉加水兑成稀稠适当的芡汁，徐徐均匀地倒入锅中。糊辣汤之所以糊，这是根本。一定要掌握好，否则要么黏稠僵滞，要么稀汤寡水。临出锅前，再调入精盐以及其他汤料，一锅稀稠得当、五彩杂陈、荤素兼备的美味就成了。在出售时，还会根据顾客的要求，在碗中加入适量的香油、油泼辣椒以及香菜、葱花、蒜苗末等。

说起来容易做起来难。看似简单的一锅糊辣汤，不同的人做出来味道可就天上地下了。在西安，有很多卖糊辣汤的，但味道就差别大了。有几家味道好的，每日食客如云，在饭口排长队是正常现象。也有一些味道一般的，只能守着店面等客上门。这都缘于手艺的高低。其实所有的事情都是这样，越简单实际上越复杂，越简单越要用心，所谓细节决定成败。当然，中国餐饮的精魂就在于因人而异，不似西方快餐的工业化，这也是魅力所在。

一锅糊辣汤做好，还要准备好若干配套食物或调料，才可以出售。

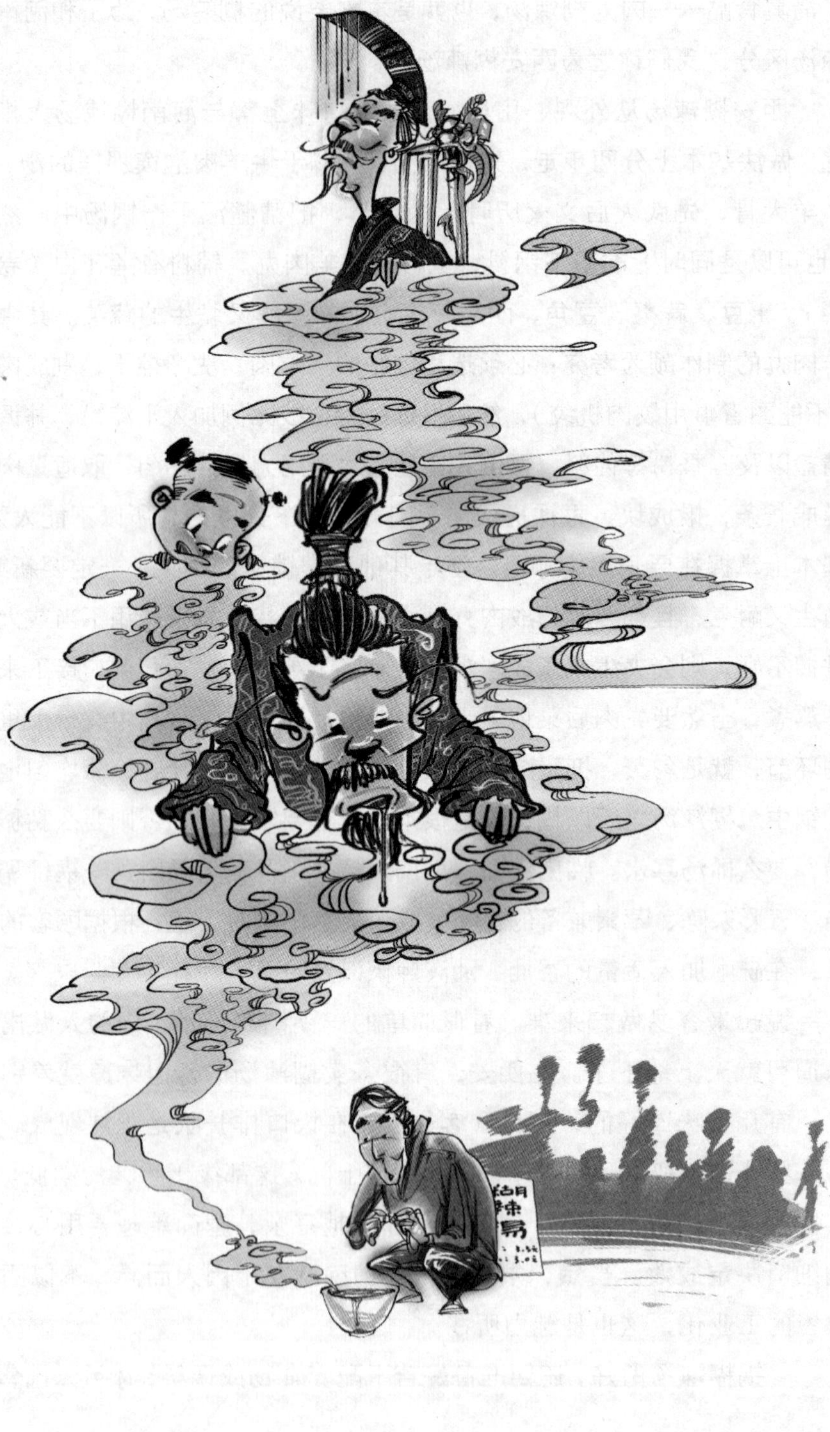

必须准备的是烧饼，这是糊辣汤的搭档。烧饼以刚出锅的实心饼为宜，热馍配热汤。另外，必须准备一大碗的油泼辣椒，其制作方法非常讲究，要上好的辣椒面，上好的菜油，再辅之以独特的泼制方法。待顾客食用时根据口味的轻重，或多或少的辣椒油，浇在汤上。至于香菜、葱花、蒜苗末，则不是必备品，有无皆可，当然"食不厌精，脍不厌细"，能准备最好。

东西齐备就可以出售，来满足各路食客味蕾的需要了。但出售也不是那么简单，一定要注意一个不容忽视的细节，即给顾客盛汤。这也是一个技术加力气的活路，一般是老板亲自上手或资深的伙计，系上围裙戴上白帽，干净利索，手执一柄整段木头刻制的木勺，根据顾客的要求，或浓或淡或全或挑，把黏稠的汤盛入碗中，白底蓝花大碗，碧绿青翠鲜汤，再浇以艳红喷香的油辣椒，撒上绿绿的香菜葱花，不由你不食指大动。

就这一碗简单的食物，西安人也能把它吃得十分讲究。你看那资深的食客，一定是先要一个大碗，一个烧饼，然后慢慢掰成青枣大小的馍块，再让师傅把汤浇在上边，之后轻轻搅动拌匀，再慢慢享用。这样的吃法可以使汤和馍充分融和，互相映衬，口感自始至终上乘。而那些性急的食客或初次享用者，则是用筷子在汤里上下左右地翻动，先挑肉丸和菜蔬，会弄得稀汤寡水，虎头蛇尾。所以，推荐把烧饼泡入后浇汤的吃法，力求滋味不散，呵呵。

有很长时间了，这一碗肉丸糊辣汤已然成为西安人早餐的至爱。它简单实惠，营养全面。你看那精心熬制的肉汤打底，上等的肉丸点缀，新鲜的菜蔬铺陈，再用芡汁把它们融和一处，真是绿色营养，美味健康！

比较起牛羊肉泡馍、肉夹馍等，肉丸糊辣汤是西安餐饮的后起之秀，但势头不错。再假以时日，一定会成为中国人的又一道美味！

清早起，饥肠辘辘，不妨来一碗糊辣汤！热馍热汤，辣子调足，再一个热脆的烧饼，包你大快朵颐，肺腑滋润，通体清爽！这一天，会因为这一碗糊辣汤丰富多彩！

甑糕糯软又香甜

甑，是中国古代一种非常古老的蒸器，底部有许多透蒸汽的孔格，置于鬲（古代炊器，用于烧煮的锅，特指类似于鼎状的炊具）上蒸煮，如同现代的蒸锅。原为陶制，后有铜制、铁制等，经民间传承，将铁甑保留至今。用甑蒸制的糯米糕称为甑糕，是陕西关中地区特有的风味小吃。

蒸甑糕时，将甑放在一个大口锅上，锅中添水，再将浸泡好的糯米、红枣铺在甑底。具体地说，要先铺红枣一层，再铺糯米一层，如此一层夹一层，铺完后盖上湿布和锅盖。用旺火烧开，上汽后取湿布洒上清水，反复洒水三次，最后用文火焖蒸，五六小时后即可蒸成。做甑糕要诀在四关：一泡米，米是糯米，水是清水，浸一晌，米心泡开，淘洗数遍，去浮沫，沥水分。二装甑，先枣子，后米，一层铺一层，一层比一层多，最后以枣收顶。三火功，大火煮半晌，慢火煮一晌。四加水，一为甑内的枣米加温水，使枣米交融，二为从放气口给大口锅加凉水，使锅内产生热气冲入甑内。

这是一道费时费力的小吃，一般家庭加工的少，多为专业开店加工经营。这又是一道选料十分考究的小吃，米要上等糯米，枣要上好

红枣。秦地秦岭南北皆产上等糯米，陕北遍植枣树，为这道小吃奠定了基础，增加了底气。这还是一道原料搭配非常科学的小吃，糯米黏软，红枣香甜，隔水而蒸，相互融合，米中浸枣甜，枣中蕴米香，其味枣香浓郁、软糯黏甜，米能果腹，大枣有益气补血、养肾安神之功效，确实是一种滋补养身的食品。

　　甑糕说到底是点心，一般不会当正餐。长期以来，是被当作早点食品的。它虽然制作繁复，但售卖时已经是成品，不需要再调制，所以，大多数情况下甚至不需要店面，就在自家连夜做好，大清早推车沿街叫卖。那是一个相当温馨的场景：一辆推车上，放置一口硕大的甑锅，上面覆盖厚厚的白色棉被，一位上了年岁的老者，慢悠悠地推着车，扯开嗓子悠长地吆喝："甑糕——热的！"声音里透出甜香来。各家门户里的人儿听了，先自咽下口水，再急急地揣了散碎银子，出门与叫卖者会合。似乎都是熟人般，先打声招呼，寒暄几句，再报出自家的需求。那卖甑糕的老者一脸笑意，一边招呼买主，一边掀开捂着的棉被一角，右手执起手边的铁铲，左手拿几页蒸透晒干的芦苇叶，动作极其娴熟地在甑锅里纵向铲甑糕，放在芦苇叶上。那铲子上下翻飞，看似眼花缭乱，实则极有规律，一定是米枣均匀搭配。遇到熟识的买主或卖家心情好时，最后一铲再从最上面的枣泥中多铲一道，那就算是馈赠了。之后买卖付钱收钱，买主会喜滋滋地捧了芦苇叶上的甑糕，或就地大快朵颐，或回家去孝敬高堂或抚爱儿孙。

用芦苇叶盛甑糕实在是一举几得，一是环保绿色，不用携带碗碟，省却清洗消毒；二是浑然天成，芦苇叶的清香搭配糯米红枣，相得益彰。但现今已经很少这样了，一次性的饭盒代替了芦苇叶，虽则方便易携带，但缺失了那份朴素亲切。工业化味道愈来愈浓的社会，让我们在快捷中得到了不少，失去的也很多。二律背反。

陕西关中人大都好这一口，隔三岔五地以其为早点，与其他的咸辣酸的早点相间，蛮是丰富。但也有不喜甜食尤其早点不吃甜食的。有一个揶揄人的笑话，说是一个人买了甑糕正欲吃时，看到旁边一老年乞丐，大动恻隐，便将这美味给这老者，不想人家直截了当："俺早点不吃甜食！"

近年，西安有老店已经扩大规模提高技术，把甑糕真空包装了，在超市售卖，也走向外地，虽然没有了那份热蒸现卖的感觉，但也保留了基本的滋味呢。

说起甑糕，顺带说一下镜糕，二者区别很大，但经常被混淆，这里叙说几句，一为丰富，二为正视听。

镜糕是另一种西安特色传统小吃。做法简单，选用品质上乘的糯米粉装入一个小小的木制蒸笼之内，撒上一些红豆或绿豆作为辅料，之后再在炉子之上蒸制而成。色泽白嫩，形状小小的，圆圆的，颇似一面小镜子，故而得名镜糕。顾客付款后，摊主用竹签扎入镜糕之中，然后再取出，顾客可以根据自己的口味，选择蘸红糖、白糖或者橘粉，丰富、完善这道点心的口感。入口绵软，甜甜的，香香的，最适宜儿童当作零嘴点心。

写下这段文字，吁了一气。陕西饮食不惟肉烂汤浓咸香酸辣，也有这甜丝丝的美味呢。

最是冬日的清晨，凛冽中去找寻那一份热甜……

先民遗风石子饼

石子饼是陕西关中地区一种别具风味的食品。因为制作时是把饼胚放在烧热了的石子上面烙制的，故而得名。石子饼又称石子馍、干渣馍等。由于它历史久远，具有明显的石器时代"石烹"遗风，所以，被称为"食品中的活化石"。

从制作方法上看，石子饼具有明显的古代石烹遗风，《古史考》云："神农叫时民食谷，释米加烧石上而食之。"亦即将石块烧热，谷物直接放在石上而制熟。这是巧妙利用了石块传热慢，散热也慢，且布热比较均匀的特点，从而达到控制火候的目的。这种烹饪方法一直为后人所沿用，不独制作石子饼，就现在餐饮业之中，也还有许多利用石头加热烹制食物的做法，如石锅拌饭、石烹豆花、石烹牛肉等。

石子饼制作并不复杂：面粉加入适量清水，加入精盐、食用碱、菜油、蛋液、鲜花椒叶和成面团，反复揉匀揉透，摘成小剂，用擀面杖擀成约铜钱厚的圆形薄饼坯。炉内燃火，铁鏊子置其上，在鏊子里均匀地铺上鹅卵石。待石头烧热后，取出一部分。将饼坯摊放在石子上后，再把取出的部分石子盖在上面，上焙下烙，数分钟后至饼色金黄即熟。

石子饼口感酥脆，易于咀嚼，适合上至九十九下至刚会走的人食用。饼薄而干，水分全无，故而不但能长久贮存，更能刺激胃液分泌，帮助消化吸收，实在是治疗胃病的绝佳食物。用的是上等白面，里面又搁置了菜油、鸡蛋、咸盐以及嫩香的花椒叶，故而味道油酥咸香，营养丰富、搭配科学。

石子饼在20世纪很长一段时间，是农家的高级食物，缺粮少油的农户，只有在家中有产妇的时候，才能烙制一些，为产妇补充营养，也便于坐月子的产妇消化吸收。及至产妇出月，便自己也舍不得吃，只在婴孩腹饥之时，掰一片石子饼，咀嚼之后，喂给哭闹的孩子。别说不卫生啊！那是没有办法的办法，那是在缺吃少穿年代一种伟大的舐犊之情啊！

石子饼还是农家旅行时的干粮。那时候很少有人出远门，极偶尔出一趟的时候，是必须要携带干粮的，石子饼就成了绝佳的随身食物。传说20世纪70年代，关中一农民有冤，地方不能伸，遂携此饼一袋，步行赴京告状。彼时正值暑天，行路人干粮皆坏，唯见其饼不馊不腐，以为奇。至京，坐街吃之，市民不识何物，狡黠的农民便售饼雇人写状，终于冤案大白。农民感激涕零，送一饼为其明冤者存念。问："何饼？"答："石子饼。"其饼存之一年，完好无异样，遂京城哗然。

关中人过去都擅长此道，几乎家家都有专用石子，长年使用，石子油黑铮亮。据传，一家有二十多年的油石子，到20世纪60年代，遭灾，无面作饼，无油炒菜，每次熬萝卜，将石子先煮水中便有油花，以此煮过两年。

随着历史的前行和生活的富足，石子饼早已不是稀罕物。只要是想吃了，随时可以做。但偏偏二律背反，在原料丰裕的今日，人们反而很少亲自去制作了。问其原因，说是费时费事。至于产妇的营养，也早已升级换代了。这说不清是喜是悲，就像很多传统一样，在现代化、工业化的今天，随着生活节奏的加快甚或生活压力的加大，人们已经慢慢淡化甚至忘却了。

一味地强调传统，似乎有些不近人情的矫情，也似乎有抱残守缺之嫌。但传统的东西既然能够传承几百上千年，就一定有它的精髓和无可替代的特质，是应该被继承和传承的，可以与时俱进，用现代的模式继承传统，用变革的创新延续传统，是两全其美的选择。就如石子饼，传承了几千年，今天怎么就会没有它的一席之地呢？

所幸，在经历过阵痛和浮躁之后，人们又陆续重拾许多传统，并注入新的内容，加入新的手段，又继承又创新。石子饼的制作又陆续恢复，并引入了工业化的操作模式和更加严格的卫生标准。制作出的石子饼风味依然，并且还适应市场要求，在食物的商品化方面下足了功夫，使石子饼这一古老食物得以登堂入室，堂皇入市，越岭出关，漂洋过海。

手边就有朋友送来的石子饼，精美的包装，上等的品质，记忆中的味道。朋友说，这个老板决心大，给石子饼注册了商标，决心做出品牌，做大做强呢！

石子饼，几千年了。发扬光大，会延续永远。

陕西豆腐百变多

豆腐是我国炼丹家——西汉淮南王刘安发明的绿色健康食品，时至今日，已有2200多年的历史，深受我国人民、周边各国及世界人民的喜爱。发展至今，已品种齐全，花样繁多，具有风味独特、制作工艺简单、食用方便的特点。高蛋白、低脂肪，有降血压、降血脂、降胆固醇的功效，是生熟皆可、老幼皆宜、养生摄生、益寿延年的美食佳品。

陕西也盛产豆腐。从毛乌素沙漠南缘到秦岭南北，从四塞之国的关中天府到黄土高坡，秦地广种豆类，汲取泉水河水井水，制作出风格各异、质量上乘、食法丰富的豆腐。这里姑且由北至南，分门别类介绍陕西豆腐的原料、工艺、特点等等。

毛乌素沙漠南缘的榆林，是国家历史文化名城。这里既有渐渐退隐的沙漠，也有清冽甘甜的泉水。榆林城内驮峰山北麓有一眼泉，名普惠泉。普惠泉水冬不结冰，雾气氤氲。盛夏清凉，甘甜沁口。经国家有关部门鉴定，普惠泉水为国家级优质饮用天然矿泉水。一方水土养一方人，用其水沐浴则肌肤滑润，洗发则柔软光泽，饮用则养颜美容，滋润得榆林的姑娘们个个面若桃花，因之又将普惠泉别称"桃花水"。

榆林豆腐即是用优质黄豆和"桃花水"磨制加工而成，点豆腐用酸浆，做出的豆腐色白、嫩软、韧细、味美。榆林豆腐历史悠久，远在明代，榆林古城为长城线上的九边重镇之一，兵民众多。由于塞外副食品缺少，居民便用普惠泉流出的"桃花水"做豆腐食用。明正德年间（1506—1521年），武宗朱厚照巡视榆林，地方官将豆腐上供，武宗食后，叹为京城御厨所不及，成为在榆林每日必食之菜。从此，榆林豆腐誉满京都。清朝，康熙皇帝巡视榆林，吃了榆林豆腐烩菠菜后，吟出了"清香白玉板，红嘴绿鹦鹉"的赞美诗句。从此，榆林豆腐更是名扬天下。外来之客到榆林，以不尝榆林豆腐为一憾事。从古以来，榆林豆腐店铺甚多，遍布大街两旁。

榆林豆腐中的炸豆腐奶，是榆林人对于豆腐吃法的创举性贡献。炸豆奶是用豆浆为主要原料制成，制法大致为：取豆浆加入鸡蛋搅散，再加入适量湿淀粉搅拌均匀；锅内加入豆浆，再加入白糖，用旺火烧开，再徐徐倒入打好的鸡蛋豆浆，用手勺轻轻搅动，防止煳底；待豆浆呈糊状时盛出，倒入瓷盘内使其冷凝成冻状；案板上撒一层面粉，将冷凝的豆奶翻扣在面粉上，再撒上一层面粉，用刀切成6厘米长、4厘米宽的条，用面粉裹匀；锅内加植物油烧至八成热时，逐个入锅，将豆奶生坯炸至金黄色浮起时，捞出装盘，撒上白糖即成。成品色黄、皮脆、内嫩、味香，真是色、香、味俱全，入口不腻，百吃不厌，是豆腐菜中的上品，为酒席宴上款待嘉宾的上等名菜。

榆林的南边是延安，延安城南数十里就是甘泉县。该县城南有一泉，水质甘甜，隋炀帝曾赐名"美水泉"。甘泉豆腐和豆腐干，以前采用一般大豆制作，从20世纪80年代起，采用延安市出产的名贵大豆双青豆（绿滚豆）制作。双青豆属春天大豆的一种，又名绿大豆，色泽青绿，碧如翡翠，种皮、果实全为绿色，外观青绿，圆籽粒比普通大豆小。甘泉光照时间长，昼夜温差较大，气候特点明显，生产出的双青豆色泽好，颗粒饱满，蛋白含量丰富，脂肪含量均衡，钙、鳞等矿物质成分理想。甘泉豆腐即用双青豆制作，成品呈淡绿色，是真正的绿

色食品。近年来，该县豆腐干加工业十分兴盛，已成为当地的主导产业，小小豆腐富了一方子民呢。

延安的南边是渭南，渭南有个白水县，因县内有白水河而得名。白水县有丰富的水资源，分布着洛河、白水河等 49 条河流，水质上乘，酒圣杜康即在此酿酒。水是做豆腐的首要因素，这里的豆腐结构紧凑细密，口感筋韧，适宜炖炒炸煮，不易松散。

渭南的南边是商洛，商洛有个洛南县，因其县治在洛水之南，故名洛南。这里豆腐的特点和白水相似，现在西安等大中城市，吃的基本上是这两地的豆腐。洛南也加工豆腐干，不同于甘泉豆腐干的是，洛南豆腐干略呈茶褐色，一律一寸见方，双筷薄厚。保存或出售时以青肯藤穿连成，食用时只需用刀切成薄片，点几滴酱醋即可下箸就酒。其特点是香爽油咸，柔劲适口，若拌以蒜泥、芥末、葱段、麻油等佐料，更是美味异常。

以上基本上就是陕西最好吃的豆腐。至于吃法，基本上分鲜豆腐和豆腐干两类，与别处无异。

既然说到陕西豆腐，还有一处的豆腐是必须要提到的，它不同于主流的豆腐，具备浓郁的地域特色，那就是汉中的菜豆腐。汉中菜豆腐又称菜豆腐粥，制作历史悠久，是汉中的名小吃。原在汉中是招待宾客的佳肴，现在已是大众化的食品。其制作的主要原料是黄豆。黄豆经过浸泡，打磨成浆，用细箩或纱布滤去豆渣，煮沸，然后加入浆水菜酸汤点清，待形成豆腐时，滤出压成块。然后用所剩的酸浆水加入大米煮熟，快熟时加入所制豆腐即成。吃时连豆腐带稀饭共同盛入碗中，配以腌韭花、腌蒜薹等小菜，连吃带喝。食后清香意爽，余味无穷。如果刚吃了油腻的山珍海味或是酒气微熏，一碗菜豆腐下肚，顿觉清香舒爽，意气风发呢。一般与汉中主流食品面皮搭配。一碗面皮，一碗菜豆腐，神仙莫过如此！

至于豆花，亦即豆腐脑，也是陕西人至爱，城乡各地都喜食之。精细的做法在西府宝鸡一带，用小碗蒸了，谓之蒸碗豆花，洁白细腻。豆花佐以各色调料或浇以卤汁，实在是一道好早点。

宝鸡人还就豆腐创制出豆花泡馍，渭南人创制出豆腐泡馍（作者都已在其他文章中细叙），更是把豆腐文化做到极致，享受到多样。

秦中筵席，豆腐必是主角，尽可以大快朵颐，难得的绿色、营养与健康呢。

热腾油糕迎亲人

"热腾腾的油糕，哎咳哎咳哟，摆上桌，哎咳哎咳哟，滚滚的米酒捧给亲人喝，咿儿呀儿咳哟"，曾经耳熟能详的一曲《山丹丹花开红艳艳》，道出了陕西人民好客的热情。随着这民歌飘香的是那油糕和米酒。

2008年春节，胡锦涛总书记到陕北和人民群众一起过春节，看到准备好的油糕，亲自下厨切了几块，与民同乐，感人至深。

以上说的都是陕北的油糕。它选用陕北特有的黄软糜子，经过去壳、清洗、泡焖、碾磨、发酵、蒸制、油炸等多种复杂工序，低温、中温、高温工艺制作而成，工艺传统，选料上乘。优质黄糜子经过石磨碾压、去壳，用清水泡淘数小时，晾干，用石碾子磨成面粉，面粉经过50多个小时的发酵、蒸制，加工成糕条后再经过10小时以上的冷却，之后切片、油炸，方可食用。油糕是典型原生态无公害绿色保健食品，富含维生素、氨基酸等营养物质，不含任何添加剂，口感绵软、香甜。过去，只有在过大年时才制作。清康熙年间，曾作为贡品献给朝廷，遂被列入宫廷御膳。毛泽东、周恩来等老一辈革命家在延安生活13个春秋，为这一传统美食增添了浓郁的革命文化韵味。

近年来，陕北人民把这一传统食物发扬光大，传统工艺及现代真空技术处理相结合，延长了油糕存放期，可以保质、保鲜，方便随时品尝待客，也可以带给远方的亲人尝一尝。

如果你现在去陕北做客，好客的陕北人一定会为你端上热腾腾的油糕。金黄的油糕上撒上白生生的绵糖，看着就是一道风景，入口更是一份甜蜜。

陕西关中的油糕完全不同于陕北油糕，它是用面粉包了馅料油炸的。面粉选用八百里秦川的上等小麦面，馅料以白糖为主，加以捣碎

的核桃仁、花生仁等。制作时要提早烫好面备用，包时将面团搓成擀杖粗细的条，切成鸡蛋大小的剂，擀成巴掌大小的片，面片包了馅料，团成小球状，下油锅炸至金黄，用笊篱捞出，盛放在小瓷盘里。吃时别着急，一定要慢慢咬开一个小口，释放一下滚烫的糖液的热气，再徐徐小口咬嚼，那一份脆生的表皮，绵软的内瓤，热腾腾、甜蜜蜜的馅料，带给你满足与惬意。

　　吃关中的油糕还是对性子的磨炼，有句谚语叫"心急吃不了热油糕"，就说的是那性急的人，不等油糕稍凉，不用小口咀嚼，一大口下去，直烫得吱哩哇啦，呵呵。老家蒲城制作油糕的历史也长，渐渐地还有了另一个意义上的谚语，形容某人行动迟缓，会说"你还等什么，吃完油糕等喝油糕汤吗"？哈哈，那油糕汤就是滚烫的热油啊！家乡人言语实在硬棒，于此又可见一斑。

　　为了好吃又好看，关中油糕中有一种泡泡油糕，也即油糕表面起泡，煞是好看。这实际上是在和面的水里加入了猪油，水中加油谓之"乳浊液"，类似于肥皂泡的原理。经油炸后，油糕表面起白色的薄薄的面泡，好似隆起白色的小纱巾一般，也像给油糕戴上了白色小帽，卖相大好。其食用之法以及口感与上述油糕无异。想想真是"食不厌精，脍不厌细"，这个也许是因不经意的发现创制的美食，追溯历史上千年呢。秦地历史悠久，文明积淀深厚，实在是博大精深。

　　随着历史车轮的前行，各地饮食大有汇集交融之势，西安是美食之都，汇集了南北东西的美食，并且各行其道，互相促进，足见这座城市的胸怀。就这油糕而言，现在在西安都可以看到，都被精心制作，都能热腾腾地迎亲人！

　　不要顾忌油炸与甜糖，这种美味，一定要尝一尝，不留遗憾，感受生活的甘甜。

　　油糕——刚出锅——热的！

滚滚米酒醉人心

"滚滚的米酒捧给亲人喝,咿儿呀儿咳哟",一曲《山丹丹花开红艳艳》,唱出了陕西人民的热情好客。滚滚的米酒捧在手,喝一口沁人心脾,暖人肺腑。

这里的米酒是指陕北的黄米酒。范仲淹当年在延安写下的那句"浊酒一杯家万里",甚觉真切。浊酒便是米酒,古来常有文人提到。明人杨慎那"一壶浊酒喜相逢。古今多少事,都付笑谈中",被用于《三国演义》卷首,成了千古绝唱。

陕北米酒为黄色浊酒,呈粥糊状,浑浊黄稠,陕北人也叫它"甜酒""稠酒""浊酒""浑酒"。造此酒用小米和黄米,把黏性的小米和黄米浸泡一夜后,在碾子上压成面,过箩后入蒸锅,熟后拌入酒曲,再发酵数日,待酒香溢出,变稠粥状,即成米酒原浆。将原浆兑入热水,加温煮沸,即为米酒。因米已粉碎悬浮在酒液中,故酒体浑浊。这应该是最古老的酿酒方法。

杜甫在陕北富县写的《羌村三首·其三》诗里,有"手中各有携,倾榼浊复清。莫辞酒味薄,黍地无人耕"。说在缺吃少喝的动乱年月里,浊酒兑水多,倒出来一会儿就沉淀澄清了,其酒味太薄的原因,是没人耕种糜谷，造酒原料少，将就着喝了。那酒，也是这浑黄米酒。

遥想当年，中央红军到陕北，大部分是南方人，在适应了黄土高坡的气候和土壤之后，也接受了陕北的小米、油糕、米酒，都是源出一辙，所以说陕北的小米养育了中国革命。特别是这米酒，滋润了红军、八路军、解放军的心脾，激扬其革命的斗志。这一碗酒喝了，豪情满怀，东渡黄河抗击日寇，三大战役解放民众。

西安的米酒叫稠酒，为我国古老的传统佳酿，是陕西八大名贵特产之一，早已名扬天下。它状如牛奶，色白如玉，汁稠醇香，绵甜适口。酒精成分含量仅为15%左右，看上去像街头小吃蛋花醪糟汤，不像一般酒那样清澈，故谓之稠酒。饮时或温或凉，四季皆宜。由于内配有中药黄桂，使酒味有黄桂芳香，又曰黄桂稠酒。相传"贵妃醉酒"喝的就是西安稠酒，故还称"贵妃稠酒"。

西安稠酒可谓历史悠久，大有说头。"李白斗酒诗百篇"，饮的应该是稠酒。从制酒的历史看，蒸馏酒始于元代，所以肯定不是白酒，也肯定不是现代意义上或者是舶来品的啤酒，所以那时候能供诗仙豪饮的也就只有稠酒，正是稠酒的"温柔"，才激发起诗仙的创作激情而不拂乱其性，不然只剩下说醉话了，哪还会有千古绝唱？除过别的因素，但说这稠酒的口感，现今依然是白领丽人的至爱呢。酒席宴上，热热的稠酒下肚，浑身洋溢着暖意，再看看周围的宾客，皆面若桃花，这都是稠酒的功效。它不仅滋润你的肉体，更能陶醉你的灵魂，使你重温遥远的人和事。酒浆里沉淀着人类的往事呢。有一首摇滚乐叫《梦回唐朝》，现代人若想梦回唐朝似乎并不困难，至少有两条途径：第一就是闭门读唐诗，第二去西安——喝稠酒哟。

陕西米酒里还有一种黑米酒。陕南汉中出产黑米，营养价值极高，被誉为"世界稻米之王"的黑米，史载已有3000多年的栽培历史。它不仅以颜色奇特、香气诱人而见长，更以其所含营养丰富，具有滋补药疗作用而著称，故成为历代王朝宫廷之贡品。由于珍稀名贵，故又有"黑珍珠"之美称。黑米酒就是选用当地特产的优质黑香米为原料，

> 会须一饮三百杯!

　　在继承、发掘传统工艺的基础上，吸取了法、德、日等国先进的科学酿造技术，采取特殊的制曲、发酵、糖化、蒸馏、陈酿、勾兑等工艺精酿而成。不加香自香，不加糖自甜，不加色自带色，酒色乌紫晶莹，醇和香柔，馨香袭人，味鲜丰润，酸甜适口，后味爽快，风味独特，营养丰富，有葡萄酒的风格，又别于一般黄酒。

　　黑米酒创制以来，以其甘醇的美味，丰富的营养，已经走进千家万户，漂洋过海。笔者 20 年前亲历一事：在从汉中回西安的火车上，同车厢的两位男士，携带着几箱黑米酒，聊起来知道，二位肩负重任，亲自护送这酒到西安，要交由有关部门送去北京，做领导人出访之礼品。车到西安，果见站台上一行人来接，可见所言非虚。

　　黄、白、黑，三种颜色的米酒，都是秦地人们热情的显现。有机会来，尽可以开怀畅饮，体味贵妃的富贵，发发诗仙的豪情啊！

街巷美食羊杂碎

羊杂碎，就是羊下水。之所以称为杂碎，大概是觉得这些东西品类繁杂、七零八碎，故有此简称，也是谐称。

食物意义上的羊杂碎，是将羊的下水蒸煮后，或烩或拌或炒，然后大快朵颐。

吃羊杂碎的地方很多，大约有吃羊肉习惯的地方都吃，吃法各异。陕西也是吃羊肉的主要地域之一，吃羊杂碎也很盛行，做法很丰富，味道很鲜美。

陕西羊杂碎分为西安羊杂碎和陕北羊杂碎两类。

先说西安的羊杂碎，几乎无一例外都是由回民烹制的。在西安聚居着几十万的回民，他们的祖先可以追溯到大唐，从西域到长安做生意，之后定居下来。现在西安城墙以内，几乎八分之一的地方都是回民聚居区，他们依寺而居，延续着宗教传统，继承着饮食文化，烹制出许多美味，羊杂碎就是其中的一种。

西安羊杂碎的做法是将羊杂碎清理干净之后蒸煮，之后再切片加汤烩制。由于西安回民的聚居，加之绝大多数都从事餐饮，所以内部已经形成了明确的分工，比如卖糊辣汤和羊肉泡的店家并不打烧饼，而是

由专门的作坊现打现送。而卖羊杂碎的店家也不从事清洗和蒸煮的活路,有专门的集中加工场所做这些。他们只需要到这些地方去趸回半成品,自己架火烧好骨头汤,再备好各味调料,比如葱花、香菜、食盐、味精、胡椒、油泼辣子之类,便静等食客上门。一般是清晨时分,戴了白帽的店家守着热气腾腾的汤锅,大声吆喝:"羊杂碎,热乎的!""来了,请坐!"之后,食客们会根据喜好告诉店家多要什么、不要什么等的个性要求,店家便会大声招呼:"一位!免肝、免肺,辣子多!"请您注意这吆喝声,店家绝不会说不要心、肝、肺之类的话,而是非常婉转地用了一个"免"字。另外,说食客的人数一定会用敬语"位"表示,而不会用生硬的"个"字。回民深谙生意经,和气生财在此可见一斑。店家吆喝过后,便会手脚麻利地为食客加工,先是从事先切好的杂碎中逐个或有挑选地抓取适量，放入一个大碗之中，再一手执碗，一手捏了汤勺，舀取热汤，浇入碗中，再滗出，再舀再浇再滗，如是三四次，杂碎已被浸热浸透，再加汤放调料，一碗热气蒸腾、香气四溢、五味杂陈、内容丰富的羊杂碎就成了。食客早已急不可耐，馋涎欲滴，接过来先吹口热气，喝口鲜汤，顿觉通体滋润，温暖舒适。遂慢慢边吃边喝，细细咀嚼，品味那肠肚的筋韧，心肝的绵软，吮吸骨汤的鲜香，体味那咸辣浓烈的味蕾刺激，五脏六腑为之浸润，郁气化解，热汗渗出，酣畅淋漓！食量大者，再要一个热的烧饼，或泡入汤中，或就那么就着吃，实在是简单实惠平民草根的莫大享受。

陕北的羊杂碎和西安的做法有别。不似西安现做现吃，是提前熬煮好的一大锅。先将羊杂碎仔细冲洗后，入开水锅煮熟后捞出，切成丝、片、条等。再以原汤下入切好的杂碎，加葱、姜、蒜、红辣油、味精、香菜、粉条和炸好的土豆条，即成烩羊杂碎。吃时盛入碗中，看那碗中三色，艳红、碧绿、乳白，红色的是辣椒油，绿色的是青葱、香菜花，乳白色的是鲜汤。喝一口鲜汤，吃一口杂碎，不膻不腻，味道香醇浓郁。在气候偏冷的陕北，羊杂碎尤其受欢迎，既可充饥，还可御冷驱寒。过去陕北贫穷，人们吃一碗廉价的羊杂碎，既是果腹，也是一种享受呢。现在陕北富裕了，人们还是没有忘了这一口，羊杂碎仍然是一道美味的地方小吃。

陕西人做羊杂碎，除过上面两个常态的品类，还将其凉拌或爆炒。比如凉拌：把蒸煮好的羊杂碎切成丝或片，佐以各色调料，油泼辣子、蒜泥、陈醋、食盐、味精等，一道酸辣鲜香的拌羊杂碎即成，成为佐酒的一道上好的菜肴。比如炒羊杂碎，也是一道美味。急火爆炒，佐以大葱、蒜苗、干红辣椒等重料，味道浓烈刺激，佐酒下饭，都是上品。

羊杂碎看似简单易做，实际做起来很不简单。单是原料处理起来就非常讲究，费工费时。单说羊肚这一项，如果没有经验，连泡带洗，干上一天也不见得能完全处理干净，所以自家做得很少，一般都是集中加工，开店经营。另外，羊杂碎一定要用新鲜的羊下水来做，用冷冻的就差多了。市面上有名的羊杂碎经营店都是用当天屠宰的羊的内脏来做，这样味道才会正宗。

羊杂碎，如同别的牲禽的下水一样，本来都是不入法眼的，一般会弃之。但总有穷苦的人们捡来当食物，不经意间，竟创造出许多美味来。如巴蜀之地的火锅，原是纤夫船工们加工下水的无奈之举，不想竟登堂入室并广于世。再如南粤的肠粉，鄂地的鸭脖，乃至京城的卤煮火烧，无不是下水，但都成了美味。所以，在这里引用这样一句"人民创造历史"，当不是附会。陕西的羊杂碎，大抵同于此，原本弃之不用的原料，被精心炮制，为人类饮食文化又添了一道美味呢。

在西安经常吃羊杂碎的以男人居多，大抵是男人的口味更喜刺激浓烈。鲜有淑女、时尚者光顾，大概是惧怕其中的腥膻。很长时间我都认为这是西北汉子的专利，但一次上海朋友来，几位操吴侬软语的上海男子女子，竟主动要吃羊杂碎。惊愕之余领去，心中惶惶，窃以为会浅尝辄止或半途而废。不想几位大快朵颐，兴高采烈。于是，我才不以羊杂碎为小众食物，才有兴致写出这篇文章来。

耳听为虚，眼见为实。有机会去尝一尝，估计大半的人儿不会失望。

想想这样的场景——冬日的清晨，寒气凛冽，在西安的回坊街头，红红的炉火蒸腾着香醇的羊杂碎，那热乎，那香味，那味蕾的诱惑，一定会给你热乎与滋润，会让你在寒冬里感知春暖……

草根搅团话今昔

搅团是陕西独有的一种小吃。因为原料的粗简和制作的疲累，多见于农家饭桌。近年来被当作忆苦思甜的道具一样引进城中餐馆，曾经的农家大众食物慢慢有了小众的推广。

搅团的原料是玉米粉。玉米的原产地是美洲，在16世纪传入中国。到了明朝末年，玉米的种植已达十余省，如浙江、云南、广西、陕西、山东等地。现在玉米已是全世界总产量最高的粮食作物。陕西广种玉米，尤其是前三十年左右，"以粮为纲"，收了麦子种玉米，收了玉米种小麦，遍地的青纱帐。后来随着果树等经济作物的增加，种植面积有所减少，但仍然规模不小，且产量日高。

既以玉米为主要农作物，那就必然要以玉米为主要食物。在过去若干年，生产力水平不高，经济发展缓慢的时候，粮食产量不高，加之其他的因素，能够留下来作为种粮人主要口粮的就是一些秋粮作物，比如玉米、红薯和一些豆类。这其中还就算玉米能做一些面食，加之产量相对较高，所以，农人们在一年的大多数光景里都以玉米做成的食物为正餐。上顿下顿一日三餐都吃同一种食物，谁都会想变点花样出来，所以玉米就被变了法地做成饭食，比如玉米面馒头（窝窝头）、发糕、贴饼子、饸饹、粥等，再就是做搅团。

做搅团是个苦差事，烧一大锅开水，并保持持续沸腾，然后把玉米面一把一把地撒在锅里，一边撒一边用擀面杖搅拌，直到稀稠得当，再不撒面，但仍然要继续搅拌，直到搅得充分黏合，没有面疙瘩并煮熟为止。这就需要主妇一定得是一个利索的还有点力气的，否则越搅越稠越黏越费劲，但凡气力不足的早就得累趴下了。另外要掌握撒面的数量、匀称程度和速度，才能保证黏合均匀不起疙瘩。当然，还得掌握好火候，火小了黏不住，火大了会发煳变焦，弄不好还会溅起热面糊烫人呢。农村过去都是风箱烧火，这拉风箱的人也得掌握好轻重缓急，也很辛苦。只有两人配合好了，才可能做出一锅清香黏稠绵软的搅团来。待锅中的面糊软硬适度、稀稠得当，熟透的时候，急急停火。

吃法分三种：一是漏鱼。拿一个漏勺，下接一盆清水，把锅里的熟面糊盛入漏勺，挤压，从下面的小孔漏出小面节，状似菱形，谓之面鱼。趁热持续漏一大盆，然后盛入碗中加佐料，滑爽可口。这种吃法需要现做现吃，不能存放。二是直接盛入碗中，这是搅团的正宗。然后浇上提前准备好的辣子醋水，再缀以炒好的葱韭，此刻，黄澄澄的搅团冒尖，鲜红的辣椒水流淌周边，活脱儿一个"水围城"的架势。再有碧绿鲜嫩的葱韭点缀提味，这一碗之中，热闹异常，乾坤尽显，足慰口腹。三是把多做的搅团趁热晾在案板上，待冷却后划成小片，存放起来，可以下顿、翌日再热了吃，谓之煎搅团。

现在搅团是筵席的一个点缀，多数人都喜欢吃一小碗，那是尝鲜，是点心。而搅团的昔日，却是另一番景象。

缺粮，更缺细粮的岁月里，为了果腹，也为了苦中作乐般地享受，农人们经常会做搅团，全家老小都以此果腹。但必须要说明的是，玉米这种食物，不能连续吃，不能多吃，不然会胃泛酸。另外，它的营养、口味毕竟不如大米、白面。就如搅团所提供的能量和热量而言，是很有限的。一大碗搅团下肚，感觉上是饱了，可用不了多久就又饿了。所以诙谐的农人把它称作"哄上坡"，即吃完一顿搅团，感觉腹中满满，赶快去劳作。可等到把车拉上坡，顿觉内急，"放水"之后，腹中空空，力气全无。呵呵。

　　常年能吃上搅团的时候，总想着什么时候能不吃搅团了。现在吃不上搅团的时候，还老想着那一口，这是好事。唯愿所有的食物想吃就吃，想吃再吃。

　　偶尔去吃一次搅团，换换口味，发发感慨，体味一下生活的沧桑，会感恩、满足。真好。

美味苜蓿牧苍生

苜蓿，曾经是非常重要的战略物资。在从西域引种成功后，这种牧草在很长时间内，影响着一个国家的国力。盖因它是上好的牧草，能够让战马更加强壮。

当然，很早以前的人们也知道，苜蓿还是一种美味的食物。苜蓿含有最丰富的维生素K，成分之高，驾乎一切蔬菜之上。其他如维生素C、B也相当丰富。古人吃苜蓿的记载尤多，不胜备录。唐孟说《食疗本草》论苜蓿谓："利五脏，轻身健人。洗去脾胃间邪热气，通小肠热毒。"苜蓿是凉性的蔬菜，进食之后，确能消除内火，尤其在燥热季节，用以佐膳，功效显著，更胜于西洋菜。苜蓿经油炒后，趁热进食，味极鲜洁。冷却后，进食其味亦佳，其汁有沁人心脾之感，是维护健康的上品菜肴。

上面这两段话，也是查阅了资料之后才知道的，记下来现卖给大家，算作这篇文章的前缀吧。其实，我们所最先了解的苜蓿，或者说最早食用苜蓿的时候，哪里和上述的因素有关！那纯粹是病急投医，腹饥求食罢了。

故事还得从20世纪中叶讲起。

在我的家乡蒲城农村，苜蓿是被广为种植的，那时候的农村经济组织——生产队，都饲养着很多的牲畜，牛、马、骡、驴之类，苜蓿是它们的精饲料。

但实际上，苜蓿成了人、畜共享的食物。一来是上面所说的，苜蓿是一种上好的菜蔬，人们食用它是一种口腹之福。所以，从苜蓿发芽开始，就被人们采摘了食用。其后，一直到苜蓿开花的时候，也就是老到难以入口的时候，人们才会慷慨地让牲畜独享。二来是那个时候，粮食出奇地短缺，或者说留给人们食用的粮食很少（许多的粮食被征用、上缴），加之苜蓿开春成熟，正当青黄不接之际，人们为了活命，便把目光投向了苜蓿。由于是集体经济，苜蓿也是当然的公物，迫于无奈，人们获取它的方式只能是"梁上君子"的所为，在看护不严的时候，偷偷地揪两把。或者，或者说更多的时候，是趁月黑之夜，潜入苜蓿地里，提心吊胆、慌慌张张、急急忙忙地以非常不"环保"和不怜惜的手法，尽可能多地把苜蓿揪下来。往往，会在中途因为看护人的发现而逃窜，会在看护人的穷追下慌不择路，摔倒、崴脚等等，即使没有被发现和追赶，也是十分狼狈，毕竟是偷窃，是很不光彩的。及至把揪下的苜蓿放到家里，扑腾乱跳的心脏才会慢慢地回复平静。

攫取的不易，让人们对苜蓿倍加珍惜，一丝一毫也不忍丢弃，用各种办法烹饪加工，统统地变为果腹的食物。

一是凉拌。择洗干净之后，用开水轻轻地焯一下，待稍冷却，加入盐、醋、蒜泥，泼少许热油即成。碧绿脆生，清香爽口，配一碗黏稠的苞谷粥或小米粥，再在灶堂内把玉米窝头或掺杂着几种杂粮的窝头或标号很低的颜色发黑的面粉蒸就的馒头烤到金黄酥脆，这一餐饭食在果腹之余也能让人们生出对生活的一丝感恩。

二是热蒸。蒸菜团：把苜蓿剁碎，加入面粉和碱面，用手充分揉搓，揉出汁液，待有黏性之后，捏成鸡蛋大小的团状，上笼屉蒸熟。再调兑好蒜泥醋汁辣椒水，愿意蘸食就用筷子夹了菜团蘸着吃，食量大或为方便也可用碗盛了菜团，把辣椒水浇上吃。清香扑鼻，酸辣刺激，

绿色天然，沁润胃脾。之所以要加入碱面，是为了保持苜蓿的碧绿，否则会变黄。

蒸麦饭：洗净后稍改刀，切至寸长，撒入面粉，用手拌匀，平铺在笼屉里上锅蒸熟。食用时或下锅用葱蒜炒香，或直接调入葱花及其他佐料即可。蒸时也要加碱面。这是最常用的一种吃法，倒不是因为这种吃法最香，实在是它最能填饱肚子，这毕竟是掺了面粉的可以算作正餐的饭食。要说果腹或严重到救命，就说的是苜蓿麦饭。虽然在现在，它已经成为宴会上的佳品，但在那个年代的农村，人们菜色的脸上都会有苜蓿麦饭的痕迹，这种乡土小吃和别的农家饭一样，偶尔吃一次是享受，但连续地吃则肯定是一种折磨和无可奈何。但无论如何不能忘了它曾经在那个年代立下的救命的功勋。

蒸菜卷：把切碎的苜蓿平铺在擀好的大的面片上，叠卷成柱状，再切成小节上笼屉蒸熟即成。做时依然要加碱面和盐等调料。

三是下锅。熬煮面糊时，把洗净的苜蓿直接放入。这种做法要求苜蓿极其鲜嫩，基本不用刀切，保持原汁原味，青草般的清香和粗纤维的营养。但，那时候无非是果腹，无非是在稀清到几乎可以照见人影的稀饭里多加点东西罢了。

四是热炒。油盐即可，无须其他。保持原本的清鲜。那时候的农村很少炒菜，食用的油很金贵，顶多是吃面条时炒点葱花，至于苜蓿，很少热炒，虽然，热炒了很好吃。

等等等等。因为苜蓿这种东西在东西南北都是广为种植的，所以吃法也很多，以上罗列的是笔者了解的几种罢了，更多的是一种情愫的追忆。

后来，农村实行联产承包责任制之后，随着农村集体经济组织的解体，苜蓿就很少种植了，因为这种牧草是几年生的，种一年可收三四年，虽然免却了年年种植的成本，但也"霸占"了良田。再一个随着生产方式的飞速变革，农耕渐渐已经不使用牲畜了，所以人们更愿意种植粮食而很少种苜蓿，以至于一段时间内曾经很难寻觅苜蓿的踪影。

一种在战争年代构成国力重要因素的归为战略物资的苜蓿，在和平年代演变为重要的生产资料或消费品，在饥荒年代承担了救命的重任，随着时代的变迁，其他的功用基本上消失，取而代之的，或者说最基本的功能变为美味的菜蔬，这是一种不断的进步。

现在，苜蓿不知在什么时候又变得多了起来，特别是在城郊，有人把它作为一种上好的蔬菜种植，开春之际，在菜市场里几乎都可以看到。一种怀旧的情思或者是对于其美味的追忆乃至对其保健作用的认知，许多人成为了苜蓿的忠实饕餮，饭桌上的一盘苜蓿成了竞相享用的美味。

叙写苜蓿，是一种追忆，更是一种欣慰。

清明时节刺荆面

　　清明前后，陕西渭南一带的人们，喜食一种类似于菠菜面的绿面——刺荆面。

　　刺荆是一种野菜，多生长于麦田之中，生命力极其旺盛，随麦苗返青衍生，伴麦苗生长而长。起先是类似于荠荠菜的一簇，叶儿嫩绿。长大后便是直立的一根，叶子变硬，边缘生出密密的小刺，顶端开出小花，所以便有"荠麦地里刺荆花，别人不夸自己夸"的民谚。说刺荆是一种野菜，从一定意义上有些牵强，原因是它并不能入菜，不能像荠荠菜、灰灰菜等凉拌、热炒、入馅，一般的人们只认作它是一种野草，大多数的时候，只能用作家畜的青饲料而已。这样说，并不是大不敬，也不是戏谑，实际上，所有的野菜，可不就是人畜共用的嘛，这也是和谐。

　　渭南是传统的小麦主产区，小麦种植面积很大，当然的，刺荆草也很多。在长期的生产生活实践中，这里的人们对生长在田间地头的野草们，都熟悉了习性和功用，分门别类地派上了不同的用场。对于刺荆草，人们先发现了它奇妙的药用功能——止血消炎，在劳作中不慎受伤，就地抓一把刺荆草捣碎，敷在患处，效用很是神奇。

用绿菜做面条，是喜食面条地方的人们都喜欢并熟悉的，本无甚奇特，比如菠菜面、韭菜面等等。但用刺荆这种野菜做绿面的，到目前为止，笔者只知道是渭南一带人们的专利。

甫一开春，当麦苗返青之际，家家户户的妇孺们，挎上竹笼，手执铁铲，到绿油油的麦田里，趁刺荆鲜嫩，挖回家去食用。不论麦子长势如何，这野草似乎都能茁壮地生长，不用多大工夫，便能满载而归。回家来，趁着鲜嫩，去掉根须，留下草叶，淘洗干净之后，用开水焯了，和上面粉，便可以擀成碧绿鲜亮的面条。下得锅来，要比普通的面条少煮一会儿，因了掺有绿菜的缘故，比较容易煮熟。这样的面条筋韧绵软，光滑爽口，清香扑鼻，兼有面的原味和青草的清香，浑然一体，实乃天赐美味。再调上些油泼辣子，一碗之中，便是碧绿鲜红，煞是勾人脾胃。不独美味，还有许多健康功效，食之可以清热解毒、润肺止咳等等，可算作药膳一种。如果说过去人们食之是"瓜菜代"，作为粮食的补充，那么现在可以说是一种调节，一种保健。

因为是清明时节的鲜物吧，人们食用时未敢专美，首先想到了祖先。在清明上坟的时候，必要精心烹制一碗刺荆面，用熟油拌了，和纸钱、水酒等等，放置在提篮之中，由家中的掌门人，带领男丁们，到祖先的坟茔，先清理坟上的杂草，再培几锨新土，焚纸钱、洒水酒，告慰先祖。然后捧出这刺荆面来，用筷子挑出几条，撒在坟前——清明又至，儿孙来祭，大自然新赐鲜物，与先祖同享，阴阳两界茫茫，共祈安康！

十里乡俗九不同，这美味，这习俗，笔者本不敢臆断擅专，但遍询籍贯各地同人，竟无人知晓，于是，便推断这食法，这风俗，就只是一种地方行为了，当然，也就成了特色风俗，成了地方小吃。曾有一位客居南国的同乡，是刺荆面的忠实饕餮，去岁省亲，曾言要将这小吃发扬光大，乃至申请专利，举座哗然。其实，挖掘、整理、推广独特的地域饮食文化，应该是一件一举几得的好事，但愿有一天，更多的地方小吃推广开来，登堂入室，天下共飨。

前几日在互联网查阅资料，见境外一中文网站，一篇华人忆旧的文章，内里竟有刺荆面的记叙，十分欣喜！当今物流、人流、信息流如此发达，只要用心，什么事情都是可以推广开来的，刺荆面也会在别处飘香。我相信。

腊八节里腊八面

农历的腊月是中国传统节日的一个密集区。"腊八"即是进入腊月后的第一个节日。

"腊八"是佛祖释迦牟尼悟道成佛纪念日，在我国的大部分地区，人们在这一天都要食粥，以感念佛祖修行时每日仅食一米一粟的清苦，是为腊八粥。但我们国家幅员辽阔、人口众多，许多的风俗因地而异，或是大同小异。就如腊八节食腊八粥，在北方一些地域就演化成食腊八面。

腊八面就是腊月八日那天吃的面，望文生义或直白地阐释，如此而已。其实也就是面条的一种，要说有什么特别的，那就是这面条是下在小米稀饭里面的。熬一锅小米粥，米少水宽为宜，在将熟之际，下入擀好的面条，备好的菜蔬，加炒好的臊子、调料，出锅即成。

也许您会晒之：说了半天，不就是一碗米拌面嘛。

请您先别这样简单武断，其实食物的原料、做法能有几许不同？但为啥能滋味迥异，可不就是细节上的不同嘛。譬如饺子和包子，可不都是面包馅嘛，可味道？您看：这面条是下在将熟的小米稀饭里的，并不是一碗面条一碗稀饭的简单混合，套用化学术语是"化合"而非"混合"。

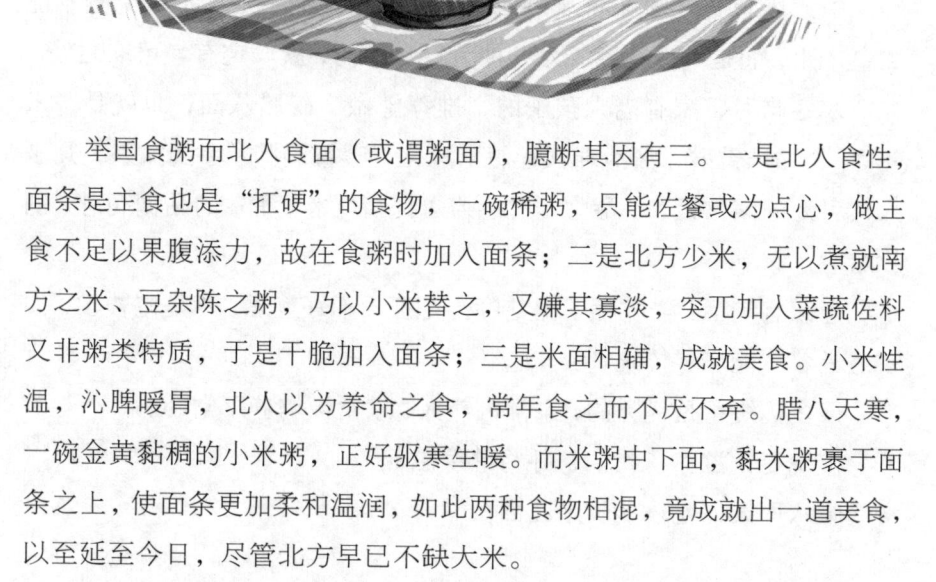

举国食粥而北人食面（或谓粥面），臆断其因有三。一是北人食性，面条是主食也是"扛硬"的食物，一碗稀粥，只能佐餐或为点心，做主食不足以果腹添力，故在食粥时加入面条；二是北方少米，无以煮就南方之米、豆杂陈之粥，乃以小米替之，又嫌其寡淡，突兀加入菜蔬佐料又非粥类特质，于是干脆加入面条；三是米面相辅，成就美食。小米性温，沁脾暖胃，北人以为养命之食，常年食之而不厌不弃。腊八天寒，一碗金黄黏稠的小米粥，正好驱寒生暖。而米粥中下面，黏米粥裹于面条之上，使面条更加柔和温润，如此两种食物相混，竟成就出一道美食，以至延至今日，尽管北方早已不缺大米。

　　还是儿时的记忆。腊八前一日，母亲早早地拾掇各种菜蔬：红白萝卜、豆腐、粉条、黄豆、木耳，该洗的洗，该切的切，该泡的泡，齐备了才心安。第二天一早，便要擀面、炒臊子、淘米熬粥。顺便说一句，北方或更准确地说北方的农村，是一天两顿饭的，早饭在上午十时左右，晚饭在下午三时左右，而这腊八面，是一定要放在上午吃的。这也应了前面所叙述的为什么要把腊八粥演化为腊八面，盖因早餐食粥，午餐吃面，而这不早不午的，干脆就吃"米儿面"吧。

一种风俗、一种食俗的来历，可能很复杂，复杂到要推广开来延续下去。也可能很简单，很可能就是一个简单的创举而已，但必须是符合规律并有共同性的。

儿时的腊八面绝对是牙祭。

那时候，平日里面条是不能放开肚皮吃的，平日里吃的多是稀的（汤面条，以汤水饱腹耳），平日里的面条是缺油少菜的。而这一日是节日呀！面条基本是可以放开吃的，菜蔬佐料是相对奢侈的，小米粥裹着面条的滋味是很不错的。也许是这样的缘故，那一碗"米儿面"让我想念到如今。

朱元璋想吃"珍珠翡翠白玉汤"的感觉？绝不是。不是说咱不能和皇帝比，而是——已经成为一种节日食品的，就一定有其可取之处。

寒冬腊月，家有老人孩子的，推荐您做一碗腊八面，也就是"米儿面"，滋味香醇，溜滑绵软，易于消化，暖胃润肺。手到擒来，几乎人人可为的家常饭。提醒您一句：为了保持"米儿面"的黏稠润滑，别放醋。

老家有句话：猫吃糨子光在嘴上挖抓。不好意思，不是俺饕餮，实在是觉着不能忘了传统。

很多传统都是优秀的，家常饭养人，家常饭培养平常心。

传统餐饮滋养了我们，并将继续滋养。

腊八那天，吃一碗"米儿面"。

岁乐家家麦饭香

麦饭是把各种菜蔬和面粉拌和后，蒸制而成的一种亦菜亦饭的美味。常见的有槐花麦饭、芹菜麦饭、苜蓿麦饭等，还有许多不常见的，如榆钱麦饭、白蒿麦饭、桐花麦饭等。另外，陕北的洋芋擦擦也应该归之于麦饭系列。

关于麦饭名称的由来或本意，查阅资料得知："麦饭"乃"磨碎的麦煮成的饭"——《急就篇》（西汉史游编撰，成书时间约在公元前40年，是我国现存最早的识字与常识课本）卷二："麦饭，磨麦合皮而炊之，野人农夫之食耳。"可见麦饭由来已久。想来是对应米饭而言的。因为就"饭"而言，基本词义是"煮熟的谷类食品"，而大多数时候，米饭占了主流，说起饭就是米饭。说一个笑话，前多年去南方的时候，看见饭馆的牌子上写着"供应'酒、菜、饭、面'"，起初十分不解，因为从通常的意义上，"饭"的概念很宽泛，应该涵盖了很多东西，自然包括"酒、菜、面"。而这里把四者并列，似乎是母概念和子概念的混淆，于是打趣南方友人概念不清。不想他们振振有词："饭就是饭，面就是面啊。"听后恍然，知道他们说的意思是"饭"就是"米饭"，已经成为约定俗成的简称专指。所以，古人把拌了面粉蒸制的这种食物称之为麦饭，可能就是相对于米饭而言的。

麦饭虽属民间饮食，但文人雅士亦喜食之，并且在诗文中有记，如苏轼《和子由送将官梁左藏仲通》："城西忽报故人来，急扫风轩炊麦饭。"陆游《戏咏村居》（之一）："日长处处莺声美，岁乐家家麦饭香。"

麦饭是典型的北方食品，尤以陕西关中为正宗并长久传承。在长期的生产生活实践中，关中人就地取材，发挥聪明才智，把麦饭做出许多花样，成为了闻名遐迩的一道小吃，也成为了饥荒年月的救命饭。

就麦饭的做法而言，实在是简单：把采摘来的菜蔬淘洗干净，沥干水分，把适量的生面粉撒在上面，搅拌均匀，盛入笼屉上锅隔水蒸，大概七八分钟，便可出锅。掀开锅盖，但见氤氲的蒸汽之中，菜蔬颜色依旧，自然新鲜。原本干干的面粉紧紧地帖服菜蔬，似裹上了一层银装。满满的清香扑面而来，不由喉头蠕动，津液分泌，食欲顿生。一顿可口的饭菜就这么简单而又神奇地诞生了。

麦饭的吃法因人而异，因时而异。关中农家一般会用油泼辣椒、醋、蒜泥等调制蘸汁，浇在热腾腾的麦饭上吃。彼时，菜蔬和面粉的清香因为蒸制而原汁原味、相互渗透，只一股清香了得！红红的辣椒与绿白的菜蔬面粉相互辉映，好一幅碗中乾坤！酸辣的味道刺激着食欲，任淑女壮汉，都会风卷残云、大快朵颐。还有一种吃法是炒，一般是到第二顿，麦饭已经放凉了，清香味也淡了。于是，准备些大葱、蒜苗、红辣椒浓烈地炒，又是一番风味。前几日，有祖籍在宝鸡的朋友送来蒸好的麦饭，拌了白糖，也很好吃。以前还真没有这样吃过，看来西府的人们更会吃。

麦饭曾经是关中农村的救命主餐。前多年的春荒时节，粮食非常紧缺，为了活命，野菜之类堂堂皇皇登堂入室，成为一日三餐的主要原料。每当此时，但凡能够采摘来的野菜之类，人们都恨不得全部拿回家来。于是，一日三餐顿顿吃麦饭是很平常的。而且，麦饭里拌的面粉也是少之又少，说是纯粹的野菜也不为过。在这样的情况下，麦饭就已经不是美味而纯粹是难以下咽了。所以，有过那段生活经历的

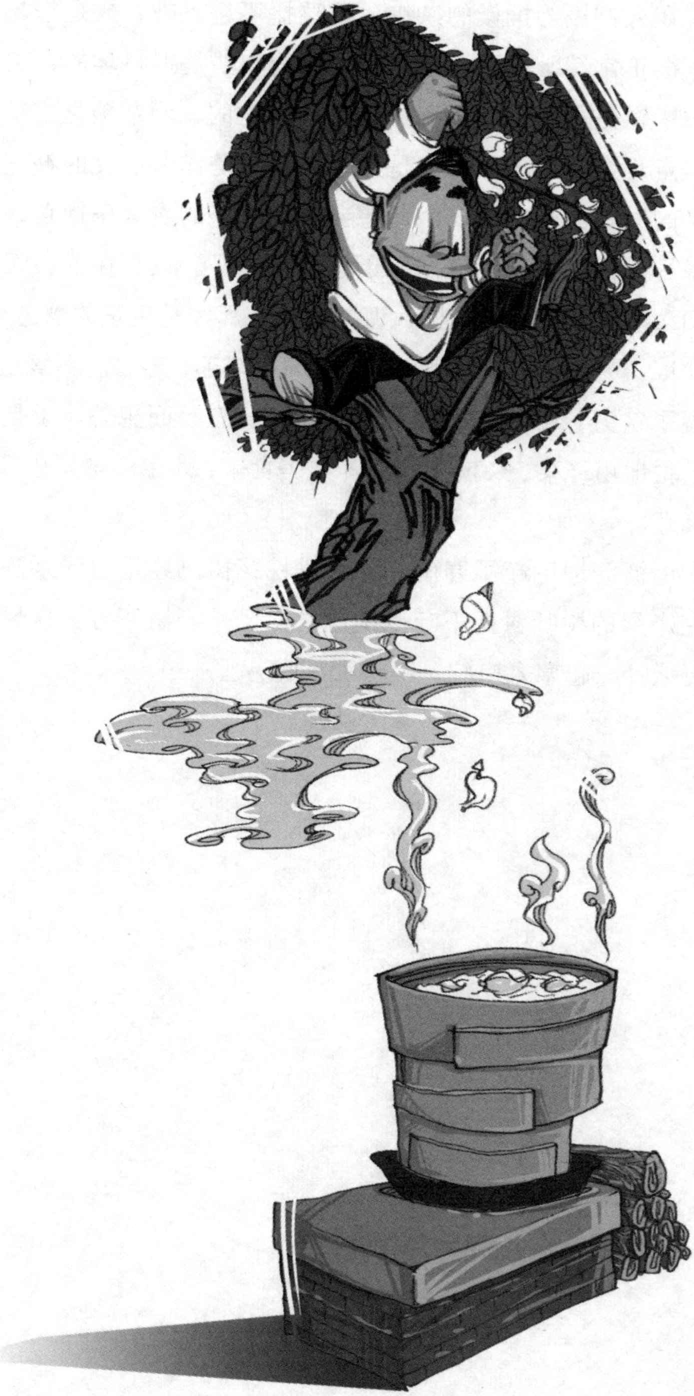

人们对于现在人们极为推崇的杂粮、野菜提不起兴趣，或是想起来就胃发酸，也很正常。所以说，主食、杂粮的叫法是很科学的：主食或谓之细粮，毕竟是更可以和肠胃"和谐"相处的，而杂粮之"杂"本身就有两重意思，一是多样，二是混合。只能是作为主食的补充，或者是与主食的原料混合烹制。由此想到现在兴盛的农家乐饮食，吃一次两次都说好，天天顿顿吃就无异于过苦日子了。只有在饮食无忧的时候，人们拿杂粮野菜变变花样、调剂调剂，那才是真正的惬意。

俱往矣！一穷二白"瓜菜代"的日子渐行渐远，一去而不复返。中国已经摆脱了贫穷，中国人已经可以不为一日三餐而犯愁。于是，中国人可以洒脱地用野菜、杂粮烹制出各样美食来，为生活增添乐趣、涂抹色彩，真好。

窗外淅淅沥沥地下起了春雨，那一排槐花树已经是白绿杂陈，雪白的槐花在嫩绿的树叶衬托下吐蕊绽放，早已是一树芬芳。真想去捋一把，连着嫩叶一起塞入口腔，咀嚼那满嘴芳香……

忆昔红薯救命物

每每烤红薯的香味从街角飘来，许多时尚的年轻人便循味而至，他们似乎是红薯的忠实饕餮。已不年轻的我，偶尔也尝尝，品味之余，更多的是一种情思的追忆。

红薯，旋花科一年生植物，原产美洲，明万历年间传入我国。块根为淀粉原料，可食用、酿酒或做饲料，全国广为栽培。

古人云，红薯有"补虚乏，益气力，健脾胃，强肾阴"的功效，使人"长寿少疾"。

今人说，红薯含有丰富的淀粉，膳食纤维，胡萝卜素，维生素A、B、C、E以及钾、铁、铜、硒、钙等10余种元素和亚油酸等，营养价值很高，被营养学家称为营养最均衡的保健食品。

以上文字完全是为了文章的需要查阅的，很是惊诧于红薯的如此价值和地位，同时，也对曾经的以红薯为主食的日子有了一丝窃喜。

在20世纪80年代初之前的不短的一段岁月，在家乡蒲城，红薯在秋、冬以至初春，成了人们的主食。在那个粮食短缺的年代，红薯因为单产高而被大面积种植，在收获季节，家家户户的红薯堆成了山。为了储存这在以后的岁月里充当救命角色的粮食，人们一般采取两种办法，一是窖藏，二是切片晾晒。

窖藏，在院子里挖一口旱井，深度一般在5米左右，下面掏成窑洞状，面积在三四个平方的样子。井筒两侧凿出脚窝，利于人的上下。收获的红薯，挑出个头适中、没有损伤的，装入提篮，用绳子垂下，提前下到窖中的人接了，小心翼翼地整齐码放在窑洞里，之后的很长一段时间，隔几日下到窖中，用提篮取出适量，便是一家人的口粮。这种红薯窖是家家户户的必备，是个重要的粮仓。关于下红薯窖，还有有趣的一种禁忌，如果刚刚吃了小米饭，那一定不能下，据说会使红薯发霉，应该是有点道理的，很灵验，大家也就都能自觉地遵守。

晾晒，也就是把红薯洗净泥土，用特制的擦子擦成片，晾晒干透之后储藏。这实在是一种辛苦的活计：首先是量大，要逐一地洗干净就很费力气。其次是擦片，坐在低矮的小凳上，面前放一竹筐或大盆，两腿之间夹放着擦子，用手抓住红薯，在安装着利刃的擦子上擦片，单调重复，还有一丝危险，稍不留神，锋利的刀片可能会伤及手指手掌。待擦好一盆一筐以至更多的时候，便要开始一项更加艰巨的工作，把红薯片晾开——院子里地方太小，更多的要摆放在田地里。其时已是深秋，麦芽已出土，红薯片就摆放在麦苗的间隙里，一片片、一行行，白花花一片，蔚为壮观。过个三五日，红薯片稍干，又得一片片地收回家去，再在院子里铺上席子，稍厚地堆放晾晒，以至干透，再用磨面机磨成红薯面粉，其后可以用这面粉蒸面卷、擀面条、压饸饹……这些在现在已被认为是调节饮食的杂粮，在那时候曾经非常金贵。

新鲜红薯是被食用最多的，也是花样变得最多的：蒸、煮、焖、烤、熬稀饭下锅，当菜蔬炒吃，等等，不一而足。总之是不论什么办法，只要能把它变熟，都能果腹。花样繁多，无非是整日价吃它，变个花样哄肚子罢了。

还有一个重要的吃法是打浆做粉条，陕北的粉条以土豆粉为主，关中的粉条就几乎都是红薯粉了，据说各有短长。打浆时还可以把沉淀下来的粉晾干，称之粉面，实际上是淀粉，可以用来做凉粉。

其实，红薯实在算不上地方特产，以红薯为原料制作的食品各地都有，花样繁多。实在要归结到蒲城特色的一个红薯食品的话，当推红薯面削削和蜜汁轱辘，不妨介绍给大家。

红薯面就是红薯切片晾干后磨成的面粉，筋度很差，不适合擀成薄片，只能擀成厚厚的，然后切成小片，谓之"削削"，比刀削面厚而短，这样方能经煮、耐嚼，口感不错。

所谓蜜汁轱辘，是个好名字，又诱人又形象，即把红薯改刀成圆柱状，蒸熟后浇入调制好的蜜汁，色、香、味很是诱人。

过去，红薯的收获季节以至以后几月间，街巷里一定会弥漫着阵阵香甜，但并不诱人，那是因为整日吃烦的缘故。但又很诱人，毕竟，它能果腹、救命。

而今，红薯的种植面积已经大大缩小了，人们也早不拿它当主食了，反而，偶一食用的时候，觉得是那样的香甜……

拣拾地软成美味

地软是一种野生的菌类和藻类的混合体植物,形似木耳,学名地耳、地膜、地衣,俗名地皮木耳、地木耳、野木耳等,地软是陕西人的叫法。这种植物多生长在阴凉、潮湿的坡地上和河沟边,每每天降甘霖,特别是阴雨霏霏后,这些地方的地皮上甚或草丛里都会长出一片片绿茵茵的地软。

民以食为天,大自然丰富的物产中,但凡能够果腹的,可能都被人类作为食物了。只是地域的不同,食性的差异,同一种食物有不同的烹饪办法,或者有不同的喜好。就拿地软来说吧,在有的地方,人们会熟视无睹,但在别的地方,就成了上好的美味,比如我的家乡——陕西蒲城。

从记事开始,就经常享用到一道家乡的美味——地软包子。这也是由地软的特性决定的,虽然它形似木耳,但肉质较薄且水分较大,所以可以做汤,但不能做菜,因为它一炒就出水,而最适宜的就是包包子。

樱桃好吃树难栽。地软包子好吃,地软的获取却是比较费时费力的。前面说过,地软生长在坡地、沟边甚或草丛中,且每每在雨后而生,这就给拣拾带来了不小的困难——雨后初霁,勤劳而又有口腹之欲的人们，踩着脚下的泥泞，到可能生长地软的地方，下蹲或佝偻，细细寻觅。地软既是藻菌，一定有生长源，所以它生长的地方一般都有草或者苔藓，奔着这样的所在，你会寻觅到大小不一、或疏或密地贴着地皮生长的地软，它身上沾着泥土、草屑，你很难一下子抖掉它，不妨囫囵地放入篮中，回到家中再慢慢清理。有意思的是，草丛中有一个地方地软肯定又大又多，那就是有牛羊粪蛋的地方，牛羊吃了这个地方的草，又用自己的粪蛋滋养了别的植物，是谓回馈。拣拾地软，只能用手，手上会沾上泥巴，会被湿漉漉的地软染上些墨绿，不小心，还会被灌木、刺藜划伤。另外，你得一直蹲着劳作，腰酸背困也是不可避免的。不过，久雨初霁，空气鲜得几近纯净，天空蔚蓝，树木庄稼还沾着雨露，久违的太阳让水珠幻出七彩，微微的风儿轻轻地拂面，身处这样的环境中，享受莫大，再加上收获的满足感，你不能不舒心惬意。如果说，拣拾地软费事，这淘洗地软就更不易，反复地用清水洗若干遍，地软才会现出墨绿的本色，准备成为饕餮者的美味。

  蒸地软包子很普通，可以用纯地软做馅，也可以拌以豆腐粉条等等。

  地软鲜嫩柔软，有质感，不似木耳质硬，耐咀嚼又不筋韧，烘蒸过后，五味渗入其中，既清鲜又不寡淡，素而有荤味，自然天成，绿色环保。这样的包子甫一出笼，热气腾腾，掰一小口，把调兑好的辣椒醋水灌入，您就大快朵颐吧！

  地软包子是蒲城人的至爱，虽非蒲城独有，别的地方偶尔也能见到，但浓浓的有些狭隘的家乡情结，还是让我觉得蒲城的地软包子最好吃，况且目下西安城里卖地软包子的只有蒲城餐馆，所以斗胆说它就是蒲城传统小吃吧！只是近年来，地软似乎很少见了，是不是人们生活富足了，拣拾地软的热情不高了？反正近来几次和几位同乡的饕餮，到古城的家乡餐馆专点的地软包子，地软的含量似乎大大减少了。也是，过去人们拣拾地软，当然也知道好吃，但多半的因素是为了改善缺菜少肉的生活甚或是果腹，如今生活好了，可能这种劳作的积极性也降低了吧。

好事。逐渐富足的生活，使野菜逐渐从食物补充演变为餐桌的上品，这是大大的好事。

有时在想，哪天雨后，再去拣拾一次地软？

马齿苋合子情思

　　马齿苋合子是一种食物，其中的马齿苋是一味野菜，乡间土音称作"吗滋菜"。而合子，则是食物的一种，区别于饺子包子，又有相像之处。有人称作菜盒子，实则错谬。合子乃合二为一，对称双方互相吻合。而盒子则是具象的容器，做食物名比较牵强，还是合子更形象些。

　　马齿苋，又名长命菜、瓜子菜，"一年生肉质草本植物，植株匍匐分枝多，茎叶呈肉质，厚而柔软。开花，呈淡黄色……"可入药，抗菌消炎、消热解毒、禳解疫气等。传说远古时期后羿射日，十日之中有一日隐藏在马齿苋下，方幸免于难，以后为报大恩，从不晒死马齿苋。其实是马齿苋肉质的厚叶蓄水耐旱，生命力持久。此物分布广泛，并广为食用。现代医学研究表明，马齿苋含有大量人体所需的氨基酸和微量元素。至于食用的方法，则十里不同俗，隔河口味异。有新鲜采来热炒者，有晒至半干爆炒者，亦有晒至全干作蒸肉底菜或烹饪肉类用者，林林总总，蔚为大观。小小一种野菜，被变出恁多花样，非吾华夏多饕餮，实为饮食文化之丰富，更有昔日果腹之艰难。更为有趣的是，马齿苋还有许多美好的传说。相传一代伟人毛泽东就非常喜欢吃，小时候读私塾，先生出上联"牛皮菜"，毛泽东脱口而出"马齿苋"。延安时期生活艰苦，毛泽东同志以吃马齿苋为快事，进京后嗜好未改，每多食之。保健医生恐多食有碍健康，遂去化验，方知是一味药食两用的食物。

下面说说马齿苋合子。这种做法多见于北方以面食为主的地区。

选上等的白面，擀成圆形的面饼，即为合子的皮。拣新鲜的马齿苋，择洗干净，切碎，加入佐料即为馅。若嫌单调，还可以杂以豆腐、粉条之类合而为馅。不过，若要保持马齿苋的清香与纯粹，尽可以就马齿苋而马齿苋。皮、馅齐备，该合了，注意这个"合"字，即将摊上馅的皮对折，边缘捏合即成。这就与包子、饺子有了区别。为了烙的需要，馅不宜太鼓，合子的肚子以扁平为宜。然后，把制好的生面坯放入微热的平底锅中，烙至两面金黄，即成。

如果是食谱，这也就够了，诸位若想亲历亲为，即可依样而行。

想知道刚出锅的马齿苋合子的味道吗？焦黄金脆的面皮，轻轻地咬一小口，那灼热鲜香的马齿苋菜汁，会微微烫着你的唇舌。别急，不妨撮起嘴来，吹一口仙气，再蚕食一点，让牙床感受马齿苋的热腾腾香喷喷，细细地咀嚼，让舌头在面香与菜鲜中迂回，倏忽间，满口生津，及至下咽，则五脏六腑为之清新。

家乡在渭北平原的，有大片的优质小麦，面粉极好。在烙制马齿苋合子时，一定会用上好的面粉为皮的。至于菜馅，则极少搁油，乃至上锅烙制的时候，更是只用蘸一点油的净布擦上锅底而已。这样看来，是家乡人的饮食已经很早就"绿色"了？许是有一丝这样的成分，但更多的可能是过去生活的拮据，食油短缺的缘故。为避免面皮粘锅，还习惯在上面撒上许多的干面粉以作"面扑"，以至于烙熟的菜合子，还会有干熟的面粒洒落。当然的，要烙制菜合，又不多放油，就必然用文火。不知道家乡的人们现在还有没有用麦秸火的耐心，这可是纯粹意义上最顶级的文火了。"煮豆燃豆萁"，烙麦面饼用麦秸火，本就浑然天成，自然恰当。那麦秸火微微地发热，更会浓浓地散出麦香。一如用果木熏制梆梆肉，用松柏火熏制腊肉，用木炭火烤制肉串，等等，取其卡路里，更取其腹中清香，相辅相成，那燃料也就不是一般意义上的燃料了，甚至是增味剂。

很遥远的记忆了——在饭口，村间的街巷里，微风中氤氲着一缕浓浓的味道，香香的、油油的、馫馫的、鲜鲜的，你不由紧蹙鼻翕，想把那气味纳入五脏六腑。你不由喉结蠕动，泛起津液。你甚至不由自主地张大嘴巴，想把这空气吞入腹中。你循着那香气飘散的轨迹，追根溯源，一路踅摸过去，许会让那马齿苋合子饱饱实在的口福。

那是勤劳的主妇为田间耕作的丈夫、为膝下承欢的儿女备下的美味，那是白发苍苍的老娘佝偻着身腰，为倦归的子孙烙下的关切，更是无声的，对碌碌的、少归的游子散出的担忧与思念……

一缕乡愁，因了这久违的马齿苋合子，拗拗地结在心底，挥散不去。

久居都市，看那早点摊上油炸的菜合，在油锅的"嗞啦"声中，心每每被揪疼。为了赶时间，为了"速成"，为了"效率"，菜合子在这里被瞬间的高温炙熟，哪里还有那份清香？

熙熙攘攘、摩肩接踵、滚滚车流，一大堆在油锅中被炸制的食品，让我们被动地加快脚步，去谋生计、奔前程，久违了那麦秸火的从容与闲适，那舒坦，那惬意。

油炸与文火，本不悖。也不应全部地排斥油炸，但那无可奈何的油炸，会炸得你无可奈何，还是文火温和啊！

时不时的，拨冗偷闲，回到那乡间的街巷，尝一口马齿苋合子，吸一腔弥漫的清鲜，咬一嘴实在的香甜……

关中酒菜很个性

到关中农家去做客，无论是豪华筵席还是农家土饭，饭桌上有几样菜是必不可少的，缺了这几样菜，似乎就不算席面。

酒碟子：典型的下酒菜，也是饭桌上最中心的一道菜，摆放的位置在正中央，盘子比其他略大，菜的分量也很足。形象地讲，这就是一个大拼盘，不过比起一般的拼盘来也有区别，它里面的菜的码放是分里外上下的。码放在最外面当然也是最上面的一层，是最有地方特色的，即切得薄薄的肉片，是大肉片，而不是牛羊肉。用煮熟的大肉切片做菜，可能是陕西关中东府一带人的专利，做法简单但也讲究，一般来说，要选用纯瘦肉，适当地煮一下，要熟透但不能烂熟，出锅后晾凉切片，用调料拌匀备用。然后，再准备豆芽、粉条、红萝卜片、豆腐丝等，分层码放在盘子里，再将备好的肉片覆盖在上面。因为盘子里的菜量很大，堆得小山似的，所以，肉片几乎是倾斜着靠在菜堆上，方言谓之"苫"，按照讲究，要严严实实地覆盖，不留一点缝隙。吃的时候依据个人口味，肉菜搭配，荤素调剂，清脆爽口又不寡淡，肉香浓郁又不腻味，别有一番科学和谐的意味。

豆腐丝拌粉条：蒲城菜中最有名的一道菜。几乎去吃蒲城饭，这

都是首当其冲必选的。做时要选上好的老豆腐,最好是农家土法做出的。因为要油炸,所以力求滤净豆腐里的水分,乡人一般是找一块干净的青石,压在豆腐之上,慢慢地"控"出水分。由此也可以看出豆腐质量的上乘,稍差的豆腐哪里经得起这一压。水分充分地被挤出之后，将豆腐切成薄片，下油锅炸至金黄，再切成细细的豆腐丝。粉条用开水焯了，用凉水冰了，把豆腐丝和粉条按对半的分量拌匀，搁葱丝、浇米醋、泼热油，一道脆韧爽口的佳肴即成。这道菜是素菜荤做的典范，素豆腐经油炸后在清爽之外多了油香，粉条凉拌很是滑溜爽口，两者豆类薯类相济，都不是增肥之物，而酸酸的米醋更是化解了油腻，口感、味道俱佳，绿色环保，原料易得，操作简单，实乃上品。

煮黄豆：把黄豆煮熟了当下酒菜，有花生米、茴香豆、蚕豆的功效吧，可能也是因地制宜，黄豆在蒲城曾广为种植，被开发出多种用场，这是一种。做起来就很简单了，煮熟，拌以油盐即成，味道相当的不错。现在不多见了，许是人们可以吃得到花生米了吧。

酸辣白菜：不知是什么时候把这道热菜凉吃了，把炒好的酸辣白菜放凉了当凉菜端上桌，可能有凑数的原因，但实在是辣得刺激，酸得开胃。逢年过节，家家户户都会炒一大盆备用，随吃随添，在油腻的节日里，这道爽口的菜很受欢迎呢。

拌豆芽：农家在瓦盆里土法生长的绿豆芽，几乎是甫一发芽即被食用。胖乎乎的小豆子，嫩尖尖的绿豆芽，楚楚动人的，看着便生怜惜，那就极简短地用开水焯一下，别弄疼了他们，油盐醋不妨都轻淡些，更多地保持鲜嫩的原汁原味。豆芽很常见，但还是这鲜嫩的为最，保证不添加化学制品，无异味，纯天然。

以上这几道菜，原料易得、做法简单，实实在在的家常菜。但简单的可能就是纯粹的，朴实的就是恒久的。多少年了，丰年歉年，豪华平易，都在坚持，这就显出博大来。

简单扛硬老鸹𬉼

先解题：老鸹——枯藤老树之昏鸦，乌鸦矣。"𬉼"——陕西人对头的称谓。故此，老鸹𬉼者，乌鸦头是也！

这里说的是一种大众小吃，看到这个题目，可别以为是用乌鸦的头作原料哦，那还了得！它只是一种状似乌鸦头的面食，实际上就是面疙瘩。其他地方的人把这种有面有汤的食物简单称之为疙瘩汤，明了倒是明了，可哪里有老鸹𬉼这样的诙谐、有趣。陕西人一般被认为"生蹭愣倔"，言语生硬，这实在是种误解，单从对这种食物的命名上，就不难看出老陕是多么的幽默风趣。

这几乎是一种制作方法简单到不能再简单的面食。只要把适量的面粉撒在水盆中，用筷子使劲搅拌，直到稀稠得当、面水充分相融、没有干面疙瘩且能用筷子挑起的时候，再烧一锅滚烫的开水，把这准备好的面团用筷子夹成老鸹头大小下锅，同时下进菜蔬，辅以佐料煮熟，一锅有汤有菜有面疙瘩的饭就做好了。

起初，这应该是一种懒人食物，不用像蒸馒头一样发面，不用像面条一样和面、揉面、擀面，就这么简单地打个面糊，筷子夹夹，便是丰盛一锅，其中五色杂陈、五味俱全，五脏六腑就足以享受了。

后来，人们发现这种简单意味的食物不但省时省事省力，而且面团筋道，汤味浓郁，美味可口且营养丰富。实在是一种不错的饭食，于是，进一步发扬光大之。

再后来，生活水平提高，人们把这道饭食进一步升级换代，下面团的汤大大改良，用甲鱼汤、乌鸡汤、菌汤等等，更使这种本难登大雅之堂的食物登堂入室，成了一味广受白领欢迎的美食呢。究其原因，一是面团的筋道。一般下锅煮的面食无非面条、饺子、馄饨，都没有面疙瘩这样的实在，这种没有任何馅料的面疙瘩煮熟后，十分筋韧耐嚼，口感扎实，是蒸熟的馒头烙熟的烧饼都没有的感觉，符合喜食面食的北方人的口味。二是汤味的浓郁。面团下锅之后，面汤渐浓，面汤煮面团，原汁原味，相得益彰。再佐以萝卜、土豆、豆腐、粉条、葱花等等，更是香气四溢。如果再配以荤腥，更是相辅相成。所以，非但那些口食较粗的男人们喜欢，就连口味挑剔的妇孺，也喜欢这疙瘩、这菜蔬、这面汤，于是，渐渐成为人们的至爱。

在过去，这应该是一种"急就章"的农家饭，辛苦劳作之后，疲累的人们既不想花大气力精工细作，又饥肠辘辘迫切待食，于是，这种制作简单、营养全面、口感上乘的饭食就成了首选。一刻功夫，一碗疙瘩汤就做好了，用粗瓷大碗盛了，"呼噜呼噜"连吃带喝，吃完嘴一抹，嗨！再去扛个几百斤的粮包也行啊！

从另一个有趣的层面讲，这也是一道男人饭——男人爱做的饭。北方农村，起码是陕西农村，男人们是不做饭的。男主外女主内，男耕田女做饭，似乎是历史悠久、天经地义。但也有女人不做饭的时候，比如生病了、不在家，或者是因为和丈夫生气罢工了，那男人自己不上锅灶就得把嘴缝起来，怎么办？好在有这道饭，任谁都会，于是，稀里糊涂整他一大锅，也能吃饱吃好嘛，呵呵。所以，过去夫妻吵架的时候，有的男人会梗着脖子喊："有啥了不起，你不做饭我做'老鸹臇'！"真是有趣，也算是男人们维护自身权益的最后一根救命稻草吧！

曾经有一部广受欢迎的电视剧《激情燃烧的岁月》，那里面的男主人公石光荣，和生死与共的战友重逢后，两人从丰盛的宴席桌上溜开，回到石家，做了一大锅疙瘩汤，蹲在地上捧着大碗吃喝了个痛快，似乎找到了战争年代的感觉呢。

食不厌精，脍不厌细，圣人所训固然有理，但不能片面地理解。精也罢，细也罢，并不代表饮食的繁文缛节，并不意味着必须七碟子八大碗，这种制作简单的食物，做好了，同样好吃，同样是精、是细，是饮食文化的另一种诠释呢。

陕西人做事干脆，不喜欢拐弯抹角拖泥带水，更不喜欢花拳绣腿扎虚势。在饮食上，大多数时候喜欢简单、喜欢"综合"，同时，又需要这简单而不简陋，需要简单的饭食也能美味，也能提供足够的卡路里，也能充足电，扛起重活，故有"简单扛硬"一说。曾经有一位级别不低的领导，厌烦接待的虚套，每令下属传话，吃饭简单扛硬，不要浪费时间！

简单而又能扛硬，这是辩证法，是一项精神层面的创举。只是别把简单变成简陋，简单的任务，同样需要认真对待。

简单生活，现今是一种时尚，其实在陕西小吃中，早已经体现得淋漓尽致呢。

八宝辣子一道菜

蒲城的八宝辣子是道好菜，吃过都说好。

八宝辣子是蒲城最传统的一道菜。说是八宝，无非是对众多原料的概称，不一定非要八样原料，可多可少。但有三样是必不可少的，一是辣椒面，二是咸菜丁，三是大肉丁。一辣二咸三香是八宝辣子的根本。当然，既然是八宝辣子，就不会这么单调，一般会就地取材，或因季节的不同，再加入别的原料，如黄豆、胡萝卜丁、莲菜丁、蒜薹，条件好点的，还会有玉兰片，甚至竹笋，等等。总之，用到的菜蔬都是比较脆生的。这些东西放进去，真要数起来够八样，颜色也是红、绿、白、黄、黑，煞是热闹好看，口感也会"丰富多彩"。

蒲城人的口味是典型的北方型，偏辣偏咸。尤其是吃辣，不逊于任何地方，吃面吃馍吃菜都少不了辣子，几乎是男女老幼都好这一口。有菜无菜，都不能少了辣子，真正是"没有辣子嘟嘟囔囔"。其实，包括蒲城人在内的大部分老陕，是非常能吃辣的，可能是三秦大地的美食太多了吧，人们一说起来就是陕西的小吃系列，忽略了陕西人的吃辣，只记住了四川、湖南等等。关于陕西人的吃辣，在"陕西八大怪"中就有说道："油泼辣子一道菜。"油泼辣子几乎是陕西人吃辣的常态，一般人家都日常必备。所以，八宝辣子也可以看作是蒲城人把油泼辣子发扬光大了，只是在纯粹的辣之外，又加上了肉蔬，使八宝辣子更像是一道菜。

　　炒制八宝辣子是一个看起来简单的活，但要做好、做地道，还真有许多讲究。其一是选料，辣椒面要上乘的秦椒加工而成，最好是农家自己拣选、晾晒、炕烤并手工碾制的，这样的辣椒面非常干净纯粹，不会掺假，因为炕制过程放了少许油，所以辣椒面本身就辣中带香。另外，要选肥瘦相间的五花肉，太瘦则菜品柴，太肥则腻。至于咸菜，则必选俗称芥疙瘩的大头菜。这三样齐备，其他的菜蔬如胡萝卜、莲菜、蒜薹、黄豆等等，可根据主观需要和客观情况随性而定，总之要脆生耐嚼。其二是炒制，油要适度，不可太多太少。先肉后菜再撒辣椒面，

急火快炒，掌握好火候，尤其是放了大量的辣椒面，稍微过火便会焦苦。当然，炒辣椒嘛，肯定会呛得厨师很辛苦。

  在过去，生活清苦的时候，这道菜肴绝对是一道上品，一般只有在逢年过节的时候才会做。光景稍微好点的人家，会炒制一大盆八宝辣子作为年饭的必备，其时天凉也易储藏。这样在过年期间，几乎家家每顿都会盛出一小盘来加热一下，饭桌上就有了红艳艳、油汪汪，香气四溢、咸辣可口的八宝辣子，几乎成为男女老幼的最爱。把热腾腾的蒸馍掰开来，喷香的八宝辣子夹进去，红油会渗入蒸馍中，不由人馋涎欲滴，咬一口，大快朵颐！有了这盘八宝辣子，食量大增，平日里两个蒸馍的饭量，不由自主地增大到三四个，心疼儿女的妈妈看了，心里滋味复杂：谁不愿意孩子多吃点、吃好点，可粮食紧缺，唉！

  如今，粮食早已可以放开肚皮吃了，可人们的食欲却下降了。这八宝辣子又成了开胃的佳品，看着家人惬意的享受美食，做母亲的已经纯粹是开心了。有时候，如果有为了苗条减肥的家人，欲食又止，母亲会笑着相劝："没事儿，多吃一个馒头长不了二两肉，哈！"

  现在，已经有厂家将八宝辣子工业化生产，使之变为商品，好事。唯愿它的风味还能那样纯正，还能从真空包装中吃出家常的味道。

  吃不下饭的时候，推荐您来一盘八宝辣子。

"蒲城名片"椽头馍

在刚刚过完的春节里，椽头馍这一蒲城特产，又一次成了馈赠佳礼，十几家椽头馍加工企业，加班加点地生产，仍然供不应求。刚出笼的热腾腾的蒸馍来不及晾凉，即被装入大大小小的包装盒，被远近各处的人拿回家去，拿到别处送礼去。春节期间，许多人的餐桌上，一盘椽头蒸馍，成了大家争相享用的佳肴。

再普通不过的蒸馍，如何能够作为一种礼品馈赠，如何能成为一个县的特色产品？乃至人们提到蒲城，每每第一反应就是椽头蒸馍，其中必然有它独特的原因。

先说说为什么叫椽头蒸馍？椽，就是老式房子的椽子，这是土木结构的房子用的木头的一种，也是用得最多的，每间房子大概需要15根左右，呈上下两端粗细稍差一些的圆柱状。那么，椽头就应该是椽子截下来的一头吧。这便形象地表明了椽头馍的形状——有别于大众化的馒头的圆堆状。

蒲城人蒸制椽头蒸馍的历史可以上溯到什么时候没有考证过，但慈禧太后当年西逃时曾作为贡品倒很凿凿。由此推断，上百年的历史是没有争议的。

我们姑且先看一看椽头馍的蒸制过程：原料为上等白面、酵面、水。其中酵面用量冬季略多、春秋居中、夏季最少。和面用水水温冬季略热、春秋一般、夏季较凉。制作时先用面粉同酵面和成面团发酵，春、秋季发酵5至6小时，夏季发酵4至5小时，冬季发酵7至8小时。再取面粉和成面团，压成面片，包入发好的酵面团，再将些许干面粉放在面块上，用木杠反复挤压，直至干面粉与湿面团结成硬面团为止。经过反复揉搓，放进瓷盆，盖以湿布，饧半小时，待手感发软时，取出面团放青石墩上，用压面杠反复折压，直至柔软光润，移案板上搓成条（要求不见缝隙），切成剂，剂子刀口面朝下，用双手掬住，右手向前，左手向后，左手拇指压住馍顶，搓成下大上小的馍坯，形状如椽头。然后将馍坯整齐地排放在案上，盖上湿布回饧。待馍坯微微发虚即为饧透。在笼屉上抹一层菜籽油，摆上馍坯。铁锅置火上，水开后上笼，汽圆后，再蒸约40分钟即成。

比起一般的馒头来，椽头馍的制作的确是很费事。可能是面团已经很硬的原因吧，馍坯的形状做成椽头状比较合适，而不合适揉制成普通的圆堆状的馒头，于是便有了椽头馍。也有人说是因为用椽子状的木头挤压面团的缘故而得名。不管是哪个缘由，都无所谓，反正都指的是这种别具一格的馒头。

椽头蒸馍以渭北优质白小麦和洛（河）滨之独特水质为原料，具有馍白皮展、数日不裂、营养丰富、甜香可口等特点，曾为清帝宫中的贡品。后来，椽头蒸馍因其秘方的失传而从市场上逐渐消失。大约在10年前，蒲城人挖掘民间秘方，使失传20多年的椽头馍恢复生产。同时，他们在继承传统工艺的基础上，建成了机械化生产线，并走向礼品化包装。

馒头作为一种北方人最主要、最普通也简便易做的主食，应该是自家制作或就近购买，缘何蒲城椽头馍能引得外地人不远百里甚或千里地前来购买，或是蒲城人把它千里百里地带到送到外地去，使这么家常的食品成为礼品走向商品化，一定有它十分突出的特色，那应该

是"味道好极了"！用蒲城人的说法，就是"凉吃酥，热吃绵，烤着吃了更解馋"。

在加工生产中，蒲城人深知质量是产品的根本，而传统的工艺流程则是人们青睐这一产品的保证。因此，椽头馍恢复生产伊始就严格工艺流程，坚持采用洛滨之独特水质，用自然发酵、手工揉面、搓条，保持了椽头馍的传统风味，受到了消费者的普遍认可。然而，旺盛的市场需求又给传统的手工制作带来了严峻的挑战。如何才能做到既能保证产品的固有口味、质量，又能扩大生产量，满足更多消费者的需求，也就是说在保持传统和走向市场方面找到一个结合点。蒲城人在经过反复试验之后，大胆引进了半机械化生产线，将和面的工序采用机械化操作，而关键的揉面、搓条、整形等工序则坚持用手工完成，这样既保持了传统，又大大增加了生产量。

在蒲城民间，至今仍传承着逢年过节送花馍的习俗，以馍当礼在蒲城乃至渭北地区并不为奇。因此，椽头馍问世后，不少当地人将椽头馍送给了在外的亲朋好友，还有一些来蒲城旅游、公干的外地朋友购买椽头馍作为旅游纪念品。这些做法，给椽头馍生产者极大的启示。于是，蒲城人积极挖掘椽头馍的文化内涵，设计制作了精美的包装箱、包装盒、包装篮，精心设计外观图案，撰写简洁生动的说明文字，推行礼品化包装，大大提高了产品的附加值，同时礼品化包装也使产品更便于携带和运输。蒲城椽头馍从开发到规模生产再到发展壮大的历程，无疑是遵循了传统产业的发展规律，因而拓宽了更为广阔的市场，成为备受大众喜爱的特色食品。

悠久的历史，传统的工艺，上乘的质量，独特的口味，严格的继承和积极的发展，使椽头蒸馍声名渐浓，已经成为富县富民的一项特色产业。以至人们提到蒲城，每每第一反应便是椽头蒸馍，恰似一张介绍蒲城的名片。

一方水土养一方人，吃着椽头蒸馍长大的蒲城人，个性刚硬，豪爽大气，让今日之蒲城秀于内而声名于外。除过椽头蒸馍，蒲城还有好多的故事，慢慢叙讲，与您分享。

土中炙炒弥久远

"二月二，龙抬头，家家户户炒豆豆。玉米豆，开金花，迎来祥龙下雨啦。面豆豆，土中炒，咬掉虫虫春耕早。"一首民谣道出了关中农村过二月二的民俗，当然，除过玉米豆和面豆豆，还有其他的豆类，但玉米豆和面豆豆是其中两个比较有意趣的。

关于炒玉米豆，有一个美好的传说。有一年开春时分，天公不作美，多日无雨，土地干涸，农人苦焦。有一个好心的玉龙，偷偷给人间下了一场春雨，解了百姓燃眉之急。王母娘娘知道后大怒，把玉龙压在了山下并放出狠话，除非金豆开花，否则永世不放。感念玉龙对人间的恩泽，聪明的农人想出了炒玉米豆的办法，让金灿灿的玉米豆开出了金花，玉龙得救。

而炒面豆豆则是陕西渭南一带的独特的风俗，也即把面团做成豆子的形状炒熟。炒面豆豆的面是要经过发酵的，和蒸馒头用的面一样。但要在和面时加入盐、花椒叶、小茴香等佐料。先把大块的面团搓成指头粗细的长条，再用刀剁成小块，用手稍微揉搓一下，以使面团圆润。这些过程平淡无奇，有趣独特的是炒制的过程，相信这个炒制的方法大部分的人没有听说过：在铁锅里放入土，然后加热，再将制好

蒲城人说你是从地里长出来的，我试试

的面团放入翻炒，以至炒熟！

　　前面卖了个关子——土中炙炒。原理想来很简单，铁锅导热快，温度高，即使文火，也难免会将面团炒煳，或者是外焦里生。若放入油，那就有炸制或煎制的嫌疑。而在铁锅里放入土，则在铁锅和面团中间加了一层介质，土的导热性差，升温慢，可使面团逐步受热，由表及里，外焦里嫩，掌握好火候，便可炒制出香馨脆酥的面豆豆。

　　这土称之为白土，和如今用作化工原料的工业产品白土是两回事。说是白土，其实还是黄土，只是土的颜色已经近乎白色。那么，什么样的土能现出白色来？那只有找饱经风砺、未被污染、不生植物的土质。哪里会有？这就是农人的智慧，他们会在沟沿、崖畔、土窑找到这样的土，挖回家来，找一个干净的所在，储存起来。因为这样的土水分已经挥发殆尽，杂质也几尽荡然，细密、干爽、柔软、洁净，用作炒制食物的介质，不知道要比细沙好多少倍，如果再算上土的清香，简直就是极品了。白土也曾经被农人们用作粉刷房子的涂料，很环保、很绿色。

　　不知道是谁先有了这样的发现或者说是创举，抑或是先民们烹制食物办法的继承。总之，这样的办法在渭南一带过去是被广为使用的，而且到目前为止还没有发现有比这更好的办法，所以说这是一个伟大的创举也毫不为过。

　　记得在过去，家中的主妇们在炒面豆豆时，一定要在头上包块头巾，毕竟会"土花"四溅，不可避免地会将主妇们变成个土人。虽然炒熟的面豆豆已经不太沾土了，但无论如何会有些残留。主妇们会用笊篱从土中把面豆豆捞出来，放在筛子里再筛一筛，还要用干净的抹布擦一遍，才能成为入口的上好的小吃。曾经有一个客居外乡的长辈把面豆豆从家乡带到遥远的新疆，吃着馨香脆酥的面豆豆，邻居询问制作的办法，这位幽默的长辈玩笑说，地里生长的，你看上面还有点土！

　　这种用土炒熟的面豆豆不独馨香可口，养胃和中，而且经久耐放，放在家里可以用作点心或零嘴，带上旅途则是上好的干粮。记得改革开放之初，陕西的一位农民企业家应邀出访，回来后在报告会上为饮食的不习惯大倒苦水，并再三提到自己带出去的面豆豆成为一行人争相享用的佳肴。小小的面豆豆早早地也有了漂洋过海的经历。

如今，快速发展的农村已经很难看到古代土城墙的踪影了，甚至连土墙都很少见了，哪里去寻觅那一捧白土？

但面豆豆这种食品却还在传承，不过已经是烤制或是炸制的了。

那么绿色的食品可能就此消失了，那么一种原始而又科学的炒制办法失传了。虽然我们失去了一点口福，但发展是主流，社会总归在进步着。

是以备忘。

亦菜亦饭面辣子

没吃过的人，单看这名称，是无论如何也想象不来这究竟是一种什么食物。而吃过的人，则无不大快朵颐，连呼过瘾！

这是陕西蒲城所独有的一种吃食，做法独特、讲究，先将切成片的大蒜、葱花、辣椒面放入盆中，用烧热的食油浇泼，再放入食盐、调料面，搅拌均匀。后将已调成的稀稠适度的面糊倒入，待面糊稍微冷却后，再将泡好的粉条、切成小丁的豆腐放入，分装入碗，上笼屉蒸制即可。吃时可将蒲城特产——椽头馍泡入同食。大蒜经蒸出香，辣面熟而辛辣，粉条豆腐松软可口。食时饭菜一体，一举两得、简单省事。

这道吃食看似简单，用料随手可及，做法简便易学，但要做出正宗的口味来，却也并非易事。一般的厨师似乎对此不屑一顾，但动起手来，却又不一定能烹出好味。手巧的主妇如果是初学，也难以掌握诀窍。只有蒲城的厨师巧妇深谙个中三昧，不经意间手到味出。这道饭菜的诀窍在于调制面糊、选放配料。面糊稀稠只有恰到好处，方使蒸出后的成品稀稠得当。配料之中，大蒜必不可少，且必须切成大薄片，蒜不切则不出味，碎则不成形。至于其他配料，少则太寡，多则喧宾夺主。

其实这道吃食是昔日多产粮而少有菜的蒲城民间的一道下饭菜。蒲城过去以至今日盛产优质小麦，乡人以面食为主，但此地甚少种菜，为丰富饮食，只有想办法"造"出菜来。这道吃食，主料仍然是面粉，配料也无非大蒜、粉条、豆腐，难得的是，经过乡人的巧手烹制，便成了一道好菜。这样一举两得：既采用了盛产的小麦，又制出一道好菜。加之蒲城人又喜食辛辣，故此吃食经久而不衰。

面辣子又称熟辣子，外地人观其形状，又称其为辣子沫糊，西安的人还将其归入糊辣汤之列。其实与糊辣汤相比，虽然两者外形相似，但实际上有本质区别，糊辣汤（不论是河南风味的还是清真风味的）都是熬制，而面辣子则必须蒸制。近年有人将面辣子引入西安，但为了省事，竟也采用熬制的办法，其味绝难和蒸制的媲美。顺便说一句：地方风味必须保持原汁原味，且不可偷工减料，坏了名声。须知名声坏了，生意也就没了。

家乡的面辣子配椽头馍，造就了一方豪爽刚硬，也哺育出代代英才，远方的游子，每忆至此，顿觉口中生津。愿面辣子走出蒲城，华夏共飨。

东府食俗几多怪

十里乡俗九不同。地域不同，风俗不同。关中东府（陕西渭南一带）饮食文化发达，有许多食俗也与他乡迥异，独特、新鲜、饶有趣味。

端酒为敬不算赖：酒桌上敬酒是门学问，除过技巧，还要酒量。但在东府，似乎是一件简单的事情，既不需要太多的技巧，也几乎与酒量无关。原因是敬酒的人不需要喝酒，甚至连酒杯也不用举，只需端起被敬者的酒杯，请他喝下即可。这种敬酒方法往往不被外乡人所接受，诘问敬酒者为何不喝？旁边的人一定会帮腔："我们这里就是这样敬酒的，并非耍赖。"时间久了，东府人把"敬酒"这个词直接演化为"端酒"，把"敬一个"变为"端一个"。其实，这样做是恪守古礼的，认为敬酒是对长者、尊者的礼敬，只能请被敬者喝下自己酒杯的酒（也是洁净卫生），才是真正的敬酒；而两人同时喝是地位平等、年龄相仿、辈份相同的哥儿们之间的事情。所以，端酒才是敬酒。

八宝辣子一道菜：油泼辣子一道菜是关中民俗，东府人把它丰富了，油泼辣子之外，加入肉蔬，使这道菜更加名副其实。八宝辣子是东府蒲城最传统的一道菜。说是八宝，无非是对众多原料的概称，不一定非要八样原料，可多可少。但有三样是必不可少的，一是辣椒面，二是咸菜丁，三是大肉丁。一辣二咸三香是八宝辣子的根本。当然，既然是八宝辣子，就不会这么单调，一般会就地取材，或因季节的不同，再加入别的原料，如黄豆、红萝卜丁、莲菜丁、蒜薹，条件好点的，还会有玉兰片，甚至竹笋，等等。总之用到的菜蔬都是比较脆生的。这些东西放进去，真要数起来够八样，颜色也是红、绿、白、黄、黑，煞是热闹好看，口感也会"丰富多彩"。丰富的用料、独特的做法使这道菜成为蒲城一绝，可以用来夹馍、拌面、下饭，几乎成为品尝蒲城饭的首选。

绿柿炒吃为至爱：都说绿西红柿不能吃，可东府蒲城人偏好这一口，绿辣子炒青柿子这道菜几乎成了蒲城名吃，不信您在陕西的饭馆里问问，除过蒲城饭馆哪里都没有。这道菜就吃西红柿未成熟时那个脆生和微酸，十分地爽口，配上青辣椒，更是酸辣一体，开胃下饭。前些年要吃这一口，只有在西红柿将熟未熟时，而今有了大棚，几乎是四季都可以吃到了。西安有家蒲城饭馆，这道菜的点击率很高，时有断档，可见其受欢迎的程度。当然，饮食要讲究科学，但在吃绿西红柿这个问题上，蒲城人很不以为然。经常有外地朋友吃惊于蒲城人的斗胆，但只要你怂恿他动上一口，就再也撂不下筷子了。

饺子扁食区分开：如果东府人要请你吃饺子，你千万不要奇怪怎么端上来的是蒸饺，他们就管蒸饺叫饺子，他们口中的饺子就是蒸饺。至于大众认为的饺子，他们称作"扁食"，甚至还有"疙瘩""煮馍"这样让你匪夷所

思的叫法。如果在春节，你问吃饺子了吗，他们肯定会瞪大眼睛：春节吃什么饺子？！饺子是端午和八月十五吃的呀！这里有个讲究，在端午和中秋两个节日里，一定要吃蒸饺，粽子、月饼可以不吃，"饺子"一定要吃。而春节，则是要吃扁食的呀。其实，这是方言的不同，互相说起来，有点鸡同鸭讲的意思。有时间去尝尝东府的蒸饺，也就是他们说的饺子，味道很不错。近年来社会融合程度增大，东府人也有顺从了大众叫法的趋势，但在乡间，还在顽强地坚持着：饺子是蒸饺，扁食才是饺子。对了，东府人还有把饺子（扁食）和面条加汤拌着吃的习俗，谓之"钱串子"——面条作线，饺子为元宝，很有意趣，很美好的祝福与期冀。

煎饼蘸水不卷菜：东府话把煎饼也叫"煎馍"。但东府的煎饼与他乡的也有所不同，平常所见的煎饼无非是用纯粹的面糊做成的，吃时要卷菜。而东府的煎饼一般是不卷菜的。他们在做煎饼的面糊里会搁点花椒叶，放少许盐，这样在吃的时候不卷菜也可以。当然，会砸点蒜泥，调制成辣椒蒜水，用煎饼蘸着吃，这是东府煎饼的一大特色，很是特别。

面粉拌油包起来：把面粉用清油拌了，加盐、小茴香等，调制成软硬适度的油面团，便是上好的包子馅料。这样的包子，东府人称之为"油包子"，其他地方很是少见，有的更是闻所未闻。之所以会有这样的创意，想来还是东府这个地方多粮而少菜，不知是哪代先圣想出了这样的高招，面包面，也能跻身于包子行列嘛！这个包子味道油香不腻，四季可为，很早就成为东府人的上品。乡间有个讲究，女儿回娘家，一定要给爹娘带这份礼物。以至人们在论儿论女时会说：生个儿子是要账的，生个女儿能吃油包子啊！而从包子馅的多寡里，能看到家境、收成、用心。如今，人们肚子油水够多了，对油包子也不是那么热衷了，但那份滋味，已深深印在心底里。

忙罢待客有三宝

"忙罢"是陕西东府一带的人对三夏大忙结束的称谓,颇具文言文色彩。这一带有个习俗,出嫁的女儿一定要在收完麦子之后回娘家看看,谓之"看忙罢"。刚刚收获完麦子的女儿,用上好的新麦蒸好各色各样的花馍,带着女婿,牵了儿女,怀着丰收的喜悦,满面春风地回娘家。一来是前一阵子太忙,好长时间没回娘家了,"忙罢"了,有时间了;二来收获了新麦,赶快拿去孝敬爹娘;三来爹娘也累了,去探望问候。所以,麦收之后的乡间,"看忙罢"的女儿们是一道风景,一个个穿上最好的衣服,大包小包(过去是竹笼)、抱小牵大地逶迤在乡路上。爹娘们早早地也在准备迎接女儿,招待女婿,亲近外孙,丰收之后享天伦,乡间一下子充满温馨的意味。

在乡间,招待女婿尤其是新女婿是很隆重的事情,一定要做最好吃的东西。而招待"看忙罢"的女婿,一般要同时做三样面食:烙油馍、摊煎馍、烙饼子。

烙油馍,要用烫面,烫面不同于蒸馒头发酵过的起面以及擀面条包饺子的死面,它是用开水先把面粉烫个几成熟,然后再和成面团,这样的面团比较筋韧,成品之后口感上好。揉好面团后,擀成硬币薄厚

的面片，上面抹上油，撒少许盐，再将面片卷成长条，用刀切成若干小段，成面卷状，然后将这一个个的面卷用小擀面杖擀成茶杯大小的薄饼，油馍的坯子就成了。烙制时用平底锅，锅底放少许油，下面用文火，待油热时把油馍坯一个个放入，上下翻转几次，少许时间即熟。烙熟的油馍外焦里嫩，油香诱人。但千万不能多吃，不好消化。其实油馍就是用烫面烙的油饼，特色一是烫面，二是文火烙制或者说是半炸半烙。关键在于面粉要是上好的，文火也以麦秸火为宜。

摊煎馍，其实就是做煎饼。"煎馍"是东府一带人对煎饼的叫法。但两者也有所不同，平常所见的煎饼无非是用纯粹的面糊做成的，吃时要卷菜，而这一带的煎饼一般是不卷菜的。他们在做煎饼的面糊里会搁点花椒叶，放少许盐，这样在吃的时候不卷菜也可以。当然，一般会砸点蒜泥，调制成辣椒蒜水，用煎饼蘸着吃，这是东府煎饼的一大特色，很是特别。

烙饼子，用的是擀面条包饺子的面团，前面说过，是不发酵也不用开水烫的死面。把面团擀成硬币薄厚的面饼，擦少许油，再覆盖上另一张面饼，两者合二为一在锅里烙。出锅后再揭开一分为二，这样的饼子就会一面干焦一面柔软，正好可以卷入蔬菜，大快朵颐。

啊，说了半天，算是把这三样吃食的基本面目呈现给大家了。也许在现在，这些都是稀松平常的食物，有的人还会因为减肥瘦身或是嫌油腻不大喜欢。但在以前的乡村里，这可是上好的三种食物，一般人家很少做一次，更别说一次做三样！只有在贵客来到而且麦收之后粮食充足的时候才可能这样丰盛。毕竟要耗费大量的上好的白面和食油，做起来还都很费时费事，尤其在夏天，长时间待在烟熏火燎的厨房里可是件遭罪的事。

　　但生活的清苦没有损伤家乡人民对生活的热爱，更没有丢失待人接物的礼数。女儿是自己人，回娘家可以随便，但女婿上门可是件大事，一定要热烈隆重地招待，于是，便倾尽所有，变着花样地想让女婿吃好。尤其是丈母娘，家乡人们戏谑道："丈母娘见女婿，忙得像个老母鸡。"前前后后、里里外外地奔忙，哪怕是在厨房里热得大汗淋漓，也心甘情愿，兴奋不已。而女婿呢，一定是和老丈人边喝茶边聊天，说说收成、房子、孩子、日子，单等饭菜上桌。吃完之后，丈母娘还会让带回许多，这也是讲究，收了礼物，一定不能让空手回去，谓之"回笼子"，这是不能马虎的，不然会招致亲家母的哂笑乃至怪罪。

　　天长日久，这三样吃食就成了"忙罢"待女婿的固定的食品。不知道现在还保持着这样的习惯没有？在那时候，女婿在这一天集中享受地打牙祭，村中的伙伴们也会沾光。他们会早早地等在村口，等女婿回来，往往是没进村子，食篮里丈母娘给带回的"三宝"就会被哄抢一空。这是一个皆大欢喜的习俗，几乎每个人都抢别人的，也会被别人抢。抢的人兴高采烈，被抢的人也非常高兴，这是对"乡行"（人缘）的检验，抢的人越多越好。如果没人来抢，那是非常严重的问题，一定要在落寞之余检讨自己的言行。

　　五黄六月，如今的三夏早已不算大忙，不知这样美好的风俗还延续没有？

蒲城水盆羊肉赞

蒲城人是很会吃的，不但会做各式各样的面食，也擅长烹制肉类，其中水盆羊肉算是一绝。

水盆羊肉，又叫羊肉汤、大碗汤，是历史悠久的传统风味小吃之一。水盆羊肉是由商周时代的"羊臐"演变而来。秦汉时称为"羊肉臛"，唐宋时又叫"山煮羊"。《山家清供》一书中，记述了煮羊肉汤的技巧，指出："羊作脔，置砂锅内，除葱椒外有一秘法，只用捶真杏仁数枚，活水煮之，至骨亦糜烂。"《宋书》中讲了一个故事，大意是南北朝时，战争不断，百姓遭殃，有个叫毛修之的人被俘，由于他有烹调手艺，向宋武帝献羊肉汤，味道鲜美，由俘虏变为太官令，以至后来高升至南郡公。经过隋唐、五代、宋元等朝代，各族人民迁移大交流，进入内地居住的多，原有的民俗"渐变旧俗"。唐太宗李世民的母亲窦太后是鲜卑人，其皇后长孙氏也是鲜卑人。各民族间互相通婚，饮食风俗也必然受到影响。

羊肉本属秋冬季节的温补食品，但精于烹制牛羊肉的陕西厨师，为适应人们的夏令需求，创制出水盆羊肉，因多在农历六月上市供应，人们以"六月鲜"给予赞誉。明朝末年，闯王李自成率领农民起义军，准备离开西安前往攻打北京之际，关中的老百姓纷纷用水盆羊肉慰劳义军，义军将士受到鼓舞，一鼓作气攻入北京，推翻了明王朝的腐朽统治。现今食用水盆羊肉时，多配用白吉馍或芝麻烧饼同吃，佐以鲜大蒜、辣酱或糖蒜，则清香鲜醇可口，风味独特。

蒲城在唐代称奉先，属京畿重地，唐皇陵就是从蒲城往西排列的，共有五位唐皇长眠于此。既沾了京味皇气，饮食自然讲究。其中水盆羊肉的制作，很多人认为比西安的好。以笔者分别吃了几十年的西安、蒲城两地的水盆羊肉的经验和体会来讲，两者是各有千秋。

与西安的水盆羊肉有别的是，蒲城的水盆羊肉一是肉更烂。据说正宗的蒲城水盆羊肉是不沾刀而纯粹用手撕的，避免沾上铁锈味，另外也足见肉煮得足够烂。二是汤清。蒲城的水盆羊肉除过汤就是肉，不放别的，讲究的是原汁原味。后来到外地开店，适应当地人传统才加上粉丝、香菜等。三是花椒味出头。渭南盛产以大红袍为代表的花椒，所以做菜讲究花椒味浓郁，也即花椒出头。蒲城人做菜拌馅煮肉都喜欢多放花椒，水盆羊肉也不例外。四是烧饼独特。西安的水盆羊肉配的是普通的实心烧饼，主要是泡入汤中食之。蒲城的水盆羊肉配的是空心烧饼，俗称两张皮，中间是空的。而且在烙制之前就用刀切开，故而成品呈半圆的月牙状。五是吃法有所不同。西安水盆就是泡食烧饼，吃肉喝汤食饼一起来。而蒲城水盆一般要先用月牙烧饼夹肉吃，然后喝汤。六是配菜不同。西安的水盆就是一碟糖蒜，而蒲城的水盆配的是生蒜，另外还会有小咸菜。

正宗的蒲城水盆羊肉当然在蒲城，县城乃至乡镇、村舍都有大大小小的羊肉馆子，经久以来，生意都很红火。蒲城人一直保持着吃水盆羊肉的热情。记得在早些时候，吃一碗水盆羊肉是蒲城人巨大的享受，当然也不是想吃就吃的，只有家境殷实的人，才会偶尔买一碗孝敬老人。现在基本上不存在这样的经济问题了，好这一口的蒲城人能经常地享享口福了。生活质量越来越高的乡党们，会驱车十几公里，到自己认为最好的馆子去吃。蒲城最有名的一家水盆羊肉馆子在距县城

十几公里的乡下，每天门口都会有从县城开来的十几辆小车，甚至会有渭南乃至西安的车牌，足见其滋味醇厚，香飘百里。

改革开放之后，蒲城人把水盆羊肉馆子开到了各地，使这一绝活发扬光大，让更多的人饱了口福。现在的西安城里，大大小小就有十几家之多。为了适应更多人的口味，蒲城水盆羊肉吸收了西安水盆羊肉的一些做法，进行了适应性改良，但基本的口味还在。这也是地方饮食走出地域局限的共同做法。

"秦馔惟羊羹"，东坡先生早早地就说过。陕西乃至全国，做羊肉汤的地方很多，除过西北，中原的河南，西南的云贵都有绝活，笔者也都曾品尝过，但还是觉着陕西的水盆羊肉最好吃，而蒲城的水盆羊肉更是个中翘楚，真正是"嫽扎咧"！

酸香诱人说油粉

油粉是非常特别的一种饭食，用时髦的词说就是比较"小众"。如果要比较形象地介绍它的外观，可以归之为沫糊、拌汤一类，是流质食物。

油粉的做法说起来比较简单，在蒸馒头的时候，留一个生馍坯，放置一段时间，等馍坯表皮干结之后，掰成小块，放置在面盆之中，加水淹没，用干净的笼屉布盖了，让其充分发酵一晚左右的时间。早起，搅拌均匀成浆，然后类似熬面糊的方法，将其下在滚开的水锅中熬制，再在锅中下入黄豆、粉条，快出锅时加少许盐即成。

油粉的味道微酸，是一种十分可口的酸，再上乘的醋也调制不来。它是缘于面粉发酵后产生的自然的酸味，确切地讲，这种酸味是面粉的酸味，是发自面粉里面的，深入面粉细胞的，而不是外来加上的。类似于水果的甜味、酸味，都是自然形成、自己带来的，这种味道不是人为、外力所能替代的。所以，并不放醋的油粉那酸酸的味道是上好的。人们发明创造这种饭食，几乎可以肯定是极其偶然的，没承想倒成了一种美食。很多事物可能就是这样的，无心插柳柳成荫。不过，从辩证法的角度讲，这些事物在偶然之中都有必然，是人们在偶然中发

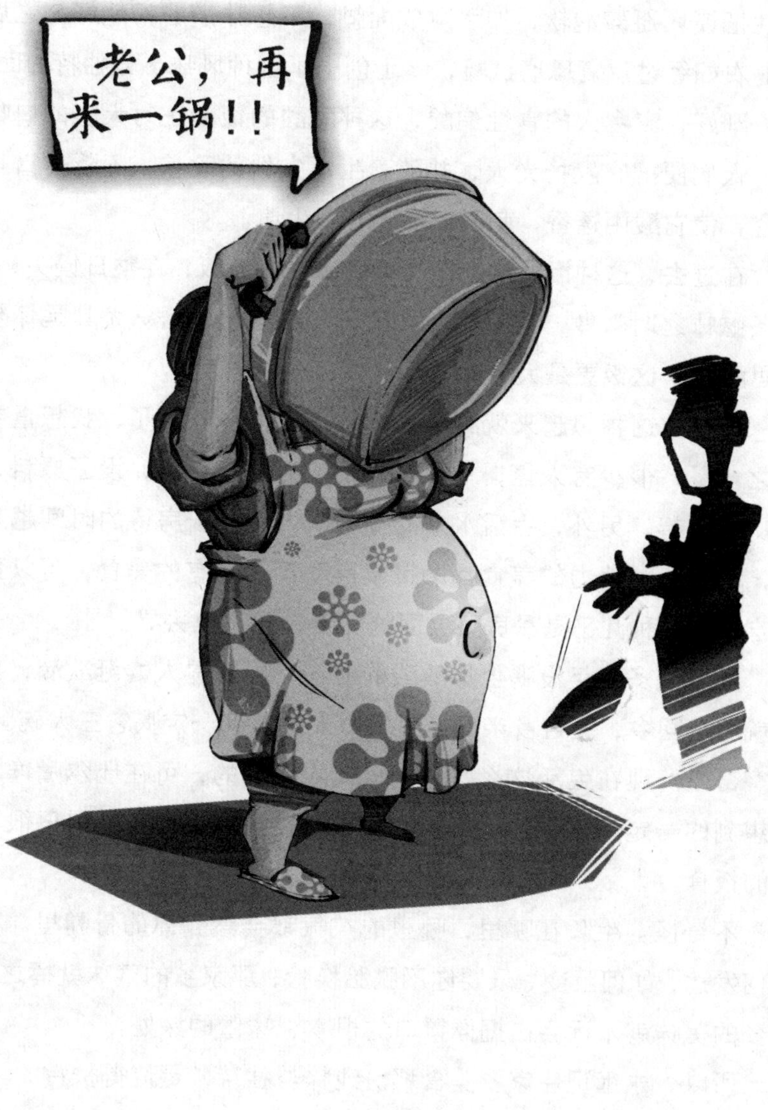
老公，再来一锅!!

现了必然的规律。

关于油粉的来历，曾经听家乡的老人讲过，很早的时候，有一个勤劳、俭朴的主妇在蒸制馒头时，不经意间把一个做好的生馍坯漏掉了，等发现的时候表皮已干结，闻起来也有了酸味。按说应该扔掉了，可在那个年代里，粮食比什么都金贵，平日节俭惯了的主妇思来想去，索性把馍坯掰碎泡软，加水熬成面糊，不想味道非常地好。之后，巧手的农妇经过反复琢磨试验，终于创出了这种风味十分独特的面食。

刚好，家乡人的食性偏酸，这种酸酸的饭食正对大家的口味，于是，人们便把它发扬光大，并随着生活条件的改善，不断丰富其中的内容，使它酸中透香，刺激食欲，开胃生津。

在过去，这种饭食被视作改善生活的花样饭，在整日馒头、稀饭、面条腻味之时，做一次油粉，滋润一下寡淡的脾胃。尤其是怀孕的妇女思酸时，这饭更是大受欢迎。

现在，这种想起来就满口生津的美食很少吃到了，我想重要的原因之一是，很少有人蒸馒头了，也就难寻生馍坯了，没了原料，这美食从何谈起。另外，生活水平的提高，人们在厨房待的时间越来越短了，稍微费时费力的美食都懒得亲自动手了。有的美食，可以到饭馆去吃，而这种几乎是私房菜层面的美食，到哪里去寻。

已经有多少年没喝上那酸酸的油粉了，想得人馋涎欲滴，真想明天就驱车回乡，央告乡亲们受累做一大锅，我一定喝它三大碗。

奇怪。现在生活这么好，整日大吃小喝的，可在偶尔嘴馋时，最先想到的一定是家乡的土得掉渣的饭食，可能在他乡人眼里很不以为然的饭食。

不奇怪。生长在哪里，哪里的空气都会渗到你的骨髓里。不论你如何发达，如何巨变，只要你不脱胎换骨，那家乡的气味就挥之不去。家乡的美味就永远会占据你胃口的根本、味蕾的深处。

所以，永远记住家乡美食那份纯粹与独特，是值得赞赏的。

洗面沫糊好温馨

这里的"洗面",是把和好的面团放在水里洗,是真真切切的洗面。这里的"沫糊"就是通常说的面糊糊,是方言中对面糊糊的称谓。

洗面沫糊,就是用从面团上洗下,去除了面筋的面水熬制而成的面糊糊。

我们知道,面粉是有筋度的,筋度的高低是它派上不同用场的依据,比如蒸馒头、擀面条、包饺子,需要高筋度的面粉,成品口感筋韧耐嚼,而蒸面皮、熬面糊则需要低筋度或者干脆把面筋洗掉,以求得口感的细腻绵软。

面糊糊实在是一种普通平常的饭食,信手拈来,人人可为。普通的面糊糊或者说最偷懒的面糊糊,无非是一把面粉两碗水的事,同样可以滋润脾胃,利于消化。勤劳智慧的家乡人民,就地取材,把一个再简单不过的饭食演绎得美好无比,这就是洗面沫糊——和好面团,放入水盆之中,轻柔地搓洗,洗至面水稍稠后倒入另外的盆中,然后再继续加水搓洗,如此反复,直至将面团洗成面筋。此后,待面水沉淀后,把上面的清水倒掉,留下盆底的稠面浆,便可熬制洗面沫糊。若嫌寡淡,尽可以下入泡好的黄豆、粉条、豆腐块等等,再根据口味,佐以葱花调料，一碗细腻绵软，清香诱人的洗面沫糊就告成。

这是一份"细饭"，也即精加工的饭食，费时费力，一般的时候是不做的。只在家中有了产妇或是病人时，才偶一为之。所以，这样的口福是不常有的，那也就不是家常便饭了。

关于洗面沫糊的由来，有一个有趣的传说：村子里有一个穷人家的儿媳，孝顺贤惠，为贴补家用，到同村的富人家帮厨。经常在做完面食之后，看着手上沾的厚厚的面泥，不忍浪费，偷偷地跑回家，找来干净的面盆洗手，用洗下的面水熬面糊糊给公婆，公婆喝下这面糊得以活命。儿媳欣慰之余又觉忐忑，怕自己的手不洁净，怕这样的饭食是大不敬。一日电闪雷鸣，儿媳跪在院内乞求上苍饶恕，一阵剧烈的闪电过后，不想手上多了一副金灿灿的手镯！同村的恶媳妇听说后如法炮制，结果被闪电劈去了双手。呵呵。

看来这洗面沫糊还能检验孝顺与否，不妨试试，但愿您手上多一副金手镯。

蒸好年馍过大年

北方人以面食为主，除过面条，馍——馒头便是日常必备的干粮。所以，在以前，各家各户每隔三五日，便要蒸一锅馒头，其后三五日，上锅熘熘，几乎每餐都是果腹佳肴。现在生活节奏快了，社会分工细化了，很多人家便不再蒸馒头，只消到市场去购买，随买随吃，倒也新鲜省事。只有一些老年人或是收入低的家庭，还时时地蒸点馒头。不独城市，包括农村，现在也有相当多的人家到加工点去买馒头，自己蒸的已经不多了。

在北方的年俗里，便有一个和馍有关的内容——蒸年馍。

之所以说是年馍，也就是过年用的馍。包括自家吃的和招待、馈赠亲朋的。在过去以至现在的农村，这是年前必须要做的一件繁复的事情。大概是在腊月的二十六七，一家人便集体总动员，头一日，便要和面、备馅，及至晚上，把和好的面盖好，放在一个温暖的所在（比如热炕头），以确保把面发好。第二天，全家人黎明即起，按照专长分工，力大的揉面团，手巧的捏花馍、包包子，七手八脚，紧紧张张，备好一锅的半成品，便急急地上锅开蒸。这厢旺火紧蒸，那边又准备下一锅，及至一锅蒸熟出笼，整个厨房、整个家里乃至街巷，便弥漫起厚重的蒸汽，氤氲着浓浓的麦香。只要你身在其中，一定会被这浓香幸福着，一定会感念上天的恩泽。待七手八脚地从笼屉中取出年馍，另一锅又立马开蒸，如此这般五六乃至七八次，方宣布大功告成，一般情况下，其时已是黄昏。想起来真是够壮观的一个工程，一般的人家，要蒸上六七锅，一锅大概有六七屉，一屉大概有三四十个，算算，数以千计的年馍！好在前些年地球还没有发热，春节时分天寒地冻，为存储提供了天然的冰箱，才使得年馍能够在春节期间，一直延续到元宵节左右，为劳作了一年的人们所享用。

　　蒸年馍的缘由有几：一来春节期间，人们放松几日，不想在年节再干蒸馒头这个费时费力的活，干脆在年前，集中性地大量地蒸好备用；二来春节人来客往，招待客人需要大量的馒头，现蒸肯定来不及，再说还要备菜备饭，作为主食的干粮必须提前备好；三来在北方的很多地方，春节走亲访友，馍是重要的、必备的礼品，当然，那是不同于普通馒头的花馍。蒸年馍还有许多讲究，比如，外人，特别是平日里关系不好的人，家有新丧或者命道不好的人，是不能随便到人家去的，否则会影响年馍的质量，这锅年馍肯定会"气死"，即没有发喧腾。还有，一定要从第一锅年馍中取出上好的几个祭奠祖先，否则祖先会怪罪，一定会在年馍中"作法"，会有一些年馍缩成黑青的一团，等等。

　　在不算太早的过去，蒸年馍这一天，实际上是一家人从餐桌上过年的开始。平日里，人们吃的馒头可能是等级很低的颜色发黑的面粉蒸就的，抑或是伴有杂粮甚至是纯粹的杂粮，而年馍一般情况下肯定是用上好的面粉蒸就的。平日里，整日果腹的就是馒头，偶尔有包子也不大可能有整锅的，而年馍里，则会有可以放开肚皮吃的包子，包括肉馅的、素馅的、油面馅的等等。当然，还有枣糕、花卷等平日里很少吃到的。所以，尽管蒸年馍的这一天是紧张繁忙疲累的，但又是全家人所共同企盼的。特别是不知愁滋味的孩子们，更是早早地企盼这一天的到来，终于可以饕餮一次了，可以大快朵颐了。而做父母的，何尝不想早早地满足孩子们这实在算不上非分的愿望，但又不得不顾及家道，哪里敢把有限的稀缺资源过早地使用，在两难之间算计着时间，实在拗不过去了，才会完成这一"壮举"。这样做无非是为了基本上能把"年"应付过去，总不能元宵未过，就回复到年前的状态吧。所以，在过去，从蒸年馍的时间上，就能看出家道的区别：日子好的，可以早到腊月二十三刚过就蒸，而那些家道艰难的，很可能挨到将近腊月三十。一般的人家，也就是腊月二十六七。

现在人们过年，饮食比平日里改善的幅度也不大了，对于好东西的享用，顶多是比平日里集中些罢了，甚至城市里大部分人，已经惧怕这集中性的"会餐"以至在那几天没了食欲。那么，蒸年馍就更多的只是集中性的准备工作而已，更多的是坚持民俗。

年馍是品种多样的，馒头、包子、花卷、枣糕，特别是捏成各种形状的花馍，更是上好的食物和艺术品，年节里，这些年馍会分门别类地被派上不同的用场：自家食用的、招待亲朋的、拜年用的、给出嫁的女子送灯时用的等等。这些年馍，把家乡的年味调和得浓烈温馨，年复一年，已经是过年的一道不可或缺的风景，但愿能永远地坚持下去，成为一种美好的传统。

家乡的用上好的自磨的面粉土法蒸就的年馍，一直是游子的最爱。春节时分，倦归的游子大快朵颐之后，一定还会在返程的行囊里装满很多的来自自家的舅家的姑家姨家的精心蒸制的年馍，之后一段时间，在水泥森林的都市里，便会咀嚼到家乡的麦田的芳香。

过年了，回家。看看乡亲，吃吃年馍……

美食体味

老陕吃辣也豪迈

四川人不怕辣，湖南人辣不怕，贵州人怕不辣……中国幅员辽阔、人口众多、饮食习惯各异，能吃辣的地方拿辣椒当糖吃，爱吃辣的地方没有辣椒就吃不下饭，不能吃辣的地方则怕辣得要命。一方水土养一方人，水土各异，人亦不同，口味千差万别。

陕西人能吃辣！之所以用一个感叹号，实在是觉得这个习性被忽略了。说起吃辣的地方，很少有人知道陕西人能吃辣。我想了一下，原因大致有几个，一是陕西小吃丰富，但以辣为特点的不多或没有流传开来；二是陕西菜不成菜系，更没有走出陕西，所以了解的人不多；三是陕西人过去比较保守恋家，不爱出外开店做生意，所以推广不够。

但，必须要说给大家，陕西人的确能吃辣。

先说辣椒的种植，这是吃辣与否的基础。辣椒原来生长在中南美洲热带地区，1493年率先传入欧洲，明朝末年传入中国。辣椒传入中国有两条路径，一是丝绸之路，从西亚进入新疆、甘肃、陕西等地，率先在西北栽培；一是经过马六甲海峡进入中国，在南方的云南、广西和湖南等地栽培，然后逐渐向全国扩展。

这就足以正视听了。西安是丝绸之路的起始点，辣椒从丝绸之路传来，在陕西率先栽培是再正常不过的了。八百里秦川土地肥沃，气候适宜，辣椒很早就大面积种植。历经多年发展，优胜劣汰，选种优育，自然演变，人工选择，形成了独有的特性，以其身条细长、皱纹均匀、色泽鲜红、品味佳美的特点，在辣椒中独树一帜，被誉为椒中之王——秦椒。自20世纪70年代已成为陕西农业出口创汇的排头兵。到20世纪90年代末，年种植面积达到7万亩左右，年出口量3.5万吨。现在陕西是国内辣椒的五大主产省之一，不但产量大，消费量也大。

陕西人吃辣的常态是油泼辣椒。把辣椒晒干后碾成粉末，称作辣椒面。清油烧热泼在辣椒面上，再加食盐等佐料，即为油泼辣椒。说起来很容易，但要做好很难。要选上好辣椒，细心碾磨，掌控油温，方能不生不焦。但凡陕西人家家户户都会把油泼辣椒作为一道常备菜，顿顿不可少。每次加工时肯定数量不小，做一次可以吃很长时间。

陕西八大怪，油泼辣椒一道菜。在著名的秦菜府"西安饭庄"，就有一道称作"睁眼辣子"的菜，用细瓷碗盛了上桌，用调羹一搅，碗中辣椒和热油融合，发出"嗞啦"的声响，泛起一串小小的气泡，好似睁开了眼睛般。热热辣辣的香味瞬间弥漫在饭桌，食客食欲顿生，满口生津。就一般生活之中，不管穷富丰俭，桌上肯定少不了一碗油泼辣椒。它被用来调面条，夹馒头，蘸饺子，甚至给别的菜肴加味。有一句调侃陕西人的流传很广的话"一碗油泼面喜气洋洋，没有辣椒嘟嘟囔囔"，足见陕人嗜辣。

还有一些菜肴或面食竟是以辣椒命名的，如八宝辣子，即是以肉丁咸菜辣椒面为主烹制的菜肴。辣子疙瘩，是一种面食，必须搁置大量辣椒，故名。再如一道著名的餐后主食辣子锅盔，则是锅盔夹剁碎的绿辣椒、红辣椒以及辣椒酱的。

至于陕西其他的比较有名的小吃，如牛羊肉泡馍、凉皮等，无一例外都需要辣椒佐食。羊肉泡用的是辣椒酱，凉皮则一定用的是油泼辣子。特别是凉皮，好吃与否关键是辣椒油调制的水平。而油泼面，则一定要将辣椒面撒在面上，再用热油泼之，千万不能少，否则肯定会"嘟囔"呢。

辣椒既是人们喜食的调味佳品之一，又是营养丰富的蔬菜之一。不论是青辣椒或红辣椒，都含有辣椒素，具有刺激性，能刺激消化道黏膜，尤其是口腔黏膜和舌头上的味蕾，因而有增进食欲和帮助消化的功能，且能行血活血促进血液循环，使心跳加快。所以吃辣椒后，常使人感到发热，特别是在寒冷季节，适量进食辣椒，不仅可以抵御风寒，预防伤风感冒、风湿病、腰腿痛等痹症，还具有防冻伤、脱发、坏血病和夜盲症等功效。经营养分析测定，辣椒所含的维生素C相当苹果的二十一倍。胡萝卜素的含量为苹果的十九倍半。维生素B_2和B_1分别是苹果的三倍和四倍。此外还含有较为丰富的人体必需的钙、磷、铁等矿物质，真称得上是营养丰富品种齐全的蔬菜类佳品。

伟大的领袖毛泽东主席，爱吃辣椒。老人家吃辣椒的故事、传说不少，最典型的是"越辣越革命"的传说。主席在延安十三春秋，艰苦的战斗岁月里，运筹帷幄、转战南北，陕西的辣椒也给了老人家智慧与力量呢。

陕西人秉性耿直，豪爽刚烈，成因多多，喜食辣椒定是一因。

愿陕西辣椒给您添滋味，愿陕西辣椒助秦人豪迈向前！

颠倒的城乡饮食

过春节回到农村老家，吃是重要内容之一。走亲戚串朋友，都离不开一个吃字。尤其是到亲戚聚集的村落或者是亲戚已经分了"枝杈"的地方，一顿饭要吃七八家甚至更多是很正常的快乐的烦恼。礼仪之邦，民以食为天，不招呼客人吃顿饭那是说不过去的，尤其是平日里很少见面的城里亲戚，如果去了这家不去那家吃，那是很伤面子的。于是，在东家刚坐定，西家就来请，南家刚拿起筷子，北家的主人就来等，赶场子般地吃，直弄得一顿饭不断转移阵地，最后撑个肚腹鼓胀，心里却是高兴的。

说实话，这些亲戚朋友们是十分盛情的，几乎是倾其所有的最高规格的招待了，七碟子八碗，荤素冷热，丰盛异常，但看着满桌子菜肴，总觉得感觉不对。是不好吗？不是。蒸了鱼、烧了鸡、煮了虾，俨然餐馆水平，还有什么可挑剔的？

不是挑剔，是日益城市化的乡村饮食，让人感觉恍惚了。

记忆中那么好吃的农家饭呢？以关中为例，那红肉苫面的酒碟子呢？那红薯甜饭、嫩绿的豆芽、煮黄豆、油炸麻叶、酸辣白菜、豆腐丝呢？那寓意深刻的连汤带水的饺子面条俗称"钱串子"呢？那热气蒸腾的荤素兼具的砂锅呢？那各种形状的花馍呢？那各种馅料的包子呢？没有了。取而代之的是学习城市小餐馆的那些凉菜热炒，技艺不精、原料不足、调料不全、味道寡淡，看似丰盛，实则很难刺激食欲、满足味蕾。碍于主人的盛情，只能勉强吃点，说实话真不是一种享受。

这里必须要说明一点的是，丝毫没有让农村抱残守缺、裹足不前的想法。辛劳的农民慢慢富裕之后，改善自己的生活天经地义，也是我们共同的期望。

但是，怎么才是改善？是抛却了传统，全面否定之后另起炉灶？还是在继承传统的基础上有所创新？显然是后者。

我们所谓的城市人，三代以前几乎都是农民。现在生活在城市里的人几乎都和农村有着千丝万缕的联系，记忆中都保存着浓烈的亲切的乡情回忆。特别是饮食方面，离开农村越久，味蕾中的传统感觉和需求越大，总想着过去的味道。于是，平日里，在城市的郊区，各种农家乐成了城市人的莫大享受，拖家带口地赶去，喝一碗苞谷糁，吃几块辣子锅盔，拌几样野菜，觉得是莫大享受。

而现在的农民，近几十年来，再不像过去那样偶尔才能进一趟城。他们可能就常年生活在城市里，住在城市的边缘和夹缝，勤劳地劳作在城市的许多岗位。及至过年，才候鸟一样飞回老家，过一阵农村生活。于是，在他们的餐桌上，就把在城市里看到的甚至是偶尔吃到的东西引进来，端上饭桌，作为一种成就感呢。看看咱家的筵席，像不像城里人？心里乐滋滋。

于是，城市的餐桌经常趋于农村化，农村的年饭、节庆、婚丧嫁娶的筵席慢慢趋于城市化，颠倒了。

围城理论。

不是我们矫情。是想从饮食文化的角度探讨一下这个问题。

首先，农村的筵席学习城市没错，经济宽裕之后，吃点好的合情合理。而且，农民也没有义务为城市保存一种传统，没有义务为了让城里人吃上农家饭而降低自己的生活水准，也完全可以以城市化的筵席彰显自己的奋斗成果。这都没错。只是，不要完全抛却了传统，不要一味地刻意模仿，而要在继承中革新，在革新中坚持传统。更何况，我们上面所说的那些传统饮食几千年几百年了，已经是积淀下来的精华。千万不要认为那是上不了席面的土气，土气才是接地气的最好的方法哦！

其次，要从烹饪人才这一角度来谈。过去围着锅台转的奶奶妈妈嫂子们，熟谙传统饮食烹饪之法，许多人是民间饮食的高手呢。只是后来，农村的孩子们上学、打工，很少有机会学习传统饮食技艺，许多人已经不会蒸馒头擀面条了。他们在辛劳打工之余，快餐般地打发自己的一日三餐，无从学习。城市饭无从学习，农家饭也没时间学习，到头来饮食技艺只能是勉强做熟糊弄肠胃了。所以，倒是有一个建议，在农村举办一些传统饮食的培训班，甚至传统女红的培训班，让这些农村未来的"掌门人"们学习这些技艺，一则多了一项谋生的本领，二则也是对饮食文化、传统文化、乡土文化的传承呢。

一句说滥了的话："民族的才是世界的。"饮食文化，概莫能外。

只有农村有了会做传统饭的人才，我们的乡土饮食才不至于断代断档。只有继承了传统文化，才能更好地在革新中进一步发展壮大。

由此还想到了许多：过去大姑娘小媳妇都会剪窗花呢，都会绣花呢，都会编织毛衣呢。如今，在生活压力大的状况下，怎么才能让她们学习、传承？我们的各级政府、妇联、共青团甚至学校教育，是不是可以有点变革和加强呢。应该可以。

愿农村在继承、保持传统的基础上加快发展。相信我们的农村不会变成文化的荒漠。

共同努力。

袁枚饮食论今鉴

袁枚，清代诗人、散文家。乾嘉时期代表诗人之一，与赵翼、蒋士铨合称"乾隆三大家"。袁枚也是一位美食家，写有著名的《随园食单》，是清朝一部系统地论述烹饪技术和南北菜点的重要著作。该书出版于1792年。220多年过去了，再看此书，其中高论仍丝毫不过时。近又阅此书，录其中精华以为今鉴。

书中开篇："学问之道，先知而后行，饮食亦然。"这是理论指导实践的辩证法，把饮食视作学问，先要弄清情况，细察翔实，之后制定措施、采取办法，然后实际操作。避免那种情况不明决心大，胡子眉毛一把抓，哪里黑了哪里歇的稀里糊涂的莽撞。

之后首论先天："凡物各有先天，如人各有资秉……物性不良，虽易、牙烹之，亦无味也……大抵一席佳肴，司厨之功居六、买办之功居四。"如同盖房子做衣服等，材质不佳，奈何大匠巧裁？原料关把不好，再好的厨师也做不出好饭菜。今日一些餐馆，以降低成本偷巧采买低劣原料，如何成好菜？好菜好客好生意，劣菜只会气跑老主顾。想想，是偷工减料还是应该真材实料？

之后再论作料："厨者之作料，如妇人之首饰衣服也，虽有天资，虽善涂抹，而敝衣蓝缕，西子亦难以为容。"其中作料，作者要求审生熟、去糟粕、求清冽，俱宜选择上品。个中道理，前言已明。三分人才、七分装扮。如此重要的环节，在饮食中须臾不可马虎，烹饪未动、作料先行，实在是有道理。大抵菜品上乘者，莫不遵循此理。就如陕西小吃之岐山面，非用西府自酿香醋不可，而陕菜中之花椒，亦韩城、凤县大红袍莫解。有一川籍精烹饪朋友，十几年前曾无比愤怒地质问厨师："鱼香肉丝为什么不用泡椒？宫保鸡丁为啥子不用炸椒？"当属此理。

再之后，作者就洗刷专论，并引用民谚"若要鱼好吃，洗得白筋出"，说明饮食卫生的必要与重要。我们的有些餐者，萝卜快了不洗泥！表面上哄的是食客，实则是失却良心，最后欺哄自己，生意败落、咎由自取。

其后，在配搭须知中，作者谐趣，以"相女配夫，低人必于其伦"相比，于是"清者配清，浓者配浓，刚者配刚，柔者配柔，方有和合之妙"。而观今之饮食，有人为标新立异或哗众取宠或求其奢华，动辄以精贵食材堆砌，全然不讲配搭，真如妇人一手戴五个戒指那般不靠谱呢。

再之后，作者又论及独用，谓"味太浓重者，只宜独用，不可搭配。如李赞皇、张江陵一流，须专用之，方尽其才"；论及火候，"熟物之法，最重火候""司厨者，能知火候而谨伺之，则几于道矣"。

后又提到器具须知、上菜须知、时节须知、多寡须知、洁净须知、用纤须知、补救须知、本分须知，皆寥寥数语、言简意赅、精辟透彻。如本分须知"满洲菜多烧煮，汉人菜多羹汤，童而习之，故擅长也……今人忘其本分，而要格外讨好……反致依样葫芦，有名无实，画虎不成反类犬矣。秀才下场，专作自己文字，务极其工，自有遇合。若逢一宗师而摹仿之，逢一生考而摹仿之，则摄皮无异，终身不中矣"。这已经是做人做事作文的通理也！人要本分，文要本分，食也要本分。我曾在一篇《颠倒的城乡饮食》中提及，现今的农村，筵席多模仿城市，技艺不精、作料不全、食材不鲜，反而丢掉了原本很拿手的传统的饮食精华，到头来，农村人吃着不对味，城里人吃着不是味，弄得里外不讨好。要得饮食精妙，听

> 我这本书就叫——《袁枚饮食论》

听袁枚老先生220多年前的论调，实在可以大有启迪乃至顿悟。

须知之后，作者又开出戒单。戒者，避免也，不为也！正是作者看到了一些不合理的饮食现象，才告诫众人，要力戒之。从"戒"之内容来看，在今日仍大有必要提及。

如"戒耳餐"，"何谓耳餐？耳餐者，务名之谓也。贪贵物之名，夸敬客之意。……若徒夸体面，不如碗中竟放明珠百料，则价值万金矣。其如吃不得何？"联想现今某些筵席，为表奢华，或为讨好，堆盘架碗，鱼翅鲍参，极尽铺张之能事。到头来，宾客或矜持，或肠胃不纳，总之食不知味，竟难以果腹，多少人筵席归来还要回家来碗面条？至于公帑买单者，更当戒绝。

还有一戒，最有意思，几百年不变，足见国人饮食陋习深厚。是谓"戒强让"！"精肥整碎，各有所好，听从客便，方是道理，何必强让之？""常见主人以箸夹取，堆置客前，污盘没碗，令人生厌。"这就是饮食之中的礼让之道了，看老先生220多年前的劝诫，我们今天理应听从。

饮食男女，人之天性。民以食为天。一日三餐，亲朋相聚，大小宴会，正餐小吃，都必然有必须遵循的道理在里面。何况饮食文化，早已是中华民族的灿烂瑰宝，更应遵循规则，继承发扬，趋利除弊，方能吃好。

吃好，心情好，身体好，一切都好。

听袁枚先生劝诫，大家都吃好！

坚强的陕西味蕾

西北边陲的农垦队伍里有许多老陕,各种原因使其中有人五六十年没回过老家。家乡的亲人去探望,谈及思乡之情,年逾八旬的几位老人异口同声地想吃家乡的羊肉泡、葫芦头。

在南方某地短期学习的一位老陕,一周时间内,从学习的地方三四次打车去吃老陕面条,车费单趟八十元。

几年没回过家的海外游子,要求家人把下飞机后的初次会面安排在一家泡馍馆里,馋得实在不行了。

有许多朋友,孩子在外地上大学,每有公干,必现买了凉皮,从天上飞着给孩子带过去。

几位陕籍一线明星:文章、闫妮、苗圃等,当然还有张艺谋,只要有机会回陕西,百分百会咥一碗泡馍、凉皮、糊辣汤,更有张导把油泼扯面搬到了电影之中!

……

足见老陕们对家乡食物的忠诚与厚爱,足见老陕的味蕾多么的坚强。

对家乡食物的钟爱是人之常情,哪里的人都会。但像陕西人这么执着的,不多。究其原因,大概有几点。

一是陕西小吃的历史悠久、丰富多彩、品质优良。从数量和质量上来讲，在中国乃至世界范畴，都是领先的。生在这地方的人有口福，离开这里的人思念那份口福，自然不过。

二是陕西小吃的风味独特、地域色彩浓烈、很难异地复制。一般的小吃都难异地复制，原料、水质、调料等都不同。但仿制还是可以的，虽然风味差点，但还可以算是那么回事。陕西小吃就不一样了，它非得要秦川牛、陕北羊、关中面等，且制作方法多为家传独门，这就给异地复制带来了困难。异地没有，自然要回家乡吃，自然老念着那一口。

三是陕西小吃的特立独行。在我们中国，就简单以长江为线南北区分的话，在吃的方面无非南米北面。南方诸省份，一日三餐几乎都离不开大米，干的稀的，再配以荤素菜肴，就构成了饭食。所以，各地区别不是太大，无非辣点咸点淡点浓点，所以，东西跨几个省份，基本上都能适应。在北方，东北华北乃至山东河南，也是米面掺半，互相间也没有质的区别。西北诸省区,民族特色、地域特色兼具,甘宁青新,也是各具特色,有肉有面有米的。独独我们陕西,准确点讲,除过陕南的安康、汉中,其他大部分区域,人们长期以面食为绝对主食,馒头面条是绝对的主打食物。这样一来,从小开始,味蕾的感觉就被固定下来,除却面食,其他的都只能是偶尔调剂的点心哦!

味蕾是什么?味蕾就是味觉感受器。在舌头表面,密集着许多小的突起,人吃东西能品尝出酸、甜、苦、辣等味道,是因为舌头上有味蕾。人吃东西时,通过咀嚼及舌、唾液的搅拌,味蕾受到不同味物质的刺激,将信息由味神经传送到大脑味觉中枢,便产生味觉,品尝出饭菜的滋味。

味蕾经过一种味道不断地刺激后会渐渐适应这种感觉,其他的味道很难取代,管你什么山珍海味,咱就是想吃家乡的东西,除却心理因素,这种生理因素很难战胜。在儿童时期,味蕾分布较为广泛,而老年人的味蕾则因萎缩而减少,留下的味蕾很难接受新的感觉,留存的是最初的记忆,这也就是人越老越想吃小时候常吃的东西的原因。

一方水土养一方人,一方人吃一方食物。自然的因素、物产的因素、气候的因素,使得各地人们的饮食习惯不同。这不同是自然形成的,有着非常科学的道理。加之心理、人文、亲情乃至生理的因素,喝家乡水吃家乡饭耕家乡田成家乡业,都是一种必然之中的美好。故此,我们要加大交流,也要保持传统,自然饮食,安然生命。

远方的游子忘不了家乡,光这味蕾就勾人魂魄呢。

远方的客人来换换口味,刺激味蕾是莫大享受呢。

2 旅途感悟

邻里兰州

兰州是西安的邻居，风土人情大同小异，所以，到兰州的感觉就像是到邻居家串门。朴实、亲切，是兰州留给我的印象。讲几个有趣的片段，权作对这座城市的感谢。

羊羔肉招待贵客

西北人好吃羊肉，善吃羊肉，西北的羊肉好吃，这是不争的事实。范围再宽泛一点，陕甘宁青新，加上内蒙和西藏，都盛产羊肉，烹调方法各异，新疆的羊肉串、陕西的羊肉泡馍、内蒙的手抓肉都是中国名吃。清炖的羊羔肉则上述地方都有，方法大同小异。但兰州的朋友们认为，他们那里的羊羔肉最好吃。

所以，热情的东道主朋友在接机后就告诉我，直接去吃饭，去兰州最好的羊肉店吃羊羔肉。到那里的时候，我惊讶于店里的规模和生意的红火，看来真是个好去处。羊羔肉端上来，是大块吃肉的西北风格，味道真不错，没有一丝的膻腥。兰州的朋友告诉我，甘肃有一种草叫地椒草，羊儿吃了之后，羊肉就没了膻腥，加之在烹制时又加上了若干祖传秘方，自是不同凡响。配着与羊肉同炖的是兰州特有的粉条，筷子粗细，入口绵软筋韧。另有单炖的土豆，也是甘肃特产。记得过去开甘肃人的玩笑，说甘肃洋芋蛋之类的话，看来甘肃的土豆真是多而又好。有调侃的说法：甘肃的羊吃的是冬虫夏草，喝的是矿泉水，拉的是六味地黄丸。在缺乏工业的河西走廊，到处是好牧场不假。只是现今为了保护环境，已经改为圈养了。圈养了的羊肉肯定没有放养的好吃，但为了拯救日渐恶劣的生态环境，人们舍弃点口腹之欲又算什么呢。

一大盘炖羊肉，吃出了西北人的豪气，也吃出了主人的热情。谢谢你，我的兰州朋友。

早餐吃牛肉拉面

兰州牛肉拉面是驰名中外的小吃，西安也是面条的故乡，但西安人早餐是不吃面条的。

到兰州的第一顿早餐，当我们习惯地拿起房卡准备去饭店吃免费的早餐时，主人却招呼下楼上车，去吃牛肉拉面。来到一家很有名的牛肉拉面店时，食客已经很多了，每个人守着一个硕大的蓝花瓷碗连吃带喝，很是享受。我们在早已定好的包间落座后，服务员推进一个活动的案板，跟进一个白衣白帽的利落的厨师，现场表演拉面绝技，先是细面，细如发丝，再是韭叶面，中间稍厚两边稍薄，博得一片掌声。在征询了每个人的意见后，很快，一碗碗粗细宽窄不一的牛肉面上桌了。一清：一碗清亮的牛肉汤，二白：白的面条和萝卜片，三红：红艳艳的油泼辣椒，四绿：嫩绿的蒜苗香菜。色香味俱全啊！喝一口清汤，满腹滋润，吃一口面条，大快朵颐，兰州人的日子不错啊。

兰州牛肉拉面的分类：大宽、二宽、韭叶、大细（二柱子）、二细、毛细……

记得去年兰州人为抵制牛肉拉面串通涨价很是认真了一番。吃了这次牛肉面，我似乎更明白兰州人对于牛肉拉面，是须臾不可少的。连早餐都必须吃的东西，可见热爱和依赖的程度，民以食为天，认真一把无可厚非。

离城市最远的机场

兰州机场可能是全国范围内离城市最远的机场。以前记得是78公里，而且没有专线，从机场到兰州要坐两个多小时的车，从兰州上飞机得提前将近四个小时出发，想想真费劲，无形中也影响了航班的安排。这次去情况改观了，有了专线高速，里程缩为70公里，一个小时就可以到达。

其实，兰州机场在甘肃的中川，以前是军用机场，后来改为民用。一个小时是有点长，但还不算太长，还没有长到非要再就近建一个机场，那就省点民力吧。好在，现在的汽车多了，公路好了，进出兰州也就更方便了。

我去的时候赶上淡季，机票三折，不到200块钱，相当于火车票价。原本是打算坐火车一夜睡过去的，既然便宜，索性飞到兰州，还是省事。

近来听说有便宜到10块的机票，真是市场杠杆的作用，抑或是航空公司的噱头？

邻里兰州，飞机、火车、汽车都很方便，多来往吧，我们是兄弟。

乌市小记

乌市，乌鲁木齐的简称。夏末秋初，乌市小住几日，印象颇深。异域风情、瓜果甜蜜、肉香诱人、气候温和等等，不一而足，一个令人向往之地，一个宜居之所。片段印象，小记于后。

国际大巴扎

"巴扎"是阿拉伯语"市场""集市"的意思，新疆因地处丝绸之路这条中西贸易通道的中段，各族人民特别是维吾尔人具有重商、崇商、经商的传统。新疆各地的巴扎，就是他们长期从事商贸活动的场所。位于乌鲁木齐市二道桥商业圈的新疆国际大巴扎于 2003 年落成，是世界规模最大的大巴扎，集伊斯兰文化、建筑、民族商贸、娱乐、餐饮于一体，是新疆旅游业产品的汇集地和展示中心，是"新疆之窗""中亚之窗"和"世界之窗"。建筑具有浓郁的伊斯兰建筑风格，在涵盖了建筑的功能性和时代感的基础上，重现了古丝绸之路的繁华，集中体现了浓郁西域民族特色和地域文化。此前世界上规模最大的巴扎是土耳其共和国的伊斯坦布尔大巴扎，而新疆国际大巴扎建筑面积近10万平方米，拥有3000个民族手工艺品商铺，3000平方米的广场，可容纳1000人就餐的民族宴会厅，80米高的观光塔，气势宏伟的清真寺。不仅比伊斯坦布尔大巴扎大9000平方米，硬件设施、文化氛围也大大超过伊斯坦布尔大巴扎，堪称"世界第一大巴扎"。

如今的大巴扎已经是乌市最著名的旅游观光、餐饮娱乐和购物中心，是本地人经常光顾、外地游客必去之地。在这里，感受异域风情，欣赏民族歌舞，品味特色美食，购买新疆特产，实在是集大成之所。如果有时间，最好是用起码一整天，先看看、转转、尝尝，再把一应美好收入囊中，回家去与亲朋分享新疆的味道。

无法自控的购物欲

新疆特产多、优、特，有自然的恩赐，也有民族特色，去乌市不可不买、不会不买，一不留神就买多，回家之后又嫌少。

新疆日照时间长、昼夜温差大，瓜果品质上乘，著名特产有和田无花果、吐鲁番的葡萄干、库车的杏脯、阿克苏的鹰嘴豆、罗布泊的罗布麻茶、哈密的哈密瓜干和喀什的巴旦木。听着都馋人，看着更诱人，优良上等的品质加之便宜的价格，任谁都会有购买欲。做这些买卖的维族等少数民族朋友居多，他们很实诚，不会哄人，更不会坑人，作为买家，你也完全可以放弃在有些地方练就的砍价本领，大大方方、痛痛快快，各得其所、皆大欢喜。

新疆又盛产优质棉花、羊毛，纺织、刺绣业发达，各类丝巾、披肩等，颇具民族特色，除过这些可以在生活中穿戴的物件外，再买一顶小花帽，也不枉到此一游。

至于其他的特产，如和田玉，还是要懂行为先，不然真不好说。还有著名的英吉沙手工小刀，小巧锋利，价钱不贵，问题是不好携带，但卖家有办法，在不违法的前提下，会给你发回来的。

有一小桥段的购物经历：同行几人在巴扎里沿用着内地的购物习惯，货比三家，拦腰砍价，很累，也用了很长时间，结果钱没少花，东西也就那样。我是个懒人，在买这些东西上面一概不愿费心思，喊哩喀喳买了，坐在店家门口，抽烟喝茶神侃，省心省力也不见得当冤大头，自得其乐。推荐您在购物时一试，又不是买车买房，差不多就行，呵呵。

正宗的抓饭烤肉

到这里，抓饭烤肉是必须要吃的。大街小巷都是，但要花点心思找正宗的才地道、有趣。我们在当地有朋友，他们是家乡企业派驻这里的办事人员，既了解我们的口味，又熟知乌市的犄角旮旯，带我们七绕八拐地找到一家纯正的经营抓饭和烤肉的老店。门面不大，房子很老，维族朋友经营。进店后先开了票，抓饭每人一张票，便可领碗盛饭，吃完再续，不再付费，吃饱为止，笑言是"一票通"，足见维族朋友的朴实诚恳。至于烤肉，则是论串，起先不知肉串大小，差点按在内地吃的概念报数。朋友忙告知这里的肉串很大，并领我们去看在门外侧旁的烤肉炉，一看方大开眼界，那在炉子上烤着的肉串硕大不说，串起肉串的竟然是还泛着绿色的柳枝条！这是古老的原生态的烤肉办法，更能保持肉质的纯正，且有淡淡的植物芳香。等大口狠嚼之时，更坚信这烤制办法的特色与美味。一行人都吃了过量的抓饭和烤肉，实在是从来没尝过的鲜美。

这家店很传统，吃饭时别说饮酒，抽烟都不可以，很讲究，很环保。可惜忘了店名，但乌市的朋友可能都知道，您有机会不妨一去。

关于乌市，能记叙的很多，各种记叙也已经很多了。上面是亲身感受的几个片段，实在是皮毛而已，但印象很深，感觉很好。

那是 2008 年。我们离开乌市三天，就出了那档子暴乱的事情。

愿新疆安宁、祥和。有机会一定再去。

厦门感怀

初秋时分，踩着台风"桑美"的尾巴，踏上了厦门岛。飞机下降的时候，碧蓝的大海、翠绿的植被渐次明晰，一种清新爽朗的感觉，想来气候也应该是宜人的。不料刚出机场航站楼，一股热浪便扑面而来，据说台风是一风二雨三热，许是"桑美"的余孽，厦门此时仍十分的热，不由眷念已有几分初秋凉爽的西安。

学习之余，在厦门岛上逡巡徘徊，对这美丽的岛城多了几分认识，也有了真切的感受。

历尽沧桑　美丽毕现

历史的原因，地域的因素，20世纪80年代以前厦门在建设上投入很少。之后，随着形势的发展变化，厦门的地域劣势变为优势，改革开放，海外的游子把大量的资金投入家乡，厦门迅速发展起来，城市建设有了翻天覆地的变化。如今的厦门，再也不是过去随时准备做炮灰的模样，摩天大楼鳞次栉比，建筑风格活泼"洋气"；跨海大桥彩虹飞渡，海岛大陆连为一体；通衢大道宽阔整齐，交通繁忙井然有序；港口码头一片生机，彰显十足经济活力。加之自然天成的海岛风光——绿树成荫鲜花烂漫，山脉湖泊间隔其间，碧海蓝天相映生辉。入夜，华灯齐放，为城市扮上仪态万方的晚妆，景观灯勾勒出建筑轮廓，好似黑色幕布上一幅幅巨大的多彩画卷，璀璨的灯光映照在海面上，如仙如幻。徜徉在海边，沐浴着徐徐海风，流连忘返——厦门，美丽的海岛，美丽的城市，谁忍以之为炮灰呢？

咫尺海峡　金门在望

对于所有的事物，你的实际感受一定会和听到的是两种感觉。关于金门，当然知道它距离厦门的里程很短。但当坐上游船抵近小金门的时候，还是惊异于它的近在咫尺。回想小的时候，对台湾、金门不能被解放很是郁闷，被告知是因为美国的干涉和我们海战能力的滞后，毕竟海峡漫漫，要打过去不容易。那时候不知道金门这么近，否则会很不理解的。后来知道了事情的真相，是伟人的伟大决策——打而不攻——把它变成台湾岛的永远的牵挂，抑或是大陆与台湾的藕断而丝连般的维系？

尽管，现在的战争对抗意味已经很淡了，但另一种制度下的金门还是给人很多神秘。从码头登船时，有边防军人查验身份证，虽然更像是例行公事，但毕竟是一种特别。游船没多久就抵近金门，停泊的时候，游客们蜂拥上甲板，极力向岛上张望，希望能看到和大陆上不一样的景色和人物。但令人失望的是，借助望远镜也没有看到一个人，特别是没有看到"国军"，让大家都很失望。游客中有人调侃说：天太热了，"国军"弟兄午休了。如果不是滩涂上一排排用作防御的钢钎，真会让人觉得它就是厦门的一个离岛而已。

游船内，船员们兜售台湾商品，香烟、木雕、食品，还有印着"蒋委员长"头像的打火机，购买的人不多。我在想，放在过去，买卖这样的东西是有政治意味的，现在只是一种猎奇或是调侃吧！曾经的剑拔弩张演变成如今的玩笑轻松，是一种进步吧。

鼓浪屿上　机车全无

鼓浪屿名头太大了！类似于兵马俑之于西安，凡初到厦门的人都会第一个想着去的。

就是一个小小的岛，就在厦门的旁边，很近，坐轮渡瞬间就到了。岛上有郑成功的塑像，英年早逝的英雄，收复了被侵略者侵占的领土，居功至伟，值得万世敬仰。英雄佩剑而立，目光炯炯，注视着台湾海峡，看到今日的状况，也在急切期盼着两岸的统一。

为了游人的方便，岛上禁止通行机动车，尽管岛上除过居家过日子的居民，还有许多的单位、学校，但为了大局，为了鼓浪屿的游览，也都必须遵从这一规定。

岛上的别墅很不错，临海而建，多么的惬意舒适——和谐社会、科学发展，没有艳羡嫉妒，祝他们幸福。

当然，岛上还有别的风光，可以登高远眺，可以感受地道的厦门风情，可以发思古之幽，可以抒壮烈情怀，最重要的，是你来过了。

集美学村　功德莫大

内地动不动就是"大学城"，几个大学凑到一堆而形成新城，俗气得很，容易让人联想到车水马龙、水泥森林，好像跟学府不搭界——喧嚣的氛围不是做学问的。倒是"学村"这样一个称谓，给人一种安详、静谧、悠然的感觉。

集美学村是陈嘉庚先生故居、故乡的所在，从先生捐资举办集美学校开始，八十多年过去了，人类社会经历了多少沧桑？集美也概莫能外，有一腔赤诚，有坚忍不拔，有矢志不渝，终使学村从弱小开始，从艰难起步，从小到大，从单一到丰富，于今，已是知识、人才和希望荟萃之地，大学、中专、中学、小学一应俱全，一片书声，一股清流，一种神往……

到先生故居瞻仰的时候，无限崇敬。深揖长躬——为中华民族的赤子！

厦门有陈嘉庚，福建有陈嘉庚，中国有陈嘉庚，幸甚。

厦门有集美学村，也是再发展的源泉。

厦大探访　敬仰老易

厦门大学本就知名，近几年因为易中天先生的缘故更加知名，到了厦门，去看看厦大，感受一下易先生的生活氛围。

厦大位置绝佳，临海逶迤而立，纳陆海之精华，集水土之灵气，在中国的大学中应该首屈一指。

厦大真是一处美丽的所在，校园内从建筑到布局都堪称一流，园林式的绿化更是得天独厚，南国湿润的气候和海风润泽着厦大，把厦大装点得分外妖娆。

之所以去厦大，多一半的原因是因为易中天先生。易老师把讲台搬到了中央电视台，全国乃至更广范围内的受众得以聆听先生的教诲，实乃一大幸事。关于易先生以至于丹女士，我是十分崇敬的。把知识养在深闺还是为大众所服务，道理很简单。快餐也罢，心灵鸡汤也罢，都对人民大有益处，有益处的事情何乐而不为？

暑假了，易先生也退休了，不然，有幸在这里听一堂易先生的课，多好。

昆明记忆

那年秋日到了昆明，北方已经有些许凉意了，四季如春的昆明还是那般温暖。是温暖带来的倦意还是高原反应，总之放下行李就睡着了……

毕竟是高原哦

旅途劳顿，到了先小憩，本是常理。但这次很特别，进到房里不及擦洗就有倦意涌上，索性和衣倒头便睡。平日里睡眠状况尚可，但这一睡很快就进入了深度睡眠，不知过了多久方才自然醒来，感觉十分解乏。想想前几日并未欠缺睡眠，旅途也未有折腾，怎么会有这样的困乏和睡眠？一想到已在昆明，恍然大悟，高原就是高原，高原反应看来就是容易困倦啊！怪不得聪明的中国足协爱把国际足球赛的主场设在昆明，原来就是利用高原反应作法来"坑"外国队呢！呵呵。可我这一觉醒来便感觉跟平日没什么两样了，何况那些身强力壮的专业运动员？

是的，高原就是高原。但是，高原也不过就是高原。

尝到了米线和饵块

　　云南米线可能是云南最有名的小吃了，到了昆明自然要去吃个正宗的。公务之余上街打问了一下，找到了一家老字号，据说历史悠久，口味正宗。到了一看，果然不失所望，两层楼房砖木结构，楼梯、地板都是木头的，斑斑驳驳，很有沧桑感。米线自然不错，很大的碗，很烫的汤，很多的配料。但与平日里在西安吃到的不一样的是，米线比较粗，煮得也很糯，不够筋道。这是各地小吃到外地去卖的通行做法，即在保持基本风味的前提下，适当调整以适应当地人的口味。北方人吃面食，喜筋道，于是在西安卖的云南过桥米线和在昆明卖的自然有所区别。其实，洋快餐也概莫能外，在中国的麦当劳、肯德基和在美国本土卖的区别也很明显呢。

　　保持基本风味，适应当地特点，是饮食经营之道。

　　饵块，云南又一种特色小吃，实际上可以看作是米做的软饼吧，在早点摊上看到的。初时不知何物，老板答曰"饵块"。于是看老板拿起一片，上面抹了酱汁，再将油条卷在里面。尝了一下，感觉不错，绵软筋韧，甚是可口。于是想到了陕西的煎饼卷菜，想到了山东的煎饼卷大葱。东西南北，大同小异，各有特色，丰富多彩。

石林彝家女

　　到石林旅游是邀了几个志趣相投的同伴一起去的，租了一辆面包车，很快就到了。去之前就听说石林门口的导游是坐成一大圈由客人自己挑选的，下车之后还是被那壮观的景象所震撼：只见在石林大门两侧的弧形走廊下，密密麻麻地坐着一大群的身着民族服装的彝族姑娘，说有上百个一点不夸张，看着这个阵势，真会花了眼睛呢。可能是纪律约束，或者是姑娘的矜持，这些姑娘们并不起身揽客，更不会纠缠，她们就那么安静地坐着，微笑地注视着游客们，间或姐妹们会细声喜气地聊天。只有当客人走近了，她们才会礼貌地招呼。

我们几个甚至还都有点害羞，互相指使着去挑选。末了任务落在我头上，只有硬着头皮在"花丛"中"挑花"了，扫视之间，一个清秀安静的小姑娘吸引了我的目光，指给他们几位，都认可，那就请这位小姑娘吧。

之后的旅程证明了我们的眼光不错，这小姑娘文静又不失活泼，大方而不张扬。认真、本分地做着她的导游工作，为我们几个小时的石林之旅增添了愉快惬意。

小姑娘的名字没记住，不知还在做着导游没？祝你幸福！

到海埂去看看

和我一起去石林的同伴恰巧也都是球迷，到了昆明，自然想去海埂足球训练基地去看看。

基地就在滇池畔，找熟人领进去，坐上电瓶车，逡巡了一圈，看那数量众多、面积广阔的训练场，静静地闲置着。这个基地主要因了昆明四季如春的气候，从而成为各地足球队冬训的场地，平日几乎是没有人的。昆明本地的业余球员乃至学生球员，大概又无法支付场地费用，所以也无缘来这里训练。中国足球欠缺的是基础，基础里最欠缺的就是场地。而这里的，以至其他城市的场地又因为费用的原因拒"草根"于场外，"草根"不见草，还怎么长？希望不断发展和富裕的国家与城市，能够真正为足球打好基础提供基地。

昆明几日，印象颇深，走之前去了一趟花市，看那当作萝卜青菜一样卖的鲜花，好生艳羡。嗅一嗅花香，权作记忆。

彩云之南，滇池之畔，四季如春的昆明值得一去。

武汉食趣

去过武汉三次,从20世纪90年代中期到今年,十几年间,城市变化自然很大。但有一点似乎没变,那就是传统的饮食习惯和趣味。楼可以高,路可以宽,人可以富,但饮食的种类和习惯很传统,只要人的种类不发生改变,各地的人都舍不下肠胃喜欢的那一口,正如武汉人。

全城早点一碗面

武汉热干面很好吃,这个不消赘述,但全城的人几乎都拿它当早点,这就有的说了。先说早点,中国人的早餐南北东西各异,但主打的应该是馒头稀饭、油条豆浆、菜包肉包之类,基本上都是干稀搭配、味道稍淡,这也符合清晨苏醒后肠胃不能浓烈刺激的养生要求。但华夏辽阔,风俗各异,偏偏在一些地方的早点就是口味浓重的食品,比如,西安人的水盆羊肉、糊辣汤,广州人的早茶,兰州人的牛肉面,武汉人的热干面等。但就是这些早点地域色彩比较浓的地方,也很难出现全城几乎同一步调地拿一种食品当早点,但,武汉人这样做——早点时分，到处是卖热干面的，吃热干面的，坐着吃的，站着吃的，还有走着吃的！

是什么原因让武汉人如此钟情这一碗热干面？又是什么原因让武汉人拿它当早点？一方水土养一方人，一方水土上的一方人需要一种食物来滋润！饮食习惯，必先从地域之气候、水土特点论起。武汉是中国长江中游特大城市，世界第三大河长江及其最长支流汉江横贯市区。属亚热带季风性湿润气候，雨量充沛、日照充足、夏季酷热、冬季寒冷。又地处内陆，距海洋远，地形如盆地故集热容易散热难，河湖多故夜晚水汽多，加上城市热岛效应和伏旱时副高控制，十分闷热，是中国"四大火炉"之一。这种气候下，人们夜晚难熬，体汗必多，体液消耗较大，口中无味。早起之后，必须补充营养，且以咸味食品当先，因为咸味是帮助保持体液平衡的信号。热干面这种盐分含量、油脂含量较多的食物成为首选就很自然。

热干面是碱水面，既不同于凉面，又不同于汤面，面条事先煮熟，拌油摊晾，吃时再放在沸水里烫热，加上调料，拌以香油、麻酱、葱花、榨菜、辣椒等配料，面条筋道滑爽，色泽金黄油亮，味道香辣鲜美，可以大快朵颐。一碗面下肚，嘴里有滋有味，精神顿时倍增，再配一碗甜豆浆，通体舒畅，神仙感觉！

这样的气候，这样的食品，恰得其所、相得益彰。难怪武汉人钟情于此，全城共享。

武汉热，热得要起早，热得睡的晚。于是……

夜市热闹又齐全

夜市在很多城市都有，灯火辉煌、烟火缭绕、人流熙攘、市声鼎沸，忙碌一天的市民或白天观赏了美景的游客集聚于此，吃点夜宵、聊聊生活、会会朋友，既饱了肚腹，又缓释了身心，算是我们中国特色的一种夜生活。

　　武汉的夜市规模更大，内容更加丰富。就如武汉最大的吉庆街夜市。"过早户部巷，宵夜吉庆街"，武汉人素有此说。夜幕降临，华灯初上，吉庆街便灯火辉煌，人声鼎沸。各类美味佳肴应有尽有，汉味民间表演各具韵味，美食文化和民俗文化在这里交汇，中外来宾和八方游客在这里欢聚。这里没有安静的茶庄，没有高档的餐厅，但各路客人云集于此，官员学者、富贾大商、平头百姓甚或贩夫走卒都喜欢这里，形形色色。不光是中国人，还有外国人，不光是为吃而来，更多的是想感受这里自由的氛围，体味这里浓浓的汉味风情。

　　这里不但是吃饭喝酒，还有各色营生。卖花的、卖唱的、拉琴的、算命的、擦鞋的……你甫一落座，他们便上前揽生意。这些艺人们，不仅可以为你演唱各种戏曲、民谣，还善于察言观色，在你觥筹交错、酒酣耳热之际，用最时尚的妙言谐语为你现编现演，一首首流行歌曲和民谣演绎得让你忍俊不禁、捧腹开怀。想想看，这里推杯换盏、欢声笑语，那里引吭高歌、诙谐弹唱，雅谑并存、此起彼伏，多么热闹。

　　买卖人不知疲倦地做生意赚银子，食客们卸下白日里的憋闷找乐子，人人欢畅和痛快！难怪这个不夜城让人爱到了骨子里，美得妙不可言。

　　"才饮长江水，又食武昌鱼。"武汉水产丰盛，物产丰饶，饮食发达，正餐大菜自不待言。以上的记叙是其中有趣的桥段，记录下来与您共享。

　　去武汉，推荐您早食热干面，夜去吉庆街，"过早、夜宵"，很是享受呢。

重庆掠影

那年深秋时分，山城重庆逗留几日，所闻所历，生趣盎然，忆来分享。

解放碑的"卡娃"

解放碑是重庆解放纪念碑的简称。以解放碑为中心，是重庆最繁华的步行商业街。白天晚上都很热闹，已经成为到重庆必去游历之地。传说那里一到夜间，美女云集，甚是养眼大观。

此去就住在解放碑旁边，近水楼台，不免多去了几次。除过繁华热闹、美女众多，还发现了一个十分有趣的现象——"卡娃"，也就是一些给行人发小广告的半大孩子，重庆人诙谐地谓之"卡娃"，简洁明了、形象生动。

只要是男士，特别是看着像外地人的男士，只要你踏上解放碑的街道，就一定会有卡娃凑上来，从口袋里拿出一叠花花绿绿的卡片往你手上塞。如果不注意，会被小小地惊吓一把，因为你根本就不知道他从哪里冒出来的,又像变戏法一样从哪里拿出这些东西来。你可以拒绝不要,但他绝不会善罢甘休,一个劲地死缠烂打,嘴里还喋喋不休地向你介绍:"老板,去唱歌嘛,包你满意,去宾馆也可以嗦,打电话嘛。"为了摆脱纠缠,你勉强接下来,可马上你会后悔,因为不知道又会从哪里冒出几个卡娃来,认准了你似的,重复着同样的动作和语言。被几个卡娃围住的感觉十分尴尬,好像自己已经做了什么,而且还是在众目睽睽之下,那种感觉,只一个逃字解脱,逛街的兴致一下子变得很糟糕。

那天我逛解放碑的时候很纳闷,为什么这些卡娃会把我当成重点,接二连三地凑上来。看看周围,我心中苦笑,以我的身材,明显地区别于本地人,卡娃们不找我找谁?想到这里,我心生一小计,再有卡娃上来纠缠时,拿腔拿调地拒绝:"干啥子嘛!"卡娃立马走开,十分奏效。推荐要去解放碑的外地朋友一试。

油腻的山城饭

山城、雾都,必然潮湿憋闷,反映在饮食上,重庆的饭菜油重而腻,应该是化解潮湿的对策。先不说那驰名的重庆火锅,油汪汪的一大锅油。就是被重庆人视之为最简单饭食的小面,也是半碗油,甫一接触,非常的不适应。

我有个习惯,无论到哪个城市,一定要抽出至少半天时间,脱离开当地朋友的接待,自己到城市的小巷子里转转,感受最原生态的风土人情,顺便到小小的饮食店,尝尝原汁原味的当地小吃。那天我在一个只有两张桌子的小店,吃了一碗小面,说实话味道真不错,唯一美中不足的是油腻。就那么一小碗面,吃完之后,碗底足足有半两油!

有个在重庆工作了半年的老乡,聊起重庆的饭菜,也是不习惯太过油腻。他说,很纳闷重庆火锅、炒菜、面食都那么油腻,这重庆一天要消耗多少食油？

　　一方水土养一方人，一方水土成一方饮食。无论哪里的饮食都与当地的气候、环境、物产有着密切的关系，饮食先要适应当地人的口味，其次才是接待客人，这是必然的。重庆饮食油腻，自有它的道理，外地人初不适应，也在情理之中。可能住久了，也就适应了。比如我那位朋友，我跟他说，再过半年，可能不油腻你还不习惯呢。

赶上了出租车停运

　　2008年的11月3日，重庆的街道一下子变得很宽敞便捷！乍一出门，忽然觉着诡异莫名，这街上少了什么？半天醒过神来，一辆出租车也没有！怎么了？

　　慢慢有消息传开：今天，出租车罢工喽！所有的人几乎都在议论：狗日的咋个了，真是霸道惨了，一辆都没得喽！

　　后来，关于这次出租车停运事件，重庆政府迅速稳妥地处理了，充分彰现了政府的高效率、人性化。

　　现今社会，言路应该不闭塞，出租车车主和司机的苦衷可以有很多渠道反映上去，采取这种极端的做法不足取。给自己造成损失不说，还极大地妨碍了市民和游客的出行，要知道，重庆是几乎没有自行车的，而对于外地游客更甚，他们不熟悉公交线路，在市内代步几乎都要靠出租车的。那天，有车送我上机场，如果没有呢？还不清楚有多少人因此误了航班呢。

　　好吃火锅的重庆人，火气还是蛮大的。科学发展，和谐社会，有话好好说，别动辄舞起干戈。

重庆女娃穿衣"哏"

穿衣戴帽，各人所好，本无可褒贬。但凡事有个基本的标准，除过个性之外也要遵从共性。就一个城市女孩的衣着而言，各有千秋，各领风骚。

印象中，上海女孩穿衣"雅"，十里洋场的熏陶，工业化的持久，使得上海女孩有很高的穿衣素养，不一定很贵，但一定搭配恰当得体，看上去养眼而舒服；北京女孩穿衣"大"，大方随意，大大咧咧，一派天子脚下不拘小节的豪迈；西安女孩穿衣"稳"，历史积淀厚重，传统深远，十三朝古都的四平八稳，中规中矩；广州女孩穿衣"乱"，一如这个城市的风格，既是"南风"窗，又是"北风"聚集地，加之港台影响，南粤的文化不"乱"似乎都不可能。反映到女孩的衣着上，风格很难界定。

对于重庆女孩的穿着，一直想不出一个合适的词来概括，前卫、大胆、暴露、花哨，似乎都有，但又不全面。忽然想到北京话里的"哏"，有趣、滑稽、逗乐甚至幽默。就我的观察和感觉，重庆女孩穿衣打扮风格较为混搭，视觉冲击力很强，乍一看不是很协调，每个人似乎都很个性，真正的我行我素、土洋结合。

想想也对，这个开埠已久的城市经历丰富，兼容并包，高楼大厦旁低矮小屋坦然地留存，达官贵妇身后的"棒棒"也不卑贱。可以一掷千金地消费，也可以三五块一碗小面有滋有味。大家可能已经习惯了这种张扬而又坦然的一切。

蛮好耍！去一趟重庆还是要得的！

贵州散记

说老实话，尽管在中学地理课本上就学过不少关于贵州的知识，以后也能接触到一些关于贵州的介绍，但都淡忘了。以至于走下飞机，踏上贵阳机场的当口，关于贵州，竟是一片空白。之后，七天的驻留游历，对贵州有了些许粗浅的认识和感受。

贵阳是凉都

"中国林都""中国避暑之都"，这是贵阳人对自己的定位。

贵阳建在群山之中，山都不大，起伏连绵，间隙开阔，植被非常之好，郁郁葱葱的林木，为怀抱中的城市围上了一道道翠屏。遮风雨、消杂尘、送清凉，和许多的城市依赖人工增添绿色比起来，贵阳可谓是得天独厚，自然天成。在这样的一个地方建都市，或许是因为贵州地无三尺平的无奈之举，但从实际效果来看，真是一个绝妙的主意。贵阳人生活在山林之中，实实羡煞黄土地上来的我们，而扑面而来的清凉舒适，更是如沐春风，初步感受到"避暑之都"的内蕴。

只是贵阳依山顺势而建，市政建设掣肘太多，建筑稍显杂乱，城市的市容市貌很一般，特别惊异于繁华的市中心竟然有热气腾腾稍显杂乱的露天饮食夜市？

黄果树没有果树

贵州人调侃地说，贵州旅游是"一棵树、一间房、一瓶酒"，即黄果树瀑布、遵义会议旧址、茅台酒。黄果树瀑布闻名遐尔，几乎是到黔必去的第一选择。那天到达黄果树的时候，天气很好，阳光灿烂，女士们纷纷撑起了阳伞遮晒。看这阵势，心中暗喜，想会看到瀑布上空升起彩虹，不由加快了脚步。不过很快便应验了贵州的"天无三日晴"，将要看到瀑布的时候，天上飘起了细雨，增添了更多的凉爽，但彩虹也没有了。看黄果树瀑布是绕着山梁转一大圈的，并不能下到谷底，所以只能是远远地遥观，是俯视或者平视。很想下到谷底仰视，并近距离地感受，可惜景区管理不允许，只能作罢。不过这样也能感受黄果树的壮观、宏大、震撼和神奇，已经是视觉、听觉甚至是味觉等综合感觉的盛宴了。

惬意与满足之余，有一点疑惑，黄果树瀑布——黄果树在哪里？还是回来查阅了资料，才知道这个名字来源于神话传说中悬崖上的黄树结了仙果，方恍然大悟。

龙宫水陆两用

龙宫是个水旱溶洞，规模很大，据说是当年修水库时发现的，与一般溶洞有别的是，它有一小段是人可徒步游历的普通溶洞，而大段是须乘坐小舟游览的水中溶洞，故喻之为水陆两用。旱溶洞部分与其他的溶洞大同小异，而水溶洞部分则很有特色，规模宏大，景象诡异，林林总总，千姿百态，顺水而入，权当是进了龙王的宫殿。不过，龙宫应该是充盈着水的吧，怎能是洞中河流的景象？吹毛求疵了，有水有洞，忝称龙宫，有何不可？

织金归来不看洞

织金是贵州的一个县名，较为贫穷闭塞的地方，而今广为人知是因为有一个溶洞，原名打鸡洞，后索性以县名命之为织金洞。这些年溶洞确实看了不少，各有千秋又大同小异，但织金洞不一样，是看过的溶洞中一个集大成者和最为巨大者。洞中几乎所有部分均高大宽阔，几乎在别的溶洞中能看到的奇异景象这里都有，所以啊，看完织金洞，别的洞就不在话下了。

据说，织金洞是亚洲第一、世界第二大的溶洞，以经验，最起码在中国是第一，高、大、全。

顺便补充一句，旅黔七日，茅台酒没少喝，当地朋友对我们说，你们平日里喝的茅台酒大部分都不正宗，因为产量有限，多是傍茅台的疑似茅台酒，想起那不菲的价格，呜呼！

长沙印象

近日去了一趟长沙。时值五月末，想来"火炉"已经很热了，将去时心中暗苦。不料出发前一日，风雨大作，气温骤降，看天气播报，长沙亦如此，大喜，平日穿的短袖外面罩件外套，感觉很是舒服。

到长沙已是傍晚时分，小雨。机场距住处不远，折腾完已是夜里九点，饥肠辘辘，酒店无饭，遂向门童打听，附近即有小店，于是几人冲入渐大的雨中……

可口的湖南土菜

湖南菜香辣咸，其实与陕西人的口味是相符合的。近年在西安经营湖南菜的店铺不少，生意很不错。我们在雨中奔走不大一会儿，就看见一家湖南土菜馆，门面普通，店里陈设几近简陋。彼时已接近打烊，店中无客。两个小女孩在玩橡皮筋，女店主怀抱着更小的孩子在看电视。见我们进来，很爽利地招呼、倒茶。考虑时间不早，问及店中此时有甚可吃？不想女店家一口长诺，菜谱上的都有！看来低估了人家的实力，于是点了几样有代表性的湖南菜，平锅翘鱼、剁椒肥肠、手撕包菜、豆豉辣椒之类，我们点菜间，女店家一声吆喝，男店家从隔壁的麻将桌上下来，冲我们憨厚地笑笑便下厨，很快，变戏法般，这几样菜陆续上桌。乍一入口，说实话，除却饥饿的因素，这菜的味道似乎比以往吃到的都好！这是应了我一个颇具智慧的领导的话："脏香脏香！"真正意思是民间的东西在民间的简陋环境中制作才地道！看来此言非虚，一些土的东西登堂入室了反而没味了，谁听说过哪个五星级饭店饭菜好吃？就是这个道理。狼吞虎咽间，女店家自然地和我们聊天、逗趣，感觉就是在人家家里吃饭。又送上自家腌制的几样小菜，真好吃！有一样小菜想再添点，店家实在到直接把储存的菜盆端来，呵呵。

告别店家，其后几日，吃到的自然是湖南菜，虽然也都不错，但似乎都没有那里的香。

难忘的焰火之夜

湖南浏阳是南派烟花爆竹的产地，与陕西蒲城、凤翔的烟花遥相呼应，各有千秋，历史辉煌，现在仍然是主导产业。长沙近段时间每夜都燃放烟花，着力打造旅游新景。我们那夜被组织前去欣赏。

长沙燃放烟花得天独厚：湘江居中，中有橘子洲，在橘子洲燃放，两岸共赏；水边燃放，安全可靠；烟花腾空，水天相映，仙境独有！

江岸两边都建有各样称谓的楼阁，那是天然的观景台。你可以选择在岸边坐下来，品一壶香茗，沐潇然江风，看烟花似万千精灵呼啸呐喊、精魂灵动、歌舞蹁跹，欲与天公试比高！再看湘江水面，倒映起五彩缤纷，变化莫测神秘魔幻。你会惊异于人类的聪慧与创造，缓释压抑与沉重，放下疲惫与挣扎，宣泄满腔的心意，放逐心中的魔怔。

烟花其实看得不少，水边是第一次，很有特色，到长沙不妨一去。

橘子洲头

湘江中间一个细长的盛产橘子的小岛，因了伟人的"湘江北去，橘子洲头"而深入几代人心间。

这里已经是建造得很漂亮的一个旅游景区了。岛上绿树成荫，橘林茂密，芳草萋萋，鲜花朵朵。单是在岛上欣赏自然的美景，感受绿色已是一大享受，更有两岸景色尽收眼底。居于岛上，看滔滔江水两侧泄流，似在一艘沉静的巨轮上观光休憩，江水、船帆、山色、城市，江风送爽，花香绵绵，鸟鸣啾啾，再看万千世界芸芸众生滋润地生活，活脱一幅和谐盛世美景！

当然，缅怀伟人是到这里的主题。一处巨大的广场，一尊巨大的雕像，伟人青年时代青春智慧、意气风发的面庞，一丝忧虑注目远方，"携来百侣曾游，忆往昔峥嵘岁月稠，恰同学少年，风华正茂……""问苍茫大地，谁主沉浮？"岁月像湘江水流逝，飞速的，不复返的。逝去的，是峥嵘。迎来的，是民族的伟大复兴！

向毛泽东主席致敬！永远缅怀您。

长沙之中有长沙

省会城市下辖的区县中有与市同名的，长沙是唯一的。长沙市下有长沙县。长沙县几乎就在长沙市区，很纳闷它为什么不改区？刚好，我们此去参加的一个活动，工作人员就有从长沙县抽调的。聊天中问及这个问题，她们说，长沙县是全国的名县，是百强呢。意思是不会让这个县轻易消失。呵呵！查阅资料得知，长沙县县域经济综合实力有"三湘第一县"之称，紧邻长沙市区，可能是行政区划来回调整吧，过去应该就是个大长沙的概念。杨开慧故居、徐特立故居就在长沙县，现在火遍全国的湖南卫视就在这里，长沙的黄花机场也在这里。如此这般，改县为区，名称肯定得变，保留县治，也挺好。

客观地说，这座城市不大，经济发展一般，市容市貌一般。但它是湖南的省会，这就不得了。史书最多的赞誉都给了湖南人："惟楚有材，于斯为盛"（岳麓书院）、"楚虽三户，亡秦必楚"、"无湘不成军"、"湘人不倒，华夏不倾"、"天下不可一日无湖南"。曾国藩、左宗棠的湘军把大清朝的香火延续了将近半个世纪，新中国的开国元勋也有很多来自湖南，可以说中国近代史和半部中国现代史都是湖南人用鲜血和生命写就的。所以，谁也不会忽视它，谁也不会不尊重它。

也去了岳麓书院，中国四大书院之一，每去必去朝拜。尊重前辈，尊重知识，但去长沙，必去。

长沙，岳麓山下，湘江两岸，山清江明，人杰地灵。祝福你。

深圳浅思

深圳是中国当代改革开放的前沿，30余年来引领经济领域乃至社会领域风气之先，是破除旧的观念和模式，充分吸收当今世界养分而新建的一座新城。今岁夏日，有缘在这座被简称为"鹏城"的城市驻留半月，有了较为全面的观察和体验，也引发了浅陋感性的思索，记于后，共赏之。

没有老建筑

深圳是一座全新的城市。区别于老城改造，也区别于一些城市的开发区、新区之类，它是在几乎没有城市基础的小渔村的山麓、岸边全新地建起来的，由一点、几点而辐射扩张，渐次连缀成今日的大都市。所以，在整个深圳，房子的年龄应该多在30岁以下，更多的是近十几二十年的新建筑，几乎都可以称之为新房子。所以，行走在深圳，感觉迥异于其他城市，恍惚以为是在一个城市的新的开发区，非常奇特的一种感觉，时刻感觉刚刚乔迁新居：房是新的、路是新的、桥是新的，以往的新旧掺杂的城市印象被颠覆。不由思索：我们今天的其他城市，当初也是这样的吗？

多是年轻人

曾经，一大批有识之士，南下深圳圆梦，他们大多青春勃发。后来，陆续有一大拨的民工南下深圳谋生，他们多是刚刚走出中学校门甚至是辍学的，所以深圳一开始就是年轻人的天下。三十年了，当初的第一代参与创业的，如果还留在深圳，也仅仅是刚接近退休。而更多的是一种更替，一拨年轻的打工者们回乡了，又一波年轻的又拥来，使这个城市继续年轻着。

那天去深圳著名的华强北路，一下车就惊呆了，宽阔的马路两侧，林立的店铺，如潮的人流，直感觉是一场大型演唱会或足球赛刚刚散场！哪里一下子冒出这么多的人来，几乎是摩肩接踵，熙熙攘攘，而且，都洋溢着青春的面孔，都几乎是小年轻！真是应验了年轻的城市的年轻。

谁都不排外

应该说，深圳没有本地人，广东籍的顶多算同省人。原来那个小渔村以及后来城市扩张过程中占用的村庄的村民，某种程度上是原住民，但都算不上深圳本地人，盖因城市新建，大家都是新来的，先来后到也差不到哪里去，所以，居住、生活在这座城市的，都是深圳之外的外地人，也可以说都是本地人。之前的东西南北的家乡，在这里只能算作籍贯了，五湖四海的，大家聚集在了这里。

所以，无外可排，本就没有内外嘛！

其实，世界范围内，人类都在不停地迁徙流转，哪一日也没有停止过。只不过有集中的和分散的迁徙的区别，移民潮是移民，个人、家庭改换常住地，也是移民。所以，深圳是一个地地道道的移民城市。大家都是外来人口，那谁还能排斥谁呢？于是，这里的人们更加团结、和谐。

随着岁月的流逝，出生在这里的第二代占主体的时候，会不会排外？但愿不会。

深圳，崭新的鹏城，愿你继续挺立潮头，"种好试验田，开好南风窗"。

济南撷萃

山东是个大省，但省会济南不大，究其原因，可能是地近京津，且辖制内有沿海大市青岛，形成大城市的成因不足吧。前一阵去济南公干，有片段印象，谨记分享。

济水不再 济南犹名

济南的名字来源于西汉时设立的济南郡，意为"济水之南"，是地理方位形成的地名。济水俗称大清河，古济水发源于现河南省济源市，流域大致相当于现在的黄河山东段。后因黄河改道被夺取河床，成了黄河下游的干流河道。济水实际上已不存在，但济源、济南等地名还是保存了下来。由此可见，沧海桑田，大自然的变化不以人的意志而停滞。由此又可见，许多地名是因时因事因人而来的。时过境迁，物是人非，如果不了解历史、地理的变迁，是难以领会其由头的。

四面荷花三面柳,一城山色半城湖

济南的旅游景点不多,但有浓缩的精品——大明湖,去济南必游,游毕湖即可言游完城。清代历史学家刘凤诰游湖时赋得联语"四面荷花三面柳,一城山色半城湖",已成为形容济南古城风貌的名联佳句。大明湖水色澄碧,景色秀丽。湖上鸢飞鱼跃,荷花满塘,画舫穿行。岸边垂柳依依,冠盖浓浓,繁花似锦。千佛山倒映湖中,亭台楼阁,水榭长廊参差有致,形成一幅天然画卷。仿江南园林建造的遐园,曲桥流水,幽径回廊,假山亭台,精巧雅致,楼台烟树,皆成图画。

大明湖有很多历史典故和传说,热播的《还珠格格》里皇帝在大明湖就有过一段风流韵事。另有许多达官名士,也在这里或留下故事,或印下墨迹。好风景大家都喜欢,好风景可以养心、怡情、愉悦、享乐,大明湖是好风景,也是大风景,有精巧、更有宏博。现今的大明湖是济南的水魂、清肺,更是大众游乐、游人感知的好去处。去济南,必游大明湖。

豪饮与美食

都说山东人好饮、豪饮,过去怎样无从知晓,但现今的印象打了折扣,或者说变革了。几天的济南小住,餐饮之中必会有酒,但完全可以轻松应付,与充足的思想准备相比较,没有失望,相反窃喜。原因是此地多饮低度酒,也就是38度左右的白酒。对于习惯高度酒的西北人来讲,实在不算什么,陡然间酒量大增似的,虽然低度酒的口感实在不算太好,但酒精的刺激减轻大半,应该是庆幸的事情。忽然顿悟,山东汉子的豪饮可能就跟低度酒有关,水泊梁山,三碗不过岗,那时的酒可能连低度酒都算不上。中国的蒸馏酒始创于元代，最早提出此观点的是明代医学家李时珍。他在《本草纲目》中写道："烧酒非古法也，自元时始创。其法用浓酒和糟入甑，蒸令气上，用器承取滴露，凡酸坏之酒，皆可蒸烧。"由此得以佐证。

山东的美食有成体系的鲁菜，是汉族传统八大菜系之一。鲁菜是我国覆盖面最广的地方风味菜系，讲究调味纯正，口味偏于咸鲜，十分适合北方人的口味。但如今东西交汇、南北融合，各地餐饮互相交流、互相学习，争相调难调之众口，故而一般的所谓大菜，都走出了原产地，平日里倒都有所品尝，算不得新鲜了。倒是各类小吃，才是各地饮食的坚定传统保持者，更能体现特色。这里只想说济南的烧饼、火烧、煎饼之名与实。济南的烧饼是烙干的薄饼，以淄博的周村烧饼为最有名，薄薄脆脆、撒满芝麻；而所谓火烧，其实才是西安小吃的烧饼；至于煎饼，那是山东特色，小米、地瓜做原料，硕大、筋韧，是可以携带、存放的干粮范畴，要卷大葱、蘸大酱，豪迈地吃，这就与陕西的煎饼大相径庭了。所以，别说十里乡俗九不同，就是名称都难以统一。列位老陕或吃过陕西小吃的各位，到济南府吃这几样东西，一定要先弄清概念哟！

名实相副的泉城

济南别称泉城，素以泉水众多而闻名天下，有四大泉域，十大泉群，733个天然泉，在国内外城市中罕见，是举世无双的天然岩溶泉水博物馆。济南的泉水不仅数量多，而且形态各异，精彩纷呈，有的呈喷涌状，有的呈瀑布状，有的呈湖湾状，众多清冽甘美的泉水，从城市地下涌出，汇为河流、湖泊。盛水时节，在泉涌密集区，呈现出"家家泉水，户户垂柳""清泉石上流"的绮丽风光。

济南泉水众多是由于其特有的地形地质构造，济南地下有一层石灰岩，该岩层本身结合得不是很紧密，形成孔隙、裂缝和溶洞，能够储存和输送地下水。济南南部山脉大量的地下水沿着石灰岩地层潜流，到济南以后受到北郊组织紧密的岩浆岩的阻挡，不能前进，就越积越多。最终，地下的孔隙、裂缝成了它们的排泄之门。拦蓄在这里的大量地下水，凭着强大压力沿着这些裂缝涌出地面，于是就出现了天然的涌泉。

  有这样得天独厚的水资源，济南是一块十足的宝地，羡煞缺水的西北人。

  济南，愿你泉水长涌，清澈凛冽，滋心润肺，泽被万民。

银川水色

陕甘宁青新，这是行政区划概念上的西北，印象中都缺水，许多没来过的人还认为是漫天风沙、黄土飞扬呢。其实，缺水是比较之后的概念，算是总体感觉吧。其实，西北是长江、黄河的发源地，横跨两大流域，如果一味说缺水，是站不住脚的，甚至有些地方的水域堪比江南，比如，陕南的汉江流域、宁夏的银川平原。

银川平原位于贺兰山与鄂尔多斯高原之间，地质构造上为断陷盆地，经黄河及平原湖沼长期淤积而成。地势平坦，土层深厚，引水方便，利于自流灌溉。有了这样的自然条件，银川就有别于西北其他的城市。几次到银川，一次比一次感觉好，记点印象，与您共享。

天下黄河富银川

早在 2000 年前，银川就已发展灌溉农业，有秦渠、汉渠、唐徕、惠农等渠。后经不断整理渠道，改良土壤，扩大灌溉面积，农业日益发达，盛产水稻、小麦、油菜、玉米、胡麻等，号称"塞上江南"。虽干旱少雨，但黄河流经银川80多公里，南北贯穿，年均过境水量达300余亿立方米，便于引灌。银川平原引用黄河水自流灌溉已有两千多年的历史，年引水量数10亿立方米。地表水水源充足，水质良好，富含泥沙，有肥田沃地之功。境内沟渠成网，湖泊湿地众多。配套排灌干支斗渠千余条，长数千公里，形成灌有渠、排有沟的完整的灌排水体系，保证了13万多公顷农田的灌溉。如此，就能够理解富庶的关中平原向银川进购优质大米的现象，甚至沾了银川边的陕西榆林，也有大片的优质水稻田呢。银川是西北边塞的"另类"，是干旱少雨缺水大背景下的独特个案，黄河居功至伟。

遍地湖泊成美景

由于黄河历史上不断改道，银川湖泊湿地众多，古有"七十二连湖"之说，现有"塞上湖城"之美称。全市有湿地面积3.97万公顷，主要为湖泊湿地和河流湿地，其中天然湿地占湿地面积的60%以上，自然湖泊近200处，面积100公顷以上的湖泊20多处，较著名的有沙湖、阅海、鸣翠湖等。

湖水如海，柔沙似绸，天水一色，苇丛若画的沙湖，犹如一颗璀璨的明珠，镶嵌在美丽富饶的银川平原上，它位于银川平原以北，距银川市56公里，总面积80.10平方公里，湖泊面积45平方公里，沙漠面积22.52平方公里。

阅海位于银川市西北，距市中心3公里，总面积2100公顷。阅海湿地水域广阔，自然风景秀丽，是银川市面积最大、原始地貌保存最完整的一块湿地。近年来，规划和实施了退田还湖、水道清淤、植被恢复、鸟类栖息地修复和基础设施等项目建设，阅海湿地生态环境显著改善，湿地资源得到了有效保护。已被批准为国家湿地公园。

鸣翠湖位于银川市兴庆区东部，西距市区9公里，东临黄河3公里，总面积667公顷。近年来，通过退田还湖、湖泊清淤、调控水位、恢复植被等措施，使鸣翠湖湿地生态环境得到显著改善，成为银川市东部的一颗璀璨明珠，也是一处国家湿地公园。

有了这么多的湖泊，银川还是传统意义上的西北边陲城市吗？而且，更比江南湖泊有特色的是，这里是沙、水交融的所在。位于沙湖南端一望无际的沙漠给人以豪放、博大的感觉，沙水相依的奇观使人感叹，沙与水原本该是势不相容的，但在这里，一切都浑然天成。沙围着水，水环着沙，它们如此平和地依偎在一起，仿佛是相守走过千百年的恋人，没有波澜壮阔的激情，一切只在默默无言的守护中。

水色新城大气魄

银川有古城，规模很小。自古银川断续有省级建制，曾划归陕西、甘肃辖制，新中国成立后设为甘肃省的一个地区，1958年成立宁夏回族自治区，银川为其首府。

银川保留了古城，重起炉灶建设新城。近年，随着经济发展，又在银川阅海湿地之滨，建起了一片新城，街道宽广笔直，建筑宏大雄伟，湖面清澈平和，格局开阔恢宏，徜徉于此，仿佛置身沿海，全无边陲小城的逼仄，显现出大手笔发展的大气魄来。

近年宁夏经济发展较快，银川自然获益匪浅，在大发展的大背景下，银川的面貌也日新月异，城市建设变化大，人民生活提高快，真是得刮目相看呢。

"没来不想来，来了不想走，走了还想来"，银川当地一位领导这样概括银川，很是贴切。值得一去的银川，可以让人流连忘返。

水色银川，西北明珠。

静美双廊

双廊原本是一个渔村,后来以村子为治所有了双廊镇,现今所说的双廊就指的是这个隶属于云南大理的村镇合一的地方。

大理风光在苍洱,苍洱风光在双廊。得天独厚的地理环境给了双廊独占苍山洱海风光精髓的福分,也使一个小渔村成了四面八方的游客心驰神往、见之即喜、安之若素、离之不舍的一个所在。

这是一个三面环山、一面向海的地方,海是洱海,海的那边,就是苍山。如此独特的地理位置,难怪有人要说它是上帝遗落的一颗珍珠。这样的地方,在交通和通信都不发达的过去,是比较闭塞的。但正因此,这里才像世外桃源般,很长时间默默地独处并美丽着,不为世人所知,也不为外人所扰,养在深闺无人识。也正因此,才守住了一份天然和纯粹,为今人留住了一份久违的静谧。

不知道从什么时候开始,这里成了旅游景点。我想可能是在某一个下午,一个两个或一群厌倦了都市喧嚣的人,在腻烦了车水马龙人声鼎沸脚步匆匆之后,或是在看过一些传统的游人如织摩肩接踵市声充盈的旅游景点之后,胸口憋闷,漫无目的地驱车兜风,在撞大运般走过崎岖的山路之后,忽然,一道仙境般的美丽呈现在眼前:苍山如黛、白云缭绕、连绵起伏，如巨大的屏障矗立在天边；洱海湛蓝、一碧万顷、波澜不兴，似天女的妆镜展露着纯洁；黑瓦白墙、高低错落、飞檐横陈的民居，散落在山脚下洱海边；白衣白裤、勤劳善良、朴实亲切的白族男女在辛勤地耕作捕捞。落日的余晖洒落在苍山上、洱海里、村落旁，袅袅的炊烟伴随着偶尔的几声犬吠，勾勒出人间仙境的意味。于是，这群人为之诧异，为之倾倒，为之流连而往返。于是，一群群的人争相来到这里。于是，双廊声名远播。

最先来到这里的人们肯定是借住在村民家里的，白族兄弟热情淳朴，厚道善良，热情地接纳了这些观光者。再之后，来的人多了，家里住不下了，旅馆业兴起了，饮食业兴起了，慢慢地有了旅游的雏形。

但就像许多地方一样，当地的土著居民经商能力不足，外来的资金充裕经验丰富的商者，看准了这里的商机，于是租赁当地居民的房屋，或修缮或推倒重建，做起专门的客栈生意，当然还有饮食娱乐等等。就如丽江，那里的原住民几乎都进了新城居住，现在的客栈乃至其他商业的经营者都是外来人口。在这些商者之中，当然有纯粹的经营者，和原住民签订不短的一个租赁合同，自己在这里做生意赚钱。更有一些把生意做在这里也把自身安放在这里的一群人，而且有越来越多的趋势。比如双廊，就很有几家有名的客栈，主人当初也是旅行，被这里的美景、生活所吸引，产生了做长久居民的冲动，于是租赁房屋，按照自己的喜好修造，一间间风格各异的客栈就这样形成了。他们或她们既是经营者，也成了常住民。有了这些因素，这里原本的原汁原味没有了，但多了些四面八方的风格。慢慢地在这里浸淫久了，他们或她们也融入了当地的风格，和这里的山水、土著和谐地生活在一起，倒不显得太突兀。所以说，时代在发展，这种外来人口"冒充"主人经营接待的现象到处都是，也是一种趋势，只要他们对得起这里的风景和风格，一定意义上也是对于当地发展的一种推动。

时光到了癸巳年的夏日，这里进入了一个发展的高潮期。7月的某一日，我们冒着大雨进到村镇时，首先感受到的是到处的大兴土木，不大的地方，竟然有几十处的建筑工地，而且几乎都是在原宅基地的基础上推倒旧屋舍，重新矗立起风格各异的建筑。于是在接下来的几日里，原本安静的空气里，搅拌机和电锯的声音成了唯一的噪声。看那架势，应该是都接近完工了，于是我们想，很快就恢复安静了，因为除过这些建设的躁动，几乎没有别的市声。

汽车可以开进来，但仅仅只是把客人送到客栈就走了，不长的几条街道，村镇内的交通根本不需要汽车，所以几乎听不到车声；除过村镇的极少的公用建筑，余下的几乎都是客栈了，客栈内很安静，白天里留在客栈的几乎都在睡觉、阅读乃至发呆，晚上也很少喧嚣；海边一条街是带有商业性质的，餐饮、咖啡、商店之类，除过夜晚有几家酒吧有短暂的歌声，余下的时间也是安静的；镇内的街道一家家的店铺无论白天黑夜都兀自在做生意，响动不大；而洱海就更像一个淑女，静静地波澜不兴，除过偶尔的交通船响起一两声汽笛，大部分的时间都只见静谧；苍山远远地默默地注视着这一切，苍翠如黛，恢宏而静默，脖颈上缠绕的白云像洁白的纱巾般；游人很多，有宅在客栈的，有在街上散散地逡巡的，有懒懒地窝在坐榻里读书品茗的，几乎很少作声；就连街上走过的狗，都似乎受到感染，夹起尾巴闭起嘴，无聊时索性躺在阴凉处栖息。一切都像约定好的，安静的地方、安静的人群、安静的生活、安静的时光。日起日落，日复一日，似时光停滞，似集体休眠。

安静是这里的魂。颇烦腻歪了、压力山大了，都躲在这里静一静。静谧之中，心在栖息，人在缓复。

许多人不远千里地来，来享受这安静。来了就找个客栈住下，一觉睡到自然醒，上街转转，看看传说中的风景，感受少数民族的风情，品尝特殊的美味。酒足饭饱了，你可以乘船去亲近洱海，可以远足去攀登苍山，可以租赁了自行车在环海公路上骑行，零距离感受"中国最美海岸线"。不想动？那就在洱海边的沙滩上躺着，晒晒太阳，听听水声。更可以在咖啡馆里窝在沙发上，摊开一本书，有心无心地翻着。

当然最懒的莫过于在客栈的阳台上,面对着苍山洱海,沐浴着徐徐清风,就那么坐着发呆。没有人催促你,没有事情打扰你,你想怎样就怎样,你不出声就是安静,渐渐地心也会静下来。

静下来就是莫大的享受哦。浮生偷得一时闲,平日里高速运转的大脑一时关闭,真是舒服惬意。

据说有人在这里一待就是个把月,留恋这安静。但大部分的人没有这么自由的时间,一般就是一周左右,但走的时候大部分都会说,明年还来。

多好的安静。我们什么时候忽然就缺失了安静呢?为了梦想、理想乃至生存的需求,不断地奋斗、追求,把生存和生活搅得火热,脚步匆匆、节奏飞快,唯恐落人后,唯恐抢不到。可到头来,一个个身心俱疲,直喊要慢一慢、静一静。但似乎很难在生活圈里寻觅到安静了,于是,逃离般地到比如双廊这样安静的所在,栖息疲惫的心灵。好在还有这样的地方。只是短暂的安静过后,我们依然还要回归到"火热"的生活,等待下一次短暂的"解脱",真是一种无法化解的纠结。

其实,更多的时候我们需要在日常的生活中寻找安静,更多地在心灵深处寻觅安静,只是我们都还没有摆脱浮躁,难以慢下来、静下来,于是只能在时空的转移上得到片刻的安宁。那就慢慢修炼吧,修炼到"大隐于市",也就有了真正的安静了。

我们都是俗人,还没有修炼到那样的境界,那就到这样的地方去小憩一阵吧,双廊是一个不错的选择。

大理到丽江的高速公路马上通车了,双廊就在路边,再去就更方便了,推荐一去,享受一阵安静、安宁和安心。

旅途感悟

小平故里行

戊子初冬，去广安瞻仰了小平同志故居。

故居的老村庄已经被改造成一个大园林，小平同志的村邻们已经都迁走了，只有小平故居守望在老村子里。

故里已经被硕大的围墙圈起来，修了一座很庄重的大门，门楣上是印刷体的"邓小平故里"四个大字。同行中有人说，怎么没人题写匾额？马上有人回应：谁写合适呢？也是。对于一位旷世伟人来说，谁又能捉笔呢？

进得大门，完全是南国风味的园林风景，叫得上名和叫不上名的植物把人的心境调节得很舒畅。很有特色的是，故居在修缮之初，就集聚了全国人民的敬意，给每一个省份和国家部委分别划出了一块地，由这些单位出资，营造一方园林，然后再以省份或单位命名。

对于小平同志，怎么样表达敬意都不为过。能让全国人民都在改革开放的总设计师的故里营造一方田地，也是给大家一个表达敬意的途径和方式。

小平同志的塑像安放在一片小的开阔地上，背后是茂密的树木和茵茵的草坪。小平同志安详地坐在藤椅上，手中的香烟似乎还燃着，老人疲倦了，回到家乡，让老人家好好歇息。雕像的基座是黑色的花岗岩，上面摆放着瞻仰的人们敬献的花篮。和以往到任何地方不同的是，我心底涌出一种难以遏制的感情，一定要亲手向小平同志献上一束鲜花，表达内心纯粹的感激和景仰。放眼世界，任何一个国家，任何时代都没有过这样一个领袖，他让十几亿人的经济濒临崩溃的国家走向了新生，让曾经贫穷落后的国度屹立于世界大国之林，让尚未温饱的人民步入了小康的康庄大道！如此功绩，何人能比肩？

小平故居是复原了的缺了一横的"口"字形南方民居，较之一般民居，应该是比较宏伟和考究的，这是因为小平同志的家境尚好，在当地也是上等人家。联系曾经去过的毛泽东、刘少奇故居，大抵如此，这都给他们幼年接受教育打下了基础。虽然时代已经很久远了，但故居里小平同志的气息尚存，心中景仰，睹物思人，犹觉音容笑貌尚存。这里诞生和成长过一位伟人，永远不能忘记。

小平故居旁是很有特色的小平纪念馆，是中国传统建筑的格局，特别的是从高到低依次有三个阶梯状的山墙，寓意小平的三次起落，匠心独具，非常贴切。怀着朝圣般的心理步入纪念馆，读那一行行文字，看那一幅幅照片，睹那一件件实物，温习伟人的一生，再增一腔由衷的崇敬。

盘古开天地，中国出过多少伟人？这些伟人们对于中华历史的塑造与改变，我们永远需要铭记。小平尤是。

怀念小平。感恩小平。

驻足在国门前

近年三次有幸到国门前驻足，一次中哈边境霍尔果斯口岸、一次中朝边境图们口岸、一次中俄边境满洲里口岸。

2009年夏，到新疆伊犁霍城，这里是新疆的西部偏北的地方，西与哈萨克斯坦共和国相邻，著名的边境口岸霍尔果斯就在这里。到边境口岸参观，是到这些地方旅游的必选目的地。游客主要是内地人，大家都是抱着新鲜、猎奇、神秘的心情到国境线上来看一看。这里的原因我想有这么几点，一是大家很少出国，即便次数很少的出国也是乘飞机，真正从陆路口岸上跨出国门的机会很少，所以都抱着新鲜的心理来看看，看看国门到底是怎么回事；二是长期生活在内地，国家的概念不强，到了边境线，倏忽间觉得对面就是异国他乡，未免感觉庄严神圣；三是想借此机缘近距离看看外国，看看同在一个星空下地球上的其他国度。虽然跨不出去，近距离看看，也算是差一点迈出国门了吧！于是，对于这样的安排，满车的游伴都是很雀跃的。

在霍尔果斯口岸，我们先被领到国界碑前，庄严的界碑上镌刻着鲜红的"中华人民共和国"字样，上有国徽图案以及编号，界碑旁边防武警战士笔直地站在那里，为祖国站岗放哨。大家马上感觉到激动异常，知道是到了祖国边缘，知道一碑之隔就是外国了。于是纷纷在界碑前留影，面部表情都是庄严和自豪状。在界碑前照完相，大家不约而同地把目光投向对面，那就是哈萨克斯坦共和国了，那就是异域他乡。大家都在极目搜寻，想看出些不同来，但除了看不见哨兵的哨所、稀稀疏疏低矮的建筑，就只有茫茫的草原和戈壁了，景色似乎与我们这边没什么不同，心里难免有些失望。过后想想，能有什么不同呢？同一片天空同一个地球，景色自然是大同小异的。更何况这是人为划分的边境线，很可能就是把同样的地貌按照历史成因，依地理自然界线而划分的。就如中哈这段边境的自然界线就是一条眼下干涸的小河，窄窄的小河。所以，边境线的政治意义更强烈些，自然景观应该是几乎同样的。

　　看完国境线那边的"同质化"的景色，我们又去看国门。说是国门，更多的是一种象征，它不会再是修筑一堵类似于长城那样的城墙作为国境线，所以国门也不会像我们西安城门那样的真正的隔绝里外的大门。这里的国门是一个巨大的门楼，高大、宽阔、威严、宏伟、壮美，足有几十米高宽吧，建筑也很漂亮，上面镶嵌着巨大的国徽，"中华人民共和国"几个大字挺拔刚劲，高高的门楼须仰视才见。仰望国门，心中陡然生出激动和自豪来，高大威严的国门，宣示的是神圣的主权，也彰显出祖国的日渐强盛。国门下就是公路，经过检验放行的车辆穿行其下，进行着跨国贸易。稍微留心了一下，几乎都是驶往那边的，看来贸易顺差在这里也显现得非常明确。

　　到中朝边境是两个月后的事情，有机会到中朝边境城市吉林延吉，那就去图们江口岸去看看吧。和中哈边境相同的是，这里的边境线也是一条河，不同的是这条叫作图们江的河流水量很丰沛，有一个旅游项目就是乘船在界河里游览。河上面是一个看起来很老旧的大桥，在桥的中间，用铁板和黄色粗线标注着国境线，边上的着便装的战士严令不许跨越，使许多试图越雷池寻求新鲜刺激的人收回脚步，毕竟是神圣不可侵犯的边境线啊，必须严守。在河的这边，同样矗立着高大

的国门。与霍尔果斯口岸相同的是高大宏伟，不同的是这座国门已经开发了商业旅游，可以乘电梯上到顶端，登高望远，看看那边的景色。其实，能看见什么呢？几座散落的低矮的建筑，几乎没有看见一个人，再之后就是高山了。

　　壬辰年夏，到了满洲里。这是中国目前最大的陆路口岸，也是有着光荣革命历史传统的边境口岸。这里的国门也是这几个里面最大的，直接修建在连接两国的铁路上面。国门虽然外观也是门楼，但其实是一座有不小容量的建筑，里面有规模不小的商场，也可以乘坐电梯到上面观光。只是与满洲里相对的俄罗斯城市赤塔市距边境较远，所以能看到的基本也就是大漠草原了。

　　在满洲里看到国门沿革，现在的国门已经是第五代国门了，一代比一代雄伟壮丽，这也是国力强盛的一个重要标志。一定意义上，象征意义的国门也是一个国家的形象之一呢。就在我们民间，都有"房是招牌"一说，更何况国之门呢。必要的形式化的东西是必须有的，泱泱大国，必有洋洋大观的国门。

　　三次在国门前驻足，心里自然涌现出复杂的情感。在这样的时代，驻足在这样雄伟庄严的国门前，油然而生的是自豪与骄傲，也难忘国家历史上遭受的屈辱以及国民不屈的奋争历程。自强不息、不屈不挠的中华民族在苦难中奋进，披肝沥胆、艰难求索，终以强盛面貌屹立于世界民族之林，来之不易。在宏伟庄严的国门前，我们有自豪、激动，更应有自强不息。

　　我们当以更加的努力让国门更加巍峨。

满洲里纪行

满洲里是曾经频繁出现在近现代历史事件中的一个城市名，也是近年对外贸易往来中一个重要的城市名。真可谓是既有悠久的历史，又有繁荣的当下，更有辉煌的未来的一个城市。这是一个得天独厚的地方，处于辽阔的呼伦贝尔大草原的腹部，东连大兴安岭，南濒呼伦湖，西邻蒙古国，北接俄罗斯。高悬在祖国版图雄鸡鸡冠的下缘，背负壮丽河山，接纳西风东渐，地位十分特殊和重要。壬辰初秋，到此地驻留几日，感悟多样风情，记下与您分享。

古老的口岸　红色的历史

满洲里开埠的时间大概可以上溯到 20 世纪初，随着俄国人在中国土地上修建东清铁路，满洲里遂成重要口岸。沙皇修筑铁路是为了加强对远东的控制，掠夺中国东北富饶的资源。其后苏联建立，这里变成了红色口岸。特别值得纪念的是，经由满洲里这一"红色秘密通道"，中国共产党人和共产国际保持了密切的联系。一大批革命先辈的子女，经由这里到苏联去学习、生活和战斗。再后来，苏联红军经由这里，摧枯拉朽般消灭了虎狼般的日本关东军，强力支援了中国人民的抗日战争，也为世界人民的反法西斯战争做出了杰出的贡献。解放战争和抗美援朝战争时期，满洲里口岸曾把大批苏联军援物资运往前线；新中国成立初期，面对帝国主义的海上封锁，满洲里作为共和国的主要外贸通道，有力地支持了中国的经济建设。中苏两国的政治、军事、经济交往以及民间友好往来频繁进行。所有这些，都为这个古老的口岸涂抹上鲜红的色彩，有了可钦可敬的历史。

如今，在国际铁路的上方，矗立起宏伟庄严的第五代国门，中俄两国的经济贸易往来在这里频繁进行，一派勃勃生机。

中外交融地 风情别样美

满洲里毗邻蒙古国和俄罗斯，文化互相交融，在城市里就显现得非常明显。建筑风格大多数有俄罗斯元素，拱门拱窗尖顶，或是蒙古风格的蒙古大帐或蒙古包外形。颜色鲜亮，或红或黄或蓝，在蓝天白云和绿草碧水的衬托下，分外绚烂多姿。建筑物的门头牌匾一般都会是汉俄、汉蒙文字对照。如果没有文字标注，真以为是到了俄罗斯。而有了中外文对照，方提醒人们这是一座边境口岸城市。街上的行人中金发碧眼的俄罗斯人很多，和黄皮肤黑眼睛的中国人和谐相处，十分融洽自然。饮食方面一般都会有俄餐，香肠大列巴，滋味应该比较正宗。街上的商店里大多数都会有俄罗斯商品出售，望远镜等仿俄军用品、巧克力、奶酪、油画等艺术品琳琅满目，可以让人足不出国门满载而归。浓郁俄罗斯风情的歌舞表演也会出现在演艺场所，在国境内即可充分欣赏异域风情。

满洲里人说"俄罗斯人认为满洲里是中国，中国人认为满洲里是俄罗斯"，意思是说，中俄元素汇聚交融在这里，不同的立场和角度会看出不同的风格。边境城市、互相交融，本来就是很正常的。

套娃大广场 温馨婚礼宫

满洲里修建了一座巨大的套娃广场,矗立着许多硕大的套娃雕塑,充分展现了俄罗斯这一传统工艺品,也彰显了中俄文化交流的成果。这些套娃都十分可爱喜庆,观之令人童心萌发,喜爱之情溢于言表,游人纷纷与这些可爱的精灵合影,也想把这吉祥、和平的象征留存在自己的心里。对于当地市民,也是一个天然的亲子乐园,在这里领着孩子嬉戏玩耍,其乐融融。

广场边上依着教堂的样式修筑了一个婚礼宫,用于参观和举办婚礼,真是一个好的创意。在这个宏伟庄严的宫殿一样的建筑里举办婚礼,也更加神圣与庄重,比起在酒店餐桌密布的大堂里要高雅得多。

战时军机道 和平再通衢

前面说过,满洲里口岸在战争年代发挥了巨大的作用,通过这里运送的军用物资为中国人民抵御侵略、保家卫国提供了不可或缺的帮助。

20世纪改革开放之后,满洲里口岸在沉寂多时之后,又在和平年代发挥着极其重要的作用。满洲里口岸地处亚欧第一大陆桥的交通要冲,是我国环渤海港口通往俄罗斯等独联体国家和欧洲的最便捷、最经济、最重要的陆海联运大通道,承担着中俄贸易60%以上的陆路运输任务。

这样的满洲里,地位真是非同小可。加之呼伦贝尔草原的辽阔壮美、贝尔湖的一碧千顷,满洲里真是一个非常值得一去的所在。水草肥美的夏季,这里的风光最好。当然,您要是想领略白雪皑皑的壮阔,冬季也可以去。

满洲里,尽管我们相距遥远,但你已经在我们的心里。

周村是个"村"

周村者,山东省淄博市周村区也!是正经八百的县级建制区,比一般的村级别要高好几级呢。

这周村的历史了得!地域文化源远流长,早在新石器时代龙山文化时期就有人类居住,在战国时代就已经立村。几百年前,周村在经济、社会、人文形态上就与一般意义上的村落有了天壤之别,是一个工商业发达、经济辐射周边千里的商业重镇,其经济地位,占据着当时山东乃至中国北方经济格局的重要位置。也正因此,乾隆皇帝能御驾亲临,并赐"天下第一村"之名。

曾经很纳闷周村为什么会成为商埠重地。征询了此地智者,翻阅了相关资料,再摊开山东地图,于是释然:优越的地理位置使其成为交通枢纽。周村几乎处在山东的中心,西邻济南,东接潍坊,西南接泰安,东北望东营。特别是它距济南府的距离,恰恰就是一天的行程。出济南、去济南,都恰好在周村驻留、歇息、打尖,甚至仓储、经营。怪道这里的称谓是"旱码头"!当然,地理位置只是客观条件,能成为"天下第一村",更多的是由于周村人的睿智和勤勉以及其他的主观客观原因,这里无由考证之。

其实我只去过两次周村。探亲，匆匆的。对于周村，只有一些印象。说出来，和生活在这里的人们交流，说错了莫怪哦。

周村很开阔。建筑相应低矮、稀疏，但还错落有致。道路很宽，行道树很茂密，间或有大片的树林、草地。车辆不算少，但不会堵车，所以没有世纪末情绪，不急不躁，偶尔的等等红灯，错错车，都很从容。街上的行人不多，许是地域开阔之后散布开来的原因，没有一般地方的熙熙攘攘、摩肩接踵。即便这不多的行人，也没有行色匆匆，没有急着去领大奖的感觉，自在、闲适，悠然自得。

路宽、车少、人稀、树多。这还是城吗？现今的城，莫不是车水马龙、川流不息、吵吵闹闹、挤挤挨挨，要找这么一幅景象，怕只有乡村了。从这点看，这周村还是个村。

周村很安静。车不堵人不挤，当是安静的原因之一。另外的安静，来自于一种从容与闲适，那是心灵的安静。大地方有大地方的好，但人太多、太吵、太挤，让你喘不过气来。有些小地方，特别是一些新兴的商贾集中地，那也是单位面积容积率过高，人声鼎沸市声嘈杂，利来利往红鼻绿眼，看一眼都想逃离。周村骨子里有传统，分工协作的、各行其是的布局或格局早已形成，该干什么干什么，不焦急、不浮躁，人也就安静下来了。现在能安静下来的地方不多哦，城里的人经常要到乡下去寻安静。人家周村的环境亦城亦村，人们的心理也调适得很从容，待在家里走在街上都是安静。看来还是村好。

周村不萧条，别以为叫个村经济发展就落后。周村开埠经商历史久远，商业氛围浓厚，曾经国内第一大的丝绸批发市场就在周村。另外，齐鲁石化等几个巨型的企业也在这里，经济很是发达。村不村的，比你一般的城里要富庶，你咋看人家这个"村"？当然，它不同于华西村、南街村那种纯粹的村级经济，它是区一级的区域经济。据说，周村的GDP、财政收入、人均收入都不错。有历史、加上山东良好的经济氛围，周村富庶是肯定的。

周村有文化。几百年的商埠历史不是白给的，现如今还留存着"大街""大染坊"等遗迹，并做了良好的开发利用，已经是颇具特色的文化旅游胜地。特别是影视的传播，让这里的知名度颇高。周村人也会经营文化，把这里整体保护、改造，供人游览，发思古之幽情，学古商之遗风。另外，独具盛名的周村烧饼在这里展示历史，现场制作，销售，很是红火。周村烧饼历史悠久，现在已被认定为中国驰名商标，已经是一大产业呢。

周村人好，朴实、仗义、豪爽、好客。山东人的习性本如此。除此之外，这里还有个特别的现象，生活着一批来自陕西的新山东人。20世纪90年代初，一大批陕西高校毕业生应聘到这里，现如今在各个部门，各个岗位活跃着、奉献着，都成了周村的村民。山东、陕西渊源颇深。20世纪初，一大批山东难民逃荒陕西，之后在陕西关中一带形成了聚居地，我的家乡就有东鲁乡这样的地名，那里几乎整村整村都是山东人。很有意思的是，许多人出生在那里，从来没回过山东，但由于小环境使然，竟然都讲一口地道、传统甚至是有些古老的山东话。陕、鲁两地都不欺生，互相包容，互相照应。如今陕西那里又有移民到山东，也扎下根来，也把耿直、憨厚、忠诚的性格带到这里，和山东人的性格兼容并蓄，相得益彰，真是件大好事。本来，四海之内皆兄弟，都是华夏子孙，在哪里都是在家，没有那么必要分清出生地什么的。共同地生活、成长、奋斗，很好。

羡慕这个村呢。如今到哪里再去找这样的好地方！

周村，愿你永远是个村。祝福你。

走马观花说东北

深秋时分,第一次踏上东北大地。辽阔的疆域,肥沃的黑土,清澈的河流,茂密的森林,富饶的物产,淳朴的民俗,都给人无法割舍的留恋。匆匆间看到和感悟的,记下来分享。

沈阳:一条河,两座宫殿

沈阳在唐代已具城市规模,称"沈洲",元代改沈洲为"沈阳"。由于沈阳地处沈水(浑河)之北,以中国传统方位论,"山南水北为阳",故名沈阳。"沈阳"这一名称正式出现在史料上,距今已有700余年历史。清太宗改名为盛京,清朝统一中国后,在沈阳设奉天府,1945年恢复沈阳名称。

沈河,亦称浑河,辽宁省东部河流,源于清原县滚马岭,流经抚顺、沈阳等地,全长415公里,流域面积1.14万平方公里,年径流量30.52亿立方米。出沈阳桃仙机场不久,就看到沈河,感觉河面很宽阔,水流充足而清澈。不知为什么把这条清莹莹的河谓之浑河?查阅资料得知,这种理解纯粹是望文生义了。其实,关于浑河名字的来历,有一种说法:浑河不混浊，浑不同于混。《辞海》中"浑"字词条 2 的解释是"满"和"全"。"浑"意指天地，此名可谓大气磅礴，体现了辽阔、浑厚、苍莽、雄浑的关东地域风情，张扬着一种粗犷、豪迈的美。古人唯恐后世误解，刻意称浑河的发源地为清原，清与浑彼此呼应，相映成趣。史籍记载的浑河，曾经河水清澈，水草丰美，长年承担着地下水补给、景观、农灌、泄洪和航运等功能。浑河是沈阳的母亲河，浑河流域是满族和满洲文明的发祥地。这就对了，如今的浑河清澈丰厚，在关东大地上滋润苍生。

　　沈阳故宫，始建于公元 1625 年，是清朝入关前清太祖努尔哈赤、清太宗皇太极建造的皇宫，又称盛京皇宫。清世祖福临在此即位称帝。沈阳故宫和北京故宫是中国现存完整的两座宫殿建筑群。占地 6 万平方米，全部建筑 90 余所，300 余间。比较北京故宫，沈阳故宫不惟局促，更显质朴。整个宫殿群很小，我想这是清朝初期创业艰难，国力尚欠，当权者更加体恤民力物力的缘故吧。虽然贵为皇宫，但不见奢靡之气，往小了说，就是一个大户财东地主的院落。从建筑的格局风格来看，更接近于民间色彩，那大门开在偏处的口袋房，那通屋相连的万字炕，既实用又亲切，分明就是民居的意味。从这个意义上来说，沈阳故宫更像是一个大家庭的居所。可清朝正是在这里积蓄力量，虎视中原，励精图治，进而统治中华二百余载。"成于俭而败于奢"，看看沈阳和北京两地皇宫，即是一个鲜明的写照。

　　沈阳的另外一座宫殿，是我的臆称，正式的称呼是张家帅府，张作霖、张学良老、少二帅的居所。宅子很大，几乎可以和沈阳故宫分庭抗礼。就大小而言，不是同一个时代，真无从比较。就性质而言，清朝的初期和张家有类似之处，牵强地说都是"东北王"吧。对于建筑的格局实在可以略去，无非是一古一新，到了张家帅府更是中西合璧。给我留下深刻印象的是老帅张作霖。从蜡像看去，身高仅仅一米六左右，长袍马褂，头戴瓜皮小帽，毫不起眼，活脱一个谨小慎微的账房先生模样，实在和绿林出身的"东北王"不搭调，纳闷于如此孱弱之人如何统领东北大汉？可看到房间里他自拟自题的一副对联，一下子从另外的意义上理解了他的成功："书有未曾经我读，事无不可对人言。"史载他聪慧异常，为人磊落仗义，极善笼络人心，治军严格，敛财有方，深得部属拥戴。可见他虽不是孔武有力的赳赳武夫，但却是天才般的组织者、领导者。不论他其他方面的功过是非，但就坚决抗日这一点的民族气节，实在应该敬佩。从放猪郎到小商贩、木匠、兽医、"胡子"、基层军官到大元帅，53年的经历堪称传奇。

如果不是1936年的西安事变，张学良会怎么样？历史没有假设。以28岁而少帅，家庭因素使然。但"小六子"在帅府一直是重要的角色，未继帅位之前，少年将军亦文韬武略，治军有方，行事果决。继帅位到身陷囹圄，八年间，少帅绝非浪得虚名。单就在帅府的建设方面，少帅为传统的建筑增添了许多西洋色彩，使得帅府中西合璧。执掌家政后，体恤兄弟，为其他的兄弟每人修建了一座不小的楼宇，这大哥当得真不差。至于帅府后门外的赵四小姐别墅，则是帅府内当家于凤至聪明贤惠的杰作，既不坏帅府规矩，又不伤少帅情感，一举而两得，也给帅府添了一处别样的风景。

长白山：难识天池真面目

从沈阳到长白山下的安图县，一夜火车颠簸。清晨下火车上汽车，又是几小时折腾，辛苦自然辛苦，但心仪长白山天池已久，这点辛苦不再计较。

入长白山山门时已经有雨丝飘落，赶上了个坏天气。换环保车前行一段，穿行在长白山脚的丛林中，树木之层叠密布郁郁葱葱林林总总繁荣茂盛体现出东北森林的厚重与大气，可惜车行匆匆，无法细嚼慢咽，只能囫囵吞枣地欣赏，算是一种感知，为日后作一次探路吧。

很快在一处平坦的空地下车，再往上就是陡峭的盘山路了。因为崎岖险峻，因为曾经酿出许多祸端，而今去往天池是绝不允许自驾而上的，景区专门组建了百十辆越野吉普的专业登山车队，所有游客必须换乘上山。我们一行四人登上了一辆编号为066的越野车，暗想此行定顺。司机是个看起来挺利索的小伙子，在蜿蜒曲折的山路上气定神闲，驾驶着车子稳当又迅捷地盘旋而上。车窗外是不断变换的森林风景，都说一座高山就是一座立体的植物园，此言非虚，沿途海拔500至1200米之间以红松、鱼鳞松、沙松、鹅耳枥、枫树等为主；海拔1200至1800米以云杉、冷杉林为主；海拔1800米以上有岳桦林等。隔窗观树，精彩画面一闪而过，哪里辨得出究竟，只能根据介绍看个大概，但已足够一饱眼福。

车行二十余分钟，渐近山顶时，车外风雨大作，浓雾弥漫，心中暗暗叫苦，这天池还能看见吗？但开弓没有回头箭，即便明知山顶狂风暴雨，这车也得上去再折返。至山顶，车外能见度已不足一米，明知枉然，也硬着头皮下车。推开车门，没入暴雨浓雾中，只一下，便被浇得浑身湿透！狂风裹着细沙打在身上，真正的冷彻骨髓，巨大的温差把仅着秋衣的我们憋得气息难喘。游人莫不大呼小叫，四散而逃，寻觅能遮风挡雨的所在。浓雾中都是瞎子，找不到房屋但又不甘心上车，四处瞎奔，痛苦与快乐交织，刺激与新奇同在。懵懂间，我看到一个黄色的建筑物，急急跑过去，近前才发现是边防兵营，原来长白山顶已到中朝边界。军事重地，不能擅入。其实，天池，在此是绝无半点可能窥其一角的，因为我们连两米处同伴的脸都看不清，周身刺骨般的寒冷在几分钟后就无法忍受，没办法，只好再龟缩到来时乘坐的车中。巨大的遗憾！我们都认为。司机见惯不怪地开口，某某领导人来了两次都没看见天池啊！听到这里我们明白了，天池很难看见，看不见很正常，什么时候能看见说不准。盖因长白山气候瞬息万变，使得天池若隐若现，故绘出了天池"水光潋滟晴方好，山色空濛雨亦奇"的绝妙景象。这里经常是云雾弥漫，并常有暴雨冰雹，因此，并不是所有的游人都能看到它秀丽面容的。

所以，我们此次看不到天池很正常，下次也说不准，但有机会还要来。来了不一定看见，但不来肯定看不见。那样奇妙的景色，多跑几次也是应该的。长白山，天池，我还会来。

镜泊湖，那一顷碧水

下了长白山，来到镜泊湖，从风雨飘摇到阳光普照，真是人间两重天。许是老天觉得在长白山亏待我们了，第二天到镜泊湖的时候，晴空万里，微风习习。一碧万顷的镜泊湖波澜不兴，静若处子般含羞带笑地招待我们。

镜泊湖是中国最大的典型熔岩堰塞湖（说起堰塞湖，相信很多中国人都是因为2008年的四川汶川大地震而知道这一称谓的）。它位于黑龙江省东南部，距牡丹江市区110公里的群山中。湖区周围有火山群、熔岩台地等。湖面南北长45公里，东西最宽处仅6公里。面积95平方公里。南部湖深仅几米，北部一般可达40至50米，最深达62米。湖面平均海拔350米。镜泊湖为新生代第三纪中期所形成的断陷谷地。第四纪晚期（大约一万年前），湖盆北部发生断裂；断块陷落部分奠定了今日湖盆的基础。同时在今镜泊湖电站大坝附近和沿石头甸子河断裂谷又有玄武岩溢出，熔岩流与来自西北部火山群喷发物和熔岩汇集，在吊水楼附近形成一道玄武岩堤坝，堵塞了牡丹江及其支流，形成镜泊湖。这样形成的湖泊，称为堰塞湖。湖区有由离堆山及山岬形成的一些小岛。湖北端湖水从熔岩堤坝上下跌，形成25米高、40米宽的吊水楼瀑布；瀑布下的深潭达数十米，与镜泊湖合为镜泊湖风景区。

游览湖泊，必是乘船。蓝天碧水，清风拂面，赏大好河山，抒胸中块垒，其喜洋洋者矣！

游完湖泊，赶上了好时候，在吊水楼瀑布每日定时有一高人表演跳水，我们遇个正着。此人五十左右，精壮汉子，据说在此表演已有经年。景区买单，把他和瀑布共同打造成一个景点。在瀑布的顶端，此人做了几分钟的热身，然后像明星般煽动观者鼓掌造势，待游客渐渐聚拢情绪亢奋之时，他如燕子般伸开双臂一跃而下，瞬间没入湍急的水流，正当游客悬心之时，他已在潜游十几米后露头举手示意，游客一片赞叹的掌声。去镜泊湖，此景不可错过。

哈尔滨：歌声中的幻象与异域留存

曾几何时，一首《太阳岛》，把哈尔滨这一美景描绘得美妙绝伦，使多少人魂牵梦绕，无限向往。来到哈尔滨，太阳岛不能不去。"春看花，夏玩水，秋观树，冬赏雪"。哈尔滨人不愧是汲取了西方色彩的东方人，浪漫又会"忽悠"，把个岛屿建设得不错，宣传得更加了得。我们秋季去，只能看看室内冰雕，感受一下北国风光。其他的景观也就是一个大公园，不能说不美，但已经很普通。

说到这里，你不能不折服歌声传播扩散的巨大效果。一定意义上讲，是歌声把大家带到了这些景点。还有《太湖美》《谁不说俺家乡好》《人说山西好风光》等等，把家乡的美景以歌声宣传绝对是事半功倍一本万利的！反观我们"我家住在黄土高坡""枪响了，出事了"，怎么让人向往？是该改变一下宣传的着力点了。

曾经是沙俄殖民地的哈尔滨，遗存了异域风情的一些建筑，中央大街、索菲亚教堂，在一群已经没有任何风格的"民族"建筑包围中，散发出别样的艺术魅力。我们的建筑真是太千篇一律了，如果不是这异域风情，哈尔滨跟别的城市有什么区别？

如今中俄交往友好而频繁，哈尔滨自然又多了些异域色彩——市区俄罗斯人众多，俄罗斯商品便宜，可以不出国买点质朴厚重的俄罗斯货物，权当出了一回国吧。

六天三省，说走马观花已经不吻合了，算了下行程，一天平均1000多公里，那就再有一个题目《千里跃进大东北》！

有机会再去慢慢感受。

天边，那一片薰衣草

　　翻看老照片，鼠标点上一组图画时，电脑上显示出这样的时间信息——2009年6月27日19：32，那是整整三年前了。这一组图画是美艳无比的薰衣草，是三年前去新疆的时候拍的。

　　在新疆旅游是必须要先用耐心和耐力体验疆土辽阔的感觉的，尤其是对于长期居住在挤挤挨挨的内地的人们，感觉大部分的时间在旅途中，感觉一个目的地距离另一个目的地是那么的遥远。我们那天看了霍尔果斯口岸和伊犁城，晚上要赶到霍城县住宿，尽管新疆到处是美景，但长时间的旅程还是让人昏昏欲睡。生物钟已过内地的晚饭时间，新疆西陲的阳光才刚刚西斜。在整车的人们倦怠无力时，一个令人亢奋的声音响起："我们马上要到薰衣草田了。"隐约间，一股淡淡的香味氤氲着，似仙气一般，唤醒了我们麻木的神经，倏忽间灵醒起来，兴奋地期待着。很快，车窗外呈现出一大片的紫蓝色花田来，从路边开始，蔓延到无垠的天际，在阳光的辉耀下，泛出紫色的光晕，直让人沉醉。一阵清风荡过，紫蓝色的花海泛起微微的波浪，似在展现美妙的身姿，似在向我们招手示意。哦，花海，你是欢迎我们吗？我们梦中的薰衣草，可是到你身旁了。

车停未稳，一行人急急地下车，想一下子扑向花海，亲近那无边的诱惑。

　　但还是在田边驻足了。这片花田和公路隔了一条水渠，跨过去是有难度的。就在停车的地方，有人用木板在水渠上搭了个便桥，原以为是方便大家进到花田参观的，不想却是一道关口。这原是花田主人搭建的，主人就守在便桥旁，先是坚决不许其他人进入花田，理由很充分，这么多人进到花田里面，还不糟蹋了花？这理由实在是站得住脚，联想到一些人到景点后的种种作为，实在是不堪。这么一片美丽圣洁的花海，怎么能容许俗人们踩踏折损！都说边远的地方的人们热情好客，但客人更应该尊重主人。这花田的主人肯定是被许多不守规矩的游客弄怕了，干脆硬生生地拒绝游人进入。当地陪同的同行近前去和花田主人交涉，言明大家来自五湖四海，到这里一趟非常不容易，绝大多数人没有见过薰衣草，都想近距离看看，并且去照照相留个纪念。能否放大家进去一会儿，并承诺大家一定会爱惜植物。几经交涉，主人同意进入，但仍是一脸的无奈与不甘。得到允许的我们，急急地鱼贯而入，迫不及待地要去亲近那无边的鲜艳与香艳了。

　　进到花田了。首先感受的是花气袭人，那淡雅内敛的薰衣草香，就在鼻翼了，一株株、一簇簇、一片片、一大片薰衣草，混合了体香，为我们的嗅觉送上饕餮大宴，怎能不让人贪婪！感觉这一片花田就是一个巨大的香阵，花草们把热情集体释放出来，在这个时间和空间，交织出一股香艳的力量，香了土地、香了花草、香了空气。那香气冲天了哦，在阳光的感召下，蒸腾着上升，直让此处的小宇宙香彻肺腑。游人们早忘记了主人的叮嘱，纷纷拽过花草，贪婪地把鼻子凑上，不约而同地不撒手，似乎要把那香气吸进五脏六腑中。也是哦，一下子到了花海，怎不让人兴奋异常，难以自持呢。真想在这花海里放浪形骸，真想醉卧在花丛中，真想在这花海里游泳呢！呵呵。依着游人的性情，真想把那娇艳的花草大把大把地拽下来据为己有，把天边这一缕清香带走呢。还好，都是君子，都知道怜惜，都小心翼翼地在花丛里站立行走，都会珍惜这大自然的福泽。嗅不够，揪还休，莫踩踏，多停留。停留在心里吧，停留在记忆之中吧，把这花海记录在照片里，把自己和花海的亲近拍下来，留作曾经、留作记忆、留在心田，永久回忆。

尽管花田主人一再催促，尽管行程很急，尽管太阳已经渐渐西斜，但贪恋夕阳辉耀下紫气蒸腾、香气氤氲的花海，我们都不忍离去，都不想从花海里拔足。终还是万般不舍地离开花田，一步三回头，圆梦了，亲近了，也要分手了，何日再亲近芳泽？

记住这片花海。这里是新疆伊犁霍城，中国薰衣草之乡，与著名的法国普罗旺斯同一纬度，再与日本的北海道一起并称世界三大薰衣草种植区。

记住这"香草之后"，她外表清丽，蓝紫色的颜色透着神秘与优雅；她气味芬芳怡人，嗅之安宁镇静；她不惟是一种香料，更可广泛药用，甚至食用。她更不仅仅是一种植物，更是被当作爱情的象征。

离开那片花海，把花海装进了心里，把花香染在了身上，车厢里满盈盈地充斥了花香呢。不知哪位打趣道，今天别洗澡哦，别把花香洗没了！还是当地的同行善解人意，他们说，不要紧，会给各位带走薰衣草的，还会安排各位再去买一些呢。到了县城，匆匆晚餐过后，到街上去，满是销售薰衣草精油、香囊的，于是每个人都买了许多，盘算着把天边的香草带回去慢慢消受呢。

尽管现在在商场就可以方便地买到薰衣草的制品，但却再没有亲近薰衣草花海的感觉了。以前的薰衣草在梦中，那次圆了梦，反倒更加想念呢。于是，薰衣草又常常入梦……

天边那片薰衣草，你还在那里吗？多想再和你亲近。

滴几滴薰衣草精油，在淡雅的香味中，再忆那天边的花海……

大槐树下的沉思

山西洪洞大槐树,相信很多人都知道它的含义。2010年深秋,我们一行人到洪洞县,自然想到大槐树。只是几百上千年过去了,真正意义上的那棵大槐树或一群大槐树怕早已作古了,还到哪里去找,顶多只能念叨念叨,发一下怀古之幽情罢了吧。

没承想山西人真是会经营,已经在当年的旧址上把这个历史典故复现了,修了一个很大的园子,并赫赫然命名曰"大槐树寻根祭祖园"。

园子的气魄很大,面积大、格局大,包括大门也是依了大槐树根的样子做出来的,造景的水平很高,也很用心。进得大门是一堵巨大的照壁墙,中间镶镌着一个大字"根"。树之根、人之根,落叶归根、树高千尺不忘根。一字之意,确凿明了地诠释了大槐树的意义。再往里,有种种的建筑和设置,都按着大槐树下的种种典故,分别加以展示和诠释。特别是用现代建筑雕塑手段,复现了第一代、第二代大槐树的模样以及当年办理移民公务的场景,很有质感。不敢说身临其境,起码是重温了历史。一路看下来,对于大槐树下的那段故事就基本明白了。

元朝末年,中原地区自然灾害频繁、民不聊生,官逼民反、战乱纷争,人口大量减少。明初洪武年间开始从相对富庶、人口密集的山西移民垦荒，使农业有所恢复。明惠帝建文元年（1399年）又发生了"靖难之变"，战乱四年，又一次造成河北、山东、河南、皖北、淮北等地的荒凉局面，严重破坏了社会经济，于是不得不又从山西大量移民。当时的移民相对程序化，先将山西境内的许多移民集中到交通便利的晋南洪洞县，办理相关手续后再分批迁往其他省份。史载，自洪武六年（1373年）到永乐十五年（1417年）近50年内，先后共计从山西移民18次，这些移民迁往北京、河北、河南、山东、安徽、江苏、湖北、陕西、甘肃等十余地，500多个县市。由于洪洞县是这些移民的集散地，而当时朝廷办理移民公务的办公地就设置在有一棵巨大槐树的洪洞县广济寺，所以移民们都记住了大槐树这一特征，形象地表述自己是从大槐树下迁移的，自己的根在大槐树。后来有一首歌谣形象贴切地表达了这种情感："问我祖先在何处，山西洪洞大槐树。祖先故居叫什么，大槐树下老鸹窝。"

当时的移民政策很铁腕，也很残忍，为了防止移民逃跑，便把每人都反手绑起来，再用长绳串起来。途中需要生理方便的时候，便要向押解的兵士报告"老爷，请解手，我要方便"，以后就简化成"请解手"。现在很多地方的人都把"方便"称作"解手"，藉由此来。

几百年过去了，从大槐树下迁移的子民早已度过迁徙之初的苦难困窘，繁衍生息，过上了安宁平和的生活。子孙后代们还没有忘记大槐树，经常有外省、外国的移民子孙们到大槐树下寻根问祖。

对于故土的眷恋和血脉的尊崇是中华民族的传统。其他许多国家注重"出生地"，即在哪里出生就算作哪里人。而我们是一定要以祖辈的出生地来论的，在各种登记表格里出现的籍贯就是明证。近年来有松动改革的迹象，慢慢也有要求填写出生地的，但以籍贯论还是主流，可见中国人的历史感和故土感。

回过头来说移民。人类的迁徙移民大致有几种情景，一种是自愿的，一种是无奈的，一种是强制的。自愿的移民是自觉自愿地改变居住地，到更适合生产生活的地方去，比如先民逐水草而居；无奈的移民是居住地遭受自然灾害或其他人为灾害之后,一种逃离式的移民,比如山东、河南的民众在黄河水灾之后迁移陕西;强制的移民则是政府行为,国家为了大局稳定或大规模的工程建设,将此地的民众迁移彼地,比如大槐树下的移民,比如"湖广填四川",比如"闯关东",比如近年的三峡水库大移民,等等。

移民就是搬家,大跨度地搬家,大规模地搬家。常言说"一搬三年穷",也就是说即便一般意义上的近距离搬迁住所,都是劳心伤神、耗费钱财的,更何况几千里的大迁移。但搬家、移民又是必然和必须的,它在一定程度上是社会资源、生产要素的重新配置。经历过移民初期的阵痛后,国家的经济得以更快发展,移民的生活也会幸福如初的。当然,这是理想状态。如果因为各种原因,使得移民流离失所,生产艰难,生活水平下降,那是要避免的。

大槐树下的移民,虽然走得是那么不甘,虽然迁徙路途栉风沐雨,虽然落脚之初困窘异常,但其后总算是安稳下来。祖先们在离乡背井的困顿下,填补了人力资源的匮乏,开发利用了疆土资源,让整个国家均衡发展、可持续发展,进而生根发芽,繁衍生息,为历史、为国家、为民族做出了不可磨灭的贡献呢。但故土难离,故乡难忘,几百上千年过去了,移民对故乡仍然不忘。

有了这大槐树的念想,远在千里之外乃至海外的子嗣,都有了一个凝聚点。共同的祖居地、共同的血脉,就以这大槐树为中心,连接在一起,形成一个同根同种的民族融合与团结。大槐树就不惟是棵树了,它已经是一个圆心,已经是一个核心,甚至已经升华为图腾了。如此说来,大槐树真应该扎根在我们的心中。

记住大槐树。有机会去祭祖寻根。

库布齐的神光响沙

一个阳光不错的初夏的下午,在内蒙古鄂尔多斯市西北杭锦旗腹地的库布齐沙漠,风儿在起伏连绵的沙丘上空舞动着,凉凉的,了无夏暑之意,只觉清爽宜人。风儿卷起的细沙在空中徘徊弥漫,好似织就一帘金黄的纱帐,淡淡的,并不遮挡望眼,虽不能极目远眺,但也足觉辽远。在多风的季节,这算是一个不错的天气,自然,也给远来的我们一份惬意和庆幸。

在一处叫作"神光响沙"的沙漠旅游度假村里,我们一行被邀进它的"中军大帐"——一周小蒙古包围就的巨大的钢筋水泥筑成的仿蒙古包里。好客的主人为我们端上放了许多咸盐的滚烫的老茶,喝一口,浓浓的茶香和釅釅的油香和谐地融合,顿觉五脏滋润,通体舒畅。一个脸庞黝黑面容憨厚的老人、度假村的董事长白富华,和我们围坐在一张餐桌前,看着敞开的屋门外壮观辽阔的沙漠,滔滔不绝地向我们讲述博大的鄂尔多斯、悠远的库布齐沙漠,艰辛伟大的穿沙公路,沙漠里幽秘的神光、震撼的响沙。

库布齐沙漠是中国第六大沙漠,在我国的沙漠里位置最靠东,也是距北京最近的沙漠。长400公里,宽50公里,沙漠最高端较最低处差距400米。六十开外的老白，生长于斯，奋斗于斯，一生与库布齐沙漠有缘。起先，他赶着骆驼穿越沙漠驮运货物，后来，他开上汽车绕过沙漠跑运输，从一个司机干到杭锦旗的交通局长，老白眼中、心里都没离开沙漠。20世纪90年代末期，老白在越天命之年时，亲自带领勘察人员勘察设计，动员全民奋战，终于在沙漠里切出一条通途，即今日的穿沙公路。有了公路，老白又动了开发沙漠旅游的念头，并积极建议旗委、旗政府成立旅游局，不想书记当即拍板，由老白兼任旅游局长，马上动作。于是乎，这个"沙漠之子"，又成了库布齐沙漠旅游的拓荒者，凭着积极、执着、勤恳，硬是让冷酷肆虐的沙漠敞开胸怀，以宽厚博大接受人们的恣意和放纵。退休后，老白创办了属于自己的一片天地——神光响沙度假村。

　　关于神光，老白言之凿凿，那是偶尔在夜里出现的辉耀在一片沙丘上的亮光，自从1998年10月6日被人们第一次发现后，每年四季不定期地显现，光的颜色多数是白色，有时还有红色、彩虹色出现，每次出现会稳定持续30分钟至两小时不等。神光显现的地点，大部分是在距离度假村房屋500米远的东沙丘上，但1998年除夕晚上，却笼罩在度假村房屋的上空。神光显现时形状有时像光柱，有时像弯弓，有时像巨型彩带，有时像腾飞的大鹏。人们有幸看到神光后，会通顺大吉，鸿运至身。曾有几十名参与穿沙公路会战的机关干部看见过，老白度假村里春节期间值守的看门人看见过，并斗胆追逐想寻个究竟，当他朝着亮光跑去，眼见接近时亮光消失。当然，老白也看见过，据说还有人看见过。老白还曾陪着央视两名记者等了两天，但亮光没有出现。老白说，曾有高人建议他以某种方式敬奉这光亮，说这是神灵的辉耀。费用的问题让老白还没有付诸实施，但已经有计划，这是老白的一个心结。兴许，这是一种自然的现象，但说是一种神秘的神灵之光，又未尝不可。当地百姓早就坚信那是神光，并说只有贵命之人才有缘一瞻。那夜间还坚守在工地的劳作者、那春节里还值守的看门人，是贵人？当然应该是，如此勤劳者，何其可贵！老白说，要看神光，就要夜宿沙漠度假村的蒙古包里，今日风大，怕诸位受苦，只能住在镇上了。很快，可以请诸位住在对面即将竣工的砖木结构的客房了，如果您还来的话。那时，兴许可以看到神光。但今日，我一定陪诸位去感受"响沙"。

　　出得"中军大帐"就是沙漠，踏上沙漠之前，老白让我们脱掉鞋子，一来怕沙子灌进鞋子不好行走，二来可以赤足感受沙子的磨砺，"比城里的足浴舒服！"老白朗朗地笑言。脱掉鞋袜，赤足踏上沙漠，立马感觉老白之言非虚。细密柔软的沙粒，紧紧地贴在足底，钻入趾缝，人在沙上走，沙在足底揉，可不就是天然的按摩。再说这沙漠里的沙子历经风砺，"吹尽狂沙始到金"，引用到这里，可说是"狂风洗沙无杂尘"，真真干净得了得、纯粹得了得，这样的沙子，岂是一般的沙尘可比。据说沙漠里的百姓刷锅洗碗有时也用沙子，既省水又环保。

　　许是为让我们更加真切地感受沙漠的真谛，在我们踏上沙漠的当口，风忽然大了许多，头发在顶上乱舞，衣服也顺着风势紧紧地贴在身上。恰恰我们要去的响沙带是逆风，这就平添了几分阻力。同行中有人试着退却，但都被老白的热情相邀所感动，收起了退堂鼓，硬着头皮顶风踏沙前行。这是一片起伏较大的沙丘，我们先要爬上一段坡度不大的沙坡。赤足爬沙坡，相信对于我们都是第一次，没有经验，很不适应，小心翼翼地踮着脚，十分紧张，似乎怕一下子陷下去，又怕滑倒，结果是深一脚浅一脚，东倒西歪，洋相尽出。可看看老白，走得是那样的从容平稳，真正如履平地。在老白的指点下，我们尽量自然地行走，就如平日里走路一般，放松身体、摊平脚板，果然平稳了许多。路走得踏实了，也能顾上欣赏大漠旖旎的风光了。这是一片几乎彻底的"明沙"，沙漠里除了沙子几乎还是沙子，但也有植物，叫不上名字的一簇簇绿色，在沙漠的低洼处顽强地生长着。黑色的小虫子受了惊吓在快速地奔跑，茫茫沙海，让我们这些在黄土地上生活的人们的思维一下子短路，迥异的环境让人本身也在迷失，无法想象这植物靠什么滋润，更想俯下身来问一句小虫子靠什么生存。物竞天择，生存有道，存在有理，我们之不知是知识经验的欠缺，沙漠里的生命是顽强的，也是偶然中的必然。越深入沙漠深处，心越忐忑，毕竟离来路渐远，而越刮越大的风在增添几分寒意的同时，又带给我们一种苍凉。我的心底里忽然有一种忧伤和悲壮，隐隐有一种担忧和怯惧，真怕一去不复返，真是一种缺少历练缺乏豪迈的下意识。这个时候，老白是我们的主心骨，老白描绘的响沙景象更是一种吸引，这是我们继续前行的动力，跟着老白往前走。

越往纵深，沙丘似乎大起来，高起来。我们时而下到沙窝底，时而爬上沙丘顶，时而走在两个沙窝分界的沙梁上，虚软的沙漠在极短时间内消耗了我们大量的体力。越刮越大的风带起了细沙，举目望去，高耸的沙丘顶上像是冒起了黄色的烟雾，沙粒呈烟雾状盘旋而上，似是沙漠里正在准备一顿盛宴，罕见稀奇。已经是筋疲力尽的我们为之惊叹，咬紧牙关往上攀登，要到那极致处去寻个究竟，脸上已经有了汗水，细密的沙粒趁势贴上来形成"面膜"，一行人互相帮助鼓励着往上攀爬，终于，我们站在了沙漠的制高点上。

这是一片沙海。起伏连绵的沙丘一眼望不到头，阳光照耀在沙漠上，涂上了淡淡的金色，风儿卷起的细沙像一层黄色的薄雾，为苍茫的沙漠添上了几许混沌。好在天空晴朗，心情也随之开朗，看着这苍茫辽阔，感叹的是祖国的壮丽多姿。

此行的目的是到响沙地段滑沙，老白告诉我们，就从这高耸的沙丘上下滑。看着将近直立的沙坡，一行人都以为是玩笑。风吹着、沙舞着，个个又都是生活装束，实在是有很大的畏怯。执着热情的老白索性坐下来，自顾做出示范，两腿稍分，两脚呈八字状，两手划沙——"来吧，失去这样的机会，你会后悔终生！"那就来吧，我们依照老白的样子，一字排开坐下来，老白一声令下，我们启动了。

啊！这是多么美妙的感觉呀，甫一开滑，耳边便鸣响起巨大的长号的齐奏声，好似有百杆长号在耳畔响起，随着滑动，号声愈响愈烈，伴着回响，有了共鸣，在沙谷中形成一个巨大的声场！我们被强烈地震撼了，先前心中的些许疑虑早已荡然无存，不由高声叫喊，太棒了！太奇妙了！不虚此滑！四五十米的滑行让我们忘记了身份年龄，忘记了自己，沉浸在一种巨大的惊喜和激动中，一路高声叫喊，直到谷底，耳畔仍有巨大的余音！顾不上抖落满身的沙粒，齐对着老白称颂，互相交流着自己的感受。有几位意犹未尽，高喊着再来一次。几位年轻点的按捺不住，转身往上，朝着几乎八十多度的沙坡就往上爬，坡太陡，索性四肢并用，用最原始的姿势往上爬行，毕竟体力有限，不到坡顶，便转身滑下。此刻滑行的人大呼小叫，坐在谷底的人坐享其成，都听到了巨大的长号奏鸣的声音。大家又纷纷仿效，爬上滑下，如是反复，直折腾得精疲力竭又兴奋不已！

  同行中有人去过其他地方的鸣沙带体验过，但这里的声效比那里要强烈得多，他们众口一词。

  坐在谷底，我们气喘吁吁。静下心来，老白又向我们娓娓道来：八仙之一的张果老，有一天骑着毛驴西行，毛驴身上驮着从黄河边上装载的沙子，行至库布齐时沙子不慎撒落，形成了库布齐沙漠。他老人家这一失手，可是把库布齐这一大片的生灵都盖在了沙子下面了，光是这一大片的"召"（蒙语中寺庙之称）就有245处，寺庙里又有多少喇嘛！他们在厚重的沙漠覆盖之下，每当觉察出有人在上面，便吹奏寺庙的长号求救，于是，便有了这几乎是长号齐鸣原版的响沙声音。这似乎是一个不太美好的传说，看来神仙也有失手的时候啊，姑妄听之。

  有专家学者研究过这种现象，推测出两种意见。一说是沙子里有某种金属元素，经过摩擦后产生声音；二说是这里的沙子是空心的，互相撞击后产生声音。但都不是定论。

  权且就认为是喇嘛们求救的声音吧。真想扒开沙漠探询个究竟，真想和"召"里的喇嘛们对话，孙悟空被压在山下五百年有玄奘搭救，你们怎么办？我们在你们的头顶滑行顶多是一种玩乐，万万没有亵渎之意，但愿我们的到来能给你们的焦灼和寂寞添一丝慰藉。

  太阳渐渐西落，夜幕慢慢合拢，我们怀着和来时大相径庭的心情，拖着疲惫的脚步，心满意足地往回走，因了响沙的神奇震撼让我们更加相信老白。老白这个沙漠通又打开了话匣：库布齐沙漠不但有神秘的神光、震撼的响沙，还有许多的游乐项目，比如惊险刺激的越野车沙漠穿越，西部味道十足的骑骆驼走沙漠，带有拓展训练性质的徒步探险，空中飞人的滑翔伞，等等。另外，在库布齐沙漠，还开发了许多的景区。离此不远有七星湖景区，星罗棋布在沙漠里的七个湖泊；号称世界沙漠公园的景区，荟萃沙漠景观；沙雕景区，形形色色的沙雕。当然，库布齐沙漠之外，您可以去鄂尔多斯大草原感受"蓝蓝的天上白云飘，白云下面马儿跑""风吹草低见牛羊"，去真正的蒙古包，感受美酒哈达，飘香的奶子茶，好客的牧民……

　　库布齐、老白，我们会再去看你，包茂高速缩短了我们的距离，黄土地上的人们会去感受沙漠的神奇。

徜徉在美国的"古城"

那是 2009 年 12 月 9 日的清晨，在美国驻留的我们，趁周末从华盛顿特区出发，去到美国的"古城"——威廉斯堡。

昨夜下了一场雨，天亮放晴了，空气好得令人陶醉，也给今天的怀古之行添了兴致。出发的时候早，在异国他乡的睡眠都不太好，一车人几乎都在昏昏欲睡。坐在车窗不能打开的旅行车里，偶尔看一眼窗外的景致，心里不断地在和国内做着比较。脚下的路很宽，路上的车不多，窗外的天地很开阔，地广人稀，静谧，和纽约那样的繁华都市形成鲜明的对比。对不明就里的我们来说，路边的建筑不知道是些什么，没有连片的、几乎独立的一幢幢建筑都显得宏大霸气，美国佬在里面干什么呢？爱干什么干什么吧！这是人家的家园，由着他们吧。只是别老到别人家去指手画脚，待在你家里应该满足了。但转念一想，这美国人本就是一些不安分的冒险家和开拓者，他怎么会循规蹈矩地"宅"着。无可奈何，他有到处当"主人"的资本。对于地广人稀，我们简单算个账就明白了，3 亿多人待的地方和 13 亿人差不多，那稀稠能比吗？稀里糊涂地想着，时间也就过去了。差不多两个半小时的车程，导游说快到了。

接近威廉斯堡的时候，车子就开始穿行在油画般的田野、树林里，你不能不艳羡美国的森林覆盖率之高和保护的完善，公路在森林里曲曲折折，尽量保持森林的原貌而不破坏。联想到在美国听到和看到的：由于森林资源丰富，政府号召鼓励人们用木头盖房子，电视上甚至有专门的节目教人用基本在工厂加工成型的木头预制件自己"DIY"房子。再想想我们森林资源的欠缺、一度的乱砍滥伐以及为了修路建设等，人为破坏自然森林的种种，真对不起自然。汗颜。

走出森林，威廉斯堡呈现在眼前。

和之前的想象以及望文生义大相径庭的是，威廉斯堡没有想象中的城堡，就是一座开放式的古老的城镇。追溯历史，1606年12月20日，第一批英国移民144人从英国伦敦出发，经过5个多月的海上航行，于1607年5月13日到达北美洲，在这里建立了英国人的第一个永久居留地。1699年为了向当时的英国国王威廉三世表示敬意改称为威廉斯堡。一般说起美国早期殖民历史，我们很容易想起的是"五月花号"上被迫害的清教徒，认为他们是第一批英国移民、美国最初的殖民者。到了威廉斯堡，这个观念才得到纠正，这里才是最早的一批英国人的定居地。这样说来，我们今天来，算是找到了美国的根。1776年建国的美国，在170年前就有了第一拨移民。对于这样一个"古老"的地方，美国人自然很重视。1926年，洛克菲勒家族通过设立基金会的方式，注资修复和重建了威廉斯堡，恢复了18世纪的原貌。

说起来算是个假古迹，但威廉斯堡还是给美国人提供了一个朝圣并确认自己历史神话的很好的机会。当然也给了我们这些"老外"穿越时空，体味美国历史的机会。走在威廉斯堡的街上，遥想一下300多年前的那些人和事，想想他们创下的大大的基业，再告诉自己华盛顿、杰斐逊、麦迪逊、门罗，这美国第一、三、四、五任总统都出自脚下这方水土，也能有点抚今追昔的感觉吧。

300多年的老建筑在精心保护和适当修葺下保持了古色古香的原貌，一条主街把城市贯穿起来，很宽的街道，宽到匪夷所思。当初仅仅只有马车吧？哪用得了这么宽的街道？看来还是建筑传统使然，这些大不列颠帝国的子民，在自己的"老家"就是这样的，谁让人家原本就"阔"呢。所以那个年代建设的城市街道，放到现在不但不仄逼，还显得十分的宽阔，算是良好传统的发扬带来的超前意识吧。街道宽到三五十米，并排穿行几辆车毫无问题。不由联想我们的"拉链式"的街道和不停的"拓宽"，惭愧。街道两边是各式各样的"威廉"式建筑，红砖砌墙，大斜坡屋顶，窗户较多并多为小方格窗棂，屋顶有高大的烟囱，看起来很赏心悦目，很具独立色彩，有很好的通风、采光性能，又兼具安全性和私密性。美国人也怀旧哦，1926年开始，对原来的房屋进行了修旧如旧的修葺或重建，原汁原味地保留了原样，复原了一段在他们看起来十分重要的历史遗存。如今，这些房屋大多数被辟作商店、咖啡馆之类，用以接待世界各地的游客。想想这屋子的主人，几百年后应该已经是十数代了，他们在哪里呢？"万里长城今犹在，不见当年秦始皇。""人面不知何处去，桃花依旧笑春风。"物是人非，昔日开拓者们在这里的生活只能存在于历史和记忆之中了，别的地方又何尝不是如此呢？几百载风吹雨打，换了人间。

街道上游客很多，看样子应该大多数是美国人或欧洲人，他们也来感受祖国或祖先或同类的历史，瞻仰难得的古城风貌，就像我们在国内去看平遥古城、水乡周庄一样。而像我们这样的东方面孔倒是不多，在街道上显得很另类。想想也是，以中国游客来说，好容易来美国一趟，一般都会流连于纽约、洛杉矶等大都市的购物场所和游乐场所，像我们这样恰巧在华盛顿有缘逗留多日的，才可能到这里发一番思美国"古"之幽。

和许多的旅游景点一样，游客们无非是看看、买买。而到这里更多的是看。看几百年前美国第一城的容貌，看各色房屋之中的布局与陈列；看复原的各色作坊：铁匠、银匠、食品作坊；看当年的总督府、兵营、监狱乃至刑场。脑海里结合学过的书本、看过的视频臆造一幅古美国的场景。街道上，间或有18世纪装扮的美国居民走过，恍若隔世一般，他们是旅游部门的工作人员，类似于我们西安城墙边的古代装束的武士。这样的装扮既有怀古的成分，也是旅游的需要。许多建筑物前悬挂或是插着英国国旗，俨然是殖民历史的重现。从繁华的商铺、热闹的剧院、到戒备森严的监狱，让你在感受当年情景的同时，也在惊讶一个只有200多年历史的国家从无到有、从弱到强的迅速崛起。街道上甚至还保留有一处小小的集市，售卖古老的物品。中心广场上的绞刑架依旧赫然而列，昭示着法律的历史与延续。

美国人是喜欢鲜艳明快色彩的。我们在美国逗留期间，是准备迎接圣诞节的时段，到处的房屋都可见用鲜艳的花朵甚至水果装饰，很是清新艳丽。前几日在白宫的南广场上已经见识了"国家圣诞树"，巨大的圣诞树静候圣诞的到来。在威廉斯堡这样的古城里，此时也用上述的物件装饰起一幢幢的房屋，让古老的房屋焕发青春一般。街道、房屋乃至街边的长椅、垃圾桶都很洁净，一切安放有序，体现着这个国家的秩序。路边有一些露天的酒吧，白色的桌椅依次排列，艳丽的鲜花和碧绿的灌木环绕着四周，游人在其中惬意地休憩，悄声地交谈，体味着这浓浓的古城气息，享受穿越时空隧道的遐思，身心轻松愉悦。

在城市的边缘地带还保留有牧场，木栅栏围起的草场里黄牛在安详地吃草。一所建于1730年的医院外观庄重，宏伟大气，那是200多年前的生命保障所，足见对人体健康的重视。城市里有许多大片大片的绿地，古老而繁茂葱密的树木，盛开的洁净艳丽的鲜花，织就一幅人间仙境般的美丽图画。

走进有名的威廉玛丽学院。这是仅次于哈佛大学的美国历史最悠久的大学，成立于1693年，以建校时英国国王和王后的名字命名。当年托马斯·杰斐逊就是这里的学生。现在全校师生1000多人，有中国留学生。在开放式的校区里，各种肤色的学生在安静地学习。校园的建筑看起来都有年头了，没有高大的楼宇，就是一些外观很普通的多层建筑。一幢幢房子前都有不同的标牌，表示着学科、系别、教室、宿舍等等。想想学校的历史，似乎对于美国今日的发达多了一层理解，几百年前就对教育如此重视，焉能不发达？

走马观花，在城市里走了一圈，大半天过去了。我们集合在医院门前的草坪上，留下合影，把对美国"古城"的印象也深深地存留下来。走了，再见。

如有机会去到美国，这样的怀古之行"可以有"。

有一座城叫铜川

铜川是陕西省辖市里面积最小、人口最少的市。虽然小，但在省辖市里资历不浅，除过西安、宝鸡之外，第三个省辖市就是铜川。1958年成立铜川市，归陕西省管辖。1961年铜川市改属渭南地区行政公署管辖。1966年，铜川市又改为省辖市，自此体制一直未变。而陕西的其他（除西安、宝鸡外）省辖市，之前都是地区建制，20世纪80年代后才陆续撤地建市由省直辖。所以很长时间陕西的省辖市就是西安、宝鸡、铜川三市。

虽然设立省辖市历史较早，但铜川一直是个小地方，地域小、人口少，且长期有市无区，只下辖一个耀县。20世纪八九十年代，将原市辖的地方分设为城区、郊区，21世纪初改为王益、印台两区，又将原属延安的宜君县划入。21世纪初又设立了铜川新区，耀县改为耀州区，方形成了今天四区一县的格局。人口只有80多万，顶得上关中的一个大县人口数。

小归小，陕西十个省辖市弟兄里面的老小，但规格在那里，所以辈分在，和其他的省辖市是平辈。一笑。

列位不熟悉铜川情况的肯定要问，既然这么小，为什么会设为省辖市呢？问对了，这正是关键所在。铜川曾是全国重要的煤炭生产基地和西北最大的水泥生产基地，为国家经济发展做出了巨大贡献，是典型的"先矿后市"发展模式。也就是说，先有煤矿后有城市，因矿兴市。曾经，铜川的煤炭产量在全国都挂得上号，在陕北煤田大规模开采之前占到陕西煤炭生产的多半江山。正是为了保证煤炭的生产、供应和调配，才有了设立省辖市的举措。曾几何时，铜川红极一时，煤炭生产热火朝天。煤矿十几个，工人几十万，从一定意义上讲，城市人口比例在省内居第一，超过西安呢。

　　这么一座城市，特点极其鲜明。产业单一到就是煤炭，工人就是煤矿工人，其他的行业和从业人员几乎都可以忽略不计；城市和煤矿交错，城矿一体，城中有矿、矿中有城，煞是热闹。只是苦了市容环境。那时候生产条件简陋，环保意识很淡，漫天扬尘，晴天洋灰（扬灰）路，雨天水泥（土、煤尘）路，戏言没人敢穿白衬衣，出门一趟领子变黑。国家监测，说是在卫星上看不到铜川，等等。外地人经常打趣铜川人，铜川人默默地忍受和无私奉献。

　　既谓之铜川，铜水之川，必是两边山中间河，很多地方的格局就是这样。但铜川的"川"很窄，窄到只能认真地建一条大街，狭长，绵延十里，谓之十里长街。后来平行着挤挤挨挨地又开了一条街，不知道什么原因，一直把这两条大街称作"一马路""二马路"，官方命名的街名倒很少有人叫。长时间一座城市就一条街，倒也紧凑热闹繁华。但由于体制的原因，铜川这弹丸之地有三家同一级别的管理部门，一是市政府，二是铜川矿务局，三是陕西煤炭建设公司，互不隶属，各行其政。曾一度都自成体系，各有自己的学校、医院等社会机构。比如说，第一中学，在别的地方说"一中"就可以了，但在铜川必须说"市一中""局一中"（矿务局一中）、"建一中"（煤建公司一中），否则就不清楚。小小的地方有三个同级别的机构，就有人打趣说："一条街道，两路公共汽车，三个'革委会'。"

　　这个地方还有个很明显的特色，就是河南人多。众所周知的原因，河南人在铁路沿线比较多，铜川因为煤炭的因素很早通了铁路，就有了许多河南人。虽然从绝对数量上来说，铜川的河南人不一定很多，但所占比例很高，这就形成了一个"小河南"的格局。曾经很长时间，铜川的"官话"就是河南话，满街满校都是说河南话的，包括当地人大多数像被感染一般，也说河南话。所以在这个陕西的地界上，你听到的河南话有很多可能就是陕西人说的呢，真是环境造就语言。一般的孩子成长在这个环境中，语言功能很发达，在自己家里说家乡话，在街上或学校说河南话，在课堂上或某些特定时候说普通话。不但人人几乎都会陕西话、河南话或普通话，还有一个非常了得的功能就是迅速转化：你说普通话、他接普通话，你说陕西话，他应陕西话，转过身就和同伴说河南话。一个铜川人如果同时和说这三种话的人聊天，几乎毫不费力地转换而且绝对不打绊子，真是了不起的语言功能。我从小到大几乎每年都在铜川待一段时间，虽然不是正宗的常住民，但也被感染得河南话较熟练，现在还可以不费力地来两句。

　　因为河南人聚集，所以一个小小的铜川市除过秦腔剧团之外，曾经竟然有三个豫剧团，演出的时候观众几乎不分河南陕西，生活在这个地方的人一般都不论籍贯喜欢上了豫剧和秦腔，剧院里面也是豫剧和秦腔轮番登台。剧院如此，街头的自娱自乐的自乐班也是豫剧、秦腔并存，真正的百花齐放。

　　铜川因资源而兴，不惟煤炭，包括水泥、陶瓷等，都为祖国建设和人民生活做出了巨大的贡献。但也因资源而苦，被粉尘、噪声污染的空气和水、下沉的地表以及产业发展与生活配套设施不配套的问题等，使得铜川人不堪其苦，也一度形成了许多问题。

　　好在国家的关注、调整等，使得铜川在低沉一段时期以后有了初步的华丽转身：建新城，使得生产生活相对分离；抓绿化，初步形成优美环境；改水源，为人民谋福祉，等等。特别值得推崇的是旅游资源的开发，比如唐朝皇家避暑胜地、玄奘大师圆寂之所玉华宫，药王孙思邈隐居的药王山，还有"南有瑞金、北有照金"的革命圣地照金等，已经初成气候，成为优质的旅游景点。还有唐三彩的烧制地耀州窑等，也成为集旅游、生产、销售为一体的景点，以此为内涵的铜川，平添了几分新意，也一改只是煤城的形象。

铜川更有优质的苹果。陕西或者国内最早引进"红富士"的是铜川，之后无论品质还是产量都有提升；还要提及耀州的秦椒，曾经占到陕西辣椒出口量的半数以上，在除却了污染之后，产业发展也很迅速。

一方水土养一方人。铜川，作为关中平原和黄土高原的过渡地带，作为因煤而兴的老城市，作为陕、豫两省人结合比较紧密的一方，几十年下来，逐步形成了颇有特点的铜川文化：兼有关中文化传统，夹杂河南文化特色、城矿合一的特征等，对于人的性格、习性、饮食等都影响颇深，已经完全可以在陕西文化中占有一席之地。

曾经魂牵梦绕的铜川，虽然联系越来越淡了，但骨子里渗透的东西忘不了。忆及铜川，觉得应该有话说，于是拉拉杂杂有了上面的文字。但愿能宣传铜川，助您了解铜川。

一座小而老的城，不可或缺、不可忽略的城。

春日陕南

刚刚在汉阴绚烂耀目的油菜花海里徜徉,又登临紫阳挺拔高耸的茶山亲近那碧翠欲滴的春叶,忽又逡巡在商南气象万千的金丝峡谷,幸哉!秦地有秦岭巴山,美哉!

春到秦地,陕南先知。陕南者,陕西南部汉中、安康、商洛三市之谓也。陕西南北狭长,北为大漠塞上、关中平原,属黄河流域;中间秦岭横亘东西,南北麓及腹地皆为秦地,长江最大支流汉江从秦岭横贯东西,故陕南很大一片区域属长江流域。陕南毗邻湖北、四川、重庆等省市,虽属陕西省辖,但气候特点却似南方,与一般意义上人们认识的以西安为中心的陕西关中、乃至陕北迥异。

春到人间,南风北渐,陕南春来早。

春风北渐,先绿了陕南的茶园。陕南有大片的优质茶园哟!曾经无数次不满于外省人的疑问"陕西有茶叶?"遂如数家珍般向他们介绍:陕南安康、汉中、商洛,都有大片茶叶种植,且品质优良。先不说安康紫阳的"紫阳富硒茶"已是中国驰名商标,女娲故里平利县盛产的"女娲毛尖"、绞股蓝茶也是声名远扬;汉中汉阴的"午子仙毫"、宁强的"宁强雀舌"、南郑的"汉水银梭"、勉县的"定军茗眉"已撑起"汉中仙毫"的品牌大旗；商洛的"商南泉茗"是我国产地纬度最高的茶叶，也同样的品质优良，沁人心脾。冬去春来，在高山之巅，在秦岭腹地，一片片茶园绿了，鲜嫩的叶芽为春天添上一缕缕芳香。正是高山云雾，正是气候温润，正是雨水充沛，这一片片茶园在"明前"便飘出醉人的清香。来陕南品新茶吧，这里的春茶春味浓郁。

春风带彩，染黄了那一畦一垄的油菜哦！陕南是油菜的主产区，种植面积很大。一阵春风吹过，盆地里、山坡上，平展或错落的油菜田满目金黄。油菜开花了，金灿灿的油菜花招蜂引蝶，在碧绿的油菜秆的捧托下，绽放开了幸福满足的笑脸。此时陕南是一片花海，一眼望不到头的是稍微平整的盆地里连片的油菜花，高低错落的是山坡上、洼地里的油菜花，她们汲取了大地的滋养，呼吸着温润的空气，沐浴着灿烂的阳光，直把千娇百媚挥洒得淋漓尽致。那是一幅巨大的以大地和山脉做画布、天公着色、春天绘就的油画，那是经历过肃杀的严冬之后大自然向人类绽放的笑颜，那是生命轮回中最温馨的一瞬，那是居于此地的人们辛勤耕作的福祉。蜜蜂飞来了，来采花酿蜜；人流拥来了，贪婪地嗅着气味来的，来用眼睛饱览美景，来用心灵感知春天。花海年年有，最美是早春。已经有几个县份在此时举办隆重的油菜花节，邀朋唤友，感知春天，发展旅游，壮大经济呢。

春风化雨，陕南的春日里更是天地滋润的青山绿水呀！汉江春潮涌，汉中石门的"衮雪"气象恢宏。一江春水向东流，流向陕南大地，绿了青草树木，绽开山花朵朵。你看那南郑南湖的参天竹林里，春笋在吱吱地拔节。再看那安康瀛湖里碧水清澈，一尾尾小鱼在欢腾地跳跃。你再走进商南的金丝大峡谷，看那人间奇珍的兰花，端的是名贵稀缺。空谷幽兰，美了人间。

春来了，陕南绿了、艳了、香了。于是，陕南成了四面八方的游客争先恐后游览的地方，他们饱览陕南灿烂的春色，把一帧帧美妙的图画装进相机。他们吮吸陕南清新的空气，清洗那严冬憋闷的心肺。他们品味陕南的春茶，滋润饥渴的五脏六腑。他们品尝陕南的鲜嫩，享受天地万物的恩赐。这时候的陕南，公路上是川流不息的车辆，酒店房间爆满。山上、水里、田间，是迎春踏青亲近春天的人群。更有那开在山坡上、溪水旁乃至游船上的农家乐，早已是食客满满。人们围坐在油菜田畔，俯身喝一口小溪水清冽甘甜；人们围坐在茶园边，未饮先醉，直呼换了人间。人们就在游船上，饱餐那刚刚打捞上来的鲜鱼，味蕾倏忽间似幻似仙。

春日陕南，气象万千，令人神往，魂绕梦牵。

春日来陕南吧！我的那些原本没去过的朋友，起初怎么也不相信陕西还有这样的好地方，被生拉活拽地去过之后，大呼再来，果然又再去。

春日去陕南，你还犹豫吗？

走进木王

镇安木王国家级森林公园,秦岭南坡的一幅美妙画卷。壬辰夏日,承蒙组织关爱,有幸到此地休养几日,身心俱悦。蓝天白云、青山碧水、绿草翠木,洋洋大观。笔力不逮,未敢全录,撷其精粹,与您分享。

万象森列 天开画卷

"大气磅礴"这个形容词,道出了木王的绝色。其实,在秦岭山中,到处都是绝胜风光,只是分布的不同,有些地方比较集中,有些地方独具特色。而木王则是相对集中了山中景色的几乎全部内容,山奇、石怪、水清、瀑湍、树密、花艳、草青……因而谓之万象森罗。如此多的景致交织在一起,端的是鬼斧神工、天开画卷。的确,在大自然之中,到处是优美的风景,而集万千宠爱于一身者,便是自然界的宠儿,那崇山峻岭中山光水色集于一处者,便确乎是仙境一般。只是崇山峻岭,山阻水隔,养在深闺无人知,或是山重水复无人至,直错过与大自然亲近的机缘。而今开发,修筑道路,搭建桥梁,引得芸芸众生争相亲近，也有缘在仙境里做一回仙人，在山里走一遭，留几日，沐浴大自然的恩赐，真是莫大享受，感觉不可或替。

其实这是二律背反。如此美妙的大自然，本应该自然地存在延续，山水的阻隔本也应是大自然的自我保护手段，按说应该让自然——自然地存在着。但人类发展壮大自身之后，往往会开发自然，改变自然的原本，求得人与自然的亲近，但必会损坏自然的风貌。但非如此则无法两相融合，似乎只有这样的办法。两者相较取其轻吧！尽量保持自然的原貌，并且尊重自然，更不要毁损，便是我们与自然的相处之道。木王万象与美妙画卷，我们看作是自然的惠赐，满怀感激地去感受、触摸、吮吸，万不可亵渎。果如此，万象将永久森罗，画卷会依然璀璨。

河溪潭瀑　碧波清流

木王有很多情景各异的水，潺潺小溪顺流而下，一路欢歌。堰塞湖一顷碧波微澜荡漾，大小瀑布缘壁直泻宛似水帘。仁者爱山智者爱水，走进木王山水齐备，一举两得趣莫大焉。

有山必有水，山多高水多高。大凡走进深山，必有清流瀑布，盖山树蕴积水分之故也。木王之水，与它山类比，品类多而奇。但有山沟，必有清流，清澈碧透，绿树倒影，河石衬底，天然自成，了无杂质。天公多雨时，水量增大，水流湍急，水出山中，激流直下，洋洋大观；平日无雨时，山中蕴积的水分也会缓缓地汇集于河床，轻快地逡巡，绝少干涸。山中瀑布，更是依了山势，随物赋形，依着山体，恣意流淌。到悬崖边，水势大时便跳空高开，急急地跃下，水流与山体中间隔开空隙，似织出硕大的水帘，及至落下，便有了轰然的鸣响。水势缓时，便与山体紧紧相贴，似从山石的脸庞淌过，好似润石细无声呢。更有那山中怪石嶙峋，巨大的石壁在中间断开，那水流在与山石紧密相连后忽又断开,又复形成水帘,淅淅沥沥,煞是多姿多彩。

有了水,山中便有了活力、清凉和润泽,可以抬头仰望飞瀑落九天,可以在淅沥的水帘下沐浴,可以弯下腰掬一捧小溪水滋润肺腑,可以赤足踩在水中嬉戏。只是那堰塞湖深浅莫测,水下形势复杂,看看就好,万勿戏之。

绿树巨阵　天然氧吧

木王的森林覆盖率达到了98%,树木茂密,铺天盖地,挤挤挨挨,除却树还是树,品类各异,均茁壮异常,足见培育保护之好。

远眺群山,是绿树的巨阵。千年万年,树木们在山上生根发芽抽枝绽叶,子子孙孙不分离,俨然已是一个世代同居的赫赫家族,势力鼎盛,笼罩了一个个山头,不见山只见树了。这样的境况似是树木们占领了山的领地,出头露面的全是树的家族。其实,这些树木们是山的子孙哟,他们吮吸着大山母亲的乳汁,蓬蓬勃勃地伸展羽翼,他们是山的硕果,也是山的掩体哦。他们为山遮风挡雨,有了树们的遮挡,泥石流、水土流失、山体垮塌等等灾害则无法肆虐。这样的树,真是善莫大焉。这样的树,也为人类吸附灰尘、释放氧气、滋润空气、调节雨量,在这一方领地里,森林把山间变成巨大的氧吧,招待来拜谒自然的人们。

不惟上述功用。木王的树木中有大量的经济林木,尤以核桃板栗为多。良好的自然条件保证了果实的优良,核桃板栗都是木王、镇安的优质特产,尤其镇安板栗,已是遐迩闻名,去岁又获地理标志商标注册,必会更加造福一方子民。

初到木王,疲累时欲睡,奈何辗转难以入眠,与常日之失眠不同。于是想这是不是醉氧?后来几日适应后情况渐好。下山时当地同志问,醉氧没有?于是得以验证,真是醉氧。也玩笑般想明白,那几日山中生活，饮酒的感觉好于往日，似乎酒量加大，多喝也不大头晕，于是想，氧气充沛了能多喝酒？一笑。

静谧安详　世内桃源

木王山距镇安县城尚有两小时车程，交通虽然闭塞，但也庆幸能有静谧。若是车流川息，人声鼎沸，那也就安详不再了。这是个无解的问题，在"开发"的驱动下，人们总想把悠远幽深的景色近距离便捷地呈现在游客面前，好用人气换取财气，这似乎是现今一般的做法，能够理解。但人气足了，"山气"就泄了，难免人工雕琢，难免破坏宁静，难免失却本色。但各种利益驱动下，也有致富的需求，于是，过去养在深闺，而今呈现闹市，令许多自然景观面目全非。能不能找一个平衡点，一个自然景观，在一定时间内放进多少人，有个定数，山水便也会有休憩之时，类似海洋休渔、草原休牧、土地歇季一样，那样方可各得其所、两全其美。但愿。

目下的木王，交通还不甚便利，于是游客便不太多。尤其是周末之外，山中人儿寥寥，实在是修心养性之大好所在。我们小住几日，山中游人很少，似乎独享这美景，安静安详安然，直觉得有些奢侈呢。庆幸。

木王的景色随季节变换还有万千景象。有杜鹃花盛开的花山般的灿烂绚丽，有冰雪覆盖下的银装素裹，有鹰嘴峰怪石嶙峋的鬼斧神工，有满山果实成熟时的甜美丰硕。不一而足，去一次不足道也。

木王，秦岭景观集大成、精华荟萃之所在。有幸亲近，还想再去。

橘园秋色小记

秦岭南麓，汉水之滨，博望侯张骞故里城固，有一片硕大的橘园，皇皇万亩之巨，颇为壮观。

桔子也称橘子，南北方叫法不同，南方称桔，北方称橘。城固在行政上隶属陕西，当然是北方；但从地理位置上又可划归南方，所以，城固人干脆南北并用，品牌上称"城固柑橘"，产地又命名为桔园，算是兼顾。的确，陕西省南北狭长，中国南北方的分界线、长江黄河的分水岭——秦岭横亘东西，一省有两大流域，是陕西的福分。

农历九月下旬的一个午后，一个很好的机缘，我们去城固的橘园。这个橘园既是真正意义上的橘子园，又是城固的一个乡。那里连片种植着十几万亩的橘子，历史非常悠久，有着很高的知名度，近年来已经被开发为生态观光农业的一个旅游点。

正是橘子收获的季节，从县城往橘园的路上，满载橘子的货车和满载游客的客车并行，很是热闹红火。这里是橘子的世界，满地的橘子树上枝头繁茂，采摘下来的橘子在田间地头路边堆成小山高。有人在橘子地里采摘，有人在橘子堆前讨价还价，有人剥开橘皮大快朵颐，有人把橘子当成艺术品拿在手里把玩。眼里看到的是橘子，手里拿的是橘子，嘴里吃的是橘子，说的是橘子，心里想的也是橘子——橘农希冀有个好收成，橘商盘算一笔好生意，游客关心的是橘园的美景、橘子的美味。

进到橘园深处，交易的场面没有了，只剩下橘子树、橘子和我们这些看橘子的人了。车子开始在橘林中穿行，路极窄，仅容一车通过，坐在车里伸出手去，便能采摘到橘子。这是一片靠山的开阔地带，我们沿着橘林中的小道逶迤而上，渐渐走向高处，视野也随之开阔。橘林似乎在一点点增大，像是从照相机的广角镜头里逐渐拉近一般，"欲穷千里目，更上一层楼"，站在高处俯瞰的感觉就是大不一样，一眼望不到头的橘林，郁郁葱葱，果实累累。墨绿色的叶子像一顶顶华冠笼罩着大地，现出勃勃的生机，张扬着生命的力量。金黄色的果实繁密地依附在翠绿之中，像是一幅巨大的绿色天幕上点点的繁星，又像是暗夜里一盏盏柔和的景观华灯。天上和煦的阳光温柔地注视着橘林，洒下的阳光在金色的橘子上映射出点点的光晕，微微的风儿拂过橘林，像一双温柔的手儿抚摩梳理。阳光照耀，微风轻拂，橘树挺起骄傲的胸膛，托举起众多的儿女，一派和谐安详的景象。

游人们纷纷举起手中的相机，把眼前的美景贪婪地摄入，又把自己置身于景色之中，融汇在橘林之中，一并构出新的图画。人在看景，也在造景。

这一年的雨水很稠密，让橘子有了一个好收成。以为这样的丰收景象能给辛勤劳作的橘农们一份好的回馈，不料世事都有正反两方面，或者说物极必反，雨水多了是好事，但也推迟了橘子的成熟期。原本城固的橘子比湖南湖北的要早上市，不想今年"撞车"了，价格一下子压了下来，丰收了却没增收，让人好生郁闷。

但愿明年风调雨顺，我们会更有兴致到橘园来。

旅途感悟

汉中油菜花印象

汉中是块宝地，有历史有文化，有山有水，有猴有鸟（猴为金丝猴，鸟为朱鹮，均属秦岭四宝，珍稀动物），有花有草。尤其是油菜的种植，更是历史悠久，面积广阔。汉中春来早，汉水两岸，秦巴山麓，每在早春季节，必是油菜花的海洋。

多次去过汉中，多次看过油菜花海，今岁又去，感觉更好。虽是老生常谈，仍难掩心动，似乎不把汉中油菜花再记叙描绘一番，便觉得对不起那美好印象一般。

丰厚博大

油菜在中国广为种植，从南到北。依了季节的变化，由南至北渐次绽放花朵。油菜从欧洲、中亚传入中国以后，虽然种植广泛，并培育出许多品种，但油菜花应该基本都是统一的，十字花科的一种，金黄色。金灿灿的油菜花从每年的一月到八月，随着太阳的照射在中国南北渐次绽放，一样把美丽的姿态呈现给种植者和观赏者。一样的油菜花，要分出高低来，就不是花儿本身的事情了，完全看在哪里种植，怎样种植，密度与广度如何。

　　汉中应该算作蜀北秦南，北依秦岭，南屏巴山，汉江穿流而过。有平展的汉中盆地，有丘陵地带，有崇山峻岭，有充沛的水源，气候温和，耕作历史悠久。到处都特别适宜种植油菜，所以油菜花几乎遍布汉中全境，面积达110多万亩。其中有成畦连片的平原花海，有错落有致的丘陵花田，有满目的金黄汪洋恣肆，有油菜与小麦交织而生的黄绿相间，有山坡的花田与山下的溪水相映成趣，有山坳的花田似金黄的波峰与谷底遥相呼应，有山上绿树、山下黄花、花边清溪的立体画卷，林林总总，蔚为大观。

　　是为汉中油菜花海的首一特色。

山水相间

　　汉中的山是大山，秦岭、巴山。汉中的水是大水，汉江、嘉陵江。这样的山水在中国乃至世界都是翘楚，这样的山水星罗棋布陈列出的油菜花海也必是首屈一指。

　　秦岭是中国南北气候分界线，也是南北水系分水岭，万千气象孕育其中，是不折不扣的立体植物园和动物园。千里巴山是嘉陵江和汉江的分水岭，巴蜀盆地和汉中盆地的地理界线。汉江是长江最长的支流，嘉陵江是长江水系中流域面积最大的支流。

　　有秦岭巴山南北庇佑，有汉江嘉陵江东西滋润，有"汉家发祥地"的厚重，更有"中华聚宝盆"的富丽。这样的山水构建的时空，在各个特定时分，都是壮美绚丽的画卷。油菜花盛开的季节，是一年四季轮回的美妙乐章中的序曲，山水间的油菜花，必是宏大叙事的恢宏壮美。

　　也可以把这山水看作是大自然鬼斧神工的雕塑和天赐画卷，在这景象万千的雕塑和画卷上，随意挥洒金黄的颜料，都必是一幅天地间的绝美的山水大画。油菜花开了,开得自得其乐,亦为山水增色。

玲珑有致

如果说汉中的大山大水大片花田,是大概念上的宏大,那么千万别以为这就是全部。在宏大之中,更有一个个的花田小品,是那样的玲珑有致。许多的、多元的、多姿多彩的油菜花田块,是宏大之下的重要内涵。

在公路边、大道旁,你看到的是成畦连片的花田,再拐进山坳里,深入到溪水旁,你会看到内里的精致。

一个个村落,散布在山麓坡地,与世隔绝的桃花源般,静静地把风景展现在你面前:一片片小小的花田,种植在窄窄的梯田里,拾级而上,层层向高,直把金黄挥洒浸染。虽然是爱惜田地的物质之举,但不经意间成就了色彩与图画的精神艺术。

一条条山涧,大山的褶皱间,也被农人们种植了油菜。那花就随物赋形,依着山涧蔓延伸展,成为鬼斧神工般的画卷呢。你饱了眼福,也会念及农夫耕种的艰辛,那么深的山涧,那么陡的斜坡,难为怎么种植的。尤其是到收获时,那劳作定然更劳苦。

一溪溪清流,不知从何处流淌而出,清凌凌辉映着阳光,也把近旁的油菜花的倩影投射了去,那水就在青绿之中,又多了金黄的倒影。那水滋润着花,也是花仙子的梳妆镜嘛。

花人相映

再好的风景里没有了人气都会萧索,至多是景仰地观瞻而难以亲近;但风景里也不能有过重的人工雕琢或破坏式的开发,那会大煞风景。汉中的油菜花海中，花与人结合得恰到好处。

其一是屋舍俨然，白墙红瓦，与蓝天绿水黄花交相辉映，真是恰如其分的和谐。汉中气候湿润，少有杂尘，自古百姓房屋墙壁多用白色裹贴，又覆盖上褚红色的屋瓦，红白相衬，鲜亮明快。这安居所在周边就是花海，或者可以看作是花海中修筑房舍，真真如童话仙居。不妨荡开思绪，远远地看了，那房屋不就是花海中的一叶叶小舟嘛。

其二是黄发垂髫，安逸恬静。此地古来富足，民风淳朴，热情好客，周到细密。这样的人经营着风景，便为这花海增添了许多的温馨可人。我们去时，到民居走访必以诚恳淳朴相待。曾记有摄友让一老者牵水牛打手机摆拍，老者十分了悟，配合得自然大方，乐翻摄友。此地水土宜人，女儿必是人面桃花，秀外慧中，男儿也俊朗飘逸，善解人意。如是，则风景与人浑为一体，自然人文皆引人入胜。

说了许多汉中油菜花的好，感觉还只是皮毛。实在是风景博厚而笔力不逮，挂一漏万权当引子。但愿能算是为汉中油菜花海立一小照，唯愿您亲自到花海里徜徉。

中国最美的油菜花海，实至名归。

秋登白鹿原

秋登白鹿原,
豁然天地间,
晴空湛蓝明净,
大地开阔辽远。
极目远眺,
似见白鹿跳跃欢,
遥望祥云缀天边。

田野色彩斑斓,
稷菽繁盛饱满,
青草野花碧绿鲜艳,
枝头硕果累累成串。
情难自禁,
感念天眷地泽,
物华丰、仓廪满。

村庄屋舍俨然，
绿树掩映其间，
黄发垂髫悠悠缱绻，
阳光洒下吉祥一片。
欣逢盛世，
平安如意度日，
幸福溢满心田。

通衢勾勒古原，
四通八达致远，
巨车微轿穿流向前，
物来人往熙熙绵延。
尘封不再，
运货殖富裕古原，
输古原走向天边。

赫赫白鹿精魂原，
雄踞古都东南边，
史弥久远。
盛名再扬《白鹿原》，
史诗跃居文学巅。
廿载中华齐誉赞，
更祈福泽古原远！

秋日白鹿原，
风景美无边，
春种夏收各繁盛，
更待冬雪龙虎盘。

赏心悦目，
四季容颜各有色，
八面风光俱足恋。

期待再登白鹿原，
放飞心绪到天边！

3 不尽乡愁

势大褒贬说蒲城

有个颇为流行的段子：说有两个人，到西安各买得一新手机，住进宾馆，背向而卧。其后有了下面的对话。甲："咱俩谝一会儿？"乙："那就用手机谝！"甲："喂，你在哪里？"乙："我在你身后50厘米处！"

还有个段子：说有一人驾驶着小四轮拖拉机到一星级酒店门口欲停，保安不让，该人振振有词："我消费！"遂长驱直入。手中摇把往总台一拍："车钥匙保管好！来个包间！"

这两个段子调侃的都是蒲城人。

蒲城置县已久，曾称奉先、重泉，因县城东曾有大片蒲草地而得今名。现有人口将近80万，在陕西83个县中人口数量排第二。史上曾有清朝宰相王鼎、革命先驱井勿幕、民国水利专家李仪祉、抗日英雄包森、著名爱国将领杨虎城等名人。地处渭北平原，沃野百里，是陕西夏粮产量第一大县，称得上是渭北粮仓，著名小吃椽头馍也为蒲城烙上了产粮大县的印记。北枕尧山，南蹬卤泊滩，算一片风水宝地，皇皇大唐帝王陵寝即从蒲城而西排列，境内即有五座。传统产业为烟花爆竹，历史悠久，今亦鼎盛。今之赫赫乃有"北京时间"之源——中科院授时中心授时部即在县城西，盖因此处为我国地形之几何中心。人杰、地灵、物丰，作为此地一员，自有可恃之处。加之民国以来县域内教育发达，出息了不少人才，而今遍布各方，尤以西安为多。曾有民间人士统计，在西安的外县人中，蒲城人的数量可能最多，且出入各种场面者众。经常在酒肆茶楼，听到高喉大嗓者，便很有可能是蒲城人。每每于半开玩笑间，听到对蒲城人的评价——势大，并有许多段子作为佐证，笑谈之间，多有贬损。身为蒲城一员，关于势大，有话要说，一吐为快，抛砖引玉，求教大方。

"势"者，一解为势力、权力、威力，如权势熏天、仗势欺人、气势宏大；二解为表现出来的情况、样子，如地势、姿势、时势，地势险要、姿势优美、时势造英雄等等。如此说来，"势大"可以解释为：势力大、有威力、气魄足、姿势美！当然，这是字面之意，是褒赞之意。而坊间说的势大，更多的是戏谑，甚或是贬意。说蒲城人势大，半是戏谑半是贬！

这些人会列举出除过上面两个段子之外更多的例子：蒲城一个县城里有三个三星级宾馆且经常客满，而住客多为蒲城当地人，周末从乡下到县城度假或者朋友聚会也喜包租宾馆；高档汽车据说比渭南还多，县城内就有500余辆出租车，且生意都还不错，起步价几年前就和西安持平；县城人甚至是乡下人为吃一口可口的早点，可以在清早驱车十几公里；县城的雕塑、十字路口的红绿灯，都比一般的县城多很多；做生意的人每每贷款百万甚或上千万，且不觉有还款压力；为老人做寿一定要闹个大场面，大戏连台，焰火一片，锣鼓震天；说话声音大、底气足、心理素质好、少惧怕、做事气魄足、不犹豫；睥睨权威，少有崇拜，有些好大喜功，有时目空一切；讲究吃穿用行住，凡事争第一，也往往认为自己就是当然的第一……以至办公司、开店叫的名字都很有气魄，常常冠以"寰球""宇宙""中国蒲城"等字样……

三人成虎，众口铄金。说的人多了，大家就都信了，以至于初次相识的人听到是蒲城人，便都另眼相看，便要提起"势大"一词。

势大确实有不足：其一，有装腔作势之嫌。有话不好好说，面对面了还要用手机（一笑），很不自然。其二，有虚张声势之嫌。过寿当然要热闹，但更多的应当是尽孝心，何必大张旗鼓地弄个吃喝喧天。其三，有铺张浪费之嫌。建筑、装饰有时贪大求洋，不计成本，背离了节约的宗旨。其四，有飞扬跋扈之嫌。无论说话做事，谦字当头，虚心以待，有理不在声高，何必高喉咙大嗓门儿，何妨轻声细语？其五，有草率鲁莽之嫌。做事之先，须思虑再三，瞻前顾后，统筹考虑，不能不计后果，先入为主。那种煽起、弄大、摊开、不管的态度实不足取。其六，有骄傲自满之嫌。尺有所短，寸有所长，任何事物都有优缺点，任何人都有可取可学之处。对于知识，任何情况下都要心存敬畏，对于权威和先哲的一丝半毫的睥睨和不屑，都是不对的，怎么能"老子天下第一"？

当然，势大也有可取之处：做事往往大手笔，喜一次到位甚至超前，在任何场合都不怯场，气魄十足、信心百倍，大气磅礴、豪爽大方，追求完美、精益求精，杀伐果断、干脆利索，能挣会花、善于消费，等等。而且，蒲城人以势大之态，也成就了很多事情，比如县城建设的超前、宏伟和大气；比如大修水利、大搞农田基本建设，为渭北粮仓奠定厚实的基础；比如大力发展乡镇企业、非公有制经济，使县域经济实力大大增强，出现许多新的经济增长点；比如大手笔发展教育，高考升学率在20世纪80年代就在全省领先，造就了一大批人才；比如住宿条件的改善、饮食的考究，让蒲城成为渭南的另一个接待中心，有客人就往蒲城领。甚至连山西人开会地点都选在了蒲城。而且，"蒲城餐馆"也在渭南、西安等地红火起来，蒲城的各种小吃一个个上了大席面，等等。

事物都有两面性，按照辩证唯物主义的两分法，势大有好有坏、有弊有利，我们要做的，是趋利除弊。

为什么蒲城人势大？为什么到处有人说蒲城人势大？别的地方的人不势大？个中缘由值得探究：

窃以为：一来蒲城是个大县，大县自有可自大之处；二来蒲城置县已久、历史长、根基深、传统多,自有豪迈之处;三来蒲城人杰、地肥、物博,农耕文化发达,粮食储备较为充足,生活相对富足,不免生出些优越感来;四来蒲城水质硬,含氟量高(近年已获联合国资助改水),虽然会生出黄牙,但也造就出豪爽刚硬(一笑);五来文化教育较为发达,一般人儿也觉着有文化,便有点目空一切;六来出息了不少人才,出息者当然势大,出息者的子嗣亲朋亦可借势。

  一方水土养一方人,一方山水成一方神!正是有了种种的原因,才形成种种的特点。特点,当然包括了优点和缺点。陕西乃至全国的基本元素——县,基本上都有自己的特点,蒲城的特点就被人们戏谑为"势大"。

  戏曲中有亮相的台架,陕西话谓之"扎势"。亮相在戏曲中不可少,扎势在生活中也不可少,只是这"势"不可"扎"过,也不可"扎"大。大了就过了,就妨碍别人了,就阻碍社会的发展了,就会让人觉着难以接近了,就难取得别人的信任了,以致会遭人贬责了。

  对于蒲城人的"势大",可能还有很多的内涵,以笔者之阅历、学识,实在不是合适的下定义者,斗胆写出以上的文字,权且抛砖引玉。无非是想为蒲城人辩白几句,无非是希望我的家乡形象更加高大,无非是希望我的乡亲能扬长避短,在以后的日子里有更好的发展。

  虚势不可取,下势成实事,该势大时且势大!

蒲城时间管天下

"嘀、嘀……刚才最后一响，北京时间××点整。"听到熟悉的报时声，蒲城人便会会心一笑，这是俺蒲城时间嘛！中国科学院陕西天文台授时中心，北京时间的测量地，就坐落在蒲城。

解放前，我国所用的时间是由美国海军天文台牵头负责保障的。中华人民共和国成立初期，我国的时间是由上海天文台租用邮电部真如国际电讯台向全国发布的。由于当时技术设备和上海在全国地理位置不适中等因素，时间发布效果不很理想。

中国必须有自己的标准时间，中国的时间不能掌握在外国人手里！1964年我国第一颗原子弹爆炸，使最高决策层更加意识到，高精度的时间在未来尖端科技领域具有决定性的作用。1966年3月26日，周恩来总理亲自主持召开会议把建设我国标准时间授时台的计划正式确定下来，这一计划因此被命名为"326"工程。

各国的标准时间一般以首都所处的时区来确定。但我国东西跨了5个时区，授时中心必须建在中心地带，而陕西正处于我国大地的中心位置，这样"北京时间"就不在北京而在陕西了。"326"工程选址经历了一个过程，先已基本定在武功，有人提出离西安较近不安全，再选址时才定在蒲城。具体选址从1973年10月开始，年底结束。开始选在县城东侧，后改为城南401高地和501高地，最后按"靠山进洞"的备战要求决定短波发射台建于县城西北西山脚下唐宪宗景陵附近，收讯、天文观测和生活区建于县城西南杨庄。

其后，1973年正式动工，1976年开始运行。从此，北京时间就和蒲城结下了不解之缘。

那么北京时间是怎么确定和发出的呢？授时的基础是天文台有一组靠原子跳动定时、并事先与世界各国原子钟"对过表"的原子钟。时间的确定，首先由技术人员对西安市郊陕西天文台本部的这组原子钟的数据进行比较和计算，并报知国际时间计量局，待其汇总各国时间并反馈之后，才确定出我国的时间标准；此后，这个标准通过线路传输到蒲城县授时中心的程控钟房，钟房的扫描器每小时对照一次，以保证精确。最后，由发射机将每半小时一周期的信号发射出去。广播台、科研机构等接收到信号后，以此来校对自己的工作钟，再以自己的形式播出准确时间。

能否进行精确的时间计算和授时服务，体现着一个国家的综合国力和科技水平。从20世纪70年代到80年代，这个中心实现了从恒星定时的天文报时到靠原子跳动定时的原子钟报时的转变，先后建成了覆盖我国整个陆地和近海海域的授时网络，技术上处于国际前列。目前原子钟保持的时间精度为10万年到30万年误差小于1秒。在高科技飞速发展的今天，"时间"已成了高科技成果的关键"部件"。几十年来，授时中心先后完成了发射运载火箭、澳星、亚星、发射回收卫星等数百次重大任务的配合保障工作，次次万无一失。精确到千分之一、万分之一甚至亿分之一秒的时间。

县城西边那十几个高耸入云的铁塔，是授时中心唯一露在地面上的设施。很长时间，蒲城人都不知道它是干什么用的，因为国防的需要，保密工作做得非常到位。我在县城求学三载，从塔下过了无数次，每每仰望，心生敬仰。按照那个时代的思维，当然地认为它是军事设施，是国家的守护者。一直到20世纪90年代，它的秘密才被解开，虽然不是纯粹的军事设施，但在共和国的发展和建设中，发挥了、发挥着并将继续发挥无可替代的作用。

　　据说，这个授时中心，除满足国内需要之外，还为亚洲许多国家服务，覆盖半个地球。蒲城有此一景，值得自豪。

蒲城焰火红遍天

蒲城焰火,被称为中华一绝。

蒲城自古盛产硫磺、硝石。所以,早在800多年前的元朝,焰火花炮作为一种民间艺术就在蒲城产生,所生产的小焰火也仅供皇宫享用。至清朝,花炮生产在蒲城进入了昌盛时期,制作技术更加成熟,规模更加宏大。清朝诗人张崇健在观看蒲城宫廷焰火后写下了这样的诗句:"火树银花幻是真,元宵月朗艳阳辰。飞红无限休和象,散作人间满地春。"生动地描绘了燃放焰火花炮的壮美景观。

解放后,蒲城焰火之花,空前浓艳瑰丽。花色由单一变为五彩七色,可生产20大类,1000多品种,曾先后7次赴京参加国庆大典。足迹几乎遍及全国各地,表演千余场次。还曾为《人生》《神鞭》等中外30多部影视片做焰火配景。1983年在上海举办的全国运动会开幕式、"西安古文化艺术节"等国内大型活动都邀请蒲城焰火助兴。另外,还先后赴西欧、东洋表演,"焰火放异彩,海外灿光华"。

蒲城焰火花炮除传统品种外,最有名、最有特色的是焰火中的"杆火"。杆火是目前唯一存世的低空造型焰火艺术,是古老焰火的主要形式,因所有造型都是绑在木杆上燃放而得名。杆火又叫架子花,专家则称为"吊花傀儡"或"药傀儡"。杆火全部为手工制作，工艺繁复，从安装燃爆器件（上活）算起，有"要做花炮，七十二套"之说。杆火分为文火和武火，又称为文程子和武程子。每种程子都有不同内容。文火是造型，一个造型就是一杆火，先根据造型需要，设计火线，再经过破篾、烧烤造型、蘸水定型、纸胶扎缠、大小分层、组装成形、装饰上活、装封底盖、装箱等工序。文火燃放前是叠放的，燃放时机关自动打开。武火是首先用铁棍或竹杆造成架子，通常叫火斗（可多次使用），然后设计造型、上活、连接火线、装潢外表、上杆。一般的文、武火高4至12米，一杆火需要3至5天的时间制作，而文火中的笸篮杆和文武双全的老杆制作最为繁杂，需要数月的时间，制作工艺也最为精湛，可制成12至24层，最高可达20多米。施放杆火时，用"码子"（火箭式导火索）自动点火燃放。首先以火船、火马、盘火、地摊子为开场花火，火船、火马一般由人驾驶，在全场跑动，渲染气氛；然后施放文火、武火。文武并重，火树银花，争奇斗艳，奇妙壮观。

要施放杆火必须通盘考虑，以每杆火间隔距离为10米左右，设计杆火分布图，根据分布图选择空旷的施放场地，栽杆燃放。杆火分为全架（96个杆，另加两个老杆，两盘笸篮火，共100杆）、半架（50个杆）、一角（25个杆）三种。全架火花费较大，在民间极少燃放，清光绪七年（1881年）在县城内放过一次后，100多年来再未曾放过。

蒲城焰火既是一门艺术，更是一项重要的产业。在持续为县域经济贡献GDP的同时，也成为民生的重要衣食之源。在10多年前，蒲城焰火花炮还有相当一部分的家庭作坊，家就是工厂，全家人都是不同工序的工人，手工制作的焰火花炮为很多家庭增加了收入，帮助一部分人脱贫致富。但毕竟是危险系数相当高的行当，在生产、储存乃至销售过程中，蒲城发生了几乎难以计数的爆炸事故，许多人因此死伤，许多家庭变得支离破碎。虽然知道它很危险，但毕竟是传统产业，许多人也就只有这一门手艺，所以只能是硬着头皮在刀尖上舞蹈。想要实现工厂化生产，又需要大量的投入。于是，手工家庭花炮作坊在蒲城曾长时间地存在，那一声声的爆炸和撕心裂肺的失去亲人的呼号，敌不过生存的需要。

如今，随着市场经济的发展和蒲城经济实力的壮大，蒲城花炮基本上已经是工厂化生产了，不但质量上乘，安全也有了充分的保证。听到声声清脆悦耳的火炮声，再不为乡亲们的安全担忧了。

窗外传来一声声花炮声，那里该有许多的蒲城元素，身为游子，我为家乡自豪、祈福。

蒲城言语很硬棒

汉语言一般分为七大方言：北方话、吴、湘、赣、客、闽、粤。陕西话自然是北方话的重要组成部分，要进一步细分，可以分为关中话、陕北话、陕南话。关中话中，又可以分为以宝鸡为中心的西府话，以渭南为中心的东府话，以西安为中心的西安话。

蒲城话是典型的东府话，咬字重、底气足。人说文如其人、字如其人，还应该说话如其人。蒲城人性格豪爽、执拗、粗犷，言语中也能反映出来。首先是语音，就比别处高八度，所谓高喉咙大嗓子，天生一副大嗓门儿，似乎生来就这样。不论是哪种场合，永远是声音洪亮，底气十足。其次是语气干脆，少有婉转。与吴侬软语截然不同，与京腔的儿化音更不沾边，钉是钉、铆是铆，干脆直接，不绕弯子也不打绊子，说者不考虑听者的感受，听者也没有转圈绕弯的耐心，竹筒倒豆子，清清朗朗，喊里喀嚓完事。还有一点就是惜字如金，开门见山，有事说事，直截了当，无事免言，废话少叙。戏言蒲城人很少吵架，原因是没有吵架的耐心，也没有积累吵架的词汇和语汇，所以不会争辩，要解决争端就诉诸武力，所以吵不了几句就没词了，干脆采用肢体语言，当然，这是笑谈。

一方水土养一方人。蒲城的水不好，属于高氟水，苦、涩、咸，给人们的生活带来了苦楚，于五脏六腑均无益，尤为令人恼火的是，长期饮用高氟水，会生出满口黄牙，刷也刷不白，所以，蒲城人很恼火，不愿意人家看到，便很少开口说话（一笑）。必须要说话的时候，便干脆直接，绝不啰嗦。不是有句话叫作"镶金牙的爱呼口号"嘛，人家是为了显摆，咱是为了遮丑。幸而近年来政府下大气力改水，联合国也给了资助，很见成效，已经基本上告别了高氟水，新一代已没有了满嘴黄牙，也就不羞于开口了。但根深蒂固的传统还在，仍然保持着传统的语言习惯。高氟水的水质很硬，所以，蒲城方言也很"硬"，可能牵强，也可能有道理。

一方人有一方性格。蒲城人性格刚烈、直率，眼里揉不得沙子，为人光明磊落，坦坦荡荡，表现在言语上，体现得尤为充分。有一个很好的佐证：清道光年间军机大臣王鼎，是蒲城人骄傲的老祖先。老人家担任军机大臣17年，力荐林则徐禁烟。鸦片战争失败后，朝廷主和派占上风，王鼎与投降派琦善、穆彰阿之流针锋相对，"每相见，辄厉声诟骂""斥为秦桧、严嵩"。可无论王鼎怎样斥责痛骂，穆彰阿却"笑而避之"。道光帝以"卿醉矣"和稀泥，王鼎当朝大叫"皇上不杀琦善无以对天下，老臣知而不言，无以对先皇帝"，竟而扯住龙袍，不表态不许退朝。力谏不能奏效，无力回天，怀揣遗书，以死相谏。在那著名的奏折里写道："条约不可轻许，恶例不可轻开，穆彰阿不可用，林则徐不可弃！"几乎成为那个时代的爱国宣言。铮铮铁骨，快哉正言！蒲城先祖为后人留下多么宝贵的精神财富，连话语也堪承继。

一方性格出一方言语。有了这样的性格，自然就有了相应的言语，此所谓快人快语。蒲城先人里除过王鼎之外，还有影响了中国近现代史的杨虎城将军。1931年，"九一八"事变爆发后5天，将军在电台里痛哭着宣读《告人民书》，宣扬抗日救国，成为了国民党里第一个提出抗日的将领。1933年被蒋介石撤去陕西省政府主席后，将军出资在家乡创办学校，"主席不干了，在自己家乡自己出资办一个学校，这一点权力和自由，总还可以有的吧！"1936年，与张学良将军联手，发动了震惊中外的西安事变，促进了抗日民族统一战线的形成。杨将军在西安事变中发挥了举足轻重的作用，也留下了许多掷地有声的话语，"挟天子以令诸侯"，一句古语，被杨将军用于迫蒋抗日，何其磊落！"你（指张学良）犯了温情主义……我杨某可是不肯做断头将军的！"大将军风范，溢于言表。

一方言语成一方风气。将相故里，文武兼备，蒲城人自是无比自豪。说话文雅豪迈，亦庄亦谐，做事粗中有细，刚柔兼备。县大人多，人才辈出，物产丰富，经济发达，便有了底蕴，说话也有了底气。说话高喉大嗓，干脆利落，气魄十足，无所畏惧，在别人看来颇费思量或是难以决断的事情，蒲城人一句话就能解决："有啥大不了的！弄！"在一些公众场合，大家或是文雅或是害羞，说话屏声敛气，细言慢语，他们不管，一声："哎！过来！"那酒肆茶楼的侍者就会得令似的忙不迭地跑过来。见官不怯，该说就说，不管多么大的领导面前，该说的话一定不掖着藏着，噼里啪啦，坦荡无比，"领导咋咧，该说就说么！"发言踊跃，在会议上一定是争先恐后地表达自己的观点，在课堂上做学生的遇到提问肯定高高举手，"有机会就要说么，要说就早说！"这样看来，似乎少了些深思熟虑，少了深沉和城府，有时候也冲动和草率，但总体上是积极向上的，是襟怀坦荡，杀伐果断。

蒲城有个邻县，方言中指代"我"和"他"的词汇分别是"咱"（音ca），"人家"（音已咬合，读nia），听起来几多无奈和漠然，很不得劲，蒲城人很不以为然，"我"就是我，"他"就是他，直截了当说出来多好，何必绕弯子？实则是语言反映内心，反映了一种自我意识。

愿蒲城人的大嗓门儿，更多地说大事，不说大话。

蒲城学府数尧中

蒲城有一所知名度很高的学校——尧山中学。

尧山中学建校很久了，20世纪30年代，主政陕西的蒲城前辈杨虎城先生，亲自倡导、支持创办。在战火纷飞、百业凋零的那个年代，在并不富庶的渭北，有这么一所中学，实在是造福桑梓的重大举措。从此，一批又一批蒲城子弟在这里接受教化，一批批优秀的学子从这里走出。70余年来，这所学校所创造的社会效益，为民、为国做出的贡献，毋庸置疑是非常巨大的。

学校办得早，就在很大程度上占了先机。20世纪30年代以至后来的很长一段时间，我们国家扫盲的任务还很重，能够有机会上学识字就很不错了，高小生就是一个村子的知识分子，初中毕业就可以传道授业，至于高中毕业生就相当于高级知识分子了。因此，蒲城后来的发展，很大程度上是尧山中学的功绩，正是尧中培养的大量人才，为蒲城搭起了永恒的骨架。

学校的办学质量也很高，基础牢固，作风优良，传统深厚。办学之初，就延请了一批学识渊博、思想进步、师德优秀的先生执掌教学，为以后的发展奠定了坚实的基础。之后一段时间，学校一直秉承这样一个传统或标准，延续了高质量的师资队伍。

我上尧山中学是20世纪的80年代初期，学校的老师水平相当高。有几位老师的教学造诣在省内属于学科带头人的水平，分别担任着某一学科教学研究会领导的角色。甚至有几位老师被省内的大学聘请为客座教授，定期到大学里去授课。有这样的师资力量，学校就有了发展的底气，学生们有幸接受高水平的教授，实在是幸福幸运之极。加之尧山中学一直是在全县范围内招生，县内几十所中学有此荣幸的也只有尧山中学，所以，从入学之初，就保证了生源的高质量。高水平的教师加上高素质的学生，强强相加，再辅之以良好的校风，这样的学校想不出彩都难。

曾经有这样的稍带夸张的言语赞赏尧山中学的教学质量："毕业生排队上清华。"可见这所学校在百姓中的口碑。事实上，曾经很长时间，尧山中学一直为国内知名的高等学府输送着大量的人才。尤其是"文化大革命"之前，尧山中学的办学质量在省内是一流的。20世纪恢复高考之后，尧中的升学率也一直保持着较高的水平。特别是笔者所在的1984届，更是创造了一个记录：当年全国的高考录取率不到10%，但尧山中学几乎达到了90%！一个学校的录取人数，据说超过了省内某一个边远地区10个县的总和！当然，这届学生比较幸运，上初中的时候正好是1978年，赶上了改革开放，一切趋于正常，基础比较扎实。1981年上高中的时候，尧山中学的教学秩序基本全面恢复，老师们也焕发了精神，教学相长，创造了一个迄今为止仍为人啧啧称奇、津津乐道的奇迹。

前面说过，尧山中学有一个好的建设开端，陕西省府前主席亲自关怀创建，在几乎没有动用国家财力的情况下，仰仗社会名流贤达的慷慨资助解决了一部分建设资金。更有积极意义的是，尧山中学的建设资金缺口是通过拆庙的方式解决的。当时建设资金发生了困难，杨前辈听后毅然决然地表示："那就拆庙！"修庙是为了敬神，是宗教信仰或一种精神寄托所在，也是善举。但世间万物，终有先后高低上下之分。对于庙宇，不管信仰如何，都应该尊敬。但如果几个事物相比较，有时候就需要有一个取舍。民间有谚："宁拆十座庙，不拆一桩婚。"说明婚姻和庙宇都很重要。为了兴办教育，拆除几座庙，造福子孙后代，相信庙宇神仙也不会怪罪。把庙宇改建成学校，实在是人神共襄之德，尧山中学之鼎盛，兴许还有神灵的佑护呢。所以，尧山中学建校伊始，就在县城北郊占据了很大的一片土地，校园非常大，大到还曾经包容了一个不小的苹果园；校舍也堪称一流，无论是建筑风格还是建筑质量，都足以自豪。前10年左右，学校大规模改建，拆除了大部分的古旧建筑，那些在几乎60年风雨飘摇中容纳了无数学子梦想的房舍成为了历史，想起来还有一丝不舍，那毕竟是我们以及很多学长们圆梦的地方。但看看在原址上矗立起的高大、宽阔、明亮，现代气息浓郁的新校舍，我们没有理由抱残守缺。好在，如今的学校，依然保留了以革命先驱井勿幕命名的"勿幕图书楼"，那就是为这所有着光荣历史、辉煌今日和灿烂明天的学校留下了魂。

知识改变命运。在尧山中学学到的知识——文化的、精神的，是我们这些学子们一生受用不尽的。这所挺立在渭北平原的学府，造就了一代又一代蒲城子弟，让他们走出寒门，从混沌中升华，步入广阔的天地。一所学校的功德，成就了一片土地。而今，蒲城能有广泛的影响和崇高的地位，尧山中学居功至伟。

蒲城有自然的八景：北岭积雪、南塬春晴、漫泉秋月、尧山古柏、五陵闲云、盘龙异石、温汤晚浴、双塔夜影。其实，应该加上这集美景与希望于一体的自然与人文和谐交融的美景：尧山书声。

器大声宏心高远
——豪情渭南

横空大气排山去,砥柱人间是此峰!奇峻险秀的西岳华山脚下,滔滔渭河奔腾向东,在扑向黄河母亲怀抱的途中,浇灌出一片宽广肥沃的土地——渭南。

渭南之名始于前秦苻坚甘露二年(360年),以县城居渭河之南而名。地质上属于华北台地的陕甘宁盆缘区,呈现南北隆起、中部断陷的阶梯状地堑构造,中间最低部分为渭河冲积平原,地面平坦,灌溉方便。外围是台原,土层疏松,垦耕悠久。南部台原与洪积扇相间,土质肥沃,雨量充沛。优越的地理环境和自然条件,形成了悠久的农业历史和发达的农耕文化,故而渭南一直有"陕西粮仓"的名实。

渭南因农而兴、因农而名、因农而有特色。在以农为主的年代,渭南具有十分重要的地位,作为渭南人,足以骄傲和自豪。这份骄傲和自豪不但从农业的优质高产上立足,而且在耕作条件的便利上也得到佐证:在耕作手段不发达的年代,渭南人能够相对轻松地从土地上获得丰收,自然而然滋生出强烈的优越感,"三四亩地一头牛,老婆孩子热炕头"。自耕而食,自织而衣,自得而满,自信而足。

一方水土养一方人。渭南人杰地灵，英贤将相，代不乏人。字圣仓颉、酒圣杜康、史圣司马迁，东汉太尉杨震，唐代诗人杨炯、白居易，清代状元王杰，隋文帝杨坚，宋代名相寇准，清军机大臣王鼎，清末宰相阎敬铭等彪炳青史。文韬武略，还有许多杰出的将领，如秦大将王翦，唐代名将郭子仪，著名爱国将领杨虎城，共和国上将张宗逊、杨德忠等也出自渭南。英雄辈出的土地上，滋生出尚武勇猛的精神，也深深地影响着人们的心理、性格，渭南人之刚勇、豪迈、无畏、倔强等，都可以从中找到渊薮。从历史上来看，渭南人口较为密集，一直是兵员的重要基地，"况复秦兵耐苦战"，其中的勇士出自渭南的当不在少数，看看秦始皇兵马俑的脸型、身材，和今日之渭南人也非常相像。

这样的土地这样的人，文化的特点必然豪迈、张扬、外向、热烈。比如渭南的锣鼓文化，极其盛行，官方庆典和民间喜庆都不可或缺。著名的富平老鼓、韩城行鼓，激越慷慨，声势宏大，热烈喜庆，恢宏大气；再比如"叫破天"的老腔，唱腔中那股苍凉雄壮正是渭南人直抒胸臆的宣言；而更能体现渭南文化特点的莫过于"细狗撵兔"：冬春时节，无边旷野，一大群人领着细腰尖头的"细狗"，呼啸奔走，狗吠人喊，黄土弥漫，杀声震天，活脱一幅关中平原的狩猎图画，也把渭南人好斗、好强、好征服的性格渲染得活灵活现。

不惟农业与文化的突出，渭南的风光也旖旎壮美。西岳华山誉满中外，奇险峻秀居五岳之首；史圣故里韩城，司马迁祠墓"高山仰止"，党家村被誉为"东方民居村寨活化石"；渭北帝王陵墓群引发思古之幽情，激起振兴中华之豪情；合阳洽川湿地"关关雎鸠、在河之洲"，在《诗经》中有名；潼关扼西部咽喉，"一夫当关、万夫莫开"，从来兵家必争。不惟古代的文物古迹，今日也有新景：蒲城县城西郊高耸的铁塔是"北京时间"的"故里"——中科院授时中心授时台，内府机场已成为西北地区的通用航空中心，华县金堆城是亚洲最大的钼业基地，等等。

土地宽广肥沃，粮棉高产充裕，风景壮阔秀美，英才辈出不穷，足可谓"器大"。"器大者声必宏，心高者志必远"，生活在这一方风水宝地的人们，必然"声宏心高"：说话咬字重、底气足，高喉大嗓；做事气魄足、大手笔，喜一次到位甚至超前。有这样的心志，也成就了很多事情，比如大修水利、大搞农田基本建设，为"陕西粮仓"奠定厚实的基础；比如大力发展乡镇企业、非公有制经济，使经济实力大大增强，成长起许多新的经济增长点；比如大手笔发展教育，许多县的高考升学率在20世纪80年代就在全省领先，造就了一大批人才，等等。

　　进入市场经济时代之后，长期以农业为主的渭南经济滞后了，渭南人赖以自豪的根基似乎塌陷了。这是一种必然，"无农不稳、无工不强、无商不富"，渭南欠缺的就是后两者。虽然也在急起直追，但囿于基础、技术、资金、管理等因素，特别是长期的"万事不求人、自给万事足"的自豪心理作祟，使得渭南人很难俯下身子，放下身段去商海与人争利。"器大声宏"带来的另一个负面效应是即便从商做企业，仍然是大字当头，些微小利根本不入法眼。这都是迫切需要克服的。今天的渭南人，应该弘扬历史传统，正视现实地位，发挥优势，重振雄风。也许根本的切入点仍然是农业，既以农立世，更应该发扬光大，继续在"农"字上做文章，以高科技、集约化经营大农业，从"小农"走向"大农"，把渭南打造成新时代的农业"圣地"，如此，渭南必再一次傲然挺立！

　　祝福渭南。

变味的少年礼——"完灯"

陕西关中渭南一带，有一个很隆重的庆祝活动，那就是一个孩子12岁的"完灯"仪式。

所谓"完灯"，亦称"全灯"。这是关中一带流传很久的习俗：女儿出嫁后，娘家要在每年的正月初五之后几天内，给女儿家送灯笼，这既是对女儿女婿拜年的回访，也是一种美好的祝福和祝愿，愿女儿女婿明灯高悬，光明温暖。其后，待女儿有了子女，娘家送灯笼就更讲究了，不但有各种面花，而且灯笼也一定需是生肖灯，虎年送虎、羊年送羊，不可中断，也不可混淆。等到了孩子12岁，刚好送了一轮的生肖灯，构成了一个完整的生肖链。这时，生肖送完了，送全了，圆满了，便要举办一个庆祝仪式，庆贺孩子顺利地度过了一轮生肖，迎来第一个本命年。

起初举办"完灯"仪式纯粹是家族亲戚事件，参加的人员除过必不可少的外婆家成员之外，再就是孩子的七大姑八大姨。大家借此机会相聚，共同庆贺一个新生命顺利平安地度过第一个生肖轮回（过去医疗保障条件所限，孩子夭折的很多），从孩提成长为一名少年。祝福孩子在以后的岁月里平安顺利，长大成人，顶门立户。其乐融融，其情亲爱。

这个仪式的主角是外婆家，要给孩子准备生肖灯笼、各色花馍，外加一身衣服，这是基本的礼物配置。其他的亲戚也会送上一些礼物，主要是表示一种祝贺和祝福。后来，生活水平慢慢提高之后，灯笼继续送，又贴近灯笼的功能，送上"赵本山的家用电器——手电筒"、台灯之类，这也就是比较好的礼物了。

不知从什么时候起，礼物一下子变多变重了。先是外婆家，除过传统的灯笼花馍衣服之外，开始送收音机、录音机、DVD、自行车，之后送洗衣机、摩托车、电脑！不一而足。水涨船高，外婆家作为主力送厚礼，其他亲戚也相应加码，互相攀比。东家送了2000元左右的，西家就往3000涨，南家或情愿或不情愿再往5000上赶，直把一个亲戚祝贺少年长成的欢聚弄成礼物的攀比。遇上个经济状况好的也就罢了，那些大多数经济状况平平甚至拮据的家庭，遇上这样的事情叫苦不迭。甚至还出现这样的事情，外婆家经济状况一般，女儿家好面子，于是就由女儿家买了礼品，暗地里拿到娘家去，再在那天拿了来，说是为了面子好看，不知已是变味异常。农村里本来大家就比邻而居，互相串门闲聊是比较频繁的，一家的事情用不了多久就会有好事好言者传播出去，若是礼厚的，被众人艳羡，那礼物较轻的，则被人诟笑。如果是遇上个不大懂事的女儿或事理不明的公婆，还会因这礼物的缘故与娘家亲家生出是非来。再说礼尚往来，每家都会有事情，都有送礼收礼的时候。今天送出去的礼物明天就会还回来，这本正常。但时代发展、社会进步，往往过一阵子礼物的行市会涨，那前一阵收过礼的人家在送礼的时候，往往要比收的礼厚一些，于是便会又生出许多不甘来。

送礼这个事情，就是个意思。意思到了、心意表了就行了，实在不可太破费铺张，否则会加重心理负担。看看国际上的礼尚往来，实际上就是一种尊重、祝福、友情。偏偏我们国人在穷日子过长久之后，互赠礼物比较夸张，其实破坏了本意。农村如此，城里又何尝不是这样。

还是回到本题。"完灯"这种亲戚间的聚会交往，不知道在什么时候扩大了，不惟亲戚，就连朋友、同乡、同学、同事、战友等等，都扩大了进来，成为了类似婚礼的一件事情。这样一来，相应的形式就不一样了。本来就几家亲戚，十几口几十口人，大家人熟礼不拘，热热闹闹话家常、亲亲密密聊亲情，几大桌饭就招待了。可现在规模扩大人员众多，就只能在饭店了，先不论费用的大小，光这场面要应付，这么多人要招呼，就是个很头疼的事情了。主人家忙乱不堪，最后可能还会有招呼不周落埋怨的时候。如同婚礼等庆典一样，这样的事情一旦到了这个层面，就有了攀比、铺张，就会让人无形中又多了一份"红色债单"。而且这几年，这种大规模地给孩子"完灯"大有愈演愈烈之势，动辄几十桌，气球拱门、鞭炮锣鼓、沸沸扬扬。

这还是给孩子一个"少年礼"吗？孩子还能在一个温馨的环境中聆听亲戚长辈的教诲、接受真诚的祝福吗？还是一个家族亲戚间的亲密聚会吗？都不是了。事件的主角无疑是孩子的父母，受重视的亲朋可能会是领导、老板或者成功人士，亲戚们受冷落是必然的，那些穷亲戚必然会在受冷落之余，因为礼物的寒酸而自惭形秽。本来是一个密切亲戚间"走动"的良机，反而更加疏远。本来是一个有着浓浓亲情和人情味的活动，一下子变成了主题缺失的集体宴请。

更要命的是，孩子在这个场合感受到了什么？父母的成功？家族的显赫？物质的炫耀和铺张的消费？这会给孩子的心灵带来什么？

错错错、莫莫莫。什么事情原本是怎样、多少年是怎样，一定有它的讲究和缘由。不是不可以改变，但"万变不离其宗"，不能变得面目全非。

外甥打灯笼——照舅（旧）。"完灯"这一美好的民俗，还是回归本位为好。

不中不西的乡村婚礼

虽然久居城市，但根在乡村，亲戚朋友们的婚礼参加了不少。看得多了，就有了比较深切的感受，有许多话要说，如鲠在喉、不吐不快。

感受一，是铺张和攀比。去年参加了一个婚礼，光接送亲的各种车辆就达四十几辆，浩浩荡荡，逶迤连绵，足足摆满了整个村巷。尽管车的档次不高、颜色纷杂，但数量足以令人咂舌。其实，男女两家的距离不过三里，接送亲的人也不是太多，有些车里面就司机一个人。要单从实用的目的看，有个十来辆就足够了，但主家就想"扎这个势"。尽管为找车费尽周折，尽管要按惯例付给每位司机一定的谢仪，但主家却要这个心理满足。问题是，昨天他30，今天你40，后天他50，这种攀比要不得，也无穷尽。过日子嘛，从长计议，形式的事情适可而止，更要从实际出发，量入为出。除过车辆，婚前对于婚房的装修、家具家电的添置、衣物的购买，都有铺张攀比之嫌。曾问过一些亲戚朋友，给孩子结个婚得花多少钱，答曰："最少10万！"甚至还有为此而借贷甚至高利贷的！婚后日子怎么过？为了一天的脸面，之前得腆脸求人，之后得加倍劳作，何苦而为之？

感受二，是玩笑和戏谑。结婚是喜事，亲朋好友借此和主家以及新郎新娘开开玩笑、戏谑耍闹，这是祝贺的一种方式。问题是玩笑和戏谑的分寸要把握好，不玩不热闹，但过分了往往适得其反甚至出乱子。先说戏耍公婆，一般的是抹个花脸，哈哈一笑，独乐乐不若众乐乐嘛！但有一些婚礼戏耍公婆就比较过分，有的给打扮成小丑，穿上戏装，挂上写了诸如"我想孙子不要脸"等内容的牌子，被迫敲着铜锣，在村子里游街！还有一些地方流行公公背儿媳妇入场的陋习，始作俑者及看客兴味十足，而当事者尴尬莫名又无可奈何。再说和伴娘开玩笑，一般的伴娘都是新娘的未出阁的闺中密友，玩笑的分寸感本应极强。但有的婚礼中有好事者插科打诨地在伴娘身上打主意，甚至有骚扰揩油之嫌，听说有的地方新娘因此而变脸甚至起诉！这就不是过分的玩笑而是下作的骚扰了。至于对新娘新郎的戏耍，俗称"闹洞房"，本是婚礼的一个有趣的组成部分，俗话说"新婚三天无大小"。但这个有趣的环节不知什么时候反而没有了，是大家失却了对于两性生活的神秘感，还是婚前同居的普遍？这个问题真可以单成一文。

感受三，是无序和混乱。婚礼的全称应该是结婚典礼，典礼者，隆重举行的仪式也！所以自然应该有它的仪程、顺序以及相应的人物、内容等。虽然是个形式，但这是必要的形式，更何况好的形式对于内容是一种丰富。尤其是婚礼，更是应该讲究一些才是。但适得其反的是，这么一个重要的应该充分讲究的形式，在乡村的婚礼中却严重的无序或混乱。大抵有这么几种情况：一是模仿现在城市里的一些婚礼形式。按新人入场、互赠婚戒、改口称谓、来宾祝贺、父母答谢之类程序，但往往因为场地、条件的局限，只能是依葫芦画瓢，大概其意思到了而已。二是土洋结合、混杂的形式。穿着婚纱西装，但又披红戴花；也是拜天地拜高堂新人互拜，但又拥抱接吻喝交杯酒；也是送入洞房但又要求新郎背媳妇，等等。让人恍惚间有穿越的感觉。三是草草了事，甚至不举办任何典礼。说是婚礼，却又无"礼"。曾经去参加过一个亲戚的婚礼，到了之后等待新娘进门，以为必要举办个仪式，不想大家都无动于衷。询问主人，一脸茫然曰："我们这就不搞啥形式，也不会。"言下之意待会儿吃过饭就算完事,婚礼就只剩下吃饭喝酒了。至于婚礼上的迎来送往、待人接物、招呼宾客、座位安排等,一则是主人或帮忙的人顾此失彼,二则是缺乏计划和调度,混乱间慢待客人、长幼颠倒、亲疏不分的现象不一而足。主人有时无奈,只能赔着笑脸解释"乱事、乱事,没招呼好哦",宾客因被慢待也减了许多兴味。

感受四,是传统的缺失。乡村的婚礼本来是有着传统的成型的礼仪的,有些甚至是千百年流传下来的,形式很讲究,内容是很丰富的。之所以中断的原因,大抵是前多年所谓的"移风易俗""破四旧"之类,让乡村的人们割裂了传统。还有一点不可忽视的原因是,乡村里懂得那些礼仪的人物慢慢少之又少了,就是想按传统的礼仪来举办婚礼,也不知道该怎么办。于是,要么是模仿城市(其实近年来城市里的婚礼形式也不知道是怎么形成的),要么是城乡土洋结合,要么干脆不办。传统的礼仪就此缺失、消亡了。

其实就在不远的二三十年前,乡村里举办婚礼还是很讲究的,光布置新房就艺术感十足,满窗的窗花喜鹊闹春,满门的双喜光彩门楣,满床的铺盖红男绿女叠放整齐,花生大枣撒满床铺祝福深远。"送女"的七大姑八大姨穿红戴绿喜气洋洋人数成双,"叫女"的婆家人早早抱着公鸡送上"离娘肉"来打前站,装满梳妆用品的"食攞"先走一步来到婆家,大队的送亲人马还有大件的嫁妆随后抵达。满村的人赶来帮忙,"执事头"吆五喝六威风八面调度有方。及至新娘到达,小伙子争相一睹香颜,姑娘们品评新人的装扮,大婶们把注意力更多地关注在嫁妆上面。娘家那些押送嫁妆的侄子外甥索要红包不肯轻易松手就范,公公婆婆忙忙地点起火盆,新娘在搀扶下一跨而过。边上有喜庆的唢呐、欢庆的鞭炮,人群中漾起的是开心的笑闹。及至入得门来,新娘进新房坐定,伴娘及"梳头的""扶女的"两位姑婶相陪,婆家忙送上点心,新娘先垫上几口,待会儿即要招呼宾客而不"坐席"。其他宾客按娘家、婆家,女亲、男亲分别就座,喝茶抽烟嗑瓜子聊大天。约莫日头正午时分(12时),即有管事的招呼婚礼开始。新郎新娘在供奉祖先牌位的八仙桌侧旁站立，公公婆婆分别就座，等候敬拜。仪式简单、明快、紧凑。其后即进入宴会环节，新郎新娘向宾客敬酒。若是地方小客人多，必先请娘家客人先"坐席"。这时候新郎来敬酒，认认亲戚。亲戚接过酒，一定会有红包送上（经济困难时一度送手绢作为礼物）。之后新娘亦然，向婆家亲戚敬酒。宾客散走，新郎新娘及主人家主动转换为服务员，请帮忙的"执事们"就座用餐喝酒，互相服务，互相敬重。待暮色四合，掌灯时分，新郎的朋友们纷纷凑齐新房，"闹房"开始了，一直连闹三天。其中的规矩是新郎新娘及家人一定要有忍耐力，万不可厌烦生恼。

有了这些林林总总的仪式过程，这结婚的大事才算过去。

这样传统的婚礼慢慢地都接近消亡了。其实，这当然还不是最传统的，已经有许多的"革新"在里面，但经过了多少年的"优胜劣汰""去粗存精""删繁就简"之后，已经"约定成俗"。既成"俗"，那就为大家所遵守。后来，这俗被"易"了，被"略"了，被弄得不周全了。待现在大家醒过神来，想要尊崇传统的时候，想要发扬光大"国粹"的时候，想要从这过去被认为"土"得掉渣的民俗中汲取精华的时候，忘了，不会了，断代了，遗失了。于是茫然，于是乱纷纷地尝试新民俗。

我们不抱残守缺，更坚持与时俱进，更不排除时尚元素。只是任何事情都应该因地制宜、量身打造，都应该在继承中革新，按规律创造，就算新的乡村婚俗，也应该如此。

怎么形成大家喜闻乐见的新婚俗，还是要从群众中来、到群众中去的；还是要调查研究、归纳整理的；还是要因地制宜、易于操作的。

设想有关部门搞一些类似乡土教材的东西，创制新婚俗，逐步推而广之，应该可行。

农村、农业、农民，国之命脉所系。乡村民俗，关乎文化、关乎历史、关乎人民的精神面貌、关乎农民的幸福感，不是小事。

余心系之，抛砖引玉，寄望于方家。

相信有一天，乡村婚礼会热闹喜庆，规范有序，妙趣横生。

共同努力，期待。

不今不古的乡村葬礼

丧尽礼，祭尽诚，事死者，如事生。

生老病死，自然规律。无论城乡，死者归天之后都要举办葬礼，以送别、以纪念。

乡村里的葬礼近年来发生了许多变化，变得不今不古，礼仪错乱。动辄洋鼓洋号开路，歌舞门前搭台，焰火晚会喧嚣。而孝子衣冠不规，祭奠程式错乱，吃喝成了重点。虽说程式简化，却致诚心不显。虽说张扬恣肆，却显不伦不类。虽说吸纳今礼，却又丢失传统。土洋结合，不今不古，江湖乱道，给人一种不恭不敬的感觉，心中很不是滋味。

以关中为例，葬礼原本是非常讲究的，有着严格的礼仪程序，是多少年积淀下来的，大家共同遵循的。但近些年来，随着农村生产生活方式的不断变化，农村已变得愈来愈"空壳化"——大多数青壮年长时间外出打工；一些事业有成的农民在城市购房常住，很少回到故居；原本的"一头沉"家庭方式改变之后，退休干部、教师等也不再回乡居住；随着生源减少，农村大规模撤点并校，原本几乎"一村一校"的格局被打破，村中相应的教师也没有了。这样一来，农村常年常住的就是被戏称为"6061部队"的老人和儿童，青壮年常年在外，村子里经常是空荡荡的。加之上述的一些"精英"阶层的人物不再回乡之后，村子里少了一个相对有文化有见识能主事的"士"的阶层，即便是村子里打工的人回来，也经常是缺乏组织和号召者。再要说就是有些农村基层组织的软弱涣散，使得乡村里少了主心骨。

　　这样的现实，在农村有"大事"的时候，往往就六神无主，莫衷一是，只能是凑合和将就了。比如"白事"，是一定需要一个"执事头"的，这是一个非常重要的角色，充当了整个葬礼的总策划、总指挥。不但帮忙的"执事们"，甚至主人家也必须服从他的指挥。在过去，这个角色一般是由村子里德高望重、组织力强、口才出众的人担当的。一定意义上，一个葬礼的成败，系于"执事头"一半，真不夸张。但现在，随着一拨一拨老人的故去，这样的"执事头"很难找了，年轻一点的要么是难以服众，要么是能力欠缺，更要命的是礼仪常识的欠缺，从而难当策划、指挥之责，一场大事下来，留遗憾、落埋怨也就在所难免。

　　比如我的老家，是个不大的村子，过去的"执事头"，几乎一直由一个特别有能力的老者充当，他可以把葬礼安排得礼仪周到、调度有方、忙而不乱、各方满意，可在老人过世之后，马上就显出接班人的断层来。近几年，回乡参加了几次葬礼，"执事头"由原先那位老人的儿子担当了，认真倒是认真、操心费神的，可总觉得少了不少东西。该有的礼仪简化了，省略了，原本井井有条的秩序混乱了，主家虽不好多说，但村人和亲戚的不满是明显的。我也曾和这位我的同龄人交谈过，他说有些事情现在没办法，比如礼仪，个别的是忘记了的，有些事是没人会做了，有时候是人手短缺，所以有心无力。"好在现在懂的人少了，挑剔的也不多了。"他说。

　　好一句"好在现在懂的人少了，挑剔的也不多了"，其实说明一个问题——礼仪知识的欠缺。我们中华民族是一个礼仪之邦，几千年来，各种礼节、礼貌、礼仪是林林总总、繁复周全的，不惟大事，就连日常生活，也是有许多成型的礼节礼仪的。随着时代的变迁，一些礼仪也在变化，但根本上是没有动摇的。尤其是葬礼，是必须有着严格的程式和礼节的，也是为大家所共同遵循的。虽然，"十里乡俗九不同"，但大体的概念是相当的。在我们陕西关中，千年古都周边，更是礼仪备至，须臾苟且不得的。"懂的人少了"，原因很多，主要是农村的"空壳化"。我们要直面这个问题，并为解决这个问题想办法。

首先是一个思想认识问题。"人死为大"，生命只有一次。当一个人走完人生道路的时候，无论他在世时是显赫抑或平凡，他都有资格享受一次认真的葬礼。"盖棺论定"，葬礼是对一个人的送别，也是对一个人一生的总结。不管他在世时是关注的焦点抑或默默无闻，人们都会在这时给他一个评价，货真价实的总结性的评价。"迎来送往"，诞生时是迎，去世时是送。迎的时候欢天喜地，送的时候也必须恭恭敬敬。由此说开去，一个认真的葬礼是必须的，这是对亡人应尽的礼节。所以，必须在思想上高度重视。

其次是礼仪礼节的掌握。关中的葬礼是流传了上千年的成型的礼仪，流程、规矩都是一定的，按说遵循就是。但由于它是民间习俗，不见于典籍，口耳相传，耳闻目睹，没有教科书般的记载。所以，在农村的传承会因为一些有心人的去世而断裂，流传下来的可能会越来越片面和不完整。这就需要我们进行抢救性的传承，如同对于一些民间艺术、工艺的抢救一样。说到这里，忽然想，农村里现在也有了一些婚庆公司，为什么没有承办葬礼的类似机构？是觉得这样的称谓不好听吗？是这样的承办没有市场吗？比如成立一些临终关怀公司、送别公司，或者就叫礼仪服务公司，专门承办这样的事情，估计应该有需求，做好了肯定受欢迎。忽然想起，农村里过去有过"红白典礼理事会"的机构，但好像没有坚持或推广开来。那是松散的公益性组织，可能不好坚持，顺应市场经济，变成企业行为、有偿服务，应该是可以坚持下去的。由专业的机构承办葬礼，也是顺应了社会分工细化的需求，也有利于民俗的坚持、继承和完善。

上面说的是葬礼的礼仪，这是葬礼的主干。其他的就剩下筵席了，操办筵席的机构在农村里早已有之，相对简单，也就不论了。

　　写完上述的文字，忽然想起，农村里似乎有一个讲究，葬礼是由本村人协助完成的，不能聘请"外面"的人来帮忙。但也不确定，可能就只有一个环节，那就是在堆垒坟墓的时候，是要由本村的乡党们来帮忙的，也是彰显死者以及后人人缘、乡情的一个机会。其他的应该可以由非本村乡邻来做。

　　必须要声明的是，注重葬礼的礼仪，不是要大操大办，还是主张"厚养薄葬"。只是如前面所说，把葬礼办得恭敬、庄重一些。

　　人生自古谁无死。让死者走得体面、隆重，是活着的人的责任和义务。

　　也是一种文化传承的责任呢。

矛盾的乡村教育观

这里的教育专指长辈对子孙的教育。

望子成龙、望女成凤，在城乡概莫能外。乡村里的长辈们更加渴望子孙能够学有所成、出人头地、改换门庭、光宗耀祖。这是人之常情。

但是，乡村里很多长辈对于子孙的教育方式值得商榷。过去，乡村就有句话："富人家惯骡马，穷人家惯娃娃。"其中的道理非常深刻，富人家侍弄好牲口，可以更好地发展生产，提高生活水平。穷人家溺爱子女，不苛责、多娇惯，到头来富更富、穷更穷。推前一步想想，也就是因为富人家不惯娃娃惯骡马，所以子嗣出色，家道兴旺。而穷人家一味娇惯儿孙，到头来家运不济。思想认识的问题，使得良性循环伴随着恶性循环。乡村里还有句话："打大的孝子，惯大的忤逆。"所谓棍棒底下出孝子，严厉是严厉了些，但意识是对的，必须对子孙严格要求、严加教育，方能使其成优秀之人。这样千百年传下来的训育之方，在当下的农村似乎被淡忘了。很多的现象使人揪心。

一是娇惯溺爱。尤其是实行计划生育政策以来，孩子少了，还有不少是独生子女。于是这种娇惯就更加厉害，爷爷奶奶爸爸妈妈守着这一两个孩子，恨不得当成金疙瘩，一切顺着孩子的意愿来，到头来孩子多没出息不说，也少有孝顺的，更别说还有走上邪路的甚至恩将仇报的。我观察过不少家庭，大凡娇惯溺爱孩子的，结局都不太好。有一个人家，在孩子小的时候，对其百依百顺，邻居都看不下去，有人背地里都说风凉话，说那是养了一个爷！后来这孩子中学辍学，执意外出打工，中途结婚回家，得一子后离婚，再出外打工，经年不回。过了好几年，传来的消息是在打工的工厂偷窃被判刑。还有一个人家，好走亲戚，而且喜欢领着孩子，哪怕是孩子旷课，也要领着孩子去"改善"生活。到头来几个子女都学业无成好吃懒做，成家之后日子也是一团糟。那时候就有人给这对夫妇谏言，别影响孩子学习，不想人家说，没事，就耽搁一天课么。殊不知一生可能就这样被耽搁了。

二是自私袒护。人性之中都有自私的成分，就看怎么抑制。有人自私程度更甚一些，有人浅一点而已。乡村里在教育孩子问题上的自私，指的是从自身利益出发，不恰当地维护孩子的利益。比如，孩子之间发生一些小摩擦很正常，一般的情况下大人都是批评自己的孩子，也有少数人会怪罪别的孩子。但在乡村，一味地袒护自己孩子的情况更多一些。这样做的过程，孩子肯定能感受到，慢慢地，孩子也会自私。曾经听说这样一件事，有一个妇女领着孩子去商店，孩子玩耍时不小心把柜台上的东西碰落了，旁边的人提醒大人，不想这妇女反咬一口，说："明明是你弄掉的！"那人无语，捡起东西。后来，那个孩子撒谎、欺骗成习惯，众人恶之，名声极坏。

三是错爱。我把不恰当的爱抚称之为"错爱"。曾经见过，也曾经听说过，乡村里的一些长辈，尤其是爷爷辈，自己言语粗俗就罢了，竟然教唆孩子骂人！当稚嫩的童音发出不堪入耳的叫骂声时，当爷爷的竟引以为荣而哈哈大笑！有一个亲戚，父母在城里打工，孩子有时候送回乡村老家让爷爷奶奶照看，每次接来，便满口脏话。后来，这对小夫妇发誓，吃糠咽菜也要让孩子在城市里接受教育，坚决不送回老家了。再有一些老人家，溺爱孩子不得法，竟然教孩子抽烟喝酒，看到孙子被呛着辣着，爷爷似乎很开心！不想孩子渐渐适应，小小年纪便有了酒瘾烟瘾，再要纠正为时已晚，悔之晚矣。还有一个很具有劣根性的问题，就是对孩子身体的某些器官的不尊重，以逗弄为乐。这实际上是对孩子人格的不尊重，但这些长辈们却不觉得，总想着这是疼爱，谬矣！

如果说上面这些还只限于孩子小的时候的话，那么，在孩子入学以后乃至于整个求学阶段，长辈们对孩子的教育也有较大的误区。

一是放任自流。家庭教育和学校教育应该是密切配合的，孩子放学、放假之后，在家庭里面的学习必须要有家长们的督促、辅导。乡村里的许多人对此或是重视不够，或是能力不足，便任由孩子自行学习。没有计划，没有时间表，没有检查。到头来，在孩子还缺乏自觉性的时候，只有惰性得以施展，偷懒、偷巧，贻害不浅。

二是盲目寄宿。关中地区交通便利，虽然近年来生源减少，撤点并校，许多孩子小学就要去外村或镇子上就读，但一般情况下，是可以做到每天回家的。许多家长也是好心，也愿意花点钱，让上小学的孩子寄宿在学校，希望学校包办孩子的学习和生活。殊不知，孩子在成长过程中，成人前是应该多和父母在一起的，尤其是儿童、少年时期，需要呵护，需要家庭的氛围。这种现象现在增多，令人担忧。如果学校负责任还好，再遇上个不大负责任的学校，孩子可就真的"放羊"了。

再说孩子上学的目的。现在大学生就业难，刚毕业收入低，早已不是过去考上大学"跳出农门"的感觉了。但是，孩子求学的目的不仅仅是上大学啊！如果因为对大学毕业前景的担忧，就早早地任由孩子辍学，实在是短视。要知道，孩子上学更大的目的是"学做好人"，更多地是学习做人。即便是不能接受高等教育，最起码也要接受完整的义务教育，才能适应社会。但就是有这样的家长，在孩子无望上大学时就纵容或任由孩子放弃。更有甚者，压根儿就不打算让孩子多上学。我曾经亲耳听过一个村人讲"上大学没用"！他说的原话很粗，我不好意思写出来，但能听出他对孩子接受更多学校教育的不屑。他这样说，也这样做。孩子初中就辍学了，打工吧，肩膀稚嫩，还想给孩子找个轻松的工作，但一般的工作又拿不起。于是孩子就闲逛，不几年学了许多坏习惯，把这老兄紧张得不行。最后叹气说，真应该让多念书。

短视、功利、错爱、后悔，不一而足吧，乡村的教育观念真是应该认真检视，好好引导。

乡村里的人总不会都进城吧，进了城也应该能基本适应吧。何况，农村人口占到了绝大多数，这些后辈们，决定着农村乃至社会的发展，谁敢忽视？

想想办法，教好孩子。

疏淡的乡村亲戚

"七大姑八大姨，走亲串戚走得急。亲姑姑假姨姨，红眼妗子在头里。"流传很多年的几句玩笑话，倒很形象地勾勒出乡间亲戚的亲热熟络的情景。走亲串戚，本来就是礼仪之邦的一个美好传统。通过互相间的走动联络，增进亲情，沟通心情，加深感情。把血缘关系维系得更紧，互相支持、互帮互助，共同过好日子，是很符合建设和谐社会的要求的。

在过去，亲戚间的走动是有固定程式的，约定俗成，大家共同遵守。首先是从春节开始，出嫁的女儿先在初五之前到娘家拜年。这其中，新嫁的女儿是一定要在初二拜年的，并且非常讲究，礼仪备至。而其他形式的拜年还有许多种，比如出嫁的女儿渐渐变老，有了子嗣之后，如果娘家父母也谢世了，这样的拜年一般就由女儿的下一代进行，时间会稍晚，但一般在初五前。另外，包括姊妹间孩子给姨妈拜年，再下一代出嫁的女儿在给娘家拜年之后，也会去给和自己一个娘家的姑妈拜年，一般也在初二之后初五之前进行。总之大的原则是出嫁的女儿给娘家拜年，而接受拜年的娘家或姨妈家或姑妈家，要在初六之后初十之前，给女儿家送灯笼，算是回访吧。正月十五之前，乡间的阡陌通衢之上，都是穿红着绿、大包小笼的走亲戚的人流，很是热闹温馨。春节过后，大家带着浓浓的亲情的鼓舞，投身于春耕之中，之后到清明，是家族活动，一位老者领着族里的男丁，到祖坟去祭扫，共同怀念祖先，也是对亲情的维系。一直到麦收大忙时节结束之后，待新麦磨出第一茬，女儿家要急急地蒸了花馍，送去给娘家人尝鲜，谓之曰"看麦罢"。这既是辛勤劳作之后的一种互相慰藉，也是寄托对亲戚的一种思念，程式同于前面所述，由出嫁的女儿方面进行，娘家人接受探视，但不用回访。许是"来而不往非礼也"，在女儿家这次探视之后，娘家人会在端午节，给女儿家送粽子。之后，在中秋节，女儿家再到娘家送月饼。来来往往，一年里这么几次走动，很是亲热温暖。

这种风俗应该是坚持了很多年的，算是亲戚走动的一个"规定动作"，人人都在遵守。当然，除此之外，亲戚间的走动也可以自由进行，算是"自选动作"吧。总之，这种规定动作和自选动作的结合，把血浓于水的亲情紧紧维系在一起，大家互相挂念、互相关爱，其乐融融。

只是近些年，乡村间亲戚的走动少了，不但少了"自选动作"，就连"规定动作"也完成得不好了。

原因之一，也可能是主要原因，是乡间的"空壳"。平日间，大多数人都进城打工去了，不到春节不回来，子女父母尚且难以顾及，亲戚间的走动自然就少了。

原因之二，是传统观念的缺失。也有平日里在家的人，时间上也顾得上，但就是忽略了亲戚间的"规定动作"。有人认为那是啰嗦费事的礼节，现在大家不缺吃不缺穿的，也就懒得去看麦罢送花馍送粽子送月饼了。

对于第一种原因，完全是可以理解的，毕竟生计当先，大家在外不便，打工不易。只能寄希望于社会的发展，共同努力让乡间的人能在家致富或就近打工。而第二种原因则是被批评的。亲戚，是姻亲衍生的，是血脉相连的。平日里大家各自忙于生产生活，但总要有时间见见面，叙叙情。人常说"人怕见面话怕说"，人人都要沟通，更要谋面。只有大家经常性地走动一下，才能更好地维系亲情，加深感情。不然就必然疏远，必然使亲戚变得不亲。

人活天地间，是要互相支撑的。人要有心灵的交流，也要有交流的起码形式——见面。

联系到城里，近些年不是也有这样的状况吗？先是电话拜年问候，还能交谈几句。后来是短信，那就连交谈都没有了，更别提见面。

说是乡间的亲戚疏淡，其实全社会都一样。那就一起来吧，亲戚朋友多见面，继承传统，发扬光大，常联系，多走动，亲更亲。

常走走亲戚，乡间会更温馨，社会会更和谐。

纠结的乡间典礼助兴节目

乡间的典礼，包括了婚礼、葬礼、寿礼、满月礼、完灯礼、入新庄（乔迁新居）等，乡亲们统称为"过事"。前面几篇文章分别就典礼的礼仪做了记叙、分析和思考，那是典礼的核心。除过这点，还有一个重要的组成部分，那就是为典礼助兴的节目。

前多年，一般只在年事较高的老人去世后，或亡人的三周年纪念典礼上有一些助兴的节目。为缅怀亡人，答谢乡邻，主家会邀集村中的秦腔戏曲爱好者，聚集在灵位前，清唱一些诸如《祭灵》《三娘教子》的唱段，乡邻亲戚在戏曲的旋律和唱词中，怀念亡人，感念生活。戏曲的热闹驱散了庭院村舍的冷寂，化解了亡属心中的愁苦，也是乐观豁达地应对生活的宣泄，故乡人把这种活动命名为"喧荒"——以喧闹破解荒寂。

再后来，有一些戏曲爱好者，就近几个村镇的结成小团体，专事"喧荒"这种活动。有需求的主家，会约了他们，在特定的日子里来表演，热情招待之后并给予一定的报酬。

再之后，有一些红白事的主家，会约请了电影放映队来，在庆典日放映电影，请乡邻亲戚们免费观看，代替了以往"喧荒"的形式。

很长时间以后,大概也就这十年不到的光景,乡亲们日子相对过好了,就在这当口,请了大戏来,在自家门口搭起戏台,演一出大戏,纪念亡人,答谢乡邻。虽则大部分是县剧团,但毕竟是专业的,也"穿衣服"(化妆、着行头),也有折子戏,也有本戏。看着乡邻亲戚们在忙碌之余欣赏戏曲,主家心里很宽慰,也觉得"事"过得圆满、有面子。

以上这些,是在典礼中助兴的主要形式,无非是规模大小、档次高低的问题。以至于在村中有庆典的时候,人们心中都念着,可以在家门口看唱戏了。天长日久,已经成为传统礼仪中的重要组成部分,一般的庆典概莫能外。

可是,不知道从什么时候起,乡村典礼中有了一些不和谐的音符。一些人家在"过事"的时候,请来一些打着各种名号的歌舞班子,搭起台来,唱歌跳舞,耍宝搞怪。限于经济能力,请来的乡间歌舞班子水平肯定不高,这是可以理解的。但表演的层次不高,就不是水平的问题了。你可以唱歌跑调,跳舞业余,但不能涉嫌色情,不能穿着太过暴露,不能满嘴跑岔,信口雌黄,胡说八道吧?可偏偏就是有这样的表演,而且还不在少数。他们全然不顾舞台下男女老幼、耄耋垂髫,三点式也敢上台,黄段子也敢往出讲。乡间文化生活贫乏,好不容易能看上"真人"表演的节目,可竟然是那样的不堪入目、不堪入耳。至于有的主家在丧事的时候也请这样的歌舞表演班子来,就更和典礼的庄重肃穆格格不入了。

还有在葬礼或三周年纪念典礼中,过去都是请吹鼓手,包括了唢呐、小鼓、铙镲等。传统的民族乐器、传统的曲牌,吹奏出深沉凄婉的曲调,如泣如诉,营造出悲戚、思念、忧伤的氛围,使葬礼肃穆、恭敬、庄重。后来的某一天,人们看到有人请来了"洋鼓洋号"的铜管乐队,阵势更大,动静更响,一下子觉得上了档次,很有面子。于是纷纷效仿,渐渐地洋鼓洋号占了葬礼乐队的大部分,似乎成了潮流。再往后,有人觉得还是传统的吹鼓手更"靠谱",但又不想在"档次"上落人后,干脆传统的和新潮的一起上,唢呐小号,一起合奏,怎么听都有怪怪的感觉。虽然乡间的人们都不怎么懂音乐，更不懂配器，但怎么听都不和谐，就好像中国民歌手和西洋歌剧演唱者合唱一样。

听听这样的动静吧：丧属们哭号亡者，大放悲声；舞台上歌舞喧哗、插科打诨；唢呐凄凄、长号悠扬，间或有大鼓的敲击……这是在举行葬礼吗？

不搭调、不庄重、不和谐。更多的是对于传统的继承不足，对于新事物的认识不够，更是在新的时代的一种迷茫。怪不得我们的乡亲，他们也是花钱劳神地想把"事"过好，也是想在乡间博得好名声，但限于思想、文化、策划、统筹等的能力和水平，往往出力不讨好，往往把事情办得一团糟。这是需要时间、需要引导的。

至于一味地攀比、摆阔，甚至于"厚葬薄养"的，当是需要针砭和革除的。生前无人养，死后享荣光，都有悖人伦了。对于那样的在典礼之中比阔气、摆排场的，就更是为典礼败兴而不是助兴了。

形式的东西，在一定条件下是必须的。好的形式更是对内容的一种充实。我们主张勤俭节约，但必要的形式还是要有的。

愿乡间的庆典内容充实、形式相称。

纷乱的乡间屋舍村道

关中民居过去是比较有特色的,"关中八大怪"中"房子一边盖"就是一句对于民居特点的描述。至于再早的关中民居,现在仍然保存完好的韩城党家村就是一个生动的写照。这是两个不同阶段或两个层次的民居,党家村的民居是比较传统的,也是比较富裕的人家的住宅。旧时候关中一般的民居讲究的是三间门房、六间对檐流水、三间上房。其中门房和上房是横着的两头流水的房子,而所谓"对檐流水"则是竖着盖的,这三部分房舍围成了一个方的天井,象征着心劲凝合,结构上严丝合缝,功能上温暖安全。至于"房子一边盖",当是在20世纪六七十年代,经济窘迫的关中人,省却了门房,没有了上房,只盖了对檐流水的一半而已。有人说那是为了采光、聚水,其实就是穷闹的,哪有人不想多盖几间房,好好的宅基地还空出一半来?从这点看,那"关中八大怪"实际上是穷困年代的一种尴尬的生存状态,不是有趣,是无奈之举。真正的传统的关中民居,就是上面所说的"三六三"的模式。

就在20世纪七八十年代,一般的村舍之中,除过特别贫穷的人家,一般的都是这样的房屋结构,各家各户屋里的情况有别,但房子的外观都差不多。走进一般的村子，都是家家相连、户户相依，大小等同、高低一致。村中的道路虽则是泥土路，但维护得干净平坦。家家门口栽种着茂密的树木，郁郁葱葱。家禽家畜都饲养在圈舍，偶有鸡鸭猪狗在村道游荡，很快就会被主人呵斥回归。屋舍村道，简朴整齐，干净整洁，一派宁静的田园景象。

自打农村实行了责任制之后，人们的日子好过了，纷纷开始翻盖房屋，但这时的房屋式样就五花八门了。起先是盖瓦房，拆旧盖新，规模扩大，样式变革，不复传统式样，材料也更新换代。土坯不再用了，开始有人用青砖包裹外立面，马上就显现出与邻居的不同，那之后有人就一砖到顶，压他一头。再后，有人不屑传统的瓦房，开始盖平房，就是钢筋水泥预制板盖成的房屋，也就是一般小楼的一层吧，洋气立显，一下子感觉压了瓦房一头。记得那时候村中有第一家盖平房的，村中老人多不解，有人就说，这房子结实是结实，但将来翻盖时可就成一堆建筑垃圾了，不像咱们传统的瓦房拆了之后木料、砖瓦还能用啊！主人就瞪眼睛，咽口唾沫不吭气。其实心里在想，羡慕嫉妒恨吧！等翻盖的时候我再弄新的，很牛气的！再之后有人就开始盖楼了，起先是单面的二层小楼，楼上楼下很风光。又有人质疑，你这二楼的人上个茅房还得下楼哦！主人家也知道没有上下水，但毕竟高人一层了，很是得意的。我们知道，十个指头不一般齐，村里面的贫富差距一直存在，于是，在一段时间之后，原本屋舍相连、整齐划一的村庄就变得参差不齐了。有"三六三"的瓦房，有两头流水的大"厦子"房，有钢筋水泥预制楼板的平房，有两层的楼房，高低差异，大小不同，档次不一，百花齐放，五花八门。由于缺乏统一规划和设计，房屋的样式要么是贪大求洋，要么是抄袭模仿，直把一个村庄弄得乱象纷呈。

如果仅仅只是房屋的档次大小高低不同，也还比较客观和无可厚非，毕竟各家情况不同。但后来出现的状况就须得针砭：原本大家的房屋是在一条线上的，后来有人特别是强势的人，非要多往出伸一头，多往村道盖一米，有人看样儿就多盖两米，弄得村道逼仄，竟至于弯曲了。就此询问村人，答曰无人管，人家人"歪"。规划呢？管理呢？如不加以制止，岂不规矩大乱？

说了会儿房舍，再说村道。前面说过，以往的村道是干净、平整的，即便是无力修水泥路，村人也会用炉渣、碎石子铺垫，晴天不扬灰，雨天不"水泥"，人们步行、车行，生活、生产都很方便。不知从什么时候起，没有人统一管理和组织大家铺垫村道了，原本的道路坑坑洼洼，脏兮兮，晴天尚可凑合，雨雪天简直就是水池泥潭了。近年回乡走亲戚串朋友去了好多村庄，遇到多次这样的状况，车行村中，轮陷泥中，差点搁浅。以至于要回乡去，先要看老天脸色，要不然遇上雨天，根本就无法进村。我的一个同学，在一家大媒体任要职，他母亲去世后，我们去祭奠，不想把车子几乎是用泥水涂抹了一遍。于是开他玩笑：你也不曝光一下？之后还真在报纸上刊登了一篇记者专访，民众都急切盼望修路，基层干部答曰没钱。没钱修水泥路，那就土法上马，炉渣、石子铺垫一下，应该不是很难吧？

后来，欣喜地看到，农村的村道正在逐步硬化，水泥路铺设到了村中，但进度慢不说，而且只铺设穿村而过的通道，至于背街里巷，还得村子自己想办法。几次都在想，发动大家捐资把村道整修一下吧，但有经验的亲朋说，不可！有几个村的致富之后的村民，无偿修村道，反而有人借机敲竹杠，比如要挖他家门前一棵树，张嘴就是十万赔偿！还是别出这个头的好。当然，这样的例子毕竟只是少数，但也代表一种心理，足以毁灭好心人的积极性。看来最根本的，还是村里的两委会出面，组织大家共同维护，这才是解决这个问题的办法，应该不难。

建设社会主义新农村，加大重点乡镇建设，都是党和国家解决上述问题的对策，相信会取得良好的效果。但不能等，也不该靠，乡亲们自己的家园，自己好好建设、精心维护，才是治本之策。

相信不远的将来，梦中的家园还会是那么温馨。

农村还在收彩礼

农村结婚收彩礼由来已久，曾经作为"陋习"被革除过，以后又反复。这么多年不在农村了，心想随着时代的发展、经济的进步、文明程度的提高，彩礼这回事，应该已随风而去，成为一种曾经。

过年的时候回了一次老家，在铁的事实面前，我的天真的想法"out"了，彩礼不但还在收，而且有愈演愈烈之势，让我大跌眼镜。

和亲戚们闲聊，听一个长辈说，她的一个邻居给儿子订婚，光彩礼就付了6万元，啊！彩礼！本对这个话题不大感兴趣的我，打断这位长辈的叙述：怎么还收彩礼？收啊，怎么不收，价码还见涨呢！是都收吗？都收，谁不收？你嫁女子不收别人的，可你娶媳妇别人要啊！我的天，这都什么年月了，怎么还收彩礼？

有什么奇怪的，农村都这样。以前收得少，几百、上千，后来越涨越多，现在一两万算少的，三五万、七八万的都有。不是都自由恋爱了嘛，不是经济都发展了嘛，怎么还跟卖女儿一样？嗨，现在人算另外一笔账，生养孩子成本高了，女儿长大可以打工给家里挣钱了，这时候要变成别人家的人了，损失大了，当然要彩礼来补偿了。可是女儿嫁过去，是过自己的日子去了，自己成家，哪里是给了别人家？凭什么要男方的父母给一大笔钱？说是那一说，可咱农村就是这样，就认为是把女子给了别人家，"别人家"总不能把我养了二十几年的女子白白拿去！天！鸡同鸭讲。

换个说法，就算是把女子给了别人家，那男方家还得盖房子买家具办事请客，要花很多钱呢，这再一要彩礼，不是更加重了男方负担？那没办法，生儿子抱孙子，总得花钱。哦，似乎在他们看来是天经地义。

亲戚又缓和地说，其实娘家要了彩礼，也是要为女儿攒呢，不然女儿嫁过去，公婆就不给钱了，自己女子受可怜。怎么会？成亲的时候减轻点男方负担，不是可以以后生活更轻松？那不一样，爹有娘有不如自己有，借这个时候把钱抠出来，将来女子日子才好过。那男方父母惨了，岂不是娶了媳妇连老本都折进去？唉，没办法，都这样。现在大多数都是独生子女嘛，女儿女婿成了家，还不是跟公婆一起过，现在减轻他们点负担，让他们轻松一点，将来的钱还不都是后辈的？省得公婆现在为娶个媳妇借钱贷款背债。那不行，他们家弟兄两个呢，咱们不先占下，将来就没了。

无言。

写这段文字的时候，马上要到"三八"妇女节了。刚说完"自尊自爱自强自立"，转过笔头又写女方要彩礼，实在不知道说什么好。尊重妇女，地位平等，在婚姻中的体现应该从不收彩礼开始吧？收了彩礼，类似买卖，那是对妇女的尊重，还是蔑视呢？

农村日子慢慢好过了，但大多数地方也仅仅是温饱型的准小康而已，大多数的家庭的经济收入都很一般，一下子拿出数十万，对谁都是一个沉重的负担，那为什么还要自己再给自己增添负担呢？

今天你收我的，明天我就收他的，顺便再加个码，后天他又要收你的，水再涨船再高，大家就这么恶性循环，不是互相折磨吗？

推己及人。己所不欲，勿施于人。说起来简单，做起来难。难就难在，从自己做起。

《婚姻法》明确得很："禁止包办、买卖婚姻和其他干涉婚姻自由的行为,禁止借婚姻索取财物。"可几乎没听说过因为收彩礼而被起诉的。

后来,又走了几家亲戚,有意识地问了问这方面的事情,得到的答案出奇一致,收啊,一直在收。你不收,别人问你要怎么办?看来,农村里收彩礼是公开的秘密,甚至根本就不是秘密。那是一种乡俗?尽管以前有、现在有,估计将来很长时间还会存在,但我们可不能将它堂而皇之地列为乡俗。丑陋得很,陋习。

回城路上,扩展思路一想,现在城市里丈母娘要求男方婚前买房子,算不算彩礼?尽管没有经由男方父母把钱交到女方父母手上,只是有区别吗?

都不容易,都互相体谅,都别拿婚姻买卖了。

不怕说句重话,曾国藩公曰:"小人专望人恩,恩过不感。君子不轻受人恩,受则难忘。"

老人们思想守旧,年轻人经见得多,说服自己,进而说服父母,别收彩礼了。把彩礼用来养老,用来发展,不好吗?

哪一家的日子是因为彩礼要得多而过好的?

段子里的家乡

如果说小品是话剧的微缩版或练习题的话，那段子就是一片杂文的浓缩或段落。近年来，随着人文思想的活跃和传播手段的多样，段子早已大行其道，兴盛异常。

段子的种类很多，内容丰富，几乎涉及了生命生活生计的方方面面。

其中有一类段子，专意是描述、评论、戏谑一个地方的地域特点或人文特色的，虽然带有一定的玩笑成分，不一定准确、精确甚至正确，但还是能反映出一个地方的某一个侧面。

比如我的家乡蒲城，因为人口众多，历史悠久，文化灿烂，知名度较高，颇受人关注，于是就有外地人给编了些段子，主题是围绕蒲城人的特点"势大"。例如，说一个蒲城人驾驶着小四轮拖拉机到一个星级酒店门口欲停，保安拦阻，这蒲城人振振有词："我到酒店消费！"遂停好车手持摇把进入酒店，将摇把拍在服务台："钥匙保管好，开个雅间！"牛吧？势大吧？呵呵。这样的故事肯定有杜撰和玩笑的成分，但肯定有出处，肯定是在蒲城人性格特点的基础上编排出来的。其实蒲城人所谓势大，指的是有魄力、格局大、富有开拓精神，成因是历史悠久、地形优越、物产丰盛、教育发达、人才辈出、生活安定等，渐渐地自信满满，性格豪迈，风格稍显张扬了些。时间长了，外地的人们就这样和蒲城人开开玩笑。

再比如延安所辖的洛川县，地处关中平原和陕北高原的结合处，本来就是一个自然形成的过渡带。加之20世纪前半叶，红白两方以此为界各据一方，互相渗透拉锯不止，可能今日白明日红后日又白，反复不止。政治势力的较量使得老百姓往往无所适从，加之两方甚至多方往往又难以辨别，一句话说不好就可能自身难保。于是这里的百姓在夹缝中求生存，养成了稳当妥当、不轻率而为、言语圆滑，甚至是模棱两可的风格。于是就有了段子，说公安抓逃犯路遇一人，遂询问："看见有个人跑过去没？""影影乎乎（不清楚之意）好像有。""男的么女的？""前面看像女的，后面看像男的。""那有多高么？""一人多高！""穿的啥衣服？""上身穿个袄，下身穿个裤！"哈哈，连我写着都笑了。看这圆滑吧？你说他给你说什么了没有，说了。说什么了？等于什么都没说！你公安还不能说他知情不报，即使那逃犯报复，也找不出他的毛病。真真的黑色幽默般的聪明，算得上反应机敏的语言大师了。历史造成的性格，在今天仍存留，也是很突出的特点呢。

更有意思的是榆林的子洲县和延安子长县。这两个县虽隶属不同的市，但地域上互相毗邻。其中子洲县是1944年为纪念革命先烈李子洲而成立的新县，按籍贯论李子洲是绥德人，之前为纪念先烈刘志丹和谢子长，分别把保安县和安定县改名志丹县和子长县，依例应该把绥德改为子洲县。但绥德是天下名州，"米脂婆姨绥德汉"，如果直接改名似有不妥。于是，就把李子洲家乡的一部分划出来，又从毗邻的米脂、清涧、横山三县各划出一块地方，新成立了一个县，命名子洲县。子长县前面说过，是将安定县改名而来。这两个县在土地革命时期都具有非常重要的地位，为中国革命都做出过巨大牺牲和重大贡献。客观上，这两个县的自然条件都比较差，地貌多山沟岔梁，土地贫瘠干旱。恶劣的自然条件和艰苦的生活造就了这里人们倔强的性格，光荣的革命历程又给这倔强里增添了许多抗争的因素。于是，在前些年，这里的人们一旦遇到不平之事，特别是对于不受欢迎的领导，不会默默承受或忍受，一定会奋起抗争，尤其是向更上一级的领导反映情况，俗称"告状"。于是，就有人说这两个地方的人爱告状，慢慢地就编排出一些段子来。其中一个著名的段子是这样的：一个子洲人走在路上，遇到一个子长人，两人是熟人。子长人忙打招呼："干什么去？"子洲人很倔地答曰："告状去！""喔！告谁哩？""还没想好呢！"听听，还没想好就付诸行动了呢，子洲人很是倔强吧？没承想子长人更绝："管你告谁哩，把我名字也缀上！"看看，这更豪迈！可见两县人民共同铲除腐败的决心和勇气，亦可见民风之刚硬。

恰巧在一个单位里有这四县的人，于是就有人听完段子后说，这真是陕西四大名县呢，呵呵，笑谈。

其实还有许多段子典型地描绘了一个地域的特点，比如韩城，史圣司马迁故里，学风浓厚日久，就有了"下了司马坡，秀才比驴多"这样的让人羡慕嫉妒恨的段子。比如"东湖柳、姑娘手、西凤酒"就是凤翔的优美写照。苏轼在此任职时修筑的东湖，岸边垂柳环绕，乃一大景观；"姑娘手"意指此地姑娘手巧，彩绘泥塑、刺绣均是遐迩闻名；"西凤酒"更是早早地被评为中国四大名酒。还有许多亦庄亦谐的段子，都能形象地反映一个地域的特点。

扩及到外省，如四川，编排的段子说飞行员飞临成都上空，听到下面哗啦声，以为大水泻出，惊问，方知是麻将洗牌声！呵呵。成都几乎全民喜爱麻将，真是难得的城市统一休闲娱乐的项目。比如湖北，人说"天上九头鸟，地下湖北佬"。细询方知，九头鸟本是从楚人所崇拜的凤凰形象脱胎而来的，明代以后，把它和湖北人联系起来，并没有明确而稳定的含义，有时用以象征湖北人的丰富智慧和对邪恶强暴势力的强有力抗争，有时则用以嘲讽在人际交往中的狡诈。仁者见仁、智者见智罢了。

当然，还有一些段子，直接是带有歧视乃至偏见的，这些当是民间好事者发泄某种愤懑的偏激之语，也就不值得评说了。

举了拉拉杂杂的一些段子，是想说明段子里面的"家乡"的特点与特色。在当今的"注意力经济"发展态势下，有一些口耳相传的段子，也是提高一个地域知名度的路径。只是不要让段子把路带偏了就好，更不要歪曲、丑化一个地方。

编点好段子，宣传家乡，挺好。

又到麦黄时

五黄六月，算黄算割。又是一年麦黄时。

家乡的麦子已经开镰了，黄灿灿的麦浪，很快会变成麦粒和麦秸。收割碾打，晾晒归仓，一倏尔的事情，一不留心就过去了。

真是换了人间。

这样的麦收景象已经有 10 年左右了吧：麦黄似金时，轰隆隆收割机开来，一顿饭工夫，麦粒麦秸各得其所，主人家只需要准备口袋装麦子就是了。其后，用几天工夫，摊开硕大的彩条布，借着乍红的太阳，晾晒几日，这麦子就可以当口粮当商品了，麦收时节也宣告结束。

十几年前的麦收，景象可就迥异了。

到了麦收时节，那还了得！"三夏大忙，老少齐上"。全社会，各行各业，与农业、农村、农民有关系的没关系的，都得高度关注。开会议、列计划、提要求、备物资、援人力，全国动员，全民上阵，"打一场人民战争""龙口夺食、颗粒归仓"。土地的耕种者们是三夏大忙的主角，也是最忙碌、最辛苦、最用心的。他们大抵在麦黄的前半月就开始忙碌了，之后，还需要大约一个月时间，才能真正场光地净，稍得喘息。

想想他们都在忙什么，怎么忙？

先是准备农具。镰刀首当其冲，从尘封的老墙上取下闲置了一年的镰刀柄，擦拭修理，再拿出油纸包裹的镰刀刃，在磨刀石上磨得铮亮锋利，接下来，好似给枪装上弹匣一样，把刀刃装上刀柄，一件在麦收季节里趁手的家伙就成了。考虑到劳作量大，必须多准备几件，保证随时替换而不误收割。

有了镰刀，可以把麦子放倒了，还得运回来哦。于是，要准备拉运的车子。关中农村一般用两轮的架子车，平日里是农家多用途的运输工具，可以给地里送肥，也可以拉运粮食，有时候打扫干净铺上褥席还可以拉人呢。这车子平日里就是必备的、经常使用的，此时要派上大用场、要干重活了，赶快地"保养"一番，还真类似于汽车要走长途一样。这两样农具是保证两个最基本的环节的，即把麦子割倒、运回。运回到哪里呢？

运回到打麦场。

打麦场就是一片表面被硬化了的表面光洁的土地，一般情况下，只有在麦收和秋收的时候会用得着，平日里为了节约耕地，并不作为常态保留。所以，麦收之前，必须整理出打麦场，即在邻近村庄的没有种植小麦的土地上，清理干净表面的杂草等，再用犁铧把土地翻耕松软、整齐，之后挑了水，均匀地泼洒在上面，待土壤有一定黏度，即用牲畜拉了石磙碾压。逐渐地，土地表面板结、光洁，再稍微晾晒两日，就成为干结而没有浮土的打麦场了，之后，麦收的重头戏就要在这里进行了。

光有麦场还不行，得配齐基本"装备"，一是碾压脱离的石磙，乡间呼作碌碡，有大有小，有光有涩，各有用场。麦子上场后，摊铺在麦场上，蓬蓬勃勃、厚实杂乱，要先用大而涩的砂石做的碌碡碾压，才能把散乱错落的小麦碾压平薄，其实这道工序是整理麦秆的。再之后，换成小而光滑的青石碌碡，主要就是碾压麦穗脱粒了。二是摊铺、翻搅麦子的主要农具木杈。干这些活路，承负的分量不是太重，铁叉当然也可以，但太沉，于是聪明的农人想到了用杈柄和杈头都是木头的木杈，轻巧省力，打麦场上基本都用木杈。三是"扬场"的木锨，和上面的道理一样。四是口袋，装麦子的口袋，晾晒好的麦子要交售、要仓储，都得用口袋盛装。说口袋而不说麻袋，有两个原因，一来麻袋大，不好搬运；二来北方基本不产麻，原料难得。而这口袋就是用棉线自家编制的，细密结实，每袋100斤左右的容量。那时候的口袋，集体的上面都写着××村××队之类，而自家的则写着主人的名讳。五是杂项，比如专门接拾牲畜粪便的笊篱，运输过程中接拾了粪便带回沤肥，在碾压麦子的过程中，则要眼疾手快，待牲畜将"方便"时，赶快接住，否则会被牲畜拉着的碌碡碾压到麦子之中！还有晾晒麦子时用于翻搅的木齿耙，归拢麦粒的竹扫帚，等等。还有一样不是农具的必备品，那就是盛水的大缸，放置在麦场周围，作为防火之用。至于麦子防雨的塑料布、人遮阳防雨的草帽等等，也都不可或缺。但是，作为高温天气里露天大强度劳作所应该准备的防晒消暑降温用品，却是一样都没有的，至多，"赤脚医生"会给准备点仁丹之类的药品，生产队也顶多在打麦场边放一桶凉开水，如果再能放点糖，那就是莫大的享受了。

"麦熟一晌"，麦子将熟时节，谁也吃不准具体什么时候算熟，忽然一阵热风吹过，整片的麦子就齐刷刷地熟了，赶快开镰啊！否则，熟"过"了的麦子会抛撒在田地里。如果一阵乌云压顶，雷阵雨来袭，很可能一年的辛苦就会付诸东流！夏日多变的天气逼得人们丝毫不敢懈怠，急急地收割、碾打、晾晒、归仓。紧张得跟打仗一样，一点都不过分。有的时候还必须挑灯夜战，有的时候不歇气连轴转，都是经常发生的事情。

在外工作的都得回来帮忙，学生也要放"忙假"，老师也要收麦子，学生也不会闲着。记得还是集体耕作的时候，我们还是小学生，承担的夏收任务主要是去拾麦穗。提一个竹笼，在收割过的麦田里捡拾遗弃的麦穗，然后再交给生产队。还有一项很光荣也很有趣的任务，那就是在村头站岗放哨,当然不是防鬼子的儿童团的岗哨,主要任务是检查火种,倒有点像现在的安检。那时候大家的防范意识很强,虽然阶级斗争基本不讲了,但也要防坏人破坏。在村口、麦场边都要扯开一面红旗,两个小学生一组,检查行人是否带有火种,更不容许抽烟。被检查的人们一般也很配合,但凡装有火柴,基本上都会很配合地交出来。如果在一班岗哨上查获几盒火柴,那是很有成就感的。

那时候的政治气氛很浓,"三夏"(夏收、夏种、夏管)大忙也要以阶级斗争为纲。除过上面所说的站岗放哨,宣传工作也必不可少。村头树上的大喇叭几乎每天都由县广播站和公社广播站轮流占据,宣传国家形势,宣传麦收进展情况,宣传丰收的大好消息。间或也放点革命歌曲娱乐一下,或者是革命样板戏的片段。除过这一形式,还有一种非常独特的宣传,几乎是农人们的专利,即在墙上刷大标语。因为都是黄土夯就的土墙,表面凹凸不平,不能用常规的毛笔或板刷书写。农人们极具智慧,因地制宜就地取材,把喷洒农药的喷雾器灌上石灰水,然后在墙上喷字。这是一个极富挑战性的文墨活,需要掌握喷雾器的操作,又要具备相当的书法基础。我那时候最愿意给喷字的人打下手,看那水雾喷洒在墙上,逐渐显现出白色的硕大的字体,感到无比的神奇。后来若干年,在西安城里有人用针管或别的工具写字,我心里当时就想,这哪里比得上用喷雾器在墙上写字嘛!这样的字体保存的时间很长,即便夏收过后,仍然能在黄土墙上看到一面墙大的"防火""防盗"字样,很壮观的宋体书法,间或有柳瘦颜肥的韵味呢。

忙忙碌碌的"三夏",在多年规律的引导下,很有秩序地进行着,随着时间的推移,各种活路基本都能按计划完成。如果收成好,大人小孩都高兴。遇到干旱年份,大家也高兴不起来。但活路还得干,生活还得继续。

当麦子晾晒完毕,应该是最激动人心的时候,要分配口粮了。按照产量、按照工分、按照人口,集体会把麦子分配给"社员"。但有一个重大的前提,必须在缴完公粮、售完定购粮、留足集体储备粮之后,才能分配给各家各户。曾经出现过缴完公粮、售完定购粮之后，没有口粮可分配的现象，所谓种粮人没粮吃。实在是浮夸风或是基层某些组织执行政策偏颇的危害，想起来叫人心寒。

那时候的麦收也是救命的麦收。其实过了农历二三月，大部分人家的口粮就快接不上了，勉强靠杂粮薯豆度日，要不就是国家给的返销粮。金灿灿的麦子到手，可算是续上了。一年的辛劳有了成果，怎么的也得打顿牙祭。通常是由生产队统一蒸成烫面的小花卷，用大大的竹筐盛了，抬到打麦场，让大家来一顿会餐，也算是麦收共产主义。常年的半饥饿状态，少菜寡油的，看到这纯麦面的衬了油底的吃食，狼吞虎咽地饕餮起来再正常不过。乐极生悲，往往会有人因此生病，竟然在某一年，就在我们那里，一个壮年男子在一次吃下四五十个花卷之后，生生地被夺去了性命，呜呼！此景永不再来。

颗粒归仓之后，农人们依然不能停歇，要马上种植秋粮，且得再忙一阵，"三夏"才算过去，稍稍喘口气，再进入日常的秋作物管理之中。农谚道："麦在种、秋在管。"秋作物的田间管理，除草间苗施肥喷药，样样活路都不能耽搁呢。

麦收的大劲过去之后，乡间有一个约定俗成的礼仪活动，叫"看忙罢"，亦即出嫁的女儿用新收获的麦子蒸了各式花馍回娘家省亲。忙了一大阵子了，亲人们聚一聚，尝尝新麦，谈谈收成，享享天伦……

这样的景象应该永远是过去时了。因了眼下的景象，勾起了对往日的回忆，叙谈几笔，以资感怀，更多的是对社会发展的赞许。

麦收时节了，疲累的劳作变作轻松，历史在往前大踏步地发展。今日的麦子，也好像比过去更金黄香甜呢。

夏日正午的田野

农历六月末，正是伏天，晴朗的日子，天上没有一丝云彩，田野里是铺天盖地的阳光。

这样的天气，农人们是闲坐在屋内的过道上摇着扇子享受穿堂风的，狗们、猪们、鸡们是静卧在树荫下压抑着焦躁而沉默的，树们静静地立着，蝉们声嘶力竭地叫一会儿歇一阵儿，村巷里几乎没人走动，日头毒啊，好似强制性地让农人们休息。

田野里就没人去了，有活路的话，会趁着早晨和下午去干的，正午没人愿去，热得也没人敢去。

还是有人得去。所以才有缘观察正午的田野。

那些种植了水果的农户。北方某地盛产酥梨，有一个品种是早熟的，成熟期相对拖得较长，几乎从入伏开始，到三伏结束，一点一点熟，一点一点采摘。多年的种植形成了相对固定的分工，农人种植，商贩收购。所以，在有商贩上门时，果园的主人必须及时按要求采摘，哪怕是正午。

那一天周末，住在城里的我回老家探亲。午饭后，亲戚们要去果园里采摘早熟酥梨，好为我下午的返程做准备。在我的坚持下，他们带着我一道去了。

　　静。这是到田野的第一感觉。静得没有一丝声息，除过连成片的一家一户的没有任何遮挡的果园在田野里很是醒目之外，周边还种植了许多的庄稼，有大片的玉米、豆子、棉花，间或有小畦的蔬菜，茄子辣子大葱之类。就连小路边也茂盛地生长着知名的不知名的杂草，整个田野没有一点裸露的土地，绿色的原野，一点都不夸张，整个的绿，彻头彻尾的。此时此刻，植物们都安静地直面惨烈的阳光，不呻吟不呼号，静谧。

　　太阳真毒。站在田野的稍高处，放眼远眺，只有天空与大地、阳光与绿色。太阳在高处傲然地注视着大地，毫不吝啬而又均匀地把光线直愣愣地播撒下来，田野里或高或低或密或疏的庄稼以各自生命的形态立足在大地里，毫不避讳地直面太阳，似乎距离很远，但又没有间隔，直接地对话。这是天地间最直接的呼应吧，阳光普照，万物生长。有了阳光，才有了万物。没有了阳光，还有什么能替代光合作用的产生？这也是大自然的神奇，看似脆弱幼小的禾苗，竟可以这样地接受阳光的直射，换作动物实不可能，只缘植物扎根沃土中。

　　热。上面是暴晒，下面是蒸腾，中间是密不透风的青纱帐。钻进果园里，矮化了的果树结满繁密的果子，让人无法直腰，只能弓着，拨开果树的枝蔓前行。看着满树的丰收果实，心生对自然的感恩，伸出手去，让果子和树木分离，在果子的把柄断裂的一瞬，有收获的喜悦，也矫情地悲悯骨肉的分离。果树已经进化了若干代，现在的果树都不似过去的粗壮，看似纤细的一棵树，枝蔓十分繁茂，一根枝蔓上，就会密密麻麻地长出几十个果子，甚至有枝桠已经被压折。忽然想，如果让其自然地生长，这果子会压断枝桠吗？应该不会，自然有自然的规律和分寸，过去不会，现在会，那是人为嫁接修剪的缘故，为了产量，人们想尽了办法，当然有时也是没有办法的办法。

　　累。劳作甫始，汗水已经淋漓，继而湿透衣衫，待三分钟新鲜感消失，直后悔前来。转而看他们，已经习惯般，或者是无奈般，利索地劳作着，自己未免再汗颜。谁该干这必须干的事情？他们吗？不对，应该是我们。我们在品尝自然的赐予的时分，何曾想过他们这般艰辛？思想间，心里平静平衡，甚至惭然，于是平心静气，那热也似乎一下子变得可以承受。劳作一阵间，邻里的果园里有人来采摘了，亲戚招呼道："给谁摘？""来了个贩子。""啥价？""六毛五，七零。""来抽一口，歇会儿。"我招呼邻里果园主人，他赤裸着上身，从树丛中钻过来，接过我递上的香烟，随意地聊起来。"你手里拿个塑料圈干什么？""量果子啊。"接过塑料圈，我打量着，这就是测量果子直径的量具，刚才那"七零"就是果子的尺寸。为了商品化，在采摘的时候必须整齐划一，多了一份辛劳。"这早熟果子今年价格不如去年，天倒是还这么热，务弄这个累人得很！"是啊，应季而生的果子，必要应季而采，三伏的闷热催熟了果实，也辛苦了劳作的人。

劳作间隙，穿过果园，到田野的深处，安静，安静，还是安静，安静得让人心生胆怯，胆怯那密密的植物间隐藏着许多的秘密，会有什么突然窜出来。其实，会有什么呢？在以前，田野里会有野兔、野鸟，就在植物间作窝，现在的农药化肥早把它们吓跑了，他们去哪里了呢？心生恐惧，实在是孤独面对安静乃至神秘的一种下意识反映。就因了一丝的胆怯，只一会儿又退回来，和人们会合。彼时，果子已经装满了来时携带的藤笼，沉甸甸地，两人抬起一个，从田野里豆苗的间隙、棉花的地垄边走过，走出田野。

回头看看，田野还似来时，阳光、绿色、静谧、富有。

永远的田野，永远的衣食父母。

梦忆儿时偷西瓜

现在满大街摆卖的价格低廉的西瓜，在20世纪七八十年代时候的农村孩子的眼里，绝对是一种奢侈品。尽管，自己的村子里就种植着西瓜。

我的村子就有大片的西瓜田。那时候还是集体耕作，西瓜田自然是生产队的。虽然各家各户都有一半亩的自留地，但不允许种植经济作物，比如西瓜。

种植西瓜是件技术活，为此，生产队专门聘请了山东的老农来做技术指导。这山东的老农不知道是通过什么渠道聘请来的，难为的是那时候的通信和交通条件，竟然会有跨省域的农民协作。这山东老农很敬业，大概在西瓜种植的时候就来了，来了就立马在西瓜田里搭建起简易的房子，房子外头一片空地上再用树枝木棍搭个凉棚，自己就吃住在这里，一直到西瓜"拔蔓"。

很快，西瓜老农的瓜棚就成了孩子们向往的所在，一是听那老农的山东口音拉呱"故经"，二是关注田里的西瓜。从发芽到伸蔓，从开花到坐果，从那鸡蛋大小的西瓜蛋慢慢地变成拳头、变成碗口大的时候，西瓜田都是我们关注的地方。可一旦坐了果，老农就不许我们涉足瓜田了，再到西瓜即将"开园"时，生产队就对瓜田严防死守了，会有一些精壮男劳力日夜驻守在瓜田里。

那时候的瓜田是一村人的钱袋子，大部分的西瓜是要卖了换钱的，轻易不会让村民吃西瓜。大人罢了，小孩馋呀，穷苦的岁月里根本没有任何的零食，看到那就在眼前的西瓜怎么能不动心思？动什么心思呢，当然是偷了。偷东西肯定是不对的，但小孩偷几个西瓜实在不是什么可以上纲上线的事情，算是替自己当年的行为辩解吧。其实，那个时候，哪个农村小孩不干这事呢。记得电视剧《手机》里，严守一不是去偷西瓜了嘛。

偷西瓜是一件需要胆量和智慧的活。对于偷而言，一般要月黑风高，但那是真正意义上的偷窃，我们不那样做，也不敢在黑夜里去。我们是偷嘴哦，晚上不敢去，只有白天。当然就是因为小孩偷嘴，所以才敢白天去偷，真要被抓住了也没啥丢人的，呵呵。于是，我们在不上学的白天，趁着下地打猪草的机会，三五成群地结伙出动。经验告诉我们，要趁着午饭后看瓜人困倦的时候去。

一般要提前隐蔽在青纱帐里，也就是玉米地，已经长高的玉米秆充当了天然的屏障。一拨小孩先要凑在一堆提前商议，类似于战前部署会的神秘和紧张，呵呵。之后分头实施，通用的战术是兵分几路，分别从不同方向出击，最好是选择瓜棚的视线死角，并且安排有专门的小孩负责盯着看瓜人的动静，一旦有风吹草动立马高呼撤退。记得有几次负责瞭望的小孩紧张，看到看瓜人从瓜棚出来，马上大喊大叫，弄得大家魂飞魄散。其实事后知道，看瓜人根本没察觉，人家本来是出来小解的，呵呵，瞭望哨那一声喊不啻报信呢。其他负责偷瓜的几路人马选择的出击动作是匍匐前进，从玉米地里出来，贴着地面，再爬过豆田红薯田，慢慢接近瓜田。瞅准个头大的，揪断瓜蔓，再掉转头，沿来路爬回。等回到玉米地深处，方敢直起腰来，嘣嘣狂跳的心脏才归于正常。这是顺利的兵不血刃的"战斗"，在偷瓜生涯中其实是少数，更多的是被发觉和追赶！哈哈，大多数情况是，刚接近瓜田，就被看瓜的发现，大吼一声，拿着棍子追来。这时哪里还有什么战术，直起腰来，撒腿狂奔！胆小的当然没敢抱走西瓜，自己能落个全身而退就不错。而个别胆大的，舍不得到手的成果，抱着西瓜在田地里狂奔。运气好的能逃脱看瓜人的追赶，躲在沟坎里享用美味；运气不好的被田地里的枝枝蔓蔓绊倒，被看瓜人像揪小鸡一样押回瓜棚收拾，那真是倒霉哦！

  偷过多少次西瓜记不清了，但记得得手后大家一起享用西瓜的甜蜜，也记得被看瓜人追赶的紧张与刺激。离那时候太久了，现在想起来，虽不是恍若隔世，但也是遥远的故事了。那以后，西瓜渐渐在消夏消暑解馋的瓜果中位置降低了，也越来越感觉西瓜不是那么诱人了，是种植的因素、物品丰富的因素还是岁月的因素？

  西瓜销售到末期之后，西瓜田就准备"拔蔓"了，要腾出瓜田种植别的作物。这时，生产队会把剩下的西瓜分给每家每户，那是多么令人兴奋哦，拉上架子车满载而归，看着堆在家里的西瓜，恨不得放开肚皮大吃。虽然大人们会限制着，说是细水长流，间隔一段吃一点。可孩子们哪顾得上这么多，比较起偷西瓜的辛苦和惊险，放在自己家里的西瓜还不大嚼？于是，总会有一些孩子因为贪吃西瓜而闹肚子，真真的好玩呢。

  其实，那是一种贫苦困顿下的必然和无奈。

  那样的光景没有延续多久，实行分田到户责任制了，但也没有多少人再种植西瓜，毕竟费力费事。于是，非常想念当年集体的瓜田。再后来，种植专业户的兴起，让田野里又渐渐多了西瓜，但似乎再没有孩子去偷了。想吃了，买几个就是，用不着偷了，真好。只是，现在的孩子们不会再有那时候的感觉和体验了，那也是一种童趣呢。

  前几日梦见小时候偷西瓜的事，嘴里喊着"快跑"，一脚蹬翻了被子。醒来时直愣愣地发呆，多久的事了，恍惚隔世。

  看着现在的小孩随意地吃西瓜甚至浪费，真想告诉他们那时候的故事，不过自己先红了脸，呵呵。

  那时候的光景不再，社会飞速地发展和进步，真是换了人间。此生是没有机会再去偷一次西瓜了，童年不再。

快趁枝嫩做"树笛"

春天来了，花开了，树绿了，又是一年最好时。

想起童年做"树笛"的趣事。"树笛"是为了叙述方便，并让大家明白的缘故，我臆造的一个稍微书面的称谓。其实所谓"树笛"，一般是被称作"咪咪"的。"咪咪"也是一些地方的人们对小巧的筒状吹奏乐器的通用称呼，听起来也蛮可爱。

记得那时候，春天一到，便急急地脱了冬衣，到田野里去撒欢疯张，把憋闷了一个冬天的"玩魔"恣意地释放。田野里，在冬天什么都没有，到了春天什么都有了。麦苗返青，野草凑兴，百花绽放，更有那成排的或散布的树木吐出嫩绿，羞怯地伸展枝丫。

记忆中最多的树木就是杨柳。杨树、柳树，便宜的树，好活的树，生命力很强，在北方农村很多见。虽然在材质上都不堪大用，但因其好养活，所以被广为栽植。它们非常顽强地挺立着，为人们遮风挡雨、吸尘吐氧，默默地奉献绿色与清凉。

杨树和柳树枝丫茂密，材质柔软，于是也成了孩子们的好玩伴。除过攀爬，更有折下嫩枝游戏的两大节目：一是做帽圈，模仿过去电影里士兵的形象；二是用树枝做"树笛"。

做"树笛",一般是"猪嫌狗不爱"年纪的半大男孩的专利:在杨柳甫吐嫩绿,枝条尚软之际,折一截树枝下来,不能太粗,也不能太细,大概介乎于成人小指到拇指的样子,再相对直溜一些,基本就可以当原材料了。之后,捋净旁枝和树叶,用两只手抓住树枝,左手握紧固定,右手均匀用力地揉搓树皮,着力点主要掌握在拇指与食指,再辅之以手掌的握力,让树皮和枝干慢慢分离。一点一点、一截一截,缓缓地、均匀地揉搓,感觉树皮与树干之间的粘连松动了,再慢慢地将树干抽出,便得到一个完整的树皮筒,这就是"树笛"的雏形了。这时,拿一小刀,把树皮筒修剪齐整,再在一头仔细地、把大概半厘米到一厘米长短的树皮外层刮下,留下内层。这个活路很细法,一定要精心操作,不可太用力,否则可能整个树皮被切下而前功尽弃。一定要像绣花般轻轻地、慢慢地刮。好在初春的树枝树皮都很嫩,粘连不紧,或者说这时候粘连树皮与枝干的树液还没干却,类似于刚抹上的胶质,所以剥离起来还不算太吃力。如果是熟手,这个"树笛"可能就在这样用心的操作下,大功告成。一截树皮筒,一端被刮掉外皮,这就是"树笛"了。

"树笛"是孩子们自己制作的乐器哦!吹奏简单,只用嘴含着刮掉外皮的一端,就可以吹奏出孩子的心声——"呜呜"是粗一点的"树笛","嘀嘀"是细一点的"树笛",还有无法用语言形容出的各种或粗或细的声音,呜里哇啦,此起彼伏,交相呼应,直把孩子们心中的欢愉挥洒得恣肆汪洋、淋漓尽致!

其实,所谓"树笛",就是受了乐器中吹奏乐器口哨部分的启发,科学地利用了共振原理,就地取材的一种可能最"草根"的乐器,草根到可能根本就无法吹奏成曲,说白一点就是一个玩具而已。但在孩提时,那种因"树笛"而带来的快乐可是非常之大的。不求吹奏成曲,但能带来一丝响动,孩子的心里就会满足到陶醉,因为这是自己亲手劳动的成果。

看到窗外的杨柳,想起儿时的玩乐,耳边似响起一阵阵"树笛"的奏响。虽然吹奏多了被大人们厌烦为噪声，但孩子的欢乐满满，还有什么比快乐更重要吗？

　　有花堪折直须折。诗意的语言似乎在放纵玩乐，但对树木的尊敬和爱护是不能忘的。就如做"树笛"，也有破坏树木之嫌，小时候大人们也因此呵斥禁止。但玩乐的童年难以禁锢，总会促狭地做一些有着小小破坏性的事情，想起来有点羞惭。但又一回忆，似乎并未因为折损点树枝而祸害树木生命的，一般也是手下留情的，呵呵，是为自我辩解。

　　亲近自然，保护自然。记忆中的"树笛"，在不破坏的前提下，做那么一个，应该无伤大雅。当然，最好是在修剪树木时，用那些废弃的树枝最好不过，两全其美。

　　有机会还想做个"树笛"。

骑马打仗

　　看题目就知道是男孩子玩的，而且是比较"野"的男孩子玩的。跃上马背，纵横驰骋，挥刀搏杀，是曾经较长时期内男孩子的一个梦。虽然我们小时候几乎看不到战马，仅有的几匹马也是干农活的使役的马，但电影和小说甚至是连环画的影响，使我们有了这个梦的由头，也有了模仿的蓝本。

　　名头叫骑马打仗，其实哪里有马，即便有马也不会骑。但没有马有人啊，用人做马，再由人骑上去，骑马的意思就有了。呵呵，人骑人，权作骑马。一般是一群男孩子，年龄大的、体格强的做马，相对小的、弱的当骑手，小的骑在大的的脖子上，这就是骑马。但必须要说明的是，这里的"马"是直立的、两足着地，也就是正常的人站立的姿势，绝非哄孩子时双手为足四足爬行的"马"，也只有站立着才是"战马"！

　　确定了马和骑手之后，就可以开始"打仗"了：参加者按实力分成敌对两方，骑手上马，相向而立，似两军列阵。虽无战鼓擂，但骑手和马早已跃跃欲试，遂一声呐喊，冲向"敌人"！只是手中没有任何武器，只能是徒手，否则就不是游戏了。开战后，大孩子也就是"马"，必须用双手抓紧小孩子（骑手）的腿，防止骑手跌落，也防止在下面下"黑手"。只见"马"奔跑着、冲锋着、迂回着、追赶着,"骑手"互相用手拉扯、推搡(唯一允许的进攻手段),一直战斗到将"敌方"拉下或推下"马"背,即为胜利!这里必须强调一点,这是一个很有危险性的游戏,所以必须选择刚刚翻耕过的松软的土地或堆满麦草的场地做战场,否则小孩子们从肩头跌落下来是要受伤的。

这个游戏真真切切是一种对战争、战斗的模仿。在过去,野性十足、活泼好动的男孩子,非常热衷于此。在这个游戏中,既要有勇气、力气,也要有配合和技巧;既要勇往直前毫不畏惧,也要虚实兼具迂回进攻;既要敢于单枪匹马冲锋陷阵,也要讲求配合和协同;既要敢于坚持鏖战不止死拉硬拽,也要借助技巧偷袭或闪击,不一而足,真正是勇谋兼备。想起来还热血沸腾呢!听那一声呐喊:冲啊!战士冲锋向前,兵将相对,捉对厮杀。进攻、撤退、群攻、单挑、纠缠、迂回,脚下的马在奔跑,肩头的骑手在搏杀,马和骑手都在战斗!一群孩子,心里充斥着多么宝贵的战斗精神!

但它真切的又是游戏,没有暴戾:战士也是孩子,他们要么喜气洋洋地看着胜利果实,要么颓丧于被消灭,但转瞬间又是喜笑颜开,敌人过后,朋友依旧。如是着几回合,强健了体魄,增强了意志,提振了精神,加深了友谊。童年在这里变成少年,少年在这样的欢乐中长大了……

现今的农村也几乎看不到这种游戏了,孩子少了,好像也娇贵了。人少了玩不起来这个游戏倒情有可原;如果是娇贵了、娇弱了,不敢玩这样的游戏,倒真值得警醒。联系近来在媒体上看到关于学生长跑能力下降的报道,真觉得该反思一下孩子的教育和培养了。

亮剑!战斗精神,意志品质,一定程度上基于成长过程中的培养和养成。

真希望现在的孩子多玩一些野性十足的有战斗精神的游戏呢,不惟"骑马打仗"。

冲啊!

挤暖暖

天渐渐冷了，冬天快到了，各种有关御寒取暖的准备开始了，试暖气、换厚被、添棉衣棉袜棉鞋手套等，时代进步了，生活条件好了，人们过冬取暖的准备几乎可以武装到牙齿。尽管全球气候变暖，冬天早已不是那么寒冷了。

不由想起小时候的冬天，20世纪70年代左右。那时候的冬天可真是冷，气温低，雪多而大，风大而"硬"，印象中家里水缸上面会结起厚厚的冰，用水的时候要凿开。放在笼屉里的馒头也会被冻得硬邦邦，不馏热是根本咬不动的。房檐下垂着长长的冰挂，顽皮的孩子会用棍子敲下来玩。田野里一片萧瑟，麦苗被冻得跟地皮粘接在一起，树木也被绑上秸秆以防冻死。冷啊，天寒地冻。

那时候穷，取暖的办法不多，家家户户会烧热了土炕，不但晚上睡觉，白天有时候也会坐在炕上取暖，甚至蒸馒头发面也要利用热炕，否则面就发不起来。炉子？几乎是没有的，因为要烧煤，而煤要花钱买。

最苦的是上学的孩子。每天天不亮就要去上学，每每被大人吼喊得孩子都实在不想从热被窝中钻出来，但恐惧于上学迟到受责罚，又不得不摸着黑、缩着脖、笼着手走向学校。必须要说的一点是，在关中渭北一带，一直坚持一日两餐的习惯，也就是说上午10点左右吃早饭，下午3点左右吃午饭。极个别时候遇上重要劳作，会在晚上七八点"喝汤"（晚饭）。这样的习惯真弄不清成因，但实在不科学。不说大人们，孩子们得空着肚子上学去，就很折磨人。但积习难改，一直就这样过着。现在的孩子可能会带点零食去学校，近年来政府又实施"蛋奶工程"，在学校可以吃早餐，真好。我们那时候，可就是忍着饥饿开始读书的。

要命的教室。开间很高，没有吊顶，坐在教室里直对着房梁。窗户不小，没有玻璃，就如赵本山小品里一样弄点塑料布钉了。没有取暖设备，暖气是天方夜谭，炉子也没有，就那么一大间屋子，老师和学生都挺着。记得老师很少写板书，大概也是怕冷。学生们听课时都缩着手，左右交叉地把手塞进自己的棉袄袖子里。但写字的时候太遭罪，一双双小手没有几个没被冻皴的，有的已经肿了、烂了。

下课了，毕竟是好动的孩子，再冷也要到户外去玩。玩什么呢？真没什么好玩的，冰天雪地，冷风嗖嗖，于是，一种既能取暖又能玩耍的游戏出现了，并历久不衰——挤暖暖。原谅我到这时候才贴题，实在是得交代背景。

挤暖暖：冬日，一群灰头土脸的孩子（主要是男孩子），穿着家做的不厚的棉袄棉裤棉鞋，吸溜着鼻涕，站在屋檐下背风处晒太阳。教室外的墙角是最挡风的稍微温暖的所在，于是就争相往那地方站，站着站着就挤起来，往往是十几个孩子，贴着屋墙，一个挨一个向墙角方向挤，最靠近墙角的那个人，为了不被挤出，要紧紧贴住墙角，但很难敌住一溜儿孩子的挤压，很快会被挤出，墙角易主。被挤出的那个孩子会再排到队尾，加入推挤别人的行列。如是反复，孩子们大呼小叫，嬉笑打闹，身上一下子会暖和不少。为了游戏的公平，还会约定几条规则，比如不能用手推只能用肩膀挤，比如被挤出的人或是新加入的人不能插队，等等。女生们害羞，一般只是看客，也会充当啦啦队。时间长了，孩子们也摸出了挤暖暖的技巧，比如尽量侧身挤，比如在墙角坚守时用背贴紧墙壁且两腿使劲用力等。课间十分钟，往往是意犹未尽，收获满满，寒冷稍驱。

那时候小，男孩子本也不太讲卫生，所以一轮挤暖暖下来，满身都是从墙上蹭的土，但和寒冷相比，干净又算什么。

曾经的无奈之举，留下多少乐趣。不说可怜见，也没什么辛酸的，大家都一样，时代使然。

时代变迁，日新月异。关于取暖的手段和装备，已经丰富得很了。就说学生们冬天上学，再也不会为了驱寒取暖而挤暖暖了。想到这些，心中也暖起来。

顶牛

顶牛，牛顶，起始的意思是两牛打架吧，一般是公牛间的斗争，或为食物，或为伴侣，心生怨恨，于是怒目相向，用犄角互相顶撞，谓之"顶牛"。虽然我们能看到的牛基本都是驯化了的动物，但野性残存，怒火难抑时诉诸武力，也是阳刚的一面。再之后，"顶牛"被引申为直面相对、互不相让的人的所为或事情的景状。

本文要说的"顶牛"，是曾经一度被男孩子热衷的一种游戏。有一门科学叫仿生学，研究人类向动物学习一些技能的。那从一定意义上讲，"顶牛"这个人类游戏也是对动物的一种学习或模仿。

不知道城市的孩子玩不玩这种游戏，农村的孩子，当然基本是男孩子，是曾经一度非常热衷于此的。记忆中，这是我们小时候常玩的一种集体性游戏。课间休息的时候，或是不上学也不下地劳动的时候，一大帮男孩子聚集在一起，很自然地会玩起来。分析原因，一是这种游戏不需要任何道具，有两个以上人就可以；二是简便易行，不需要专门学习技巧；三是过去的男孩子尚勇好斗，这种对抗性的游戏正适合。于是，"顶牛"就成了游戏的常态。

情景是这样的：一般男孩子，会按照人数、年龄大小甚至是高矮胖瘦、强壮与否分成两拨，各据一方，形成两大阵营。然后会有专门选出的裁判或者领头的发号施令："一二三，快扳机，谁不扳机是母的！"呵呵，孩提之言，"母的"意谓女人，类似诸葛亮以女衣激将司马懿一样，但有歧视女性之意，请谅。所谓"扳机"，是指用左手扳起右脚脖子或右手扳起左脚脖子，或者抓住裤腿，从而变成金鸡独立，另一腿成弯曲状，这就是"扳机"到位，做好了战斗准备。因为怕有人耍奸，延迟准备时间以节省体力，所以才有了上面的口号。待双方都做好准备，会呐喊一声互相攻击，方式只有一个也只允许一个，即单腿蹦跳，用一条屈起的腿的膝盖顶撞对方，将对方顶倒或双足着地即为胜利。这是一个十分简单的游戏，也是一种相对平和的搏斗，考验的是一个人的平衡能力（有人会在未受攻击的状况下单腿难以支撑而双脚着地）、速度、力量，当然也有技巧，比如攻击的时机，比如集中优势兵力打歼灭战（几人围攻一人），比如偷袭，等等。因为是集体游戏，所以类似于两军混战厮杀，十分激烈壮观，跳跃、进攻、呐喊，直到最后，以一方被完全"消灭"收场。

　　那时候几乎天天玩这个，几乎一天玩几场，几乎一场还有几个回合，既热闹又锻炼身体，乐此不疲。现在想起来，还有"亮剑"的战斗精神的培养，勇往直前的意志品质的磨炼，团队精神的养成以及勇谋兼具的本领的提高等。但那时候哪会想到这些，就是图个玩乐，图个热闹，从一定意义上讲，也是一种缺乏其他条件娱乐的穷开心。

　　那时候"皮实"，被顶撞倒地也不在乎，翻身爬起来为同伴呐喊，再跃跃欲试于下一局；那时候也不大在乎干净，场子肯定是土场子，一群孩子蹦跳争斗，脚下激起的尘土飞扬，身上被鞋底蹭上泥土甚至倒地变成泥猴也毫不在乎；那时候精力充沛，尽管肚子里食物粗糙，但吸收消化功能特好，感觉像有使不完的力气，无法安生；那时候好像也大度啊！被人顶得人仰马翻也绝不会翻脸，仍然是好伙伴。

　　那时候的冷天，这项游戏最受推崇，这实在是一种锻炼驱寒的好办法，冷冷的天，只要这样一场游戏下来，浑身上下都是暖和的，不竟是取暖的妙招呢。

　　曾经在一次成年之后的同学聚会中，有同学提出到室外去玩一场"顶牛"，四十上下的一群半老男人，刚摆开架势一会儿，竟然都气喘吁吁，体力不支。童年不再喽，老夫莫发少年狂哦，呵呵。

　　现在的孩子似乎不玩这个了，他们功课多，还要在课余学这个那个"提高素质"，他们早早戴上眼镜，小大人似的文质彬彬。

　　真希望现在的孩子能玩玩这种尚勇好斗的游戏，总觉得在文化知识之外，孩子们应该有喧闹、活泼甚至是适度的"放纵"。智勇双全、阳刚昂扬、孔武有力的男孩子，才能在一生中做个男子汉，为生活、为事业、为家庭、为民族、为国家，都是需要的。

　　孩子们，玩玩"顶牛"吧！

打猴

绝非虐待动物，实际与"猴"无关，纯粹是会意的游戏名称而已。

"打猴"：道具有二，一是"猴"——一根10来厘米长、直径1至2厘米的小木棒，木质稍硬，两头削尖，对称匀称，这就是"猴"；二是尺把长、两三寸宽的一截木板，有1厘米左右厚即可，一头稍作加工，便于手握，这就是打"猴"的家伙事。两样齐备，便可开始玩耍，与其他游戏不同在于，"打猴"可以自娱自乐，也可以两人甚至更多的人比赛。

游戏的场景是这样的：找一个开阔地带，村巷里、场院中均可。把"猴"放置在地上，用手中的木板的侧面，也就是"棱"，准确、迅速地敲击"猴"的一端尖头，力度一定要掌握好，受力点一定要准，干脆利索，啪！受到敲击的"猴"一下子会弹起来，这时候，要"说时迟那时快"，迅速用手中的木板正面，抽击还在空中滞留的"猴"，一声脆响，"猴"飞向远方！

这是一个需要力量和技巧的游戏，首要的是准确且迅速而又用力适度地敲击"猴"，要使"猴"跳得高且跳得直，这样才好下手用板抽击。如果跳得低，可能不等抽击，"猴"就落地了。如果跳歪了，则无法正常抽击，要用手去"够"，则力量不足，"猴"也飞不远。

工欲善其事，必先利其器。这个游戏的道具必须认真制作，"猴"尽可能选用硬的木头，削制也要用心，长短粗细都要适度。打猴的木板也要趁手，方可准确用力。这样的加工活小孩子是很难独立完成的，一般都是大人们帮助。制作精美的玩具给孩子，是爱心，也是奖励。一个孩子如果拥有一副好道具，是很受其他孩子艳羡的。

这还真是一个有趣的游戏，看那孩子放置好"猴"，再弓下腰来瞄准，忽然迅捷地下手敲击，"猴"即刻跳起，再迅速直腰、挥臂、发力抽击，一声清脆的响声过后，"猴"像离弦的箭、出膛的子弹，冲破空气的阻滞，摩擦出"嗖"的声响，飞向远方！孩子雀跃，紧跑追击，复又敲击、抽打，如是反复，乐此不疲，大汗淋漓，气喘吁吁。游戏的童年，快乐兴奋，健身益心。

这又是一个科学的游戏。不知道是哪位先贤发明创造的，它尊崇了杠杆原理、平衡原理，真有学问在其中。

这又是一个和战斗、战争有关联的游戏，看过解放战争题材电影的都会记住一个场景，解放军在装备简陋的条件下，学习古代战争，发明了用杠杆原理投掷炸药包，几十上百米的距离，几十斤重的炸药包飞入敌阵！"打猴"是不是源自战斗的智慧，不得而知，但其中彰显的战斗精神，倒是很值得推崇。

另外，这还是一个类似于高尔夫、板球甚至网球的体育运动，如果推广开来，再制定详细规则，完全可以在体育竞技中占据一席之地呢。

民间智慧博大精深，就地取材、因陋就简，娱乐玩耍，丰富生活，是一种莫大的情趣，是对生活的丰富和热爱。随着生活变迁，许多流传很久很广的游戏或手艺濒临丢失，想想真可惜。有兴趣的话真可以以博物馆的形式保存这些民间的发明创造，它也是曾经的乐趣，也是历史的一部分。

写完上述文字，真有再"打猴"的冲动。什么时候做一副道具，再游戏一场？

4 深思浅论

最后的大宅门
——叶广芩《状元媒》读后感

  读过《四世同堂》《骆驼祥子》，更看过北京人艺的《茶馆》，那是京味文学的经典，很是敬佩与喜爱。除却文学本身，对京味文学中所描绘的老北京生活场景、风土人情、语言腔调，一直非常喜爱。但之后很长时间，京味文学见得少了，感觉好像没人再能写得了似的。想想也是，那些熟悉老北京生活的前辈都已经作古或寿登耄耋了。如今，记忆中的感觉还能再体味吗？幸而看到了出身京城名门、迁居陕西的著名女作家叶广芩老师的新作《状元媒》，欣喜之余一口气读完，感觉又在老北京游历了一番，进了一趟大宅门，去了一趟穷人区，结识了一帮老北京，见识了满汉全席，也喝了碗酸豆汁。蛮丰富，很过瘾。

  《状元媒》是一本围绕着大宅门的变迁展开的叙事长卷。全书乃至各个章节都用戏剧名来命名，所以，这部书也可以看作是一部人生大戏。正像书名一样，这部大戏就是从状元做媒开始的。世家子弟、学者在偶尔之间邂逅穷人女子，隐瞒真实年龄娶为正房，于是，好戏开场了。

  按照习惯的程式，或者过去一些被扭曲的描述，穷人家的女子嫁到世家，是必要受白眼甚至欺凌的。按照我们过去的阶级论，这是两个阶级水火不容的斗争。但在一个屋檐下生活，成为了一家人之后，情况到底是怎样的，是不是真如过去一些作品中描述的那样？我们确实无从得知，只能相信所谓知情人的叙述。而《状元媒》给我们展示的情景倒确实令人吃惊，颠覆了以往的印象：朝阳门外南营房的贫民女子盘儿，在得知金四爷以"山林之兔"求亲、以"蟾宫之兔"娶亲，偷梁换柱、瞒天过海之后，无法接受，大闹新房，把平民女子的刚烈表现得淋漓尽致！而作为当事人的金四爷，竟然远逃云游，半年不归。阖府上下，对这位出身低微，与大宅门地位大相径庭的新奶奶，并未有歧视或欺凌。相反，他们把这个明媒正娶的新太太，一下子就接受为新的女主人，即便是年龄比后娘小不了多少的前房留下的子女，也认真恭敬地称呼"额娘"。这是规矩，很自然的规矩，并不因出身而破坏，可见世家自有世家的积淀和传统。人说"一夜出富翁，三代出贵族"，于此可见一斑。

之所以注重这一点，是有感于文学中的"真相"。就如我们一度曾经读过的许多作品，把主人和雇工的关系描写得很敌对，似乎主人都是流氓恶霸，而雇工都是苦大仇深。小时候这样的作品读得很多，也让作为不了解真相的"受众"的我们根深蒂固地建立起了这样的认识。后来，随着时代的发展和变迁，也随着年龄以及知识见识的增长，了解到许多根本不同于书中描写的真相，一度很怅然。典型的比如地主和长工的关系，小时候先看到的是压迫、奴役和剥削，后来长大了一点，听自己的乡邻长辈们叙述，有许多地主和长工关系是非常融洽的，甚至是非常亲密的，其时很惊讶、半信半疑。再后来成年了，听到的更多。及至看到一部伟大的作品中写道："他和长工一个桌子吃饭一个铜盆洗脸，他从不训斥长工更不用说打骂了，他用过的长工都给他出尽了力也都成为交谊深厚的朋友……"更觉得什么是真相了。文学可以整合信息，可以浓缩资源，可以夸张虚构，但必须有谱。最少不能歪曲。题外话一。

回过头来说《状元媒》这幕大戏。以金四爷为首的，包括他的子嗣，在过去是被贬为"遗老遗少"的。特别是清朝皇亲国戚、八旗子弟，一般都被描写为"肩不能挑，手不能提，心不能经济"，好吃懒做、无所事事者也。其实那是一群悲剧人物，因为他们从小就没被训练出谋生的本领。忽然间，命运发生天翻地覆的变化，无所适从是必然的。但这绝对不是一群无用之人，他们有天生的劣势，但更有打小培养出来的气质和教育、熏陶出的修养乃至学养，在一定的领域他们是非常出类拔萃的。著名作家邓友梅就说过："八旗子弟也有不凡的一面。"他说曾经有一次开会，请多尔衮的后代做记录，他说不会用钢笔，只会用毛笔。大家说，毛笔也行。等开完会，一看记录，大伙儿都惊呆了，蝇头小楷太漂亮了，放现在那是一幅幅书法作品。可他们不知道这是本事，能换饭吃。北京重建昆曲团时，全北京找不到合格的笛师，一家建筑公司的旗人伙夫想试试，这个人很笨，不会做饭，专门负责烧火，领导说你连火都烧不好，还想当笛师？也没当真，就让他去试了，结果一下就被录取了。人家爸爸当年经常请昆曲艺人来家表演，这叫"拍曲子"，他从小跟着听，跟着练，他吹笛子就当是玩，却玩出了高水平。小说中的金四爷，生性散淡，但学养深厚，徐悲鸿曾延请他去大学做教授。而金家的下一代，也并不是一群纨绔子弟，他们也都分别在自己感兴趣或特长的领域平和地活着，最起码都在自食其力。

而更为印象深刻的一点，是大宅门的平和气。这还得说我们没有经见过的缘由，几乎所有的先入为主的概念都是大宅门"为富不仁""朱门酒肉臭""仗势欺人"等等。不排除在这个行列中有一些会这样，但大多数应该是比较平和的。比如我们看过的电视剧《大宅门》的白家，其中的大多数成员是非常怜贫恤老的，性情也都很平和。包括主仆关系，都是能做到基本平等的。想想也是，无论是官宦还是商贾，都得居家过日子。既然是过日子，应该都是遵循礼教，遵守规矩的。包括子嗣的教育，除非脑残，谁也不会打小就往坏了教。慢慢地这样的家庭，应该会有一种集体气质：衣食无忧、少受欺压，生成的是一种平和坦然。这一论调在异国他乡也得到了印证：美国街头的少年，阳光，平和，沉浸在自己的平静的世界里，脸上既没有志得意满的骄傲，也没有惊兔弱羊的恐惧，眸子很静、净。记得有人说过，那是从没受过欺负也没有想欺负别人的一种感觉。

回过头来说大宅门里的人，在大多数情况下的大多数，应该也是这样的吧。这种叙述和描绘在《状元媒》中体现得很充分，无论是主仆、上下、男女，比如金四爷以及他的朋友、子女，比如莫姜等一干仆人，都分别守着规矩平和地活着。作者在描写的时候很客观，并没有一味美化，也没有故作深奥，近乎白描的手法，展现给我们一群生活在那个年代的大宅门里的客观的人。

真相、客观之外，作者给我们呈现出一幅绚烂多姿的京城生活画卷。

首推戏曲。戏曲这个国粹，在那个年代里，是主要的娱乐方式。无论是宫廷民间，看戏（听戏）都是一大享受。但看戏是要有付出的，所以平民阶层接触戏曲的机会就少。而大宅门里，老少一般都喜好，不但会去剧院看戏，而且能够经常把戏班子约到家里来演出，所以大宅门里的孩子打小就有缘接受戏曲的熏陶，对戏曲的程式、唱念做打等很熟稔。甚至于会有一些"发烧友"时不时地自己披挂上场。但那时候唱戏的地位很低，被称作戏子就是明证。所以大宅门里的子弟"票"两出是没问题的，但万不可动了"下海"的念头，那将被视作辱没门庭的下贱之举。《状元媒》一书索性就以戏曲中的戏名来做章节标题，也借用戏曲的情节隐喻大宅门的生活变迁或人物命运，形式和内容结合得恰如其分，真是人生如戏、戏如人生。书中描绘的戏曲场景也非常贴切生动，足见作者深厚的戏曲艺术修养，家学渊源，非有身历而不能为。

其次是饮食。钟鸣鼎食、珍馐美馔，这是一般大宅门里饮食的情景。《状元媒》书里也有大量的关于京味十足兼有些许宫廷意味的大宅门饮食的叙说。就饮食而言，我们一般说有宫廷菜、官府菜、商贾菜、市肆菜等分类，那么，大宅门里的菜当属于官府菜序列，再加上些私房菜的个性。《状元媒》书里的金家是皇亲国戚,当受宫廷一定影响,菜肴饮食里又有些宫廷元素,这样的饮食就很有特点,读起来都很享受,何况吃起来。从一定角度来讲,大宅门饮食的考究,对饮食的丰富和发展是有独特贡献的。比如金家收留的宫女,嫁了个御厨,就学到一手烹饪绝活,无论是大菜还是小点心,几乎都能做到极致的精巧。所以说,一本好书,能传达出很多信息,一本好小说,不经意间的些许专业知识,也是在其他专门的书籍里都没有的。看京味小说,领略老北京饮食文化,确也是一大收获。除过大宅门里的私房菜,市肆里的老北京满汉结合的风味小吃,也是书中饮食描写的一部分,比如毛豆腐、豆汁等,细致入微、绘声绘色的描述,让我们这些无缘品尝的人也似乎品出了滋味。当然,书中也有南营房平民或是贫民的饮食的描写,那就是比较粗糙的大众的但也带有京味的东西,炸酱面、熬白菜、大腌萝卜、窝窝头等等,这些叙述让我们了解了那个时代背景下平民的生活,也感受了老北京饮食文化的一部分。

  在书中,作者还有一段饮食与文学的趣论,她说:"做饭和写文章是相通的……急茬儿的面、急就的章,一般经不住推敲。火候到了,饭就熟了;人品到了,文就熟了。"很有道理的贴切比喻。

  还有礼节礼仪的描写。都知道老北京人非常讲究礼貌礼节,天子脚下、皇城根,子民们浸淫其中,文明程度很高。加之京畿重地,官衙林立,等级严格,规矩颇多,所以,大家都懂规矩、守规矩。书中的描写,比如金四爷迎娶盘儿的婚仪,明媒正娶、放定过礼、礼乐迎娶,正式隆重,须臾不可或缺;比如大宅门里的家庭平常用餐,也一定是长幼有序,十分分明;比如老北京的迎来送往,什么样的客人怎样迎接、怎样落座、怎样送别,都有一定程式。比如,女眷一定在送客到二门时止步,主人送客到大门外一定要等看不见客人再回屋,等等。再比如金家接纳的仆人、宫女莫姜,安静平和、礼仪周全。书中有一段关于莫姜和太监张安达见面致礼的描写:"动作十分优美利落,张安达是跪安,莫姜是蹲安,张安达是朗声,莫姜是低音。一起一落,听着舒服,看着养眼。"

上述这些是书中带给我们的老北京信息,描述自然,叙写坦诚,读来兴味十足,增加了许多见识。

如果说前面所讲的是《状元媒》的基本特点,那么,关于《状元媒》的另一个足堪褒许的是语言风格。

大气、直率、爽利,娓娓道来,不温不躁,实有大家遗风。皇城根下,大家闺秀、飒爽利落、坦诚直率,行文用语皆干脆明了,不拖泥带水,不矫揉造作。就如听人讲话一样,有人说话绕弯或是故作深沉或是絮絮叨叨,不一会儿就会听烦。而有人说话,言简意赅、理清事明,亲切自然,闻之五体通畅滋润,这就是区别。文字也如此。读过不少的书,比较"好读"的不多,特别是近些年。"好读"是作品的起码指标,最起码让人读着不费劲,能读明白。但有些作者的语言文白夹杂、故弄玄虚、欧化长句或是故作老辣,把媚俗当通俗等,读之艰难,读后茫然,那是文章中的毒药。记得年轻新锐学者于丹在一次访谈中说道:要求学生写文章必须要说人话!这是语重心长的恳切之语。至于一些刻意模仿港台腔的文风,更是本末倒置。

另外,语言中京味纯正、陕味佐之。叶老师在北京的大宅门中长大成人,历练完整。其后至今,生命中三分之二以上岁月在陕西度过,所以,两个地方的文化都比较熟络。所以京味是完整而纯正的,但四十多年的陕西生活必然让她对陕西文化、语言已经比较熟悉,以至于有的已经是一种习惯和自然了,所以,表现在语言中,描写京味生活用京味,但时不时会有点陕味,运用得很恰当。至于占到全书四分之一篇幅的两个描写在陕西生活的章节,那就必然是陕味为主了。完整的、深入的两地文化的体验和渗透、吸收,使作者在叙述描写中游刃有余,转换自然。

如果说书中对于大宅门里人物的描写、事件的叙述、生活的描绘,使我们对于时代变迁中人的命运有了了解和思考,那么,书中关于下乡和招工以后生活的叙述,则使我们对于大宅门里的"这一个"的命运有了更加宽泛的了解，不惟京味。在那个特定的时代，许多北京青年到陕西插队落户，作者因此离京，之后当农民、做工人。但令我们没想到的是，这个大宅门的后裔没有娇骄二字，相反，开明的书香门第、良好的教养素养，使作者骨子里适应性很强。她能团结和带领知青们劳作和生活，也能做些许不大的恶作剧；能和农民和谐相处，也颇受工友欢迎。看来，京味中女性的爽利洒脱和豪爽开朗以及骨子里的心理优势都在。之后，家学渊源的优势显露，作者自然地进入文化人行列，其实也是自然的回归。

叶广芩老师是我很敬重的一位作家。虽至今未能谋面，但通过资料得知了关于她的很多信息。她以往的作品中就有两类，写老北京的和写陕西的、写历史的和写现实的，基本都读过，都很喜欢。通过作品也能了解作者，通过作者也能了解作品。所以，看到是叶老师的作品，拿来认真地读了，很享受的一种阅读。

本不是业内人，也无心评书，只是出于喜欢、欣赏、尊敬，有感而发。感谢叶老师把自己压箱子底的宝贝拿出来给大家看，相信叶老师丰富的家族历史和深邃的思考里还有许多的好东西，期待。

有句题外话。书中《凤还巢》一章里隐约有作者回归京城的想法和行动，读来颇纠结：如果真是叶老师回京城，那是叶落归根，人之常情。但叶老师的根也在陕西啊，四十多年的生活，也算是把根移植过来了吧，陕西也是根。其实，隐约间是不想叶老师变得和陕西只是一个"曾经"的关系。

读好书、谢好人。好人好运。

更期待叶老师的新作。

记住一群人和一段历史
——杜光辉《大车帮》读后

陕籍作家旅居省外写出的好作品,依然是陕西题材。前几年有孙皓晖的《大秦帝国》,现在有了杜光辉的《大车帮》。看来写作,除过作家的功力之外,还是要写自己熟悉的生活或者是自己生长地曾经的生活,那也是一种熟悉。杜光辉的《大车帮》写的就是和他籍贯吻合的西安当地的一段生活、一群人、一截历史、一个故事。

大车帮,就是古老的长途物资运输队伍,是"物流"的早期形式。人类生活和社会发展除过人的迁徙和流动之外,不可或缺的就是物资的交流。在运输、交通都很原始的状况下,肩扛背挑、骡马驮运乃至大车运输,都是应运而生的。西安雄踞关中,相对而言地势平坦,交通便利,所以大车,或谓之马车,就成了主要的交通运输工具。加之西安内联中原、外接西陲,枢纽般的地理位置,给长途运输提供了需求和可能,于是,我们的先人们,把使役的战马或耕骡,套进大车里,在庄稼事务完毕之后,变成纯粹的运输工具。走南闯北、走西串东,连接起八方货物,运来输往,挣点辛苦的脚力钱,改善自己的生活、养育子女、图谋发展。于是,曾经一度,几乎以专业村的形式出现的"车户",结群搭帮,到外面去讨生活,"大车帮"应运而生,延绵百年。

《大车帮》记录了一段历史。"大车帮"时间跨度从1919年到1939年,这20年,正是中华民族灾难深重的时期,内忧外患,军阀混战,外敌侵侮,凋敝荒凉,民不聊生。而这一群依靠赶车下苦谋生的人,在这样的情境之下,依然要西出阳关,南越秦岭,东渡黄河,北上大漠,四处奔波。在崇山峻岭、戈壁荒漠、急流险滩、朔风雨雪中艰难行走,在贪官污吏、山头大王、江湖九流、店牙赌嫖里应对搏杀,在后院起火、伤痛病馁、欺诈倾轧、爱恨情仇中忍辱负重。有无边的痛楚,有不屈的抗争,有豪放的恣肆,亦有热血灌顶的狭义。一路走来,一路艰辛,把关中汉子骨子里的豪迈奔放与侠肝义胆、质朴拙重与隐忍博大,诠释得淋漓尽致,在大西北乃至黄河两岸、秦岭之巅,播撒、生根、发芽、茁壮。用生命、鲜血、汗水和赤诚竖起了一面迎风招展的擎天大旗!

《大车帮》记叙了一群人的故事。这是西安北郊的一群人,是西安周边的一群人,是关中大地的一群人,是响当当的陕西汉子。他们是"况夫秦兵耐苦战"的秦兵后裔,血管里流淌着老秦人的奔腾的血液,生就"生冷噌倔"的倔强性情,传承了宁折不弯的无畏品格,更延续着生生不息的求生进取的精神,在苦难中自强不息。他们本是面朝黄土背朝天的农民,本可以三亩地一头牛、老婆孩子热炕头,自给自足,逍遥自在。奈何社会不公,有限的生存资源掌控在少数人手里,他们空有一身气力,但只能外出谋生。于是,不能承租土地的他们,吆起牲口,套上大车,四处奔走。这一走出去,天地开阔,栉风沐雨,算是可以讨得更好的生活。当然,这一走出去,性情也得以挥洒,却难以再收拢,于是,也有了他们的特性,他们的乐趣,他们的实难褒贬的一些作为。可能也正是这样,他们的形象才更加真实、饱满,才更加有血有肉、有爱有恨。这个行当的衍生不知道要上溯到什么朝代,但几乎延续到新中国建立之后若干年,直到汽车开行八方,这一行当才几乎消弭。所以,把这群人的影像描画出来,让后人了解这一段历史,是非常有价值和意义的。从这个意义上讲，《大车帮》也是"一个民族的秘史"。

《大车帮》是一本关中意味非常浓郁和纯正的书。前面说过，作家的写作一般要写自己熟悉的生活或生长地的生活，虽然不能作为局限，但应该是主流。所以小说的地域性一般都是和作家联系在一起的，哪里的作家写哪里的生活，汇集起来就是一个民族、一个国家的景象。长期以来，京味、海派、湘香川辣都很浓郁，唯关中味稍有欠缺。陕西文坛在陈忠实老师之前，有影响力的关中味的小说不多，《白鹿原》扛起了大旗。今天之《大车帮》应该被重重地看作描摹关中近现代生活的一本比较纯正的书。理由如下：

一是对关中生活的熟悉和把握。杜光辉是西安人，对西安生活耳濡目染，应该比较熟悉，并在感性基础上有理性的把握。说起关中，相较于以宝鸡为中心的"西府"、以渭南为中心的"东府"，作为"西安府"，关中味更纯粹一些，更集大成一些，不独农村的关中味，城市的关中味道也更足。所以，始终认为，以西安为中心的地域更能反映关中的风貌。书中提到的车帮就在西安北郊，这是一片有着汉唐丰富遗存的开阔地带，北滨渭河，南拱古城，是曾经的天子脚下。这里平坦的土地、相对稠密的人口以及与西安城近在咫尺千丝万缕的联系，都能较好地体现出厚重的历史和丰富的文化。在《大车帮》一书中，无论是风俗习惯、待人接物、饮食特色甚至是建筑风格，都是浓浓的关中味道。还要说，这一切有赖于对这片土地的熟悉和热爱。一直主张写自己熟悉的生活，对于不熟悉的生活，尊重就好，轻易不要涉足，否则会牛头不对马嘴，贻笑大方不说，更怕歪曲与误解、讹传。

二是突出的关中语言风格。语言的把握是一部作品成败的关键，好的语言犹如食物的味道，阅读起来很享受。糟糕的语言让人味同嚼蜡，像是一锅好食材，没调和出好味道来。在《大车帮》一书中，首先值得褒赞的是语言的简洁、纯粹与凌厉，俗谓之很"干净"，没有拖泥带水，没有故作深沉或媚俗调侃或轻佻调皮，坚持语言为人物服务、为情节服务，这点是非常成功的。正如评论家所说"他的语言像自酿的家酒，浑浊而老辣，适合用大碗来豪饮的"。在成功的语言运用的大前提下，他的语言风格纯正地切合了关中方言，而且很纯粹。比如对于牲口的称谓，关中有一个独特的叫法——"头牯"，这一叫法非常贴切，在我小的时候，我们处于渭北的家乡就通行，把饲养员叫作"喂头牯的"。牲口的叫法倒很少，是不是后来语言交汇的成果未考证，但关中把"牲口"称作"头牯"是千真万确的。但在之前陕西作家的作品中很少有这样的叫法，包括描写解放前乃至更早的生活，也用上"牲口"这样的叫法。也许是无心为之，也许是用发展了的语言描写过去的生活，也许是为了让读者更好地理解吧，但总觉得少了点纯正的意味。当然小说不是历史，今人描写古人也不可能全部用古文，但基本的特点要保持，特别是方言。写到这里，想到一段题外话：对于方言的保留，可能有时候整体迁移更纯正。比如19世纪末逃避战乱进入俄罗斯（后为哈萨克斯坦）的关中后裔"东干族"，比如20世纪初迁移到陕西关中的山东移民，他们带来了家乡的方言，在相对集中的居住中，自身的方言几乎没有变化，再回去反而为原乡原土的乡党们所不解。所以，语言要发展，但还是要保持一些原汁原味，类似于百年老汤。除过"头牯"这样的称谓，比如把头领称作"大脑兮"，把舒服称作"窝掖"，把能工巧匠称作"把式"等。这些词汇，外地人一时半刻理解起来有难度，但随着故事的展开和情节的绽放，必然能理解，就如我们读鲁迅、沈从文等人的乡土作品，那些乡土味十足的称谓也是能理解的。至于人物对话，更是应了关中汉子性格的生冷噌倔、质朴、简洁、豪放甚至略显粗鲁，读之如睹人，十分生动贴切。

　　还要说到作者在关中饮食上的把握。老秦人的饮食简单而"抗硬"，没有更多的铺排，大碗肉、大碗酒，加工简单，但滋味醇厚营养丰富。书中描写的车夫们干粮以锅盔为主，回家的吃食稍丰盛，看那手抓肉、煮羊头、凉拌羊肚子，别以为粗鄙哦，那实在是一种传承很久的美味。还有一碗看似粗鄙的吃食——搅团，那调料可是很用心的，"白萝卜丁丁、胡萝卜丁丁、洋芋丁丁、油炸豆腐丁丁，煮得胀胀的花生、泡得软软的黄豆，还有黄花菜、木耳、腐竹……"多好的滋味、营养、色泽！千年传承，于今仍如是，不能不说是最科学的搭配。这样的意味、这样的言味、这样的食味，总合起来就有了"这一方"的人味，互相衬托、相辅相成，关中近代的感觉一下子淋漓尽致了。

《大车帮》还可以看作是一部草根英雄谱。九岁跟车，十八岁当上马车帮"大脑兮"的吴老大既是这部书的第一男主角，更是这一群草根英雄的典型。他出身车户，自小立志，又兼父辈精心栽培，在倔强、尚勇的性格基础上，又修炼出豪迈、侠义、智慧，在长年的艰苦磨炼砥砺里迅速成长，成为了西北最大车帮的"大脑兮"，也成了"这一群"的精神领袖。作者是饱蘸浓墨，把关中汉子几乎所有的优点和特点集中在吴老大身上，塑造出一个既坚硬质朴又智慧通达的关中汉子形象，竖起了一面旗帜，让后辈对自己先辈的感知多了一个活生生的模子。这个车夫形象，比较骆驼祥子等车夫形象，更加鲜明，更有棱角，也更张扬有性格。其次，作者还广泛涉猎，写出了吴骡子、马车柱、侯三、刘冷娃等一应车户，冯庚庚、刘顺义等商人、武行兼备的与车户有关的形象，以及揭竿而起、占山为王后又不忘民族大义、勇赴抗日前线的孟虎、刘七等绿林好汉，几乎是关中汉子的一组群像。当然，"另一半"的女人形象也极具特色，如吴老大的母亲翠花，贤惠仁慈又明达事理，把"大车帮"的"后院"料理得井井有条。还有大车店买来招徕生意的青楼女子出身的玉蓉，命苦心善，在艰难甚至屈辱中活出了真性情，等等。正是这些有血有肉、栩栩如生的人物，撑持起了"大车帮"，也撑起了那一段历史和那一群人的日月。

如果说仅仅停留在"大车帮"的艰苦挣扎、发展壮大的层面，那《大车帮》仅仅只是一个求生存的故事，而大车帮勇上抗日前线的传奇故事，才真正把"大车帮"的血肉浸染得鲜红！看那情景："早晨，关中东部的朝邑平原上，天阴得很重，有风，军旗在风中飘抖……军队的方阵后面是三家庄马车帮的一百八十挂马车……车户们都剃着光头，攥着鞭子，鞭子上飘动着红缨子，头牯们都昂着头，铁蹄不停地刨叩着土地，蹄下荡起一阵一阵的黄尘……"多么激越豪迈、视死如归的画面！这才是关中男儿真性情，这才是"大车帮"的英雄气！

　　读完《大车帮》，掩卷，难宁。思绪似乎还在那个时代、那种情景、那一群人身上。西安北乡，三家庄马车帮，几百年间一个行当的缩影，他们不应该被湮灭，不应该被遗忘。那是我们的先辈们艰苦卓绝延续民族血脉的一种不屈的抗争，那是推动社会向前发展的一股不可忽视的力量。应该回忆他们、描绘他们、讴歌他们。

　　几年前，工作和生活都从古城墙里迁居到西安北乡，脚下这片热土，岂不就是当年"大车帮"的村庄？我们来了，他们"拆迁"了，他们的村落也逐渐消亡了，今日想去寻访，去往何方？转眼一想，历史总是在向前发展，社会必然要不断变化，那些先辈们和他们的后裔们也在发展，他们不论去了哪里，那股子精气神必然永存。如此，便释然。

　　脚踏当年"大车帮"的脚印、车辙，耳边激荡起那人欢马嘶、鞭花炸响的声音，胸中激荡起满满的豪迈。就让我们记住他们，学习他们，承继他们，在今天的高速公路上，一样抖擞起不屈的精神！

祈愿众生安乐灵魂安息
——余华《第七天》读后

《圣经·旧约》，第七日为安息日。

余华新书《第七日》，在看似荒诞不经地描述了一系列的困苦不平之后，在第七日最后写道："树叶会向你招手，石头会向你微笑，河水会向你问候。那里没有贫贱也没有富贵，没有悲伤也没有疼痛，没有仇也没有恨……那里人人死而平等。"

作者巧借"七日"为七个章节，以"我"为主人公和联系点，叙述了一系列看似独立却又有某种关联的故事，描写了一个个本互不相识却又命运相通的人物，用冷静到残忍的笔法揭示了人物的命运，看似平静却又充满极端愤懑地鞭挞了社会的某些丑恶与不公。读来似曾相识，却又被震撼良久，似乎已经麻木的心灵又一次被刺激得难以平静。

"我"的出场就已是一具魂灵，说白了就是已经死过了，但死得心有不甘，于是出窍的魂灵在行走、在追忆，于是引出一个个的人、身世、故事、现象、丑恶、挣扎。"我"本身就是一个悲剧：出生在火车上的厕所里，确切地讲是疲累的母亲如厕时掉落的，竟然从老式厕所的圆洞里滑落，掉到了铁轨上，而火车在母亲撕心裂肺的号啕中前行了。这是否就预示着一生的不幸？如此悲苦地来到人世的"我"，大难不死，竟然遇到了一个极其良善的男青年，正是这个男青年，在未婚的状态下做了"我"的养父，并且为了"我"而终身未娶。相依为命的父子、人间大爱的父亲，诠释了人世间的本善。"我"在父亲无微不至的呵护下成长、求学、就业、成婚，并在成年后，亲生父母寻找回归之后，又义无反顾地折回赡养了尊敬的养父，应该说，从苦痛开始，终至幸福。但人世间的变故总是那样残忍和流俗："我"的妻子红杏出墙，"我"的父亲沉疴难返。"我"乌鸦反哺，辞掉工作卖掉房子给父亲治病并照顾父亲，但不忍连累"我"的父亲离家出走，在商场游转的老人葬身突发的大火之中，死去了一个良善的人和一个伟大的灵魂。而"我"也在寂寞清苦中丧身于一家餐馆的突然事故。两个悲苦的灵魂去了"那边"，并引出一串串的悲苦。

其实这些悲苦的人都是我们身边的人：一对收入低微又爱女心切的工人夫妇，为了给女儿请家教而和"我"无奈地讲价。就在我要去为这寒门女儿上课的时候，这一对夫妇已经葬身在野蛮的"强拆"的废墟里。"我"经常光顾的一家小饭馆，老板善良，对"我"充满同情并给予照顾，但苦恼于饭馆在"霸王餐"的拖欠中入不敷出，又突遇爆炸而店毁人亡。"我"的父亲的女同事李月珍，在父亲收养"我"之后就对"我"视同己出，情同母子，但这个悲天悯人的老人却在一次交通肇事中被撞死，而她本来不久就要投奔已经在美国落脚的女儿乐享天伦，在死前不久她还发现了河流里被抛弃的大量死婴并为之奔走呼号；"我"在出租屋住时邻居一对小情侣伍超、刘梅，是艰难挣扎在城市里的打工青年，收入的低微与生活的困顿和诱惑交织在一起，刘梅始终守住底线没有去卖身，而伍超也为了一份承诺艰难奋斗。脆弱的心灵终至难以抵御物质的诱惑，更难以承受被欺骗，在刘梅收到伍超的生日礼物之后，发现是"山寨货"的新潮手机，于是从高楼跃下结束了阳寿。但真相是伍超无力购买真货，送出礼物之后又回老家照顾濒危的父亲，之后又去卖肾。拿到出卖身体器官的钱，年轻人大义地为死去的恋人买了墓地，而自己在伤病感染无力救治中死去。至于另一个被枪毙的魂灵，就更是冤得出奇，被屈打成招后判处死刑执行枪决，半年后"被杀"的妻子却活着回来了……

够了，就这些已经让人不忍卒读了。人类的苦难大荟萃，撕心裂肺的悲苦集中营。也许，这还只是冰山一角，许多的，我们了解的和不了解的、道听途说的和言之凿凿的，还有许多呢。

不用细分就可以知道这些人或"魂灵"都是草根。草根者，根基浅显、地位卑微、易受损毁、不受重视者也！如弃草芥。但因其弱小就可以任人摆布甚至于肆意践踏吗？就可以被轻视被忽视甚至被鄙视吗？有必要为"草根"正名。草只需要一口水、一缕阳光就可以满足地生长，并且携起手来为世间奉献绿色和光合之后的生命之氧。正是有了这许多的草根，尘土才不再漫天飞扬，人类的呼吸才得以顺畅。是的，世间无疑需要茂林修竹，但也须臾不可少了草根。一定意义上，草根比大树更加重要。但"背靠大树好乘凉"，使得多少人仰望大树、拥抱大树乃至攀附大树，而将滋养人世的小草踩在脚下，肆意、傲慢、不屑。

是时候该警醒了。

我们该怎样对待草根？

余华以悲天悯人的人文情怀、浓烈的人性意识、充满良知和接地气的风格，被誉为最具平民意识的作家。他能够始终关注社会底层，所谓"草根""蚁族"，甚至"鼠族"；能够平等地去描摹他们的生活，而不是居高临下的俯视；能够设身处地地站在这些小人物的立场上，而不是旁观式的评头品足；能够从琐碎细微中找寻人性的根本，而不是细枝末节地堆砌罗列；能够以平静冷峻的笔触直面惨淡的人生而将自身感受严实地包裹起来，不着一字议论但其义自现；不以自己的好恶褒贬影响事件的叙述，不干扰读者的阅读和思考，更不把自己的观点或结论强加给读者。这是余华一贯的风格，在之前的《活着》《兄弟》中都得到了淋漓尽致的体现。这是一种看似冷漠的冷静，甚至叙述方式有一丝残忍。直把人世间的苦难赤裸裸、血淋淋、白花花地展现出来，而作者倒显得若无其事，一副置身物外、不以物喜、见惯不怪的神色。这样的笔法应该归之为"白描"，类似于食物烹饪中的白灼或清蒸，不追求过多技巧，不故弄玄虚，娓娓道来的故事、平常的人物和事件，让大家去看、想、悟，这其实是一种很高明的方式，也有很大难度，但余华驾驭得游刃有余。

看看书中对人物和事件的基本描述。先说"我"的身世，出生在火车上，这似乎还不稀罕，以往听说的很多，颠簸的列车经常会让分娩提前。但生在列车的厕所里，而且匪夷所思地掉落在老式的便坑里，并滑落下去，这就有点故事的意味了。这样的事情可能真发生过，而作者把它拿来作为书中主人公的降生，本身就为全书的悲剧意味奠定了基础，也隐喻着人世本身的苦痛。而苦痛的"我"本身又更甚一层，出生即被世界抛弃，但幸遇非常良善的养路工，挽救了这个鲜活的生命，并几乎以一生的全部心血养育了他，这是人世的良心与大爱，显现出作者的残存的希望而没有完全绝望。在这一对父子共同生活的日子里，人世间的真情毕现，父慈子孝，与世无争，乐于助人。但厄运还是没有放过他们，父亲经年劳累沉疴难除死于非命，儿子割肉疗亲般孝顺父亲也未感动上苍，竟至葬身闪爆，生命难以承受之痛；这样的出身、经历，"我"仍然关注着其他的"魂灵"："我"的不是养母胜似养母的心里的母亲李月珍，良善到几乎就是圣母的化身了，可仍然难逃厄运。发现了繁华城市里的丑恶，许多死婴被弃置在河水里，老人仗义执言，为生命的尊重奔波，可难敌毁尸灭迹，自己也死于车祸，甚至于连同死婴一起被"秘密"火化，难觅遗灰。那一对从农村进城来企图改变自身命运的恋人刘梅和伍超，可以看作是当下社会打工一族的缩影或代表。他们不甘于农村的寂寞，进到不属于他们的城市来，在底层奋斗着。年轻的心理难以抵御灯红酒绿纸醉金迷的诱惑，收入难涨而欲望升腾，于是就有了困窘、争吵乃至走向极端。这是一个必须高度重视的社会问题，特别是在一个社会转型时期，在传统的城乡二元结构尚存但人口流动融合已经到了一定程度的社会，必须对这些生长在农村生活在城市的底层的边缘的群体予以高度的关注，尤其是进行心理疏导，否则很可能诱发更多的悲剧。开饭馆的谭老板，名头听起来是老板，但实际上许多小微企业的创业者极其困顿，惨淡经营，来自于方方面面的强势的压力以及生意本身的劳累，使得他们身心俱疲。一声爆炸或许是一种解脱，但这一群体如何解脱？需要革新许多管制的束缚，给他们以创业发展的自由、快乐与希望。更不想说的是被强夺生命的那个"杀人犯"。生活中不是有过多起吗？怀疑你杀了人！没杀！打！那就杀了吧……于是案件告破，立功受奖，杀人犯被惩处。其后，像是穿越一般，被这个杀人犯杀死的人却迎面活生生地走来……一出出悲剧、闹剧，欲哭无泪，欲诉无门，就这么血淋淋地上演着。

　　作者悲天悯人的情怀在这里释放。把这些苦难的灵魂召集在一起，为他们举行一次集体祭奠或超度，期望救赎苦难，超度亡灵，应该是作者写作的意图之一。面对歌舞升平莺歌燕舞的太平盛世，没有趋炎附势锦上添花，而是把目光关注在幕后或台下的人们，甚至是蝼蚁或土拨鼠般生活在社会底层的人。作者设身处地地替他们着想，深入到他们的生活、内心甚至灵魂深处，进而探究他们苦难而丰富的内心世界，并为之泣号、祈愿。这并不是说作者仅仅关注所谓"阴暗面"，恰恰是作者悲天悯人情怀的展露。在任何时候，我们都不能遗忘了社会底层的那一群。

　　作者自知力量有限，无力改变现实，无力给众多的苦难的灵魂以解脱，更无力给予幸福甚或希望，怎么办？伤痕是揭开了，仅仅展示是不行的，又没有灵丹妙药，又不能是展览，更不是为了"审丑"，目的只有一个，就是"疗伤"。也只能疗伤，必须疗伤，否则就泯灭了天良。怎么疗？谁能妙手回春？谁又能瞬间改变现实？作者不能，你我也无能为力。于是，就用自己力所能及的方式或自己希望的方式，为这些苦难的魂灵来一次救赎，试图解脱，甚至超度，从而维系一个起码的活下去的希望。

于是选择了看似荒诞不经的阴阳穿越，幻化出灵魂出窍后进入虚幻空间的场景。这实在是一种无可奈何，但弃此又复如何？几乎是唯一的办法了，在臆造出的空间里，没有阴森恐怖狰狞，反倒是鲜花盛开、芳草萋萋、清流淙淙，"魂灵"们和睦相处，互相关照，宁静安详。

穿越或荒诞的描写手法，接近于魔幻现实主义。这种手法的运用，更多地是不想拘泥于固化的现实之中，将作者的思想通过超越现实的想象天马行空地恣意地释放，主观臆造出一种理想化的境界，从而更率性更到位地叙述故事、塑造人物，使人物更丰满而事件更圆满，也使作者的情感得以挥洒得淋漓尽致。

《第七天》书里的穿越或荒诞并不艰涩晦暗，读起来还很轻松，读者可以几乎轻易地领会，并心领而神会。源自我们一直以来就把阴阳两界经常地转换想象，再说也是人必须要经历的阶段吧。

文学是做什么的？教育、审美、愉悦功能。说到底文学是人学，更多地应该是对人的关注。而对人的关注又更多地应该是对普通人的关注，更多地应该是对人性的剖析，对人的命运的关注，《第七天》做到了这一点。

读完《第七天》，很沉重。但还没有绝望。还是应该昂扬向上的，不至于"死无葬身之地"。

沉下心来读读《第七天》，静静心，也多一些悲悯。祈愿众生安乐、灵魂安息。

尊重与尊严的不对等博弈
——刘震云《我不是潘金莲》读后

刘震云用18万字写了一个人20年告状的故事。从这一个人、一个故事，引出了一串形形色色的人、一堆互相关联的故事，展示了一种并不孤立的现象，揭示了一个殊堪重视的道理。

农妇李雪莲为躲避超生罚款，想以假离婚的方式顺利生下孩子，之后再和丈夫复婚。主意是李雪莲出的，丈夫秦玉河也被李雪莲说服，于是以感情不和为由办理了离婚手续。但等李雪莲把孩子生下来，却发现自己的丈夫，这时已变成前夫的秦玉河和别人结了婚。李雪莲愤怒之极，欲报复秦玉河，甚至起了杀心。后来听信了不负责任的逸言，选择了"闹"，要闹前夫个妻离子散，要折腾秦玉河离婚，要与秦玉河复婚然后再与之离婚，以图纾解胸中块垒，发泄愤懑之情。于是，这个农妇走上了告状之路：以原来自己是假离婚为由，要求法院判处秦玉河离婚再与自己复婚。这样的诉求，于情于理于法都不顺通，自然无法顺利得到满足。但，这个执拗的李雪莲，以不达目的决不罢休的劲头，开始了长达20年的上访告状，由乡及县，再到市里，最后找到了撒手锏，到北京，而且是每年"两会"期间去上访。

上访是为了解决在"下面"解决不了的问题的一个途径。上访的人和被控告、检举的人本都是处在一个地方，各自有着各自的理由，在谈不拢的时候，这个最基本的解决问题的机制就不解决问题了。为了解决问题，只能求得上级的指示、批复或督促、要求等。其中故事多多，道理繁复，孰对孰错，无法简单定论。

具体到李雪莲的上访，起因是其不满基层法庭的判决，她的诉求是要求判定她之前的离婚是假的，但法律认的是事实，包括证据，物证、人证，都足以说明她之前的离婚手续是合法的，也就是说离婚是真的，不是假离婚。按说到此为止的事情，李雪莲就是觉得自己冤屈：明明说好是假离婚嘛，怎么秦玉河不认账了？法院也不支持她！她觉得自己被冤枉了，要申冤，就得往上告。于是，从乡镇法庭到县法院，从县法院到县领导，再到市领导，一直到北京，试图在全国"两会"时到会场去告状。这中间，就发生了很多的故事，牵扯到了很多的人，小小的一个事情，也慢慢变成了大事；好好的一个人，也变得半癫半疯；也许可以在几天之内解决的事情，一下子变成了20年的没有边际的折腾。

为什么简简单单的事情能够变得复杂棘手？为什么多级组织和领导解决不了一个小问题？为什么一个本分的百姓会在天长日久中变得不讲道理甚至"浑不吝"？书中的描写和叙述可以看出一些端倪。

起初做出判决的那个"拐弯镇"法庭，以法律为准绳、以事实为依据，公正合理地判决了李雪莲的讼诉案，没错。但只是客观地判决，缺失了主观的人文关怀。如果能够对法律意识不强、文化素养不高的当事人喻之以理、动之以情，辅助进行一些心理疏解，也许，就没有了后来的漫漫上访。后来，李雪莲找到了县法院，县法院的领导在没有详细了解情况的前提下，错误地认为李雪莲胡搅蛮缠，以法官的身份不恰当地说出了粗话，把一个上诉的百姓说成"刁民"，并斥之以"滚"。如此做法，便使"不尊重"露头了，备感屈辱的李雪莲从化解之前的所谓假离婚，一下子演变成求取"尊重"，如此事情的性质便发生了变化。如果领导们能体恤一下百姓的不易，稍微耐心一些，最起码的尊重有一些，这事情也可能戛然而止；再之后，李雪莲又找到县长、市长，这些领导怕麻烦，怕影响"大局"，回避矛盾，简单处置，又被下面的执行人员拿鸡毛当令箭，直到把李雪莲关起来，这绳结就越结越死了。绳结结死了，在"下面"解决问题的路也就堵死了。下面的路堵死了，那就只有"上面"这一条路可走了。于是李雪莲去北京，而且专挑每年"两会"的时候去。但解铃还须系铃人，转一圈还得回来，回来了又解决不了，于是只有再去、再回、再去。

是谁的错呢？首先是李雪莲的错，为超生而假离婚本就是错，为把真离婚说成假离婚就更是错。之后，不断越级上访，擅闯国家机关或会议场所，也是错。但这样的结论虽是客观的，却是武断的。固然，李雪莲有错，但错不至杀，不能关，更不可辱。她就是一个普通的农村妇女，有其基本素质、思想水平的局限性，在行事说话上肯定有不当的成分。如果我们能设身处地地认识到这一点，就不会对她求全责备；她作为一个上访人，各级接待的机关和领导应该少一些明哲保身，多一些关爱关怀，人心都是肉做的，你能情理并重，她也必投桃报李；她是我们的人民、百姓，是我们的管理对象，也当然是我们的服务对象。如果我们不只是简单管理，如果多一些恰如其分的服务，那黎民百姓是会感激有加的，最起码不至于站在对立面。说到底，她有错，该批评。但再进一步，她更有难啊，我们何曾想过好好地为她解决困难。所以，先有李雪莲的错，后有我们某些干部或机构的错。

但我们的干部也有话要说啊！基层工作千头万绪，繁忙杂乱，能够基本上应对就不错了，哪里再有精力做一些深入细致的思想工作？能够依法判决、依法行政，就已经很不容易了！是的，我们国家大人口多情况复杂，建设发展、维护稳定，都需要做大量的工作，这是客观事实。但是，既为官，当为民做主；既为政，当尽心竭力；既管理，当热情服务。这是本分。如果我们连起码的人文关怀都没有，怎么敢称为人民政府？所以，在其位、谋其政、安其民，再苦再累，必须坚持。有点委屈和牢骚可以理解，但事情不能耽搁，人民不可轻慢。

说起来当事双方都有错，如果能化解，就抵消了。如果不能化解，就错上加错了。李雪莲这个看似孤立的个案，实际上正是多少个这种从小到大的矛盾的一个代表或缩影。错上加错的一再上演，给国家、政府、社会和人民带来了多少负担和压力，由此造成的不稳定，给前进发展带来了多少阻滞？

再说说书中所描绘的上访与截访。似乎两者都有道理，上访是要申冤，截访是不让添乱。两者像捉迷藏一样迂回曲折、围追堵截。上访的、截访的都很累，心理成本、体力成本和财力成本都很高。但一直到今天，似乎还没有个尽头，这样的故事一直在上演着。其中复杂的道理很难掰扯清楚，放着大好风光不去欣赏，放着安宁日子不去逍遥，却去做这种无聊无趣的游戏，这到底是怎么了？归根结底，是民主与法制进程中的阵痛，唯愿这个阵痛不断减轻，唯愿这个游戏早一日停止。

说到底，官与民的这种游戏是一种不对等博弈。首先基于官与民地位的不对等，作为官，处于统治地位，握有公权力，一定意义上，生杀予夺，尽在掌控。而黎民百姓，处于被统治地位，处在公权力的辖制之下，主张自身的权利很被动。以这样的地位分别，公平的博弈原本就不存在。如果是政通人和，两者相安；一旦有乱，则百姓遭殃。认识到这一根本，作为"官"的一方，本就应该让利于民，给民众更广阔自由的生存空间的安宁祥和的生存氛围，在与民的关系之中，强势的"官"，首要的是体恤民众。

再往深层次探讨一下，姑且不论有些民众的上访行为是否合法合理，先说上访本身，能上访就说明对于政府还有终极信任。如果连这点终极信任都丧失了，那民众就不会上访了。真要不上访了，真是有冤有怨都不想申的话，那这个国家和社会就极端地可怕了。物极必反，不在沉默中死亡，就在沉默中爆发。如果能够从这个角度考虑问题，我们的干部和机关，就更能为百姓着想，为社会担当，为国家、为历史负责。

刘震云是科班出身的作家,创作理论功底扎实、技巧娴熟。他又是有着悲天悯人情结的作家,关注国家民族命运,有充分的忧患意识。善于观察、勤于思考,善于从小人物、琐碎事着眼,着手梳理归拢。小处见大,看似"一地鸡毛"的小事,积攒起来就是大事;貌似地位卑微的小人物,却往往是一个群体的浓缩;小事、小人物,却能折射出大背景,阐释出大道理。特别难能可贵的是刘震云的平民情结、乡土意识。他能从百姓中来再到百姓中去,写百姓故事,写给百姓看。不居高临下,也不故弄玄虚,更不戏谑轻浮,把真性情、真感情倾注书中,与书中人物同呼吸共命运,为之喜而喜、忧而忧,无怪乎能写出好作品、讲出好故事、绘出好人物。

上述这些特点在《我不是潘金莲》一书中得到了充分体现:一个告状的农妇,一个简单的故事,读后却发人深省,引人深思。功力之深厚,可见一斑。

特别要说的是刘震云的写作"隐身术"。通篇之中,作者身影不现。你能看到的是真实性十足的故事、栩栩如生的人物,但你看不到作者的多嘴多舌。他只是静静地讲给你听,不着一言评论,很本分的作家——做一个记录者、叙述者,而不做评论者。不是作者不会评论,是他觉得不用评论——基于对自身叙事的一种自信;不是作者不想评论,其义自见,读者自有高论,尊重读者,绝不啰唆。就像厨师端出菜肴,但绝不会指导食客怎么享用一样。这样的作家是值得尊敬的。顺便说一句,这也是审美的规律。

读刘震云的书,阅读的节奏感明快,舒适度很高,《我不是潘金莲》一书也不例外。他讲故事从来都是开门见山,直接切入,没有虚头巴脑的所谓背景介绍,也没有穿靴戴帽的程式化过渡,似乎是为了节省读者的时间,直接省略那些繁复的前奏,一开场就是干货。他又非常善于使用切合人物的语言,三言两语,不但说清事情,而且寥寥数笔,就勾画出一个鲜活的人物形象。这得益于他对于语言和文字的磨砺和净化,更得益于他深厚的生活基础以及对生活的深刻理解和深沉的爱,从而使作品非常接地气。

　　接了地气的东西，才能登天。刘震云的作品较多，算是高产作家，且几乎都是真情真意的心声的抒发，不无病呻吟、不矫揉造作、不玩弄技巧、不故弄玄虚。这样的作家的作品，好读、耐读、有味。

　　《我不是潘金莲》2012年8月第1版，到11月已9次印刷，多达70余万册。在纸质阅读萎缩的今天，这是个大奇迹。可见好读书者还是很多的，只要书好。

　　《我不是潘金莲》是本好书。

楞娃的群像
——《北方战争》读后

近读同乡长者赵熙先生的新作《北方战争》，收获良多，感触颇深。如在近现代史的长河中再受洗礼，如与长眠的先辈面晤，如受一次全方位的人文风俗、乡土乡情的教育。

这是一本鸿篇巨制。洋洋洒洒 120 万字，上下两部，从辛亥革命始，至解放战争末。全书以战争为主线，勾勒了中国 20 世纪初至 40 年代末的宏大场景。穿插了辛亥革命战争、军阀割据战争、北伐战争、第一次国内革命战争、抗日战争、解放战争等战争的全景描述，突出了西安保卫战（二虎守长安）、中条山守卫战的详细叙述。用这么多战争为背景、为主线、为主题，且相对具体的描写叙述，在文学作品中尚不多见。内容异常繁复、充实、博大，但脉络清晰，主次分明，叙事、绘景、塑人均各得其所。

这是一本中国北方民众的心灵史。清末帝制崩溃，群雄并起，天下大乱。几千年封建体制下安分守己的民众，倏忽间承受了巨大的、猝不及防的心灵震颤，无所适从，莫衷一是，世界观、价值观混乱，战战兢兢，惶惶无终。"皇上没了，日子怎么过？"及至混战，城头变幻大王旗，百姓民众任人宰割，仍然无法自由安宁。其后日寇侵略，"兄弟阋于墙，外御其侮"。无共同信仰有共同敌人，也算心灵的一统。赶走侵略者，渴望幸福平静的百姓，又被卷入战争之中。是谓《北方战争》之着力点一。

这又是一本北方家族的兴衰史。全书以奉州（古蒲城）梁氏家族为主线，描写了躬耕垄亩的梁天宽、商海淘金的梁天厚、埋头故纸的梁天尘、浪子枭雄的梁天狼四兄弟以及第二代投笔从戎的悲情英雄梁胜吾，个个性格鲜明，情感饱满，爱恨赤诚。他们，还有他们的乡邻、朋友、同学、战友乃至敌人，共同在战争的背景下坚忍、顽强地存活、生长、纷争，个人的命运，家族的命运和民族、历史、国家的命运紧密相连、休戚与共。是谓《北方战争》之着力点二。

这还是一本北方农村民风、民俗的小百科。作者以深厚的功力，丰富的经历和翔实的资料与考证，描述了北方农村那传统深厚的、历史久远的、博大精深的民间积淀。从婚丧嫁娶、饮食服装、戏曲社火以至农耕传统、植物矿产、山川河流等等，宏大而详细，恢宏又亲切。读之受益匪浅，如再接受一次传统的教育。战争再打，日子还得过。是谓着力点三。

心灵的、家族的、民俗的内涵，归结到人物，是一群陕西楞娃的殊堪嘉许的奋争历程。

书中包罗万象。限于篇幅，权作提纲介绍，荐您一读，共赏之。

由不折腾想到《白鹿原》

在纪念党的十一届三中全会召开 30 周年大会上，胡锦涛总书记用朴素、通俗、口语化的"不折腾"一词，言明了我党潜心治国方略的一个方面，听来如沐春风，如听师长教诲，亲切诚恳，真挚感人。

折腾，就是没事找事，无事生非；就是朝令夕改，忽左忽右；就是翻来覆去，改来改去；就是人为制造矛盾，无休止地搞运动，闹内讧，"翻烧饼"。

因为曾十数遍地拜读过《白鹿原》，所以在听到总书记这句话的时候，一下子想到了书中的一个情节："白鹿原上最好的一个先生"朱先生谢世时，墓室用未经烧制的砖坯砌成，只有封堵暗室的一块方砖经过烧制和打磨，上面经过雕刻，用牛皮纸包着，不准任何人撕开，连纸一起嵌到墓室的暗室小洞口。20多年后的"文化大革命"，红卫兵们刨掘开坟墓，找到了这块砖头，发现两面都刻着字，一面是"天作孽，犹可违"，另一面刻着"人作孽，不可活"，红卫兵摔砖，裂为两半，中间赫然刻着："折腾到何日为止！"

朱先生是关中大儒，学富五车，洞明世事，淡泊名利，深明大义，既出世又入世，学识、人品堪称人杰。先生坐馆授业著述，目睹白鹿原像鏊子一样被翻来覆去，料定未"学为好人"的子孙们还会作孽，无可奈何，唯有以此相警。可那些看到砖刻惊呼的后人们有几人能理解先生的良苦用心，又有几人好了伤疤忘了疼，肚子里吃上几顿饱饭便又会不安生。后来，众所周知，白鹿原仍被不停地折腾，不堪回首地折腾。

折腾，一般表现有三个特征：一是瞎折腾。目标不明决心大，情况不明干劲大，那些劳民伤财的瞎决策，那些变来变去的"宏伟计划"，就属于此类。二是穷折腾。看看世界上某些贫穷的国家，大都是因为政局不稳，政变频仍，战乱不休，结果是越折腾越穷，越穷越折腾，国家风雨飘摇，人民处于水深火热之中。三是乱折腾。世界上就有那么一些人唯恐天下不乱，以折腾为能事，他们见不得老百姓过几天安稳日子，见不得风平浪静的好气象，总要千方百计地生出些事来。

历史上中国人民可谓饱受折腾之苦。在旧时代，频繁的改朝换代是折腾，血腥的军阀混战是折腾，派系的争权夺势也是折腾，闹得民不聊生，国破家亡。历史经验已然反复证明，大折腾大倒退，小折腾小倒退，折腾不停，国无宁日。今天折腾人，造成内耗；明天折腾事，如同自残；后天又折腾"理"，争论"姓社姓资"什么的。这样下去只能是搅得人心涣散，军无斗志，无法聚精会神搞建设，不能全心全意促发展。

在今天，不折腾，就是不要开历史倒车，不要对改革开放三心二意，不要动摇改革开放大局，不要引起大起大落，不要过热、过冷交加。

在纪念改革开放30周年之际，党中央旗帜鲜明地提出"不折腾"，既是希望，更是要求与号召，但关键还是要落实到具体行动上。在当前，"不折腾"就是要"聚精会神搞建设，一心一意谋发展"，认准大目标，坚持不懈干下去；"不折腾"就是要科学民主决策，坚持"问政于民，问需于民，问计于民"；"不折腾"就是以大局为重，保持高度稳定，"不走封闭老路，不走易帜邪路"；"不折腾"就是不纠缠细节，不迷惑于各种扯淡、"玄谈"，看准了就去干，"八风吹不动"，坚定不移地沿着中国特色社会主义道路前进。

　　白鹿原还在，子子孙孙繁衍，生生不止。那浑身雪白的白鹿掠过白鹿原——"万木繁荣，禾苗茁壮，五谷丰登，六畜兴旺，疫疠廓清，毒虫灭绝"，万家康乐的美妙的太平盛世，正以前所未有的速度和力量向我们靠近。要实现这样的愿景，最需要的是潜心发展，最惧怕的是"折腾"！

　　《白鹿原》面世已然二十余载，而今因"不折腾"想到它，又细读一遍，深深折服，再向陈忠实先生致敬。"朱先生"谢世已半个多世纪，关中的子孙们要谨遵嘱咐。中央高瞻远瞩、高屋建瓴、高度概括地用这么通俗的语言阐释治国方略，语重心长，我辈岂能再"折腾"！

《大宅门》里的品牌意识

近来热播的《大宅门1912》又勾起了对十几年前播出的《大宅门》的记忆和感受。"平生多磨砺，男儿自横行"，以白景琦为代表的一群铁骨铮铮、自强不息的中华儿女形象鲜活生动。"修合无人见，存心有天知"，以"同仁堂"为原型的大药房"百草厅"的生产经营理念更是表现了优秀民族企业的认真敬业、自主创新。其中，剧中"百草厅"对于品牌的珍视与维护更是殊堪褒赞。

从沿街摇铃行医到创立"百草厅"，以至为皇家供药、享受"宫廷供奉"，主人白家都以诚信为本，精益求精，"炮制虽繁必不敢省人工，品味虽贵必不敢减物力"，历经数年几代，终于赢得了极高声誉，皇家民间、大江南北，无人不知、无人不信"百草厅"。多年的信誉厚重地积淀在了"百草厅"这块招牌上，这块招牌也得以成为金字招牌。剧中少年时顽劣不化的白景琦，在随老药师到东北采购药材之后，方真正认识到了"百草厅"的巨大影响，进而潜心向学，浪子回头。剧中一个很有意思的情节：一个老参农得知要购买他的稀世珍宝人参的是"百草厅"的掌柜，马上肃然起敬，一番言语也表达了对这块金字招牌的崇敬："百草厅要买我的参，那是我的造化，我绝不开价……中国人，谁不知道'百草厅'!"招牌,就是品牌、商标,就是商家经营历史的积淀和声誉的凝聚,有知名品牌,企业才能走上可持续发展之路。

"百草厅"曾经蒙冤被封,而充满智慧和心机的白文氏,也就是白景琦的母亲,正是巧借品牌,把"百草厅"又盘了回来。在皇室宫廷争斗中,白家老大被当了替罪羊,"百草厅"被查封。眼看自家的生路被断,眼看自家上百年的金字招牌要易主,白家二奶奶抓住了品牌的症结,有理有据有节地把店铺夺了回来!这个无比精明的白家掌门人二奶奶,先是从药品质量入手,将"百草厅"易主的事实公之于众。进而以"百草厅白家老号"中含有祖宗名讳为由,索回了药堂的老匾。这真是一个品牌内行,打蛇打七寸,一下子让新的主人无所适从。得知易主真相的百姓主顾根本不信任新主人,等于是"百草厅"多年的商誉被剥离,一下子举步维艰。加之白二奶奶深谋远虑地留下了一帮老技工,宁可白养着也不给新主人。另外再死死地守住白家的制药祖传秘方,那就真是让新的主人一点脾气也没有了,原想借着"百草厅"的金字招牌发财的梦想变成了白日梦。

佩服这位女性掌门人,她抓住了品牌本身的几个重要部分。一是外在表现形式,也就是招牌、商标。"百草厅"是商标,"白家老号"也是商标。而在实际使用过程中是组合在一起的,牌匾也是一块。这样的商标组合使用非常高明,前边的"百草厅"可以看作是公共部分的商标。而"白家老号"则是家族私人色彩很浓的商标,轻易不会落入他人之手。正是因为"白家老号"是白家祖宗名讳,才能当仁不让地索要,进而索要回了整个商标的拥有权和使用权。二是支撑品牌的内力,包括技术和商业秘密。白二奶奶认识非常明确,牢牢把握,在自家生活都已经很困难的情况下,仍然高薪养着老技工,这就是控制住了技术。而祖传秘方是坚不外露,这就等于控制了商业秘密。有这一手,品牌才得以维护。她对百草厅品牌的认识甚至延展到融资领域,她说:"你打着百草厅的字号就能从钱庄贷到款,而没有了这个招牌,看哪个钱庄会信任你?"由此可见,我们今天推进的商标质押贷款,其实本就是一个深远的融资传统。以上这些品牌建设方略，在今天的商战中，仍然非常值得借鉴与学习。

　　白二奶奶是女中豪杰，也是商业巨子，经营管理专家。在纷繁复杂的家族争斗中，果断地制定铁规：白家子嗣可以依托"白家老号"开分店，但"百草厅"坚决不允许随便使用，这就抓住了品牌延续的根本。她深知"百草厅"的巨大商业价值，更知道维护这块金字招牌的重要性、艰巨性，也非常明白这块金字招牌一旦被滥用，势必难以掌控，甚至会损了招牌乃至砸了招牌，所以坚决不允许子嗣随意使用。联系到我们熟知的一些老品牌，特别是家族意味浓烈的品牌，很多被子嗣随意使用，各自经营，到头来一损俱损，最终砸了招牌，损毁了几十年乃至上百年的声誉，徒唤奈何。

　　剧中白景琦对"百草厅"品牌的维护更值得尊敬。先是因儿子不肖，执掌管理事务时偷工减料，生产了一大批品质不够优良的药品。按说不是假药，只是药力稍弱，但白景琦深知利害，大义灭亲、壮士断腕，生生将价值十几万白银的药品公开付之一炬，借以自省也警示药行，更是对"百草厅"品牌的坚决维护。后来，日本商人用尽伎俩，想入股"百草厅"，被白景琦冒着生命危险严词拒绝！好一个维护民族品牌的英雄。联想到近年来一些知名民族品牌被洋品牌以收购的形式侵吞，真令人扼腕痛惜。为了眼前的蝇头小利出卖品牌，殊不知更大的危害是把多年的商誉积淀、好不容易开拓的市场拱手相让。而更为严重的是，出卖品牌还会伤及多年依附这个品牌所形成的产业链上的众多企业和民众……

　　《大宅门1912》中，出现了假冒白景琦新商铺"黑七泷胶庄"品牌的假药，白景琦高度重视，冒着与黑社会发生冲突的风险，寻根究底，坚决打击，足见对于品牌的极端重视与极力维护。

　　《大宅门1912》归根结底是家族戏，这个家族拥有"百草厅"这样的家族企业，更拥有"百草厅白家老号"的商业品牌，这就无法分割。围绕着企业兴衰、品牌打造与维护、家族纷争，上演了一出兴味十足的好戏。剧中看点很多，故事的宏大、情节的跌宕、人物的丰满、语言的精妙等，都足以彰显这部巨制的经典。而其中关于商业品牌的一系列情节，更是足以景仰、尊重与效仿的。

"同仁堂"屹立百年，成为国药品牌翘楚，从这部电视剧中可以看出其中端倪。推荐大家看看《大宅门1912》，更请品牌的打造者、维护者、研究者们看看《大宅门1912》。

欣赏之余，可以有良多启迪。

谁在异化我们
——话剧《我不是李白》观后

　　小剧场、小规模、小人物、小故事，话剧《我不是李白》处处透着"小"。类似于文艺轻骑兵的小团体小成本制作的这部剧，却吸引了观众，博得了喝彩，自然有其道理。

　　一台戏，总共六个人，一个场景，简单朴素，一个个小故事，看似分量很轻的这些载体，却托举出世间纷纭万象，让观众产生强烈共鸣，这是打蛇到了七寸，找到了根节。

　　就那么几个人，因为各自的病症进了精神病院。李想，看这名字的寓意是有理想的，也为了实现理想认真打拼。不承想被合伙的"兄弟"欺骗，理想破灭、遁入虚幻，诚信被欺、怀疑人生。好好的一个小伙子，人格异化，精神虚无，恍惚间以李白之浪漫与恣肆幻化自我，宣称"我是李白"。白兰度，多么文艺的名字，追寻演艺梦的文艺青年，被所谓的文艺大腕愚弄欺骗，被时下一些"潜规则"折磨，终至异化，疯疯癫癫。"某某"，也许就是一个最草根的存在，也许是相当普遍的现象。在物欲充斥、尔虞我诈中浸淫，被骗，骗人，复又被骗，似乎是当下社会冤冤相报、恶性循环的一个缩影。在怜惜其不幸之时，亦怒其不争。此"某某"被异化一定程度上是咎由自取。再说"领导"，一地鸡毛啊！小干部遇上大烦恼，被"领导"欺凌，于是幻想自己成为"领导"，岂非饮鸩止渴？至于良善的慧芳阿姨，那是被"啃老族"逼进精神病院的，唏嘘之余，也应该检讨一下子女的教育问题。她是清楚的，但又是无奈的，这样的"异化"只能寄望于社会道德伦理的重塑。

　　五个人物的命运怎么看都是悲剧。"悲剧是把人生有价值的东西毁灭给人看"。这五个主人公的状态和经历都符合悲剧的特征：有理想、有热情，对生活充满希望，但现实偏偏"拗"着来，使其不惟不能实现理想，反而适得其反。其实这样的悲剧在我们的世界里、人生里、生活里不是到处可见吗？

　　于是，我们要查询造成这些悲剧的根源，是谁异化了我们？

　　社会？永远是万花筒，精彩又无奈。人生在世，融入社会是一种必然，奉献、创造与索取、享受相辅相成。要时刻努力，认识社会、适应社会、应对社会进而推动社会。不创造就享受是幻想，创造了还享受不了是社会不公，我们要共同推动社会形成创造就能享受的格局，当然也要克服不创造就享受的妄想。另外，在社会里，每一个人在享受的同时也要有许多的担承。有一句很准确的方言俚语"命背不能怪社会"，就是告诉我们，不断强大自己的内心，不断适应社会而不是怨气冲天。

　　他人？"他人即地狱。"法国存在主义哲学家萨特的这个论断，需要批判地吸收。人是群居动物，人际交往是生活的必须，人与人的关系永远是最重要的社会关系。"常在江湖飘，哪能不挨刀"，既生在斯世，免不了要和人相处、相交，也难免被"忽悠"、利用甚至欺骗等。但那绝不是人与人的全部，顶多是一个不谐之音。被骗过就是个教训罢了，汲取就是，尽力避免就是，万不可再以牙还牙、错上加错。更需要不断释怀，学会忘记、放下、饶恕。如此，则乌云快散、阳光普照。

　　自己？对，自己。每一个人都应该做好自己，克制自己、抑制心魔、完善自我，唯此，一个个有理想、有担当的"自己"，才会组成巨大的良善而又进取的"一群"。

《我不是李白》一剧又是一出喜剧。这实在是作者的阳光心态，"正能量"的传递，乐天达观的情怀。悲剧的开端、喜剧的收尾，引导人们从阴霾中走出，在挫折后抖擞精神前行。这一点十足值得褒赞。就戏剧冲突、高潮、结局等情节因素而言，《我不是李白》一剧是五脏俱全的麻雀，很圆满的叙述和展示。就人物塑造而言，由于"接地气"，便很鲜活，很能为观众所接受。综合以上因素，《我不是李白》一剧取得成功是一种必然。

就话剧这种艺术形式而言，它属于"舶来品"。从20世纪初引入开始，在借鉴和移植西方戏剧的同时，又吸收了中国传统戏曲的许多优点。优秀的话剧，彰显了深厚的传统文学素养和精到的戏曲修养，实践着戏曲传统美学与话剧固有美学的嫁接，从而有了民族审美精神的更深层的渗透。话剧又是很难表现的艺术形式，几乎仅凭演员的语言塑造角色、阐释剧情。话剧又是直接的、贴近生活的，几乎面对面的交流，没有或很少有音乐伴奏、唱腔诉求等，似乎就是把生活重现在舞台上，更易引起观众的共鸣，更易消化。

在快餐充斥的年代，静下心来，欣赏一出精彩的话剧，不啻是心灵的洗礼、情操的陶冶甚或人生的自省与顿悟，收益多多。让我们多走进剧场，为这种雅致的艺术捧场，让话剧不再孤独。

如果不过年

如果一觉醒来，忽然有了这样的说法，今后不过年了，那又怎样？

于是，最具中国特色的世界上绝无仅有的壮观的交通现象——春运没有了，铁路航空水运以至公路运输，再没有如临大敌的高度准备，再没有一票难求、水泄不通、加班加点的繁忙拥挤与辛苦。

于是，民工们不再爬塔吊讨薪了，两口子不再为回哪家过年而吵闹伤神了，商场市场不再人头攒动集中采购了，饭店不再有人订年夜饭了，单位里不再举办团拜会了，不再为难地安排节日值班了，孩子们不再希望有压岁钱了，鞭炮商们纷纷破产关门歇业了，全世界收视率最高、关注度最高的文艺晚会春晚也销声匿迹了。

于是，各级政府不再为了过年而做大量的维稳的、和谐的、食品安全的、市场供应的、交通运输的特别安排了。

于是，人们的生活格局和格调一下子发生了巨大的变化。

于是，人们日出而作，日落而息，日复一日，累了休息，饿了吃饭，之后继续迷迷糊糊、稀里糊涂、懵懵懂懂地过着，就像一个没有终点的长跑，就像一首没有休止符的歌曲，就像一篇没有开始也没有结尾的文章，就像地球不再是圆的，生活忽然变成了一条没有终点的直线。

于是，人们不再忍耐和等待，不再希望和期盼，没有高潮，平铺直叙，日月像流水，生活无涟漪。

于是，关于"过年"的许多民俗彻底地消失了。没有"小年"，没有"祭灶"，没有"扫舍"，没有杀猪宰羊烹鸡炖鱼的热腾腾的景象，没有蒸"年馍"的氤氲蒸汽，没有小子要炮姑娘要花的童真，没有一家人守岁感恩共话生活的天伦之乐，没有走家串户的客气热忱，没有敬奉先祖的庄重纪念，没有响彻云霄的鞭炮声的直抒胸臆和欢天喜地，没有秧歌锣鼓社火庙会，没有春联灯笼，没有年夜饭，没有初一饺子、初二面、初三合子往家转，没有了"破五"，没有"人七"，没有了元宵节（它是年的衍生物），没有了正月里的人气旺盛亲情浓厚。

慢慢地，"清明""端午""中秋"等等节日，人们也懒得过了，年都不过了，还要这些劳什子作甚？

慢慢地，人们不再订立一年的规划，都不过年了，还以年为始终定什么计划？人们不再记得除过自己家里那几口人之外还有些什么亲戚朋友，忙啊！不到以往的过年哪有时间见面和聚会啊，干脆没有这回事了！人们不再有唱歌跳舞敲锣打鼓扭秧歌耍社火的爱好，没机会表演啊！人们不再有规律地分别和相聚了，时间长了也就淡漠了，一天忙到黑，一年没个头，怎么办？于是，人们感受到了淡漠、无聊、厌倦、疲累。于是，人们紧绷的神经接近崩溃。于是，人们见面会说，咱们人类怎么就成了工具和机器？

慢慢地，世界上其他地方的人儿会在他们庆祝节日的时候，向中国人发出同情的邀请，来吧，到俺们这里放松一下，犒劳一下自己！

慢慢地，中国的饮食、服装、文艺、文学都在萎缩、退步，没有用武之地了啊，没有题材可以创作了啊！

慢慢地，中国人变得很封闭、很自私、很自卑，甚至对生命的价值、生活的意义和生存的方式产生怀疑，没有自信——为什么生？为什么活？没意思……

写下上述的文字不是杞人忧天白日梦呓。已经有人说过取消春节，已经有一部分人声称厌倦过年。

可是，我们知道，那些人之所以这样想，那是他们知道，"过年"不可能取消或消失。他们那样说，也许有一丝的理性的思索，有许多的对过年的负面作用产生的忧虑。但，任何事情都是一分为二有利有弊的，我们要做的，是客观地接受加上主观地改造，是趋利除弊。同时，任何人在任何时候，享受美好的时候，必须忍受痛楚。否则，就如最近很火的《非诚勿扰》电视节目的嘉宾所言："他不能忍受我的缺点，就没有资格享受我的优点。"推开来讲，"过年"也是同一道理。

总觉得人要宽容些，要充满对生活的热爱和加大对生活的投入，要积极地参与而不是消极地避世。

尤其是，过年，这样一个天大的节日，随着时代的发展，内容和形式都在发生变化。我们这些有幸过年的人，就应该认真地、积极地、投入地把年过好。

如果不过年，那是不会的。年肯定会年年过，好好过年，年才会越来越好！

祝您新年好！

放炮絮语

每到过年前后,燃放鞭炮都是热门话题,众说纷纭、莫衷一是。支持者振振有词,反对者义愤填膺。小小的鞭炮成了一个不小的社会问题,还真不能忽视。作为一个对鞭炮有着特殊情感的人,也想絮叨几句。

为什么说对鞭炮有特殊情感?那是因为我曾经亲手从事过制作鞭炮的劳动,而鞭炮换来的银子曾经是我的学费乃至生活费的来源。20世纪80年代初,乡村在改革开放政策指引下开始发展副业,恢复历史传统,开办集体性质的炮坊,也即加工鞭炮的作坊。加工采取分散与集中相结合的形式,初级加工如卷筒、插捻、辫炮分散在各家各户,按件计费。其他如装药、包装集中由技术人员进行,并统一销售、统一分红。于是,加工鞭炮便成了家家户户的收入来源。我那时候10岁左右吧,便在功课之余参与鞭炮的初级加工:把一张张裁好的梯形的纸片划开,一端抹上糨糊,然后用一根铁钎卷筒,一张复一张,一个又一个,每天差不多要卷1000个左右,稚嫩的手掌会沾上厚厚的糨糊,早早地有了厚茧。卷好一些纸筒后,捆扎成盘,再用特制的刀一切两半,后进行第二道工序——插捻,即把火药捻截成火柴棍长短,先在一端蘸上糨糊,再插入纸筒之中。最小的鞭炮的"一盘"有纸筒1036

个，插完后两手乌黑。之后，还得用特制的铁钉，在木棒的敲击下钉紧药捻，才可送去作坊，技术人员填装炸药，泥封后口，一个鞭炮就成了。但那是零散的鞭炮，为了串接，还要将这一个个的小炮按照要求辫结成串，再经过包装，才是可以销售的成品。记忆中的童年业余生活大半被这样的劳作所占据，尤其是到了冬闲季节，更是加工的高峰期——几乎家家、人人都在卷筒、插捻、钉捻、辫炮。春节前，村里会想办法销售，满足大家眼巴巴盼分红的心愿。遇上鞭炮滞销，就只能分点鞭炮过年了。"少年不知愁滋味"！那时候不知道大人们为过年的"作难"，只要有鞭炮就很兴奋了。近水楼台啊！我们就是做鞭炮的，自然会比别的村子燃放得更多、更好（自己干私活可以加工一些威力很大的鞭炮），倒也是苦中作乐。

  后来，我离家上中学、大学了，之后也栖息在城里，再也没有机会制作鞭炮了。后来，不知道具体什么时候，鞭炮的制作由原始的手工制作进化为机器制作了，生产的要求也高了，那种家家户户制作鞭炮的景象也成为历史了，但对于鞭炮，始终有特殊的情结。

  家乡蒲城自古盛产硫磺、硝石。所以，早在800多年前的元朝，焰火花炮作为一种民间艺术就在蒲城产生。至清朝蒲城花炮生产进入了昌盛时期，制作技术更加成熟，规模更加宏大。清朝诗人张崇健在观看蒲城宫廷焰火后写下了这样的诗句："火树银花幻是真，元宵月朗艳阳辰。飞红无限休和象，散作人间满地春。"生动地描绘了燃放焰火花炮的壮美景观。新中国成立后，蒲城焰火之花，空前浓艳瑰丽。花色由单一变为五颜六色，可生产20大类，1000多品种，曾先后七次赴京参加国庆大典，足迹几乎遍及全国各地，表演千余场次。还曾为《人生》《神鞭》等中外30多部影视片做焰火配景。1983年在上海举办的全国运动会开幕式、"西安古文化艺术节"等国内大型活动都邀请蒲城焰火助兴。另外，还先后赴西欧、东洋表演，"焰火放异彩，海外灿光华"。

  如今，家乡蒲城继承历史传统，大规模、高标准地生产鞭炮，鞭炮生产成为县域经济的支柱产业，也成为农民脱贫致富的重要途径。在蒲城，现在有很多的鞭炮加工厂、销售专业户和数以十几万计的产业链的从业人员。春节燃放的鞭炮里，有家乡的 GDP，有农民的收入增加，有新农村建设，有科学发展和富民强省的内涵呢。

如果禁止燃放鞭炮，上面的这些就消失了。

还有，喜欢燃放鞭炮时的感觉。

当鞭炮炸响的那一刻，绚烂多姿，流光溢彩，瞬间爆发又瞬间消逝，回味无穷；清脆的响声震荡着耳膜，刺激着听觉神经，似混沌朦胧初开，顿觉天际开朗；弥漫的硝烟氤氲在鼻息，浓烈的气味包围着味觉神经，像一剂兴奋针药，促使热血沸腾；和平岁月里，平淡日子里，压抑的、郁闷的、沉默的、收敛的感觉顿然释放！那是一种宣泄、一种刺激、一种放纵、一种冲动、一种奋进！

哪一种事物都有两面性啊！飞机火车轮船汽车，哪一种不出事？难道就都别动？酒精杀人害人时有发生，也没见就禁绝白酒！因噎废食，杯弓蛇影，都是不讲道理的事情。

重要的是疏导，是改进，是管理。

借鉴国外的办法。查阅资料得知，新西兰虽尚无完整的烟花条例，但对烟花产品作了一些粗略性的要求，如任何烟花爆竹均不能含有硫磺与氯酸盐混合物，火箭不能有塑顶，禁止使用手持类烟花；荷兰虽未制定烟花爆竹法律，但做了一些限制性要求，如所有爆竹必须为纯黑药，所有烟花如有爆竹响声效果也必须采用黑药，但烟花中的炸花效果不属于响声效果之列，爆竹响声须控制在 153 分贝以下，所有品种的引线燃烧时间为 3—8 秒；德国有烟花爆竹条例，对烟花爆竹分类，对药量及药物成分严格限制，对燃放检验提出明确要求。

作为火药的发明者，烟花爆竹的首创者，我们需要的是立法，给"放炮"立一个规矩，然后教育大家遵守，并严格加强管理。

只要不乱放炮，放炮就是好事，我以为。您说呢？

救急更需救穷
——从新闻媒体帮助农民"卖菜"想到的

　　近来,陕西一些地方的蔬菜、水果滞销,眼看农民一季的辛苦要付诸东流,《华商报》等媒体密切关注,牵线搭桥,联系有关企业大宗购买,然后免费发放给市民。此举解了农民的燃眉之急,彰显了媒体的社会责任感,也让企业做了一桩善事,一举几得,颇受欢迎和好评。

　　印象中这样的事情不是第一次了,几年前就有过,一些地方的芹菜、白菜、莲花白、红枣、土豆等,都是通过这样的形式销售掉的。作为媒体和企业乃至一些个人,充满了爱心,为农民解决"卖难"问题,值得褒赞。

　　但如果一而再、再而三地出现这样的事情,就必须引发我们的思考。毕竟,媒体、企业做这样的事情是"客串",是救急的举措,不是长远之策;而农副产品通过这样的渠道销售也是偶一为之的应急之举,不可能是主渠道。总而言之,这样的举动"救急不救穷"。

　　"救急不救穷"的意思是只能救一时的急难,不能救长时间的穷困。要想从根本上解决问题,必须另想办法。

　　农副产品销售难的问题是一个老问题,时不时会出现。特别是在步入市场经济之后，缺乏市场经验的农民，面对变幻莫测的市场，很难适应。往往是凭借老经验或是不完整的市场信息，进行种植和销售，市场一旦发生变化，农副产品要么卖难，要么价贱。增产难增收，是困扰农民的巨大难题。为了破解这个难题，政府想了很多办法，新闻媒体和企业也经常施以援手，但这个问题仍然存在，有的时候表现得还比较突出。如何从根本上解决或避免这样的问题，笔者在这里进一言，那就是用品牌保障生产和销售。

品牌是市场经济运行中的重要元素，通过树立品牌、塑造品牌、优化品牌，可以在同质化的商品中凸显差异化，吸引市场注意力，进而扩大销售并提升价值。我国的品牌建设相对滞后，虽然近年来追赶的速度很快，但还是有所局限。特别是作为一个农耕文明历史悠久的国度，农副产品的品牌化比较落后。大量优质的农副产品要么养在深闺无人识，要么分散种植经营难以形成集约化。在大多数情况下，分散的农户种植或养殖、加工，往往是盲目的或赌博式的撞大运，赶上好时候，也能赚个盆满钵溢，遇上市场剧烈变化，则大量积压，汗水白流，劳心伤神没有好的回报。

以品牌统领农副产品的生产和销售，是可行也是必行之策。其一是充分挖掘和利用地理标志品牌。所谓地理标志就是地名，在商标法律规定里，县以上行政区划不能作为普通商标注册，但可以作为证明商标或集体商标。从一定角度讲，地理标志是天赐品牌，也是一笔历史遗产，历经千百年发展，地理标志已是承载着许多文化元素的重要符号，典籍记载、口耳相传，几乎都是耳熟能详。把这样现成的名号拿来作商标品牌，在传播范畴上是事半功倍的。这就要求我们的各级政府，把本区域内的传统的或是新兴的已经成规模的产业，加上地名作为地理标志商标或集体商标注册，进而统一标准、统一管理、统一宣传，在品牌的旗帜下树立产业形象，如"临潼石榴""周至猕猴桃""户县葡萄""未央蜜桃""阎良蔬菜"等。地理标志是公共产品，个人或企业不能注册，政府或授权的行业协会可以作为注册人。有了这块金字招牌，好比栽起了梧桐树并且管护得很好，那就一定会招来金凤凰。这方面比较成功的先例，如"洛川苹果""韩城大红袍花椒"等。其二是农村经济组织甚至种养殖、经销大户注册商标，树立自己的品牌，积极适应已经早已"认牌购物"的市场和消费者。如"春蕾"鸡蛋、"揉谷"蔬菜等。一旦有了自己的牌子，就可以围绕品牌宣传、营销，随着产品销售的扩大，品牌的知名度也会提高，围绕生产和销售所做的努力才会有一个附着点，从而培养忠实消费的群体，保证销售渠道畅通，进而提升商品价值。其三是全社会增强品牌意识。以新闻媒体为先导，在帮助农民解决"卖难"问题时，宣传品牌意识，引导传统生产方式的转变。商家、企业和消费群体，也要鼓励和推动品牌意识的确立，尤其是农副产品，尤其是品牌知识欠缺的农民。

　　新闻媒体和社会的"救市"举动值得赞赏，但也只能是应急之策。帮助农民树立品牌意识，以品牌统领生产和销售，是一条较为有效的长久之策。

　　还应该有其他的长远之策，让我们共同思考和探索。唯愿农民不再"卖难"，愿增产能增收。

人是要有点精神的
——2012欧洲杯足球赛阶段观感

2012年欧洲杯小组赛已经快结束了，六支球队晋级，六支球队回家，其中都有意外。

先说回家的六个队。俄罗斯、波兰、丹麦、荷兰、克罗地亚、爱尔兰，其中令人意外的是荷兰和俄罗斯。荷兰作为全攻全守足球的创立者，曾经踢出的足球是那么得激情四射光芒万丈赏心悦目，几次濒临登顶，但都鬼使神差地出问题，于今已三获世界杯亚军，包括近一次的2010南非世界杯，但就是没拿过世界杯冠军。虽说球队在这次欧洲杯之前遇到了一些问题，可瘦死的骆驼比马大，按说怎么也应该从小组出线，但竟然惨到三战皆负积零分。有人说这是世界杯亚军的魔咒，其实是一种巧合。实质问题是将帅失和内讧不断，精气神乱了甚或没了，不输掉底裤才怪呢。再说俄罗斯，小组赛前两轮，一胜一平积四分，最后一仗打平就可出线。可能是松弛过度或是轻敌，俄罗斯人在赛场上心不在焉，上半场还有十来秒的时候，一次失误被对手抓住，一剑封喉。下半场焦躁急迫，控球时间、射门次数占据绝对优势，就是没能把足球送入对方球门中。终场哨响，成就了希腊神话，目送捷克、希腊出线，自己打道回府。还是精神层面的问题，按实力、形势，俄罗斯占据相当的主动，但凡开场即打起精神，何愁不凯歌高奏，何愁不把命运牢牢地握在自己手中。荷兰、俄罗斯，精神欠缺的恶果自己吞咽。

　　再要说的是西班牙和意大利。两队所在的C组，还包括了克罗地亚和爱尔兰。前两战下来，意大利与西班牙战平、与克罗地亚战平，只积两分。而西班牙和克罗地亚都是一平一胜积4分。这就意味着，最后一轮西班牙和克罗地亚捉对厮杀，完全可以平和地踢出平局，各积5分。那样的话，意大利人即便战胜爱尔兰，积到5分，仍然要看西班牙和克罗地亚的脸色。因为按照规则，由于前两轮小组赛意大利分别与克罗地亚以及西班牙都战成1∶1平，而欧洲杯规则是球队同分情况下先比较同分球队小循环的胜负关系，然后是小循环进球数，所以只要西班牙与克罗地亚打出2∶2，或是高于这个比分的平局，无论意大利赢爱尔兰多少个球，蓝衣军团都将被淘汰。这个时候，全世界都把目光投向西班牙，作为上届欧洲杯和世界杯的双料冠军，地球人都认为他肯定能轻松战胜克罗地亚！说起来也有些不公，足球是一个偶然性极强的运动，一不留神强队输给弱队一场比赛本来很正常，更何况出于战略的考虑，西班牙队完全用不着发全力，一场平局小组出线就达到目的了，借此机会让队伍轮换一下有何不可，毕竟后面还有更残酷的淘汰赛要打。但寸就寸在不能平成2∶2，即便不是有意为之，也会被世人认为是双方的默契。难为了西班牙队，在一场不必要非得取胜的比赛中全力以赴，用公平竞争的精神去踢比赛，用尊重竞技体育的态度去赢得尊重。西班牙人做到了，1∶0的比分送克罗地亚回了家，赢得了全世界的尊重，更使意大利人感激涕零。西班牙人的精神值得尊重、值得提倡、值得学习。

　　还有爱尔兰队，小组赛三场皆负，特别是最后一场，在已经确定被淘汰的情况下，仍然兢兢业业，仍然为尊严和公平而付出。这就使我们对其第二场比赛再投入尊重：那场最后五分钟，在已经被西班牙队4比0打成筛子的情况下，队员们没有放弃，而满场的爱尔兰球迷对球队也不离不弃，集体高唱爱尔兰民歌《阿萨瑞原野》！彼时大雨纷飞，四球落后的爱尔兰已经提前告别欧洲杯，他们的支持者原本应该垂头丧气才对。然而，万余名身穿绿装的爱尔兰球迷，仿若胜利者，面带笑容，让嘹亮的歌声飘荡在波兰格但斯克体育场的上空。全世界球迷为之动容，爱尔兰球迷对足球的挚爱甚至让所有人忘记了现代足球早已深陷"功利"二字不能自拔。爱尔兰球迷面对自己钟爱的球队成为本届欧洲杯第一支回家的球队，不仅没有责怪、谩骂、抱怨，甚至连垂头丧气和沮丧也没有出现，而是用歌声激励自己的球队从头再来，能重新振作起来。对于这些球迷而言，足球场上的输赢并不重要，重要的是这支球队是自己心中永远的最爱。这是一种最起码让我们的一些球迷汗颜的精神，这才是胜不骄、败不馁，这才真正彻悟了足球，彻悟了体育精神。

　　欧洲杯还在继续，竞技层面的、精神层面的精彩或灰败还将展现。相信有了西班牙、爱尔兰这样的精神，足球场上会更加精彩。

　　更愿中国足球打起精神！

关于制服的随想

制服，制式服装，常见于军队、警察等。目的是为了整齐划一，便于识别等。一些服务行业、窗口行业，比如铁路、民航、餐饮、酒店等，也给员工配发制服，作为标志。从某时起，一些和"执法"沾边的部门也配发了制服，曾一度很多，老百姓戏说"大盖帽"满天飞。

制服的功用前面说过，应该很简单，便于识别、整齐统一。随着经济的发展，面料、款式不断变化，也愈来愈美观，一定程度上也给人以美感，给穿着者以自豪感。比如我们国家的警服和军服，就经历了几次大的变革，越来越美观大方，提升了军威警威；还有民航、铁路以及林林总总的服务业制服，也都给人以更美的感觉，也提升了行业形象。

泛滥的制服不好。比如我们国家目前除过军警之外的公职人员中，工商、质监、税务、卫生监督、城管等等，许多部门都穿上了制服。为什么要穿制服？说是为了工作需要，穿上制服便于执法，便于群众识别。有一定道理，但不完全对。对于一些非经常性、日常性的执法，有个证件就完全可以表明身份，不一定大张旗鼓地穿上制服。许多部门都穿制服，制服就趋于泛滥了，老百姓辨认都困难。国家曾几次规范过发放制服的部门范围，但似乎收效不大，窃以为不妨以立法的形式予以规范，否则难以奏效。要知道这制服是要花不少钱的，纳税人的钱。除过钱的因素，泛滥的制服还会引发其他负面效应，比如攀比，比如特权意识，比如行业形象等，一个满街大盖帽的社会，百姓的感觉必不自然，也于国家形象不利。

有一种制服意识必须根除，那就是靠制服"吓唬"人，具体表现就是什么制服都往警察的制服样式靠。前多年警察制服标志不明显时，许多有制服的部门千方百计地模仿警服，弄得老百姓很难辨认，国外游客惊呼中国大街上满是警察！后来警服做了大的变革，加上了警号、警衔，心想这下看你怎么模仿？没承想道高一尺魔高一丈，很快，一些部门的制服也跟着变，颜色、款式几可乱真，又成了满街警察了。模仿警服，实际上就是为了让人觉得自己就是警察，让人怕他！这实在是封建特权的残渣余孽。警察是负有特殊使命的。其他人该干嘛干嘛，干嘛要模仿警察或是有冒充警察之嫌，实在是内里空虚、底气不足，似乎像警察就能震慑人。深层面的问题是对权力认识谬误，意图以权压人，把自己对立于人民百姓，与文明社会、和谐社会的要求极其相悖，必须要铲除掉这些部门和某些人心中的权力魔鬼。

其实，一个社会的管理者中，警察的因素少了，才是真正的进步。不妨从减少制服、戒止警服意识开始，也好让真正的警察更好地履行职责。而社会管理者，首要从端正执政理念、执法理念开始，依法治国、依法行政、以理服人，切莫扛着大棒吓唬老百姓。时代在飞速发展，我们不能口头称民主、自由，行动上又想无端地限制百姓的自由。要不得。

至于把制服当福利实在就是类似于多吃多占的行为了。薪水之外，再由国家花费纳税人的钱，给自己置办行头，怎么都说不过去。更不应该再互相攀比、提高档次、贵费奢靡。

还有广义的制服，比如校服。这实在是一个长期让人诟病的话题。看看我们的"花朵"们都穿着什么吧！质地低劣、款式落伍、肥大邋遢的运动服，不知道在什么时候成了许多学校选择校服的首选！这其中的猫腻因素应该是昭然若揭的，留待历史拷问良知吧。单就校服的功用来说，一套设计新颖大方、质地优良的校服，可以展现孩子的活力、青春和阳光，本可以让花朵更鲜艳。但除过个别的学校，大多数的学校就是一套运动服，要多难看有多难看，真不如不穿。就不能用点心思，根据孩子的年龄以及习性设计出美观大方的校服吗？应该一点都不难啊，为什么就不做呢。期待这一本来应该成为一道青春风景线的制服可爱、美丽、雅致。看看国外的一些校服吧，我们的教育主管部门、校长们，你们汗颜不？

再啰唆一句，制服有制服的穿法，既然要穿制服，就要注重仪表，注意风纪。看看军队制服的整齐划一，多么威武。再看看我们其他一些行当的制服穿着：有帽子不戴，戴帽子留长发，有领带不打，有纽扣不扣，有标志佩戴不全，杂七杂八，真像是过去的杂牌地方武装，实在是有损自我形象、行业形象、国家形象。希望大家都能尊重制服，因为它代表的绝不仅仅是你自己。

制服，团体形象、行业形象、国家形象，切莫小视。尊重它，善待它，人们才会更加尊重穿着制服的你。

何不衣土布

——有感于近来一些名品衣物有毒

吃的有毒,喝的有毒,穿的也有了毒了!近来媒体披露一些著名品牌的衣服某些指标违规,以至于有毒,顿觉周身不爽。在吃穿住行的必需品中,只有衣物几乎是全天候陪着人的,忽然说有毒,难道让人穿上皇帝的新衣?

有意无意隐瞒或未发现,这些因素现在尚不确定,但有毒是言之凿凿的。既有毒,就要杀毒,就要铲除毒瘤,也要追究毒的成因。

衣物中的毒,必是纺织、缝纫过程中种下的。为什么会"种毒",为什么要在其中添加许多不明的或已明的物质和元素,无非是为了好卖。而要好卖,无非是看起来好,或者是成本低而价廉。更有品牌的因素,在同质化的服装中,知名品牌能够带给人们更多的精神愉悦和心理满足,价格高出同样的商品几十倍都很正常,尤其是衣物。这里必须要说,打造品牌是永远的潮流和被提倡,但如果在出名之后不顾消费者利益,则品牌亦会速朽、见光死。

于是想到土织布。20世纪中叶以前甚至更晚,土织布是国人的衣着常态。后来逐渐被洋布、机织布所侵,就退出主流市场了。近年来,土织布又逐渐露头，并有做大的趋势，不禁为之鼓舞。

在20世纪70年代左右，土织布起码在农村是基本的衣着、被褥等的原料，家家户户都必须纺织，是必须的营生。印象中土织布是一个非常复杂的工艺流程，种棉花、弹棉花、搓棉条、纺线、缠线、拐线、上织机、染色、浆洗、缝纫等等。印象中棉花一般是自己种植采摘的，在织成布之前是不添加任何东西的，之后的浆洗用的是自家磨的面粉打成的面浆。

尤其是染色，必须浓墨重彩地介绍，这是凝聚着人民聪明智慧的工艺，真是值得敬佩！难为先人们是怎样想出来的。就地取材，几乎纯天然。比如染黑布，是先将织好的白布埋在涝池里的青泥之中，沤染一阵之后，捞出洗净，再用石榴皮、石榴子捣碎融入水中，烧开之后下布印染；比如染咖啡色的，是将国槐树上的类似黄豆一样的果实捣碎印染；比如染杂花，是用一种地里生长的草本植物的根。天哪！要不是写这篇文章请教了七十多岁的老阿姨，谁能知道这些？我小的时候似乎见过，已全然没印象。老阿姨说，还会视情况加入白矾等，再说一声天哪！天赐之物、天然之物、天机般的智慧，永远值得敬佩！

这样的原料、工艺，土织布浑然天成，绝对不会有毒的。

只是后来，我们都不大愿意穿土织布的衣服了。为什么？面子重于里子。贪图漂亮、挺括、洋气。把祖先留下的好东西反而束之高阁了。只是在秘不示人的床铺上，还是喜欢铺上土织布的床单，还是知道它的好。

当然，不能一味因循守旧，也不能敝帚自珍。不拒绝接受新事物，也不隐晦土织布的缺陷或先天不足：粗，不美观；疏，不结实。至于款式，就更是落伍了。

趋利除弊。不可能再回到土织布时代了，也不会抗拒时尚的衣着。但可以把两者的优点更好地结合、融合，既保持土织布的天然纯粹，又不断更新衣着的款式，才是我真正的用意所在。

还要给土织布进一言：保持传统，不断革新，再创出品牌。则生产者幸甚，消费者幸甚。

记得20世纪80年代，在西安一高校，一外籍教师穿着用土织布做的一身衣服，悠然自得地走在校园，成为了一道风景。那是对自然和天然的崇尚，但我们当时只认为是老外在搞怪。

衣服有毒！由此想起来这么多话，呼吁消毒、杀毒。更愿意为土织布正名，并为之在市场谋取一席之地。

有机会用一下土织布、穿一下土织布，很好的感觉呢。

西安成都"婚"不同
——一场婚礼折射出的文化背景与取向

前几日去成都参加了一场婚礼，颇多感慨。

就成都的婚礼和西安的做比较，显现出许多的不同。

首先是收礼金的环节，在西安是一定要设立礼桌和专门的登记簿的，而且一般情况下要分出男方女方，来宾们根据自己的身份，分别到礼桌前上礼。有细心的人提前准备了红包，并在红包上写上了自己的姓名，交给帮忙的"执事"，打开红包，清点钱数，在礼簿登记，方完成了"上礼"的过程。而大多数的人则是现场掏钱，交给"执事"，并报出姓名。由于人流比较集中，加之语言语音的问题，负责登记的"执事"往往要询问几次才能正确地写出上礼者的姓名，有的干脆就交由上礼者自己签名。过程很仓促也很累人，及至收完了礼，"执事"还要认真清点钱数，并要与登记的数额相一致，才能放心地交给主家。而成都就简单多了，不设礼桌。来宾提早准备好红包，写上自己姓名，入场时直接交给新郎、新娘，新郎、新娘身后站着的伴郎、伴娘，会接过红包保管起来。待到事毕，新郎、新娘再回家慢慢清点、登记。就这个环节而言，成都比西安的好，一来简单直接，省却了来宾上礼的等候和登记的烦琐；二来避免攀比尴尬，红包封了，谁也不知道数额，无论亲疏贫富，都很坦然。不像西安的公开登记，难免有亲疏贫富之比，给多的给少的都不坦然。三来直接交与新郎、新娘，算是恰如其分地送上祝福。这点上成都人简单爽利，比西安来得直接。

其次是婚礼的座次。在西安是很讲究的，要提前拿到饭店的座席图，按照男女双方提前预计的人数，划分出区域，男左女右。再仔细些，还会划分出女方亲戚、朋友、同学，男方亲戚、朋友、同学、战友等区位，在入口处就用一张彩绘的公告板标出，每张桌子上还会有编号、有标明来客身份归属的桌牌。就这样还觉不够，还特意安排几位帮忙的"执事"在门口迎候并领座。提前做好功课，婚礼现场就忙而不乱，来宾们相熟地坐在一起，也好谈天说地。而成都就不同了，没有区域划分，更没有"执事"引领，偌大的餐厅里，几十张桌子，除过前排最中间留给新郎、新娘父母的主桌外，其他的桌子随便坐。这就难免混乱了，先到的来宾们先是呼朋唤友聚在一起，后到的宾客要么难以集中，要么得插空而坐，十分的忙乱，好不容易才会坐定。从这一点来看，西安人似乎更守规矩，更有秩序。而成都人似乎更随性些。

三是婚礼开始的时间。就笔者了解的情况，在中国的很多地方，婚礼是中午进行，吃午饭。而上海等地，是下午进行，吃晚饭。就中午进行的婚礼而言，在北方的大多数地区，一定要赶在十二点整以前开始，过了十二点，则是二婚等。所以，北方的婚礼很看重开始时间，时间到了十二点，不管有多重要的客人没有到场，婚礼是必须开始的。但这次在成都，则让人大跌眼镜：宾客们倒是在十二点之前基本上坐定了，但到了十二点，婚礼硬是不开始。北方来的客人开始焦灼，而成都的宾客安之若素。打问当地人，才知无所谓！呵呵，替旁人担忧了。直到十二点半，婚礼方才开始，仪式较简单，时间短暂。看来西安人的讲究大些，更尊古礼。而成都人抱定无所谓的态度，也是一种洒脱吧！

如果说接下来的婚宴结束之后，婚礼就算大功告成，那西安、成都的婚礼区别也还算不大。问题是在西安，婚宴结束，宾客即告退，客走主人安，一场大事就算结束了，主人们之前的疲累可以彻底地解除了。而成都，令人十分诧异的是：宾客们酒足饭饱之后，大多数不会离开，主人们要安顿宾客开始打麻将！几百宾客哦，麻将可是四人一桌哦（成都有三人、五人一桌的），得操心劳神地安排宾客娱乐，并巡回招呼宾客，仍不得休息。而宾客们似乎也不是不体谅主家辛劳，似乎早已习惯这样，更似乎这样做反而是表现出和主家的亲近来！这就是了，这已经是一种习俗，约定俗成，大抵任何人概莫能外。所以宾客不是不识相，主家辛劳也心甘。就在这哗啦啦的麻将声中，主客之间的情谊还在加深呢。就这点而言，西安、成都各得其所，不能褒贬，各自的文化取向，各自的心理因素使然。

麻将打到晚饭时，主人家还会准备好相对简单的晚餐，宾客们再果腹，之后继续战斗，直到夜里十二点（约定的）再各自散去。

十里乡俗九不同。西安、成都，虽是相邻省份的省会，但习惯迥异。就一场婚礼，也能折射出不同的文化背景和价值取向，也是有趣的一件事。

其实，无论怎样，高兴就好，快乐就行。西安、成都两地的人们，喜洋洋地举办婚礼，按照各自的习惯生活，倒也相安无事，也是一种和谐呢。其他地方的人们，只要大家同乐，也无不可。

共同创造，一起享受。

祝福新生命

　　大清早听到好消息，外甥女生了，一个小生命来到了这个世界，家族里有了第四代了，我也坐地升辈分了，真好。

　　生儿育女，繁衍子嗣，传承血脉，延续生命，是社会存续的基础。家庭如此，由家庭组成的社会更如此。新的生命，新的希望，欢迎。

　　怀胎十月，一朝分娩，母子平安，皆大欢喜，家庭家族以此为乐、为幸，朋友邻里也同喜同乐。尤其在计划生育之后，生育的频率低了，新生命的降临更是稀缺，更加令人欣喜。

　　对于新的生命，呵护、养育是第一位的，是需要精心的。当然也要照顾好母亲，怀胎生育，很是辛苦呢。好在现在的生活好了，母子在月子中都可以得到很好的照顾，感谢时代。

　　有苗不愁长。枣芽花般的鲜嫩的生命，在亲人的呵护下，在社会的关爱下，沐浴着阳光雨露，很快会茁壮成长，一不留神，就是个小大人了。唯愿她在爱的氛围中健康地成长。

　　养子不教如养驴，养女不教如养猪。听起来粗鄙的话语，蕴涵着深刻的道理。我们也必须思考一个问题：生养孩子干什么？

　　传宗接代。前面说过，这是生育的基本功用，也是社会延续发展的基础。祖祖辈辈，就是在新的生命的诞生和成长中，延展血脉，继承发展。但不能太狭隘，不能简单地认为生育就是单纯地为了传宗接代，更不能偏执地认为只有男儿才能延续香火。人类文明社会几千年，生生息息，发展变化，沧海桑田，演变剧烈而复杂。"万里长城今犹在，不见当年秦始皇。""旧时王谢堂前燕，飞入寻常百姓家。"宗族的观念，早已淡化，或者说更加宽泛化，只要一代一代地快乐幸福地生活着，男儿、女儿都是平等的传承人。

光宗耀祖。培养子嗣加官进爵、学富五车，祖宗因而光彩，门楣因而光耀，这是无可厚非的。谁不承望子女有出息呢，前面说的那几个，也当然是在有出息的行列。但思想不妨再解放一些，把有出息的范围定义得更科学、更人性化一些，只要子女能健康、快乐、充实、幸福地生活着，能为社会做贡献，能为他人所欢迎，那就是光宗耀祖，不惟大富大贵。当然，更要强调一个人的社会价值，更要教育子女为社会的进步做出努力、有所贡献。不可仅仅局限在为自己的家庭或是宗族努力与贡献。

掌上明珠，敝帚自珍，何况子嗣！对子女的疼爱是人的天性，也是美好亲情的体现。加之现在初为父母的，自身多半是独生子女，那他们的子女降临人世，便掉进了福窝——父母、爷奶、外公外婆还有舅爷、姨奶、姑奶一大堆，众星捧月一般，这是孩子的福分。但一定要注意副作用或反作用，万勿溺爱。否则，今日的宝贝会变成将来的包袱。此绝非扫兴的危言耸听，娇惯出逆子，教训多矣！所以一定要从一开始就高度重视孩子的正确教育问题，只有适度的呵护、客观的教育，才是养成的根本。

养儿方知父母恩。只有自己有了子女，只有自己亲力亲为地养育子女，只有自己体味个中滋味，才会真切地感知不易。感知了养育儿女的不易，才会更加感恩父母当年的艰难，才会更好地孝顺父母。万不可有了媳妇忘了娘，有了孩子忘了老子。

一起为新生命的到来欢喜，一起浇灌幼苗成长。一起付出，一起收获。

当了舅爷的我，啰唆出以上言语，不敢说经验之谈，仅是一点浅显的感悟。

祝福新生命。

年的循环

周而复始，万象更新，循环往复，以至无穷——这就是"年"的时空感吧。从一定意义来说，与其说时间在向前流淌，莫若说时间在以年为始终点循环。年过了，便春夏秋冬，冬去了，春要来了，便又过年了。这是宇宙万物生息繁衍、发展变迁的永恒的自然规律，不以任何意志为转移。年复一年，人类就这么过着。

不知道世界上除过中国以外，还有多少个国家使用两套历法纪年，反正我们是把自己的历法——农历（阴历、夏历、古历）奉若国粹。假使没了这个历法，那我们的许多传统节日就无从谈起了，比如，正月初一过大年，正月十五元宵节，二月二龙抬头，五月初五端午节，八月十五中秋节，九月初九重阳节，十月初一寒食节，腊八节，腊月二十三过小年，腊月三十除夕……虽然世界通行的、官方使用的都是公元纪年，中国使用公元纪年也已经五十多年了，但农历似乎才真正是我们自己的历法。尤其是在传统观念和习惯存续比较深厚的农村，人们到现在对公历（阳历）还不那么重视，许多人的生日都是农历，户口本如此，身份证亦如此，以至还有相当数量的人有两个出生年份，这些人多是农历腊月出生，此时公历已到了下一个年度了。两套历法并行不悖、相安无事，很是有趣，也是我们中国一大特色——一年之中，可以过两个年，当然，真正的年就一个，农历的正月初一——春节，阳历的年作为节日，不过是个摆设，只有我们自己的年才是浓墨重彩的、大张旗鼓的、不断循环的，占据了我们生命内容的一大部分。

这是时空的循环。

更有人和物的循环。

先说人的循环，这是我们过年最主要的特色。以血缘关系为纽带，以父母老人为中心，到了"年"跟前，一年之中在外打拼的儿女们，携家带口，跋山涉水，或飞或渡或车或步，大多数的，都齐齐的回来。不辞劳苦，不畏拥挤，舟车劳顿，暂别繁华和舒适，"千万里——千万里——一定要回到我的家"。于是乎，最具中国特色的交通名词"春运"出现了，飞机满了，轮船满了，火车挤得水泄不通了，汽车超员几乎正常了，虽加开了许多的"临客"，但仍迟滞着游子的脚步。一票难求，站门难进，候车难坐，上车难静，在外工作的（当然应该包括所谓"打工"的）、求学的，都要卷入这人流的循环。过完了年，之后十天左右，这些归巢的倦鸟又得飞出来，踏上归程，同样的拥挤、辛劳，再回到自己年前的出发地，开始新的一年的觅食。

物的循环也是蔚为大观的。

先是归家的人们，把城里或外地的新鲜的物件或土特产，大包小包地提回家去，或孝敬父母或馈赠亲朋。及至返程，再把家乡的土特产塞满行囊，让游子在他乡也能尝到家乡的风味。尽管现在物质已经极大丰富，物资流通也很顺畅了，但人们还是习惯大包小包地带来带去。个中原因，一是各地市场还是有所区别，二是传统习惯不能空手进门。当然，父母也不让空手出门，尤其是过年。是为物的循环。

还有一种很有意思的物的循环，往往发生在非血缘甚至非亲朋的拜年对象之间，甲给乙拜年，乙给丙拜年，丙给丁拜年，丁再给甲拜年，往往的，甲送出的东西又被丁送了回来，这种物的循环还真不少见。

至于压岁钱，也是一种循环，儿子孝敬父母的钱又被父母发给了孙子，是为循环。亲朋之间你给我儿子，我给你女儿，是为循环，而且基本上金额相等，有来有往。至于借"压岁钱"这个温馨的由头行送礼或贿赂之实的，当不在此例。如果这循环进行得好了，皆大欢喜。但如果金额有区别或因人而异、倚轻倚重、侄多甥少的，便生出些尴尬或计较来，权且称作不流畅的循环吧！

　　人在循环，物在循环，钱在循环，便构成了"年"的丰富多彩，正如人体循环一样，通畅了，便健康。年也如此，循环通畅，便和谐祥瑞，这个年过了还盼下一个呢。

　　愿年的循环更通畅。

栖居凤城[①]

晴朗的日子里,伫立在落地窗前,阳光满满地洒在身上,暖暖的、柔柔的,满心的温润。凝视窗外,满世界的景色尽收眼底——

这是在西安龙首原北的一座高楼上。

极目南眺——

不远处,那横亘着的连绵起伏的是秦岭终南哟,恢宏辽阔,饱满博大,山体雄伟,势如屏障。这条中国南北的分界线、分水岭,正是有它做气候屏障和水源滋养,才会有八百里秦川的风调雨顺,才会有周、秦、汉、唐的绝代风华。秦岭和黄河被称为中华民族的"父亲山""母亲河",秦岭是华夏文明的龙脉……它就在那么近的地方,近到可用画笔临摹,近到可以观白云缭绕,听飒飒松涛,近到可以穿越历史,思蜀道之难,叹今日之便。

[①] 凤城,从汉代始为长安别称,史书经典多有记载,多说因汉武帝修筑双凤阙而命名。《全唐诗注》解释骆宾王《帝京篇》"丹凤朱城白日暮"句:"汉武帝在长安造凤阙,高二十余丈,故称长安曰凤城。"《史记》对此也有记载,"其东则凤阙,高二十余丈"。凤阙在相当长的历史时期是长安的标志性建筑。汉代以来,不少名家名篇都借颂称凤城、凤阙以抒情怀。

目光左移——

东南咫尺之地，那一片古迹残垣已开新篇，煌煌大唐宫殿，大明宫就在身边。昔日万国衣冠拜冕旒，红酥手、宫墙柳……风流已被雨打风吹去。曾几何时，这里蜂拥蚁挤地住满了大唐的后世子孙。而今，他们转身去了更敞亮的居所，把祖先这块宝地让出来，恢复了历史概貌，成就了文物保护、棚户改造，历史与民生各得其所，也使昔日宫禁成了今天万民游乐之所，先皇有灵，定觉欣喜。

右侧风光——

西边偏北，千年城垣遗迹犹存，汉未央宫曾雄踞数百年，"文景之治"在这里运筹，"轻徭薄赋""与民休息"，终臻盛世。2000多年过去了，昔日繁华仅余土基，但赫赫功名永存记忆。未央宫遗址近旁，而今是一汪碧水。当年汉武帝为练水师伐夷国，仿滇池形状凿池蓄水曰昆明池，后人续修，成灌溉防洪以至城市景观，名之汉城湖。湖之北端，汉武帝巨大的塑像威武庄严，一代枭雄仗剑挥臂，鼓舞子民重开天地。沧海桑田，美哉斯变！

后有乾坤——

北方流淌着母亲河啊！渭河从长安北侧流过，奔向黄河，一路走来，滋润了多少田地，养育了多少子民，成就了悠久文化。今日，长安城的子民们戮力同心，向北边延伸扩展，要把渭河变成城中河。此举正日新月异地进行着，在河之北，新的产业在繁衍，新的城垣已具雏形。有了渭河做城中河的西安，已不单是"八水绕长安"，窃以为是八水润长安呢。

东西南北啊，都是悠久的历史、灿烂的文化、壮美的景观，他们包围着我，呵护着我，滋养着我，给我生命，给我力量，更鼓舞我走向绚烂的明天！

巧合？机缘？有意为之还是偶有所得？栖身的楼宇，名曰：凤城大酒店。

幸哉，栖居凤城。